In anima vili

Du même auteur

La Bostonienne, Éditions du Masque, 1991.
Elle qui chante quand la mort vient, Éditions du Masque, 1993.
La Petite Fille au chien jaune, Éditions du Masque, 1993.
Meurtres sur le réseau, Éditions du Masque, 1994.
La Femelle de l'espèce, Éditions du Masque, 1996 ; Le Livre de Poche, 1997.
La Parabole du tueur, Éditions du Masque, 1996.
Le Sacrifice du papillon, Éditions du Masque, 1997 ; Le Livre de Poche, 1999.
Autopsie d'un petit singe, Éditions du Masque, 1998.
Histoires masquées : Alien Base, Hachette jeunesse, 1998.
Le Septième Cercle, Flammarion, 1998 ; J'ai lu, 1999.
Dans l'œil de l'ange, Éditions du Masque, 1998.
Délires en noir (avec Thierry Hoquet et Romain Mason), Éditions du Masque, 1998.
La Voyageuse, Flammarion, 1999 ; J'ai lu, 2001.
La Raison des femmes, Éditions du Masque, 1999.
Entretiens avec une tueuse, Éditions du Masque, 1999 ; Le Livre de Poche, 2001.
Le Silence des survivants, Éditions du Masque, 1999 ; Le Livre de Poche, 1999.
Intégrale, Volume I, Éditions du Masque, 2000.
Et le désert..., Flammarion, 2000 ; J'ai lu, 2002.
Petits meurtres entre femmes, inédit, J'ai lu, 2001.
Le Ventre des lucioles, Flammarion, 2001 ; J'ai lu, 2002.
De l'autre, le chasseur, Éditions du Masque, 2002.
La Dormeuse en rouge et autres nouvelles, J'ai lu, coll. « Librio noir », 2002.
Portrait de femmes de tueur (avec Katou), EP Éditions, 2002.
Le Denier de chair, Flammarion, 2002 ; J'ai lu, 2004.
Contes d'amour et de rage, Éditions du Masque, 2002.
Un violent désir de paix, Éditions du Masque, 2003 ; Le Livre de Poche, 2006.
Le Syndrome de Münchhausen (avec Katou), EP Éditions, 2003.
La Saison barbare, Flammarion, 2003 ; J'ai lu, 2005
Enfin un long voyage paisible, Flammarion, 2005.
Sang premier, Calmann-Lévy, 2005 ; Le Livre de Poche, 2006.
La Dame sans terre, tome I, *Les Chemins de la bête*, Calmann-Lévy, 2006 ; Le Livre de Poche, 2007.
La Dame sans terre, tome II, *Le Souffle de la rose*, Calmann-Lévy, 2006 ; Le Livre de Poche, 2007.
La Dame sans terre, tome III, *Le Sang de grâce*, Calmann-Lévy, 2006 ; Le Livre de Poche, 2007.
Monestarium, Calmann-Lévy, 2007 ; Le Livre de Poche, 2009.
Un jour, je vous ai croisés, nouvelles, Calmann-Lévy, 2007.
La Dame sans terre, tome IV, *Le Combat des ombres*, Calmann-Lévy, 2008 ; Le Livre de Poche, 2009.
La Croix de perdition, Calmann-Lévy, 2008.
Dans la tête, le venin, Calmann-Lévy, 2009.
Cinq Filles, Trois Cadavres, mais plus de volant, Marabout, 2009.
Une ombre plus pâle, Calmann-Lévy, 2009.
Les Mystères de Druon de Brévaux, tome I, *Aesculapius*, Flammarion, 2010 ; J'ai lu, 2011.
Les Mystères de Druon de Brévaux, tome II, *Lacrimae*, Flammarion, 2010 ; J'ai lu, 2012.
Les cadavres n'ont pas froid aux yeux, Marabout, 2011.
Les Mystères de Druon de Brévaux, tome III, *Templa Mentis*, Flammarion, 2011 ; J'ai lu, 2012.
Les Enquêtes de M. de Mortagne, bourreau, tome I, *Le Brasier de Justice*, Flammarion, 2011 ; J'ai lu, 2013.
Les Enquêtes de M. de Mortagne, bourreau, tome II, *En ce sang versé*, Flammarion, 2012.

Andrea H. Japp

In anima vili

Les Mystères de Druon de Brévaux

Flammarion

© Flammarion, 2013.
ISBN : 978-2-0812-7838-7

« Les œuvres de charité et les services que rend à l'humanité un bon et sage médecin sont préférables à tout ce que les prêtres appellent œuvres pies, aux prières et même au saint Sacrifice de la messe[1]. »

Arnaud de Villeneuve*
(ou Arnoldus de Villanova)

---

1. Cette phrase valut à son auteur, un des plus prestigieux scientifiques des XIII-XIVᵉ siècles, d'être jeté en prison (voir annexe historique, « grands médecins »).

LISTE DES PERSONNAGES PRINCIPAUX

DRUON DE BRÉVAUX, anciennement Héluise Fauvel, mire itinérant.

JEHAN FAUVEL, mire, père de Druon, décédé.

FOULQUES DE SEVRIN, évêque d'Alençon, ami de Jehan.

HUGUELIN, jeune garçon, aide de Druon.

LOUIS D'AVRE, bailli de Nogent-le-Rotrou, devenu grand bailli d'épée du Perche.

IGRAINE, mage.

ÉLOI SILAGE, dominicain inquisiteur.

SYLVINE TOUILLE, ancienne voisine d'Héluise/Druon à Brévaux.

MICHEL LOISELLE, condamné par l'évêque Foulques de Sevrin, devenu son espion contre une grâce.

AVÉLA, LAIG ET PADERMA, représentantes de l'Ancien Peuple, proches d'Igraine.

ANNELETTE MEUNIER, espionne de messire de Nogaret.

M. JUSTICE DE MORTAGNE, de son nom Hardouin cadet-Venelle, exécuteur des Hautes Œuvres (bourreau).

Au prieuré, Saint-Martin-du-Vieux-Bellême :

MASSELIN DE ROCÉ, grand-prieur.

JOCELYN LEDRU, sous-prieur.

THIBAUD DUCHER, frère cellérier, boursier et sacristain.

9

Benoît Carsasse, frère pitancier.
Alexandre d'Aleman, frère apothicaire.
Agnan Letertre, frère infirmier.
Aubin de Trimbelle, frère portier.
Jacques de Salny, précédent médecin.

Au village de Saint-Agnan-sur-Erre :
Gabrien Leguet, apothicaire.
Blandine Leguet, épouse de l'apothicaire.

En l'abbaye de Thiron-Gardais :
Constant de Vermalais, seigneur abbé.

Personnages historiques :
Philippe le Bel, Guillaume de Nogaret, Charles de Valois, Clément V, Arthur II de Bretagne.

Résumé du tome I, *Aesculapius*, du tome II, *Lacrimae*, et du tome III, *Templa Mentis*

Aesculapius : avril 1306, Alençon. Jehan Fauvel, mire de talent, est jeté dans les geôles de l'Inquisition pour avoir pratiqué des accouchements sans douleur à l'aide d'opium, un prétexte pour lui extorquer le secret d'une pierre rouge, convoitée par Rome, donc l'Inquisition, et par le conseiller de Philippe le Bel, Guillaume de Nogaret. Se sachant menacé, Jehan Fauvel a confié, peu avant son arrestation, la pierre à son ami de toujours, Foulques de Sevrin, évêque d'Alençon. Il ne découvre que bien trop tard que Foulques l'a trahi et livré aux inquisiteurs.

À Brévaux, Héluise, sa fille unique âgée de dix-neuf ans, à laquelle Jehan a transmis tout son savoir, apprend que la Question va commencer. Grâce à l'entremise d'une voisine, elle fait étouffer son père dans sa prison, afin de lui épargner d'interminables tortures. Obéissant au dernier message de celui-ci, elle fuit Brévaux, déguisée en jeune mire itinérant : Druon. Ignorant tout de l'existence de la pierre rouge, Héluise/Druon est fermement décidé à découvrir la nature de la quête de son père et à confronter l'évêque d'Alençon dont elle a compris l'ignoble rôle. Chemin faisant, Druon arrache le petit miséreux Huguelin aux griffes d'une répugnante aubergiste. Ils sont arrêtés pour braconnage sur les terres de la baronne Béatrice d'Antigny, dont la clémence n'est certes pas la vertu principale. Règne une ambiance de peur et de désastre sur les terres de la baronne : une bête énorme et démoniaque sévit, démembrant les villageois. Le marché de Béatrice est simple : leurs deux vies contre la bête. Druon rencontre au château une bien étrange mage aux yeux presque jaunes, Igraine, au service de la baronne. Igraine le met en garde : il doit chercher une pierre rouge meurtrière et se méfier d'une femme très belle. Le jeune mire découvre que la bête n'est qu'un homme, un épouvantable tueur sadique. Il sauve également la baronne d'un complot mortel.

En dépit des tentatives de Béatrice pour les retenir, les deux compagnons reprennent la route.

Lacrimae : novembre 1306 : escorté d'Huguelin, Druon parvient à Tiron, où s'élève l'abbaye royale dirigée par l'impérieux seigneur abbé Constant de Vermalais, abbaye à laquelle les villageois reprochent son manque de charité. La bourgade est sens dessus dessous. Des meurtres s'y succèdent, les victimes, dont un jeune moine, sont retrouvées poignardées, la main droite tranchée, supplice infligé aux voleurs. En dépit de l'urgence de sa quête de vérité, Druon s'installe en l'auberge du Chat borgne, tenue par maîtresse Cécile. Alors qu'il est sommé de remédier à la stérilité de la ravissante Ivine d'Authou, femme d'un seigneur local, ancien soldat et soudard invétéré, Druon enquête sur les meurtres. Louis d'Avre, seigneur bailli de Nogent-le-Rotrou, débarque. Cet homme autoritaire, mais droit, a la ferme intention de découvrir l'identité du meurtrier qui a occis son secrétaire. Pendant ce temps-là, Constant de Vermalais, à la demande de son neveu Hugues de Plisans, chevalier templier, fait sortir du royaume de France ses frères d'ordre menacés par Philippe le Bel. Druon s'intéresse de près aux saintes reliques de l'abbaye. Peu à peu, il met en lumière un trafic qui implique l'abbaye et découvre l'identité surprenante du meurtrier. Ses ennemis se rapprochant, il reprend la route en compagnie d'Huguelin, plus que jamais décidé à élucider le secret de la pierre rouge.

Templa mentis : novembre 1306. Hasard ou destin, leurs pas les mènent à Saint-Agnan-sur-Erre, où l'angoisse et l'indignation sont à leur comble. Le prêtre de la bourgade a été retrouvé mort, crucifié dans son église, et son secrétaire égorgé dans la forêt avoisinante. D'autres meurtres se succèdent, dont celui d'un verrier chartrain. Hébergé par un charmant apothicaire et son épouse, Druon décide de découvrir le fin mot de cette sanglante charade. Grâce à la complicité amoureuse de messire Louis d'Avre – qui a compris que le mire n'est autre qu'une jeune femme en fuite –, Druon s'intéresse vivement à un arrogant petit seigneur local, dont les trois épouses ont trépassé de bien curieuse manière, et que le défunt prêtre soupçonnait des pires vilenies. Druon perce enfin le secret de la pierre rouge, en l'église de Brou-la-Noble, découvrant le prodigieux mystère qu'elle protège, un mystère que son père avait tant convoité. Il comprend aussi l'identité du tueur et ses motivations, alors qu'une épouvantable révélation sur son passé lui fait sentir toute la férocité des forces qui tentent de le détruire. L'évêque d'Alençon, Foulques de Sevrin, a retrouvé sa trace, grâce à l'un de ses espions. Désespéré par sa trahison, l'évêque qui a livré Jehan Fauvel à l'Inquisition propose sa protection à Druon. Le jeune mire le repousse avec fermeté, tout en prenant conscience que, si Foulques est parvenu à le localiser, les espions de l'Inquisition et de messire Guillaume de Nogaret le pourront aussi.

La fuite des deux compagnons d'infortune reprend...

I

Forêt de Bellême, décembre 1306

I l avait neigé en début de nuit et un froid piquant colorait ses joues, lui faisant monter les larmes aux yeux, couler le nez. Sa capuche rabattue bas sur le front le protégeait à peine des assauts violents d'un vent tourbillonnant. Pourtant, une sorte de joie le portait, lui donnait envie de chantonner.

Il souffla entre ses mains jointes, dans le vain espoir de les réchauffer, et réprima un éclat de rire. Il aimait cette forêt de chênes, bouleaux et foyards[1], surtout la nuit. Elle sécrétait une paix presque irréelle, un silence rappelant l'aube de la Création. Il pouffa à nouveau : qui pouvait affirmer que la Création avait été silencieuse ? En réalité, l'absence de vies humaines alentour le grisait. Il imaginait la multitude de petites créatures aux aguets, se demandant si elles devaient fuir ou rester tapies derrière les ronces, les amas de bois tombé, les troncs ou les branches basses dénudées. Certes, il en était de plus grosses et de bien plus redoutables, notamment les ours et les loups qui pullulaient encore dans la région. Cependant, il ne les redoutait pas, grâce à la bienveillance de Dieu à son égard, bienveillance qu'il avait maintes fois

---

1. Du latin *fagus* ; nom du hêtre en ancien français.

15

vérifiée, et à son brin d'estoc[1], sans oublier son imposant couteau de chasse.

Il leva le visage et inspira goulûment l'air glacial et vivifiant. Le ciel dégagé se parsemait d'une multitude d'étoiles. Une demi-lune éclairait son chemin, complice de sa promenade sylvestre. Il y voyait un signe faste. Une houle de reconnaissance le submergea. Tout n'était-il pas admirablement parfait, comme si Dieu lui-même avait veillé à l'agencement des événements ? Une absolue plénitude l'envahit et il frissonna de bonheur. Un bonheur bien fugace que tempéra aussitôt un regret, presque un ressentiment. Avec qui partager ces instants de perfection ? À qui tenter d'expliquer que la main de Dieu se trouvait derrière toutes choses, même les plus infimes, parfois les plus incongrues ? Personne ne pouvait l'aussi bien comprendre que lui. Telle était la marque de son élection mais aussi de sa malédiction : la solitude. Une solitude d'autant plus pesante qu'aucun de ceux qui l'entouraient ne pouvait la déceler. Il réajusta la lourde bougette[2] qui pendait à son épaule et reprit sa marche.

Enfin, il parvint à la cahute de chasse construite en rondins par son grand-père Robert. Il la contourna, s'éloignant d'une vingtaine de toises* vers le nord. Il parvint à la butte rocheuse recouverte de ronces et d'arbustes enchevêtrés et écarta le rideau de branchages qui en dissimulait l'entrée. Son grand-père avait aménagé une sorte de vaste cave dans cette grotte naturelle dont le secret se passait de père en fils. Le vieux Robert y dissimulait du vin, et les biens qu'il voulait soustraire à l'impôt. Peut-être y protégeait-il aussi des aventures qui eussent fort déplu à sa femme, Rolande, dont tous prétendaient qu'elle portait chausses[3]. Lui-même doutait que

---

1. Long bâton ferré aux deux bouts et parfois terminé d'une pointe qui aidait à la marche et se transformait en arme, le cas échéant.
2. Sac de voyage, le plus souvent en cuir, que l'on portait en bandoulière.
3. Porter la culotte.

Robert eût risqué si gros, même s'il ne dédaignait pas une poulette gironde[1] à l'occasion, et surtout en grande discrétion. En effet, Rolande, de forte gueule, et surtout de ronde dot, était de la trempe à bouger ses escabelles[2] et à rejoindre la demeure paternelle pour laver un tel affront. Or, si Robert se montrait peu farouche envers le beau sexe lorsqu'il savait son épouse loin, il aimait avant tout l'argent. Au demeurant, il avait légué à son unique fils survivant – le père de ce visiteur du soir – un joli magot dont une bonne part était dissimulée dans la grotte. De plus, le vieux Robert n'aurait pas risqué qu'un délassement de sens avec une amusette de leste cuisse n'évente le secret de sa cachette. Quelle importance, si ce n'était que de telles spéculations le distrayaient, ajoutant à son excellente humeur du moment ?

Lorsqu'il déverrouilla la lourde porte basse et tira le battant, une odeur pestilentielle lui fouetta le visage, remugles de pisse, d'excréments, et ceux si caractéristiques de la sueur de terreur.

Sur ses gardes, il avança dans la pénombre, seulement trouée par la faible lueur d'une esconse[3]. Il tira de sa bougette deux autres lampes à huile qu'il alluma à la flamme vacillante de la première. L'homme était assoupi, et il en profita pour détailler à nouveau l'ampleur de sa richesse, puisqu'il avait conservé l'excellente habitude de ses aînés, cachant ici ce qu'il ne souhaitait ni partager, ni offrir. Après tout, charité bien ordonnée commençait par soi-même[4] ! Oh certes, il aurait tout abandonné dans la seconde à Dieu, sans l'ombre d'une hésitation, mais certainement pas aux hommes censés le représenter ;

---

1. Pour l'anecdote, le terme vient de *girare* (tourner), racine de « girolle ».

2. Déménager. A donné « escabeau ».

3. Sorte de petites lanternes, en métal ou en bois, dans lesquelles on plaçait une bougie ou une lampe à huile afin de les protéger des courants d'air.

4. Le proverbe est d'origine médiévale. Il serait tiré de la première épître de saint Paul à Timothée (V-8) : « Si quelqu'un n'a pas soin des siens, surtout de sa famille, il a renié la foi et est pire qu'un incroyant. »

afin qu'ils pètent dans la soie, entretiennent sur un grand pied leurs catins ou damoiseaux, ou dilapident son argent en mangeries et en beuveries ? Leurs mensonges ne pouvaient berner que les faibles d'esprit ou ceux qui, ayant quelques lourds péchés à se reprocher, s'achetaient une âme de remplacement, ignorant qu'elle ne leur serait d'aucune utilité.

Il caressa du regard le grand coffret renfermant des bijoux, des calices et autres objets de culte en métaux précieux, quelques pierreries habilement descellées et remplacées par du verre teinté dans leurs tableaux, vêtements ou bijoux d'origine. Sur les étagères, dans des peaux saupoudrées de poussière de bois de cade[1] et de térébenthine, des coupons d'étoffes très monnayables, volés eux aussi. Enseveli sous le sol de terre tassée de la grotte, un autre coffret recelait pléthore de pièces d'or, mal acquises par trois générations. Bah, on s'enrichit bien plus vite et à moindres efforts en malhonnêteté, ainsi que le répétait son grand-père en s'esclaffant.

— Je t'apporte à manger, l'homme ! cria-t-il.

Un mouvement dans la cage exiguë. Le gueux se redressa sur son postérieur et recula dans le fond de sa prison.

— Tu te tiens benoît. Te souviens-tu de ta mésaventure lorsque tu as tenté un vilain coup ? Rien à boire, ni à manger de deux jours, en punition, en plus d'une vilaine balafre à la cuisse qui semble s'être infectée. Ça pue. Je le sens d'ici.

— Ça m'ronge, j'a mal. Foutre, ça m'remonte jusque dans l'cul[2] ! vociféra le prisonnier. J'a d'la fièvre, j'grelotte. Faut faire quérir l'guérisseur !

— Je ne puis et tu dois le comprendre, expliqua-t-il d'un ton posé. Du moins ne délires-tu plus.

---

1. *Juniperus oxycedrus*, une espèce du genévrier, très utilisée pour ses propriétés insecticides mais également parce que ses vapeurs étaient censées repousser mauvais esprits et sorcières. Son huile était également utilisée comme cicatrisant.

2. Rappelons que les termes : « merde », « pisser », « cul » n'avaient aucune connotation grossière à l'époque.

L'homme, brutalement sevré d'une vie de débauche et d'ivresse, avait divagué durant les deux premiers jours de sa captivité, beuglant, sanglotant, s'arrachant la peau du visage au prétexte que des légions de vermines la prenaient d'assaut. Un peu embarrassé, lui n'avait rien fait. Fichtre, et si cet abruti trépassait d'un coup ! Il lui faudrait trouver un remplaçant. Mauvaise affaire que ce retard ! Toutefois, l'ivrogne avait survécu. Encore un signe qu'il suivait la bonne voie.

— Recule-toi davantage et agrippe les barreaux de tes mains, que je les voie.

Satisfait par l'obéissance de son prisonnier, il ouvrit la porte de la cage et, le menaçant de son brin d'estoc, déposa sur le sol de la geôle une outre d'eau, un demi-pain du pauvre[1], trois fromages et un généreux morceau de lard fumé ainsi qu'une robuste omelette froide. À l'origine, la cage avait été conçue pour y enfermer à la nuit les chiens de chasse. Magnanime, il jeta une touaille[2], précisant :

— Tu peux te laver un peu. Tu pues à dégorger. Voici tes victuailles pour deux jours. Si tu gâches ton eau à te laver… eh bien, tu boiras moins. N'y vois aucune pesterie de ma part… mais c'est lourd et ma marche pour te venir nourrir est longue.

— Messire, qu'ec' vous allez faire d'moi ? geignit l'homme.

Il réprima un sourire. Ne voilà-t-il pas qu'il devenait « messire », et que l'ivrogne asséché lui donnait maintenant du « vous », après l'avoir menacé de sanglantes représailles et agoni d'injures et d'obscénités ? Quelle merveille que la peur que l'on insuffle dans les cerveaux les plus épais.

— Oh, rien de très vilain, ne t'inquiète pas. Dès que tu m'auras promis et juré sur les Évangiles de te bien conduire dorénavant, de lâcher le gorgeon, et surtout, dès que j'en serai convaincu, je te relâcherai. De fait, tu fus toute ta misérable vie une disgrâce pour notre Seigneur.

---

1. Fait de seigle et d'orge peu tamisés.
2. Grand linge ou torchon.

— J'le jure, j'le jure, éructa le gueux.

— Non, non… J'ai précisé : dès que j'en serai convaincu. Or, je ne le suis guère. Ne bouge pas les mains ! ordonna-t-il, sec. Patientons encore.

— Et ma jambe, messire ? J'a mal, j'vous dis !

Le gardien tira une petite fiole de terre cuite de sa bougette et la déposa sur la touaille.

— Badigeonne ta plaie avec cette embrocation[1]. Un remède souverain, m'a-t-on confié.

Sans lâcher son prisonnier des yeux, il recula et referma la porte de la cage. L'autre se jeta sur la nourriture, prouvant par là qu'il exagérait ses douleurs dans le but d'attendrir son geôlier. Ou que la faim le tenaillait plus qu'il ne souffrait.

Le visiteur ajouta au grand coffre un charmant diptyque qu'il venait de dérober et tenait serré contre sa poitrine. Une autre belle somme en perspective, à moins qu'il ne le garde pour lui, tant la jeune Vierge souriante d'un des panneaux l'émouvait. Il sortit, replaçant le rideau de branchages devant l'entrée de la grotte.

Et repartit, satisfait. Sa brève cohabitation avec cette créature dégénérée, dont la seule œuvre sur Terre avait été de nuire petitement mais avec une constance certaine à ses congénères, l'avait écœuré. La marche de retour le nettoierait des miasmes que de tels déchets projetaient. Une réjouissante idée le dérida tout à fait : dans deux jours, lorsqu'il reviendrait, il n'aurait assurément pas à se charger d'une lourde bougette d'eau et de vivres. Sa promenade nocturne n'en serait que plus agréable. En revanche, il lui faudrait mener un cheval, lui aussi « emprunté », pour le retour. Une carcasse humaine pèse aussi lourd qu'un âne mort.

---

1. Préparation huileuse pour usage local.

II

Saint-Agnan-sur-Erre,
décembre 1306, la nuit suivante

Serrant contre lui les précieux manuscrits retrouvés en l'église Saint-Lubin de Brou-la-Noble quelques heures plus tôt, Druon de Brévaux était rentré à pas de loup chez les Leguet. Précédée d'une vaste cour carrée et ceinte d'un mur, la demeure respirait l'aisance gagnée de probe et la discrétion de ses propriétaires. Haute de deux étages, les fenêtres du rez-de-chaussée et du premier étaient protégées de morceaux de verre assemblés par des joints de plomb[1].

Druon allait devoir fuir à nouveau, au plus preste. Igraine, l'étrange mage au regard presque jaune, avait raison : dès que l'on comprendrait que les textes uniques se trouvaient en sa possession, ainsi que *templa mentis*, le sanctuaire de la pensée, cette pierre rouge tant convoitée dont il avait percé le secret, il deviendrait la proie la plus traquée du royaume. « On » ? La liste massée sous ce pronom indéfini faisait frémir. « On », Guillaume de Nogaret*, conseiller préféré du roi Philippe le Bel*, qui espérait que ces écrits lui servent de monnaie d'échange et de moyen de pression contre Clément V*, leur

---

1. Le verre était très cher à l'époque et réservé à des gens de beaux moyens. On parvenait difficilement à produire de grandes surfaces, d'où la nécessité du sertissage au plomb de petites fractions.

nouveau pape. « On », l'Inquisition, ombre terrible, aux ordres du souverain pontife. L'Inquisition qui avait arrêté son père, l'admirable aesculapius[1] Jehan Fauvel, au prétexte d'avoir permis des accouchements sans douleur grâce à l'opium, en vérité parce que la pierre rouge avait été en sa possession. « On », enfin, l'ordre du Temple*, ainsi que le lui avait appris Hugues de Plisans, chevalier templier, quelques instants avant qu'Igraine ne le navre[2] de son bâton de marche à lame dissimulée, quelques instants avant que Plisans ne tente de tuer Druon afin de protéger le secret de la cachette des manuscrits.

Une houle de chagrin suffoqua Druon. Il avait occis sa mère, la démoniaque Catherine, connue sous le nom d'Aliénor de Colème. Catherine qui avait vendu son âme au dieu inversé en échange d'un imbécile espoir d'immortalité et de richesse. Catherine, terrassée[3] de justesse par Jehan Fauvel lorsqu'elle avait tenté d'égorger Héluise, son enfançonne, pour satisfaire son maître, le diable. Catherine, qui, plus de quinze ans après, était toujours décidée à tenir sa promesse. Un étrange et déplaisant chagrin. Héluise travestie en Druon avait assisté à l'effondrement de son rêve d'une mère aimante et tant aimée, qui l'avait apaisé toutes ces années, auquel il s'accrochait depuis le début de sa fuite afin de ne pas sombrer dans le désespoir. Une jolie fable encouragée par son père qui lui avait fait accroire au décès prématuré de Catherine, dans l'espoir de ne lui devoir jamais révéler l'épouvantable vérité au sujet de ce monstre au visage d'ange. Catherine avait péri alors que ses bras à la menteuse affection enserraient sa fille pour l'immobiliser et la transpercer de sa dague. Au fond, du meurtre de sa mère, de ce réflexe de survie, Héluise/Druon ne conserverait nul remords, nul regret. En revanche, les

---

1. Médecin de grand talent et d'intégrité.
2. Transpercer gravement.
3. Sens premier de « terrasser » : jeter à terre, renverser.

ruines calcinées de son beau rêve le hanteraient jusqu'à son dernier souffle. Assez ! Catherine ne méritait pas même un souvenir ! Se cramponner plutôt aux êtres magnifiques qui avaient peuplé sa vie : son père, le petit Huguelin qui suivait sa route depuis qu'il l'avait sauvé des griffes d'une tenancière lubrique, et, peut-être, plus loin, le bailli de Nogent-le-Rotrou, Louis d'Avre. Héluise en Druon avait fini par admettre que l'émoi qu'elle ressentait en sa présence ne devait rien à une tendresse filiale. Le fugace sourire qui avait éclairé son visage mourut aussitôt. Et le confronter à des dangers dont il n'avait aucune conscience était-il juste ? Son humeur s'assombrit encore lorsque l'incessante question s'imposa à son esprit : que faire du petit Huguelin, âgé de 12 ans ? Sans défense, sans parents, de très bas[1], ayant appris à lire et à écrire grâce à l'enseignement de Druon, il ne pourrait jamais faire face si son jeune maître l'abandonnait. Certes, les époux Leguet, gens de cœur et de droiture, le garderaient en leur demeure le cas échéant, le traitant avec autant de bonté que leurs serviteurs, recrutés parmi les damnés de la Terre. Maître Leguet, le vieil apothicaire[2], et dame Blandine, sa jeune et ravissante épouse, avaient réuni autour d'eux une sorte de petite cour des miracles, protégeant de leur mieux de pauvres êtres difformes ou invalides[3] qui n'eussent même pas pu trouver ouvrage ailleurs. Toutefois, les Leguet péchaient par leurs

---

1. Abréviation de « de bas lignage ». De même, « de haut » est l'abréviation de « de haut lignage ».

2. De *apothecarius*, signifiant « boutiquier ». En effet, l'apothicaire tenait boutique, gage de sérieux par rapport aux pseudo-pharmaciens ambulants, bien souvent des charlatans. La profession, par essence potentiellement dangereuse, a vite été très réglementée. De longues discussions eurent lieu, concernant les statuts du métier d'épicier et de celui d'apothicaire. Cela étant, la formation théorique et pratique de ces derniers était longue et exigeait une connaissance du latin. Il exista jusqu'au XI-XIIe siècle de véritables apothicairesses, à l'image des miresses.

3. Les infirmités de naissance, et même des grains de beauté trop abondants, étaient considérés comme une marque démoniaque.

immenses qualités d'âme : jamais ils n'entreverraient le danger à temps pour en protéger Huguelin. Laisser le garçonnet en leur garde ou l'entraîner à nouveau dans son sillage, au risque qu'il soit arrêté et jeté dans un cul-de-basse-fosse dont nul ne daignerait le tirer ? Druon s'était tant attaché à l'enfant, en venant à le considérer d'abord à la manière d'un petit frère, puis d'un improbable fils, affection réciproque. Étrangement, la présence du petit garçon – qui évoquait davantage un oisillon maigrelet qu'un redoutable cerbère –, son inflexible volonté d'exercer à son tour la médecine, et son amour rassuraient Druon, lui restituant sa force. Et puis, au cours des heures de déroute, lorsqu'il songeait que se rendre à la police du roi – et quelles qu'en soient les conséquences – mettrait terme à ses peurs et à sa fuite par les chemins du royaume, Huguelin le retenait de céder, d'accepter l'injustice organisée par les puissants. Mais la sécurité de l'enfant devait primer. Dieu du ciel, que décider ?

Se gardant de faire du bruit afin de ne pas déranger le sommeil du gentil couple, Druon dépassa l'ouvroir[1] et déboucha dans la vaste salle commune. Il aimait cette pièce, tant elle décrivait la belle qualité des propriétaires des lieux. Deux hauts chandeliers à cinq branches semaient la longue table de bois roux de guignier[2], les chandelles[3] de l'un d'eux allumées en cette heure tardive ou très précoce. Trois des murs étaient lambrissés de chêne, le dernier tendu d'un dorsal[4] champêtre, à la finesse de point remarquable. De grands tapis, bleu sombre mêlé de jaune, couvraient les dalles ocre

---

1. Première pièce d'une maison, qui donnait en général sur l'extérieur.

2. Merisier.

3. Très chères, elles étaient réservées aux nantis ou au culte. On s'éclairait surtout avec des lampes à huile. « Bougie » est un terme plus récent, dérivé de Bugaya, ville algérienne qui s'était spécialisée dans leur fabrication.

4. Tapisseries tendues aux murs afin de protéger les occupants du froid ou de l'humidité ou de dissimuler une niche ou un passage secret.

jaune de la salle. Une sourde tristesse envahit Druon : pourrait-il un jour vivre paisiblement, sans se cacher, sans plus fuir, partageant des soirées paisibles de lecture, de conversation ou de broderie entre époux, à l'instar des Leguet ?

Les questions qui le harcelaient depuis son départ de l'église Saint-Lubin de Brou-la-Noble ressurgirent dans son esprit : pourquoi Igraine ne l'avait-elle pas occis sitôt afin de récupérer les manuscrits qu'elle convoitait depuis si long-temps ? Elle en avait l'opportunité, la force et la détermination. Craignait-elle véritablement qu'il les enflamme de son esconse ? Pourquoi en doutait-il tant ?

Druon sursauta lorsque Gabrien Leguet se leva du coffre-banc[1] poussé devant la cheminée.

— Messire apothicaire, j'espère ne vous avoir point tenu éveillé, s'inclina Druon.

L'homme de courte taille, mince à la maigreur, ses cheveux courts et blancs hérissés en permanence sur le crâne, sourit. Le regard pétillant d'intelligence du vieillard d'une soixan-taine d'années[2] détailla Druon, puis :

— Non pas, messire mire[3]. Le petit Huguelin a tant pro-testé, pleuré après votre départ que ma mie[4] Blandine et moi

---

1. Un des meubles les plus fréquents au Moyen Âge. On y rangeait un peu tout, vêtements, linge de maison, vaisselle, mais aussi des vivres. Refermé, il servait de siège.

2. Le Moyen Âge distinguait : jovant (de 20 à 40 ans), moein-age (de 40 à 60) et vieillece (au-delà de 60 ans).

3. Le mire, laïc, exerçait la médecine après quelques années d'études. Le médecin, docteur en médecine et clerc, ne pouvait fonder une famille. Les deux professions furent réunies au XVe siècle.

4. Le terme était utilisé aussi bien pour les hommes que les femmes et à l'époque évoquait tout autant l'amitié que l'amour. Sa destination féminine et amoureuse ne survint que plus tard.

avons fini par craindre de vous voir engagé dans quelque périlleuse aventure.

— Ah, cher Huguelin ! L'imagination fertile des enfants, biaisa Druon. Tout juste avais-je rendez-vous avec une mienne connaissance de passage en Brou-la-Noble.

— C'est que les routes ne sont guère sûres, surtout à la nuit et en forêt, contra avec amabilité l'apothicaire.

— Certes. Toutefois, ma preuse jument de Perche, Brise, est capable de dissuader nombre de malandrins et bêtes sauvages, tout comme mon épée.

Le regard de Gabrien Leguet frôla le volumineux paquet enveloppé du mantel[1] de Druon. Par courtoisie, il ne posa aucune question. Par respect et reconnaissance, Druon lui épargna un mensonge sur sa nature.

— Messire Leguet… Il me faut partir dès l'aube, une affaire urgente et inattendue me presse de vous quitter bien abruptement. J'en suis fort marri, votre bonté et votre hospitalité méritant bien davantage que ce congé discourtois, puisque je doute de pouvoir saluer et mille fois remercier dame Blandine.

— D'autres meurtres requièrent-ils votre magnifique compétence ? s'exclama l'apothicaire, mi-effrayé, mi-admiratif.

— En effet, approuva Druon.

Un demi-mensonge.

— Quant à notre hospitalité, croyez qu'elle fut avant tout un plaisir. Les distractions de qualité sont rares en notre petite bourgade, d'autant que Blandine avait formé un attachement pour Huguelin, regretta Gabrien Leguet. Et je la préviendrai de votre départ ! Elle ne me pardonnerait pas l'inverse.

Druon de Brévaux n'hésita qu'un instant. Il tergiversait depuis des semaines, et la décision fut prise en un éclair : Huguelin ne pouvait rester en la garde du charmant couple, qui ignorait tant du passé de leurs deux hôtes.

---

1. Sorte de long manteau sans manches, évoquant une cape.

— Croyez bien que l'attachement est réciproque. Avec votre permission, messire, je vais tenter de dormir une ou deux heures avant notre périple.

— Bien sûr. Je vais sitôt éveiller Martine, qui me rugirait aux oreilles de n'avoir pu vous préparer deux bougettes de vivres, décida le petit homme.

Druon réprima un fugace sourire à l'évocation de la servante-cuisinière, bossue et sourde, un autre sauvetage des époux Leguet.

Une fois dans la chambre, il se dévêtit à la hâte, ôtant la bande de lin qui comprimait ses seins, fort révélateurs de sa féminité, dans un soupir de soulagement et se glissa sous la couverture. Dans son sommeil, Huguelin rampa et colla le dos contre le flanc de son jeune maître. Le contact du mince corps tiède, confiant, apaisa aussitôt Druon. Demain, dès l'aube, il agirait, mettant autant de distance que possible entre eux et leurs poursuivants. Mais où aller, où se terrer ? Leurs ennemis devaient maintenant tous savoir qu'ils pourchassaient une jeune donzelle[1] travestie en mire itinérant, portant petite tonsure[2], accompagnée d'un garçonnet. Demain, il y verrait plus clair et rédigerait une missive pour messire d'Avre, une lettre aux tournures vagues mais implicites. Il sombra dans un sommeil sans rêve.

---

1. À l'époque : femme ou jeune fille de qualité.
2. Pour laquelle optaient également des laïcs afin de faire acte de piété et affirmer leur obéissance à Dieu et à l'Église.

III

Citadelle du Louvre, alentours de Paris,
décembre 1306, cette même nuit

Assis dans sa vaste salle d'études que ne parvenaient guère à réchauffer les deux pingres feux lancés dans les cheminées qui se faisaient face, Guillaume de Nogaret, conseiller très écouté de Philippe le Bel, asséna son poing contre sa table de travail, tant l'aigreur le suffoquait. Les registres et rouleaux de missives, écritoires et cornes à encre qui servaient à ses secrétaires frémirent sous la violence du choc, et il redouta un instant que les chandelles qui éclairaient son travail ne choient. Il se retourna, tentant de trouver un habituel réconfort dans le dorsal tendu derrière lui, représentant une Vierge diaphane serrant un enfant Jésus qui souriait au monde. En vain.

Il fulminait depuis la veille, lorsqu'il avait appris l'assassinat de Céleste de Mirondan, sa madrée espionne, une vague cousine. Fine mouche[1], raison pour laquelle elle avait choisi le surnom de Céleste la Mouche, il avait préféré ses tractations avec elle à bien d'autres. Nulle amitié, nulle affection, nulle peur de sa part, juste une obsession, le prix de sa collaboration : récupérer le domaine de Mirondan. Son état de fille non mariée avait fait le bonheur d'un sien cousin, Jacques de

---

1. « Mouche » désignait alors un menteur ou un espion, bref un individu malin, inaccessible et rusé. Nous en avons gardé « mouchard ».

Mirondan, qui avait hérité de tout. Certes, Nogaret n'avait eu nulle intention de s'acquitter de cette promesse une fois la mission de Céleste accomplie. Il l'aurait dédommagée d'une belle somme d'argent. Peu aurait importé, tant il était passé maître en sournoiseries.

Il la revoyait dans son mantel de burel[1] d'un rouge tapageur, avec son long châle à franges, signalant une puterelle[2], un « emploi » que la nécessité l'avait contrainte à endurer afin de ne pas crever de faim. Grande, mince, au regard d'un profond vert, Céleste devait plaire aux clients de la maison lupanarde dans laquelle elle exerçait ses talents. Il se souvenait de l'émoi qu'elle avait provoqué en lui lorsqu'elle l'avait mis en garde, avec moult précautions de langue, contre le double-jeu d'Hugues de Plisans. En dépit de son extrême méfiance, inspirée par ses années de pouvoir, Nogaret avait conçu une sorte d'amitié pour le chevalier templier, convaincu qu'il rejoignait la cause du roi et s'exaspérait de l'arrogance obstinée du grand-maître de l'ordre du Temple, Jacques de Molay. Après tout, Philippe le Bel ne cherchait qu'à museler les moines-soldats, véritable meute de garde du pape. Une autre déception que ce Plisans. Une gifle que le conseiller ne pardonnerait pas puisqu'elle le souffletait dans sa dernière fragilité : son besoin presque peureux d'une amitié véritable qui ne soit jamais entachée de calculs. Billevesées ! Une telle chose n'existait plus pour lui. La raison commandait de l'admettre et de ne plus jamais l'oublier.

Guillaume de Nogaret jouissait d'une réputation d'extrême intelligence. Sa position d'homme le plus influent du royaume, la confiance que lui témoignait le souverain, lui avaient permis de s'enrichir bellement sans que l'on puisse

---

1. Ou bure. Laine de mauvaise qualité.
2. Prostituée. Elles avaient obligation de signaler leur profession par des vêtements voyants.

jamais le soupçonner de puiser dans le Trésor en malhonnêteté. Nul ne pouvait lui bâiller le lièvre par l'oreille[1].
Politique retors, au fait de toutes les ruses et médiocrités
courtisanes, il débusquait sans faillir les escobarderies[2], les
pièges, les intentions véritables de ses interlocuteurs.
S'ajoutaient son absolue dévotion envers le roi son maître
et sa foi brûlante en Dieu ainsi qu'en la très sainte Église
catholique. De fait, Plisans était parvenu à le convaincre
que l'amitié désintéressée pouvait exister pour un
conseiller du roi. Son détestable isolement, cette suspicion
envers chacun, l'obligation d'insuffler la crainte en l'autre
afin de le dompter s'étaient apaisés. Guillaume de Nogaret
avait toléré, puis apprécié la cordialité du chevalier. Et
Plisans l'avait trahi. Certes pas par intérêt, mais pour protéger ses frères d'ordre, au mépris de la volonté royale. Si
Nogaret avait, au fond, admis les raisons du chevalier templier, il lui en avait terriblement voulu de sa duplicité.
Céleste avait vu juste. Il ne l'avait d'abord pas crue, sans
doute parce qu'une telle admission le blessait dans son
amour-propre et dans ce besoin d'alléger son extrême solitude.

Et Céleste était morte, étranglée dans un bois. Pis, elle
n'était pas parvenue à retrouver la fille Héluise Fauvel.

Une foi dévorante, en vérité. Pourtant, M. de Nogaret
s'était accommodé des deux sommations du monarque :
museler l'ordre du Temple, donc. Les Templiers avaient quitté
l'Orient pour se rabattre sur l'Occident, après la débâcle
de Saint-Jean-d'Acre. Oubliés leurs combats, leurs victoires,

---

1. Faire de fausses promesses.
2. Paroles destinées à tromper.

leurs sacrifices. Ne demeurait que leur échec qui leur valait la mésestime, pour ne pas dire le mépris, sans même parler de la jalousie du peuple. Peut-être aussi leur morgue, du moins celle de leur grand-maître : Jacques de Molay, homme de foi, remarquable soldat mais piètre politique et exécrable négociateur. Nogaret œuvrait également afin de satisfaire la deuxième exigence du roi : obtenir un procès posthume contre la mémoire de Boniface VIII*, ancien Saint-Père et ennemi juré de Philippe. La mort du souverain pontife trois ans plus tôt n'avait guère apaisé l'ire du roi. Boniface, qui se rêvait empereur d'Occident, avait tenté de faire fléchir le Capétien avec une arrogance qui lui avait valu sa haine indéfectible. Nogaret avait donc contribué de derrière la tenture[1] à l'élection d'un pape français dont il espérait une « gratitude » envers le roi : Clément V. Gratitude qui tardait à se manifester autrement qu'en paroles, Clément louvoyant avec son habituel talent de diplomate et des phrases à double entente. Quant au Temple, Philippe le Bel ne souhaitait pas son éradication, mais sa mise au pas, sous les ordres de l'un de ses fils, Philippe de Poitiers. De fait, les Templiers ne répondaient qu'au pape et formaient un contre-pouvoir militaire trop puissant dans les pays où ils s'installaient. La pierre rouge, que convoitait tant Clément V, avait donc pris une cruciale importance aux yeux du conseiller du roi. S'il ignorait tout de sa signification, elle représentait à ses yeux un habile moyen de chantage.

Mais comment Céleste, une fillette commune[2] habituée au danger, méfiante par profession, avait-elle pu tomber dans ce piège ? À l'évidence, on, et quel que fût ce « on », avait compris qu'elle espionnait pour le compte de Nogaret afin de retrouver la damoiselle Héluise Fauvel.

---

1. En grande discrétion.
2. Prostituée.

Le cliquettement des genouillères de métal d'un garde en ronde lui parvint depuis la haute porte de sa salle de travail. Il ne le remarquait presque plus, qu'il fît jour ou nuit, pas plus que l'exiguïté de la Grosse tour du Louvre, ou l'humidité glaçante qui suintait en toutes saisons de ses murs. Les pouvoirs de l'État, notamment la chancellerie, les comptes et le Trésor, étaient toujours massés dans la rébarbative bâtisse qui s'élevait juste derrière la limite de la capitale, non loin de la porte Saint-Honoré. Les travaux du palais de l'Île de la Cité, qui devait remplacer dans l'esprit de Saint Louis[1] le sinistre donjon bâti sur ordre de son grand-père, Philippe II Auguste, tardaient à commencer, faute d'argent, pour le plus grand déplaisir de tous ceux qui s'entassaient entre ces murs. À l'exception de M. de Nogaret qui s'y sentait en belle aise et ne quittait guère ses appartements.

Âgé d'une trentaine d'années, de courte taille, chétif, le visage émacié, Nogaret semblait déjà centenaire. Son regard d'une pénible intensité, encore soulignée par l'absence de cils à ses paupières, faisait détourner les yeux à nombre de courtisans. Au demeurant, le conseiller renforçait l'impression de roideur qui se dégageait de sa personne grâce à son débit cassant et à son vêtement. Il avait conservé la longue robe triste des légistes, surmontée d'une housse[2], en cette époque où les hommes se ruaient sur les dispendieuses parures orfraisées, courtes et ajustées. Les courtisans exhibaient des atours que n'eussent pas dédaignés les coquettes les plus exigeantes : blanchet[3] surchargé de broderies d'or,

---

1. Louis IX (1214-1270).
2. Sorte de long manteau sans manches.
3. Qui remplaça le doublet, plus long.

jaque[1] semée de pierreries ou de perles, ou jupet[2] de luxueux cendal[3], sans oublier les hauts-de-chausses enrubannés.

Il frotta l'une contre l'autre ses mains osseuses, à la peau ivoire et sèche, s'autorisant un soupir d'exaspération. Qui avait commandité le meurtre de Céleste ?

Un serviteur pénétra à son ordre et déposa sur sa table de travail un plateau chargé de son souper[4], saluant bas, sans proférer autres mots qu'une série de « messire ». Après son départ, Nogaret jeta un regard agacé aux mets : un bouillon de légumes, une épaisse tranche de pain frais et un tranchoir[5] sur lequel reposait une belle part de gigue de chevreuil bouilli, puisque les cuisiniers connaissaient l'aversion du conseiller pour les plaisirs de table, les sauces, bref tout ce qui s'écartait de la simple notion de survie. Seul le verre de vin qu'il s'accordait à chaque repas ne l'ulcérait pas puisque même le rigoureux saint Benoît le recommandait, dans ses conseils de modération. Quelle pitié qu'on ne pût vivre d'eau et de pain sec !

M. de Nogaret plongea sa cuiller dans le bouillon clair, l'obsédante question tournant dans son esprit : qui ? Certes, le décès d'une femme de haut encore jeune, même puterelle, était regrettable. Mais bah ! Inutile d'épiloguer au sujet d'un événement qui ne le concernait que sur un point fort

---

1. Sorte de veste longue arrivant aux cuisses.
2. Sorte de justaucorps entaillé au bas, devant et derrière.
3. Soie de très belle qualité.
4. Le dîner ou le souper constituaient le premier repas de la journée, le premier dérivant de *disjejunare* (rompre le jeûne de la nuit) et le second de « soupe », puisqu'on en mangeait à tous les repas. « Dîner » devint ensuite notre actuel déjeuner et « souper » notre dîner.
5. Épaisse tranche de pain rassis qui servait d'assiette. Un fois imbibée de sucs de viande ou de poisson, on l'offrait aux pauvres ou aux chiens.

ennuyeux : il ne disposait plus d'espions dotés d'assez d'intelligence, et avait perdu la trace d'Héluise Fauvel. Néanmoins, avantage non négligeable : Céleste lui épargnerait son acrimonie lorsqu'il lui annoncerait ne pas se vouloir mêler de ses déboires au sujet du domaine de Mirondan. Piètre satisfaction.

Qui ? Qui se trouvait derrière le trépas de Céleste la Mouche ? L'Inquisition, donc Clément V ? Nogaret ne croyait en effet pas une seconde à une mauvaise rencontre de la fillette commune avec un vaurien quelconque, aussi charmeur fût-il. Céleste la Mouche se montrait bien trop rusée et soupçonneuse pour commettre une telle bévue. D'autant que la longue-oreille de messire de Nogaret avait précisé qu'on l'avait vue quitter le grand-marché de Saint-Pierre-la-Bruyère, ce dernier novembre, en compagnie d'une fermière de moyens, à en juger par sa mise. En d'autres termes, les déductions de la puterelle se trouvaient démontrées par son trépas. Contrairement à ce qu'avait tenté de lui faire accroire Hugues de Plisans, la donzelle Fauvel ne filait pas vers le royaume espagnol, italien, pas plus qu'anglois. Elle cheminait en terrain de connaissance et Céleste s'en était trop rapprochée, le payant de sa vie. Héluise Fauvel se trouvait toujours en Perche ! Morbleu[1], qu'il avait été sot ! Il se mordit sauvagement l'intérieur des joues afin de se punir de son imbécilité. Le goût métallique du sang sur sa langue l'apaisa un peu.

M. de Nogaret tergiversa quelques instants. Puis, il termina son bouillon et mastiqua un bout de pain avec une lenteur exagérée. Une bonne ou une mauvaise chose ? Sans doute pas mauvaise même si la suite n'en serait que plus ardue. Si

---

1. Contraction acceptable de « par la mort de Dieu », blasphématoire. Nombre de jurons furent ainsi transformés, parfois en remplaçant « Dieu » par « bleu », comme par exemple « par le sang de Dieu », qui devint ainsi « palsambleu ».

l'Inquisition savait que le conseiller convoitait également la pierre rouge, Clément V s'alarmerait. Tout ce qui pouvait inquiéter le pape, lui faire souhaiter la protection royale, allait dans le sens de Nogaret.

Il revint à sa préoccupation du moment : trouver un espion digne de ce nom. Peste que ces gens ! Peu d'entre eux étaient assez lestes d'esprit pour le bien servir en délicate affaire. Quant aux autres, il convenait de les faire espionner à leur tour afin de les dissuader, parfois de définitive manière, de vous trahir contre plus grasse bourse.

Mais qui, qui à la fin ? Qui avait occis Céleste ?

Seul éclat de lumière qui le réjouissait fort, son récent tour de passe-passe au nez et à la barbe de Charles de Valois*, seul frère de plein sang du roi, expliquant sans doute la tendresse aveugle que lui témoignait le souverain. Nogaret le jugeait pourtant de faible intelligence – ce que sa force de gueule ne parvenait pas à faire oublier –, fat, menteur, et surtout d'une cupidité peu commune, puisant à mains crochues dans le Trésor royal, pourtant bien anémié. Bah, Valois était fidèle au roi son frère, disposition qui retenait encore Nogaret de lui faire dévaler la pente. De plus, il s'était toujours montré courageux au combat. Quoi qu'il en fût, Guillaume de Nogaret n'était pas peu aise d'avoir berné le gros Charles à son propre jeu !

Un an plus tôt, Guy de Trais, alors bailli de Nogent-le-Rotrou, une possession bretonne convoitée par le frère du roi, avait fait preuve d'une sotte désinvolture lors d'une affaire de meurtres. Une douzaine de petits saute-ruisseaux de sa ville avaient été vilainement torturés et assassinés[1]. Le sort des enfants importait peu aux politiques. En revanche, la grogne de la populace menaçait. Arthur II de Bretagne* avait été courtoisement avisé de rappeler, au plus preste,

---

1. *En ce sang versé, Les enquêtes de M. de Mortagne, bourreau*, Flammarion, 2012.

son bailli à sa cour. Nul doute que l'incompétent terminerait sa carrière et sa vie dans quelque affectation isolée de leur contrée arriérée[1] et peu en chalait[2] au conseiller du roi ou, d'ailleurs, au duc de Bretagne. Une tortueuse partie d'échecs s'en était suivie. Valois, beau-père d'un des fils de Bretagne grâce au mariage de sa fille Isabelle, avait donc avancé ses pions en faisant nommer à sa place Louis d'Avre, un de ses anciens compagnons de bataille. Toutefois, Guillaume de Nogaret devait aussi manifester sa reconnaissance à Arnaud de Tisans, alors sous-bailli de Mortagne-au-Perche. Soigner toujours ses appuis, du moins ceux qui se révélaient importants, une des forces de messire de Nogaret ! En effet, Tisans, lassé du peu d'intérêt de Valois, son suzerain direct, pour les provinces du Perche ou de l'Alençonnais[3] et par son côté pilleur, avait fait allégeance à Nogaret en discrétion. C'est alors qu'Adelin d'Estrevers, grand bailli d'épée du comté du Perche, avait eu la judicieuse idée de se faire égorger d'étrange manière, au plein de la forêt. Quelle importance, puisque nul ne semblait le regretter, et surtout pas monseigneur de Valois ? Une autre danse de pions avait commencé. En remerciement de ses loyaux services, Louis d'Avre avait succédé au triste Estrevers, une nomination royale, donc une de celles qui revenaient à Nogaret. Charles de Valois avait alors désigné Arnaud de Tisans pour reprendre le baillage de Nogent-le-Rotrou. Une magnifique partie de passez-muscade[4] dont Nogaret n'était pas peu fier. Une affaire rondement menée de derrière la tenture. Valois s'était démené

---

1. Le royaume de France considérait ainsi la Bretagne, malgré les marques de fausse affection qu'il multipliait de crainte que le duché ne rejoigne le giron de l'Angleterre.

2. Du verbe « chaloir », dont nous n'avons gardé que « peu m'en chaut ».

3. Que Charles de Valois avait reçues en apanage trois ans plutôt.

4. Expression tirée du jeu de bonneteau, datant au moins du XIVᵉ siècle. Le bonneteur faisait passer une noix de muscade sous trois gobelets

afin de faire nommer ceux qu'il croyait à sa botte, Tisans et d'Avre. Nogaret avait pincé les lèvres, tergiversé, feint de s'y opposer pour rassurer et conforter le gros Charles dans son plan. Comme prévu, Valois s'était alors obstiné. Il avait tempêté, ourdi et fini par placer deux des hommes de Guillaume de Nogaret, dont il se méfiait pis que d'un serpent. À juste titre.

Tisans et d'Avre surveillaient donc aujourd'hui la police, la justice et les impôts du comté de Charles de Valois. Le conseiller claqua la langue de contentement. Satisfaction de courte durée puisque lui revint aussitôt son agaçant embarras.

Un espion. Il lui fallait au plus preste un excellent espion. Quel embrouillement ! Maudite fût Céleste la Mouche pour lui occasionner tant d'encombres ! Femme ou homme ? Femme, sans doute. En dépit du peu d'intérêt et d'estime de Guillaume de Nogaret pour la douce gent, hormis les reines ou princesses puisqu'elles mettaient au monde de futurs rois, force lui était d'admettre qu'elles faisaient souvent de bien meilleures longues-oreilles que les hommes et possédaient une appréciable intuition. Leur coutumière rouerie, sans doute. Certes, de moindre force, leurs talents de bretteuses laissaient à désirer. Pour preuve, l'infortunée Céleste. Toutefois, la tromperie, le mensonge et la duplicité faisaient à l'évidence partie de leur nature, songea-t-il avec le placide mépris qu'il réservait au doux sexe. Une désagréable pensée troubla alors messire de Nogaret, dont l'intelligence et la pénible lucidité ne connaissaient pas de trêve. Diantre, ne venait-il pas d'affubler les dames des mêmes détestables travers que ceux qu'il

---

renversés. Le joueur devait deviner sous quel gobelet elle se retrouvait. Une arnaque basée sur la prestidigitation dont on voit toujours des variantes avec un as. Le jeu est interdit dans de nombreux pays.

constatait chaque jour chez les courtisans et proches du roi, tous bien mâles ?

Il termina son verre de vin en se levant et se murmura :

— Allons, mon bon Nogaret… L'homme reste l'homme même lorsqu'il s'agit d'une femme !

Il lui fallait en urgence prendre une décision, de crainte que la donzelle Héluise lui file à nouveau entre les doigts.

Il tira le long cordon de passementerie qui pendait au coin d'une des cheminées. Quelques secondes plus tard, un huissier de nuit pénétra dans la salle après un cognement raide contre la haute porte. L'homme s'inclina, bafouillant :

— Messire, au service.

— Fais sitôt mander l'officier de geôle.

— C'est-à-dire, messire, Vigiles* est…

D'un ton cassant, Nogaret l'interrompit :

— Et ? Me vois-tu endormi, l'homme ? Non ! Eh bien que mon officier de geôle s'éveille à l'instant puisqu'il me sied. À moins… que sa charge ne lui pèse. Je puis, pour lui plaire, l'en soulager.

IV

Brévaux, décembre 1306, le lendemain

Druon et Huguelin progressèrent une bonne partie de la journée au pas lent de Brise, la jument de Perche, qui parfois se délassait de courts trots. Martine, la cuisinière des Leguet, les avaient choyés, ainsi qu'ils le découvrirent lors de leur première halte de restauration. Rien ne ravissait davantage Huguelin, ancien petit ventre-creux, que la vue de la nourriture en abondance.

— Ah, que soit bénie Martine et ses bons maîtres ! s'exclamat-il en inspectant les victuailles entassées dans sa bougette sur l'herbe fraîche. Mais r'gardez-moi... euh... regardez ces merveilles. Un demi-poulet rôti, du pain de froment[1], du lard fumé, des pipefarces[2], deux fromages si mollets[3] qu'ils feraient damner un saint. Votre pardon. Deux pâtés de viande et pas des p'tits... euh des petits, des prunes sèches, des pâtes de coing et deux boutilles[4] de sidre[5] de l'année. Fichtre, en

---

1. De blé, réservé aux ménages les plus cossus.
2. Sorte de beignets à la farine et aux jaunes d'œuf, dilués dans un peu de vin. On incorporait du fromage à la pâte avant de la faire frire. Se dégustait chaud ou froid.
3. Mou dans un sens agréable.
4. Bouteilles, le plus souvent en terre cuite.
5. Ancienne orthographe de « cidre ». Contrairement à ce qu'on lit parfois et qui ferait remonter sa consommation au XIVe siècle, celle-ci est

41

vérité, de quoi nous remplir la panse à satiété jusqu'au demain !

La gourmandise qui brillait dans les yeux du garçon fit sourire Druon. Brise arrachait de maigres touffes d'herbe recouvertes d'une neige fondante.

— Où nous rendons-nous, mon maître ? demanda soudain l'enfant.

— Et c'est seulement maintenant que tu t'en préoccupes ? pouffa Druon.

— Oh, moi, tant que je chemine en votre compagnie, le reste m'importe peu.

Il attaqua à pleines dents sa généreuse part de poulet, reprenant :

— Aussi ne s'agit-il que d'une curiosité. Vous me répondriez Alençon, le duché de Normandie ou le royaume anglois, que notre destination…

— Que t'ai-je recommandé, à maintes reprises ? le coupa le jeune mire.

— Votre pardon, bafouilla Huguelin, tentant de garder les lèvres aussi closes que possible.

Il avala avec peine une énorme bouchée et ajouta :

— On ne doit pas infliger à ses convives la danse gluante des aliments qui tournent dans votre bouche, pas plus qu'ôter des filaments piégés entre les dents pour les remettre dans le plat, récita-t-il.

— Alors, pourquoi persister ?

— Les mauvaises habitudes se prennent vite et ont peau coriace, admit le garçon. J'ai été élevé tel un chiot qui a perdu sa mère. Mes manières de table n'intéressaient pas non plus la répugnante tavernière qui m'avait acheté à mon père.

Druon s'en voulut. De fait, Huguelin avait poussé telle une herbe folle, cherchant à manger, se battant avec ses frères

_____

attestée depuis Théodoric II (597-813), roi mérovingien, puis sous Charlemagne (742-814).

et sœurs pour un bout de pain, avant de tomber entre les pattes lubriques d'une répugnante femelle qui l'utilisait comme souillon[1] et apaisement de ses sens trop échauffés. Il lui caressa les cheveux et temporisa :

— Mon doux, j'oublie parfois à quel point tu me rends fier. Tes progrès me stupéfient et me comblent. Je me montre trop exigeant. Quelle ingratitude de ma part.

— Non pas, non pas ! Vous avez mille raisons et je vous en suis reconnaissant. Enfin, je perdrais la face, si un jour, dans quelques années, le parent d'un de mes riches patients m'invitait à sa table afin de me remercier et que je l'indispose par des manières balourdes !

Le jeune mire réprima un sourire. La grande ambition de l'enfant : devenir un aesculapius que le royaume s'arracherait. Un beau rêve qu'il pourrait sans nul doute réaliser un jour.

À l'à-Dieu de l'aube, dame Blandine Leguet n'avait pu retenir ses larmes, comme elle embrassait Huguelin, l'inondant de recommandations maternelles.

La solution s'était alors imposée à Druon pendant qu'il sellait Brise. Si Michel Loiselle – espion de l'évêque d'Alençon, Foulques de Sevrin – l'avait retrouvé à Saint-Agnan-sur-Erre en se faisant passer pour un riche mercier[2] chartrain, d'autres le pouvaient également. Huguelin courait donc mille risques en sa compagnie. Que tenterait le jeune mire si des gens d'armes les cernaient ? Il lui fallait laisser Huguelin sous la protection d'une personne de confiance. Qui ? Tous lui

---

1. Serviteur à qui étaient confiées les besognes les plus pénibles et salissantes.

2. La corporation des merciers, très riche, rejoignit vite la bourgeoisie.

avaient tourné le dos dès que l'Inquisition[1] s'était intéressée à ses faits et gestes. Foulques ? Il possédait la fourberie et le pouvoir afin de mener par la bride les dominicains et même M. de Nogaret. Mais le puissant évêque d'Alençon avait trahi son père, celui qu'il nommait son frère d'âme, le livrant à cette Inquisition terrorisante. Messire d'Avre ? Certes pas : Druon/Héluise devrait alors lui conter toute la vérité. Un seul nom surnageait dans le désert qu'était devenue son existence. Encore fallait-il que cette personne acceptât ce qui, pour elle, pouvait se révéler un danger mortel.

Druon revint à l'instant présent et annonça d'une voix aussi neutre que possible :

— Nous nous rendons à Brévaux.

— L'endroit où vous grandîtes ?

— Si fait. Terminons notre goûteux repas et repartons. Je dois… il me faut te soumettre une idée dont j'espère qu'elle te siéra.

Ils remontèrent en selle peu après. Druon attaqua :

— Je t'ai conté mon histoire et tu as appris le reste alors que tu espionnais l'évêque, tapi derrière un des piliers de l'église de Saint-Agnan-sur-Erre.

— Je n'espionnais pas du tout, l'interrompit Huguelin, offensé. Je m'apprêtais à fondre sur lui afin de vous défendre, le cas échéant.

— Et tu as belle raison de me reprendre. Tu as fait preuve d'un admirable courage. Je t'en remercie. La meute de mes poursuivants se rapproche et me talonne. Ils sont redoutables.

— Que nenni ! Je sais ce qui va suivre. Non, je ne vous quitterai point ! Au demeurant, sauf votre respect[2], vous seriez

---

1. Elle fut surtout confiée aux dominicains et, dans une bien moindre mesure, aux franciscains.

2. Expression qui signifiait « votre respect est sauf » et dont on faisait précéder les commentaires de nature à blesser ou vexer.

bien fol. Je ne suis pas encore assez grand pour vous servir de preux chevalier, mais vous aide de toutes mes forces.

— Ah ça ! Tu prêches un convaincu, le rassura Druon. D'ailleurs, au-delà de mes craintes en ce qui te concerne, c'est surtout de moi que je m'inquiète, mentit le jeune mire. Imagine qu'ils parviennent à t'attraper et me promettent ta vie sauve en échange de la mienne. À l'évidence, je me rendrai. Or, ce sont de fieffés coquins[1], menteurs et sans vergogne. Je gage qu'ils ne te rendraient pas la liberté pour autant.

— Et je deviendrais donc une source d'immense faiblesse pour vous, résuma l'enfant d'une voix chevrotante de chagrin.

— Après m'avoir tant aidé à survivre, tu causerais, involontairement, ma perte. Pour ces raisons, il me semble préférable que tu demeures caché en quelque lieu sûr, où je te viendrai rejoindre une fois mes affaires démêlées.

— Êtes-vous tout à fait certain de ne pas user de beaux prétextes afin de me protéger ? soupçonna le garçon.

— Certes, je te veux sain et sauf. Cela étant, il ne s'agit pas de boniments de montreur de foire.

— Le jurez-vous ?

— Sur la très sainte et bonne Vierge et sur mon honneur.

La Mère de Dieu lui pardonnerait ce parjure. Quant à son honneur, il ne pâtirait pas d'un noble mensonge.

— Bien. De grâce, poursuivez, mon gentil maître.

— Il faut d'abord que j'en discute avec cette personne. Je ne suis pas certain qu'elle accède à ma requête, et ne pourrais lui tenir rigueur d'un refus. Si elle se conduisait en bonne chrétienne, tu devras me jurer sur ta foi et notre affection de rester prudent en toutes circonstances, jusqu'à mon retour, afin que rien ne te trahisse.

— Cela va de soi.

---

1. De caractère bas, lâche, fourbe, paresseux, vil, le terme était une grave insulte à l'époque.

— Nous en reparlerons. Dans le cas contraire, n'oublie jamais que tu nous mettrais tous deux en grave péril, ainsi que la personne qui t'accueille. Il ne fait pas bon tromper l'Inquisition et encore moins le roi de France.

— La mort ? murmura Huguelin, atterré.

— Et l'on souhaite alors qu'elle survienne très vite, ce qui n'est guère le cas. Les agonies qu'ils dispensent sont interminables et douloureuses au-delà de la pire imagination.

— Oh, je me ferai discret tel un faible mulot, tenta de se rassurer le garçonnet.

— Davantage, puisque l'on parvient à piéger les mulots et que les chats jouent férocement avec eux durant des heures avant de les occire.

Un bruit de pénible déglutition lui parvint de la croupe de Brise. Bien, il avait réussi à affoler l'enfant, qui resterait sur ses gardes. Il reprit :

— M'est donc venue une idée que je te prie de considérer avant de pousser des cris d'orfraie. Nos poursuivants fouillent le royaume à la recherche d'un jeune mire accompagné d'un garçonnet. Le mieux consisterait à te grimer en fille.

— Hein[1] ? couina Huguelin.

— Nous n'utilisons pas cette interjection, lui préférant « comment ? » ou mieux, « votre pardon ? », répéta Druon pour la centième fois.

— Comment ? Moi, en fille ? Et pourquoi pas en ânesse…

— Le merci pour cette flatteuse comparaison, le reprit Druon.

— Non, mais… vous n'êtes pas vraiment une damoiselle puisque vous êtes excellent mire…

— Il y eut des miresses[2] et je parie qu'un jour viendra où l'étude de l'art médical ne sera plus interdite aux représen-

---

1. Du latin *hem*, tout comme « hum ».
2. Des miresses ont existé en plus des matrones et des sages-femmes.

tantes de la douce gent. Tu évoques souvent ton père, l'ivrogne violent qui te vendit à la tenancière pour quelques pièces et un peu de bon temps. Penses-tu que ses attributs virils le plaçaient au-dessus de moi ?

— Que nenni, admit Huguelin. Et tant d'autres de ses acolytes avec qui il traînait de maisons lupanardes en bouges. Raisonnement indigne et surtout stupide de ma part. La baronne Béatrice, dame Blandine, et même Igraine sont êtres d'intelligence et de puissance. Bon, je veux bien devenir une fille. Pour quelque temps. Il me suffira de m'offusquer pour un rien et de prétendre que j'ai peur de tout. Voilà qui me changera, fanfaronna-t-il.

— Un conseil : ne regarde donc plus les autres filles béegueule[1], un sourire conquis aux lèvres et avec des yeux qui te coulent jusqu'au menton, plaisanta Druon.

— Euh... m'enfin, je puis m'extasier sur la joliesse de certaines, sans pour autant avoir l'air si benêt, protesta-t-il mollement.

Ils cheminèrent un moment en silence, un silence ami et complice, puis Huguelin revint à la charge :

— Mais qui me donne certitude qu'il ne vous arrivera rien de fâcheux et que vous viendrez me retrouver ?

— Je le jure, sur mon âme. Il ne peut donc en être autrement.

Aussi faible fût-il, l'argument porta, comme toujours, preuve de l'absolue confiance d'Huguelin en son jeune maître.

— Oui, mais... et si cette personne refuse de m'accueillir ?

— Ne te mets pas fol espoir en tête, gentil compagnon. Il faudrait alors que je trouve un autre refuge pour toi, qui peut-être ne serait pas aussi douillet. Un monastère ?

1. À l'origine, bouche grande ouverte. Le sens évolua ensuite pour désigner une femme pudibonde, prompte à monter sur ses grands chevaux.

— Ah non ! Et devenir serviteur laïc auquel seront réservées les besognes les plus ingrates ? Jamais ! Il me faut poursuivre l'apprentissage de l'art médical. Et puis, on sait quand on y pénètre, jamais quand on en ressort.

— Efforçons-nous donc de convaincre… cette personne, résuma Druon.

— Et puis-je savoir s'il s'agit d'une dame ou d'un homme ?

— Une femme. Elle se nomme Sylvine et ni toi, ni moi ne lui tiendrons rigueur d'un refus, je le répète. Je vais exiger un immense sacrifice d'elle. M'entends-tu ?

— Si fait.

Druon se souvint du jour où sa vie avait basculé, volant en éclats sans espoir de réparation. Alors Héluise, elle s'appliquait à broder devant une des fenêtres de la demeure paternelle, afin que tous constatent qu'elle se livrait à une occupation prisée de la douce gent. Surtout afin d'oublier durant quelques secondes l'incarcération de son père dans les geôles de l'Inquisition. Sylvine Touille. Une jeune femme, guère plus âgée qu'Héluise, que Jehan Fauvel avait sauvée d'une suppuration de la cuisse survenue après une blessure. Les parents de l'alors fillette, de petits commerçants, avaient agi ainsi qu'il se pratiquait, appelant le prêtre, un astrologue puis un mage. Les prières, les médailles saintes, les amulettes et autres préparations prétendument magiques paraissaient à la plupart plus efficaces que la médecine. En vérité, elles tuaient moins. Le mire avait inondé la plaie de vin très aigre[1], en dépit des hurlements de la fillette lorsque l'acide avait coulé sur ses chairs putréfiées. Le remède coutumier des mires et médecins consistait à enduire les plaies suintantes de cataplasmes de boue afin d'amplifier la

---

1. Vinaigre fort.

purulence[1]. Assommée de piquette[2], Sylvine s'était assoupie, permettant à Jehan Fauvel de gratter de sa lame les chairs nécrosées. Il avait sauvé sa jambe et probablement sa vie.

Héluise se sentait une réelle reconnaissance vis-à-vis de la jeune femme. Elle faisait partie des rares habitants de Brévaux qui n'avaient pas baissé la tête à son passage, l'évitant telle une fille de vilaine vie. Dès qu'ils avaient appris l'arrestation de Jehan Fauvel, tous étaient en effet devenus des ombres silencieuses et distantes, oubliant pour beaucoup que le mire les avaient sauvés d'une mort certaine, ou qu'il avait délivré leurs femmes, leur évitant de périr en couches.

Au prétexte de lui offrir une belle part de miche levée[3], Sylvine était passée lui rendre visite et lui avait conté l'innommable, l'impensable. Le masque jovial de la jeune femme avait disparu dès qu'elles avaient pu parler en discrétion, remplacé par un rictus apeuré. Butant sur les mots, Sylvine avait expliqué tenir l'information d'une sienne bonne mie qui, sans être puterelle, ne se montrait guère farouche. Celle-ci se laissait abreuver et caresser par un des gardes de la maison de l'Inquisition d'Alençon. Et l'homme lui avait révélé que Jehan Fauvel n'avait pas cédé un pouce* lors des interrogatoires, ulcérant le seigneur inquisiteur. La Question[4] commençait à l'après-demain. Jehan Fauvel allait souffrir comme aucun être ne devrait jamais souffrir.

Héluise avait alors pris sa décision en un battement de cœur. Par l'entremise de Sylvine, sa bonne amie de petite vertu avait soudoyé le garde afin qu'il assassinât Jehan Fauvel dans sa geôle et lui épargnât de monstrueux tourments[5]. Cette complicité aurait pu valoir à Sylvine l'excommunication

---

1. Ce qui se soldait par une surinfection quasiment inguérissable.
2. Macération de vin et de marc de raisin avec de l'eau et du miel et qui devenait de plus en plus aigrelette et imbuvable.
3. L'équivalent de notre brioche.
4. Torture.
5. Le terme était très fort à cette époque, sous-entendant d'affreuses tortures.

et une mort d'épouvante. Mais la jeune femme aimait le mire qui avait sauvé sa jambe.

Accepterait-elle d'aider à nouveau Druon ?

Vêpres* venait de sonner lorsqu'ils parvinrent à Brévaux. Druon s'étonna du calme de la bourgade où commères et compères[1] aimaient jadis à profiter de ces heures avant le coucher en discutant de menus riens, nullement rebutés par une nuit précoce ou glaciale. Personne. Les rues étaient désertes, tout comme le caquetoir[2] de l'église.

Ils démontèrent devant la jolie maison de bourgade de Sylvine Touille. Dès après le décès de ses parents, Sylvine, unique héritière d'une assez ronde fortune, avait fait entreprendre les nécessaires travaux de rénovation, toujours repoussés par son père au prétexte que « pour décourager les quémandeurs et la cupidité des puissants, évitons de montrer que nous avons accumulé quelques maigres biens ». Le toit avait été refait en magnifiques ardoises de Loire[3], des canaux de terre cuite dévalaient maintenant des angles de la demeure à deux soliers[4], emmenant les déjections et eaux usées vers un putel[5] voisin, assez éloigné pour épargner aux habitants de déplaisants remugles.

---

1. Ces termes n'avaient rien de péjoratif à l'époque. Après avoir désigné les parrains et marraines, il s'agissait alors de voisins agréables et de plaisante fréquentation.

2. Porche principal où l'on se réunissait pour bavarder, souvent après la messe.

3. Une provenance très prisée en raison de leur aspect et de leur longévité.

4. Étages. Seules les maisons les plus riches pouvaient se permettre cette hauteur.

5. Ou « merderons », fosses septiques.

Huguelin, qui avait développé un goût certain pour le confort, ayant vécu à la manière d'un petit animal toute son enfance, s'exclama, admiratif :

— Pas de la roupie[1] de sansonnet ! Tant qu'à être abandonné, autant que les conditions soient agréables !

Druon se contenta de sourire de cette pique. Il exigea :

— File derrière le chêne, ne te montre pas. L'obscurité de ce début de nuit nous est propice.

Huguelin s'exécuta.

Druon enroula les rênes de Brise à la barrière qui délimitait le jardinet de devant, récupéra la lourde sacoche dans laquelle il avait serré[2] les manuscrits si précieux et ébranla la clochette. Aussitôt, une jeune servante ouvrit la porte de la maison et descendit les quelques marches du perron, s'enquérant :

— Qui va là ?

— Messire Druon, mire itinérant. Je souhaiterais m'entretenir avec dame Sylvine Touille.

— Elle vous connaît ?

— Si fait. Elle connaissait encore mieux mon père, mire lui aussi et qui la soigna.

Un peu rassurée par la petite tonsure que portait ce jeune homme, par sa mise modeste mais de qualité, par la courte épée pendue à sa ceinture, la jeune servante décida :

— Je m'en vas avertir ma maîtresse. Jusque-là, je ne puis point vous faire pénétrer dans la maison, avec mes excuses.

Elle se plia en courte révérence et disparut à l'intérieur.

Sylvine sortit peu après, tenant son esconse à bout de bras, et Druon remarqua aussitôt qu'elle avait perdu le charme joyeux et un peu pataud de l'enfance. Ses bonnes joues roses avaient fondu et son vêtement, jusqu'à son bonnet de linon empesé, trahissait aujourd'hui une bourgeoise réservée et sur ses gardes. Elle s'approcha de lui à pas prudents, les paupières

---

1. Morve.
2. Dans le sens de « ranger, mettre à l'abri ».

plissées, se demandant qui était cet homme. Druon la rejoignit. Elle murmura :

— Oh, je connais ce regard si bleu, ces cheveux si bruns, cette peau d'albâtre, mais…

Renonçant à forcer les graves de sa voix ainsi qu'il s'y appliquait depuis le début de sa fuite, Druon murmura :

— C'est moi, Héluise, ma chère bonne.

Sylvine plaqua la main sur son crucifix d'améthyste et bafouilla :

— Doux Jésus ! J'ai cru mille fois que vous aviez été occise. Quel soulagement. J'ai su, bien sûr, par ma mie, la fin tragique mais finalement moins effroyable de… Chut… Brévaux n'est plus tel que vous l'avez connu. Entrons et rejoignons mes appartements. Nous y serons plus en aise afin de bavarder. Toutefois, sachez que les murs ont maintenant des oreilles, même en ma demeure.

Druon tendit le bras vers le grand chêne et précisa :

— Mon jeune apprenti… Mieux vaut que nul de votre maisonnée ne le voie. Je vous expliquerai.

Étonnée, Sylvine approuva néanmoins d'un signe de tête. Elle héla la jeune servante, ordonnant d'une voix affable :

— Mabile, porte-nous des gobelets de sidre tiède aux épices ainsi qu'un plat de friandises[1], ce que tu trouveras. Tu pourras ensuite rejoindre ta chambre pour la nuit. Je fermerai au départ de mon invité. Baissant la voix, elle s'adressa à Druon : Dès qu'elle nous aura servi notre encas[2] de bouche, vous irez quérir votre apprenti. Que de mystères !

— Le merci, Sylvine. Vous comprendrez bien vite.

---

1. Dérivant du verbe « frire », le terme désignait à l'origine des « mises en bouche », qu'elles soient salées ou sucrées.

2. À l'origine, abréviation de « en cas de besoin ». Se déclinait en « en-cas de bouche », « en-cas de voyage », « en-cas de nuit », etc.

La jeune femme invita Druon à s'installer sur une des chaises qui ponctuaient le pourtour du large guéridon de son antichambre. Elle se lança ensuite dans une narration succincte des affaires qu'elle avait reprises de son père, précisant qu'elle n'était pas pressée de trouver époux, maintenant qu'elle possédait du bien en son nom propre, davantage que ce qu'elle avait soupçonné. Son père geignait sans cesse, tant l'idée de desserrer les cordons de sa bourse lui donnait des aigreurs de ventre. Quant à sa mère, elle n'ouvrait la bouche que pour prier et énumérer les repas de la semaine. Druon eut vite la certitude que Sylvine se méfiait d'oreilles indiscrètes.

Mabile déposa un plateau sur le guéridon et salua sa maîtresse avant de disparaître.

Donnant le change, Sylvine évoqua les travaux qu'elle avait fait réaliser. Posant l'index sur ses lèvres tout en continuant de discourir à forte voix, elle se leva et se dirigea à pas de loup vers la porte qu'elle ouvrit brutalement. Elle s'installa à nouveau et murmura :

— De grâce, pardonnez-moi. On me surveille, j'en jurerais. Mais allez donc chercher votre jeune homme. Est-il de confiance ?

— Autant que moi.

Épiant les ténèbres de la maison silencieuse, Druon descendit telle une ombre et récupéra Huguelin, transi de froid, accroupi derrière le tronc de l'énorme chêne.

— Soyons aussi discrets que des spectres, recommanda le mire.

Ils remontèrent sans bruit jusqu'aux appartements de Sylvine. Après l'avoir saluée bas et remerciée de son hospitalité, Huguelin se précipita vers le feu nourri qui crépitait dans la cheminée, tendant ses mains glacées devant les flammes.

— Vous disiez être surveillée, Sylvine. Comment cela se peut-il ? interrogea Druon dans un murmure.

— Des enquêteurs de l'Inquisition, emmenés par un dominicain, un certain Éloi Silage, se sont installés quelques jours dans le village, peu après le décès de votre père. Ils s'intéressaient vivement à moi. J'en conçus une peur affreuse.

— Quoi de plus normal, commenta le jeune mire.

Huguelin demanda d'un regard permission de se joindre à eux.

— Assois-toi, l'invita Sylvine en lui tendant son gobelet de sidre aux épices. Ah, cet homme, cet homme qui se prétend moine, me faisait froid dans le dos tant je le sentais prêt à tout, au pire, sous ses manières onctueuses ! Pour une fois, le souvenir de mon père est venu à mon secours et j'ai fait de même que lui avec les cherche-noises[1], jouant les pucelles d'esprit limité qui répondent à côté des questions, ne les comprenant point. Silage s'est lassé. Mais lui et ses hommes vous cherchent avec une obstination et une... fureur qui disent assez que les accouchements sans douleur pratiqués par votre père n'étaient qu'un pâle prétexte. Quoi qu'il en soit, je ne serais pas autrement surprise qu'ils aient soudoyé un membre de mon personnel afin d'espionner mes moindres faits et gestes. Aussi, parlons bas.

— Même cette Mabile qui semble bien douce ? s'enquit Druon.

— Tout, ou presque, s'achète lorsqu'on y met bon prix.

L'aigreur de la remarque surprit le fugitif, lui qui avait connu Sylvine si enjouée, ne semblant pas avoir la moindre sombre pensée en tête. Sans doute son ancienne voisine le sentit-elle puisqu'elle ajouta dans un chuchotement :

— Ne croyez surtout pas que je me plaigne du très confortable héritage légué par mes parents, mais l'argent

---

1. Le terme « noise » est très ancien et son origine mystérieuse. On ignore s'il dérive de *nausea* (nausée) ou de *nocere* (nuire).

change une vie et un être. Je m'en suis pourtant défendue, pensant qu'il me suffirait de rester au pareil. J'ai vite déchanté, comprenant que je devenais une poulette à plumer.

Héluise sentit que, derrière ce changement, se tapissait une cuisante blessure d'amour déçu.

— Mais assez avec moi ! Et vous, damoi... messire mire, me contez votre vie des mois passés.

S'efforçant à son tour au murmure, Druon commença :

— Mille choses, au point que la nuit n'y suffirait pas. Tout d'abord, je suis désolé de vous avoir occasionné tant d'encombres. Sachez, ma chère Sylvine, que je n'oublierai jamais que vous fûtes la seule à m'aider. Mon père vous doit d'avoir échappé à leurs griffes impitoyables en expirant vite.

— Il m'avait sauvé la vie. Lui permettre une mort moins abominable était le moins que je pus faire. Qu'il repose en très grande paix.

Huguelin se tenait coi, dégustant le sidre à petites gorgées, convoitant du regard les pâtes de pomme aux noix, sans toutefois oser tendre la main avant d'y avoir été invité.

— Sylvine, je me détesterais de vous mentir ou d'user d'atténuations... Je fuis et me terre depuis mon départ de Brévaux, déguisé en homme ainsi que vous le voyez, exerçant pour survivre la médecine que m'enseigna mon père. En chemin, j'ai rencontré ce gamin[1], Huguelin, à qui j'enseigne le noble art médical et qui me console et m'épaule. Justement... Mes poursuivants sont multiples. Toutefois, leur immense puissance et leur inhumanité les assemblent. L'Inquisition, ainsi que vous l'avez appris à vos dépens, mais également le conseiller du roi, Guillaume de Nogaret, et puis l'ordre du Temple...

Sylvine blêmit à cette énumération. Elle porta les doigts à sa bouche d'un geste nerveux.

---

1. À l'origine, ce terme désignait un petit garçon qui aidait les poêliers, les briquetiers, puis un petit garçon des rues.

— ... Tous cherchent à récupérer un objet qui fut en possession de mon père. Une bien mystérieuse pierre rouge, d'une eau parfaite.

— Et l'avez-vous ?

— Si-fait. Je l'ai dissimulée, mentit Druon, percevant sa tiédeur entre ses seins, comprimés par la bande de lin.

— Ce rubis est-il si précieux[1] ?

— Bien plus. Tant sont morts afin de le posséder ou de percer le secret de sa signification.

— La connaissez-vous ?

— Non pas, mais je la découvrirai.

Un autre mensonge. Puisque la pierre l'avait mené aux manuscrits cachés de Saint-Lubin. Toutefois, pour leur salut à tous, mieux valait que Sylvine en sache le moins possible. Druon poursuivit :

— Vous vous doutez que s'ils parviennent à me rattraper... eh bien, je n'ose imaginer ce qu'ils me feront subir pour m'arracher la cachette de la pierre rouge... Et ce qu'ils feront subir au petit Huguelin afin de me fléchir.

D'un geste instinctif, le garçon serra la main du jeune mire, gémissant :

— Sainte mère de Dieu, protégez mon maître.

— Divin Agneau, murmura Sylvine. Que faire ?

— Il me faut fuir, me cacher où ils ne pourront me découvrir, ainsi que je le fais depuis mon départ de Brévaux, il n'y a pas même un an qui m'a semblé une éternité. Mais l'enfant...

Ce que n'osait espérer Druon se produisit, preuve de la belle âme de son ancienne voisine.

— Je puis le dissimuler céans. Prétendre qu'il est un mien neveu, ou un petit cousin, que sais-je ? Je vis seule et la présence d'un enfant me manque. Il deviendra mon petit compagnon d'affection. Il a l'air bien élevé et doucet, grâce à

1. Le rubis a longtemps été considéré comme la reine des pierres, bien plus que le diamant.

votre enseignement et à sa bonne nature. Bien que n'y comprenant goutte, je pourrai veiller à ce qu'il poursuive son
apprentissage de l'art médical.

Druon se retint de l'embrasser de gratitude et de soulagement. Pourtant, il souligna :

— Oh, ma tendre et valeureuse Sylvine… quel dédommagement de croiser parfois la route d'êtres tels que vous ! Ils
vous nettoient un peu de la puanteur d'âme des autres. Cela
étant, prenez conscience des risques considérables que vous
encourrez si jamais l'on venait à apprendre cette magnifique
supercherie, supercherie qui prive l'Inquisition de sa proie.

Un sourire lumineux éclaira son visage aminci et la jeune
femme déclara :

— À votre honneur que cette mise en garde. J'ai l'intuition
de ce qu'il pourrait m'advenir. Voyez-vous, chère Hél… cher
mire, la poltronnerie de mes parents m'a tant pesé. Il ne
fallait jamais ni voir ni entendre, ni rapporter ce qui aurait
pu nous valoir des désagréments ou le soudain dédain d'un
client, aussi fieffé coquin fût-il. Et pourtant, avec leur commerce, ils ont été témoins de tant de conduites dévoyées[1], de
tant de fraudes. Mais les affaires… Jamais je ne leur ai avoué
vous avoir aidée après l'arrestation de votre admirable père. Ils
en eussent été apeurés, scandalisés. Des gens sans mauvaiseté
mais si pleutres, et dont je suis certaine qu'ils se sont méprisés
de leur propre couardise, surtout ma mère. Je ne veux point
vivre à leur imitation. Jehan Fauvel, lui, ne craignait rien.

— Et il en a péri, conclut Druon, d'une voix tremblante
de tristesse.

— Certes, mais il a trépassé en dignité, à ses yeux et aux
vôtres. Voyons, cet enfant… J'y suis ! Prétendons qu'il est le
fils d'une mienne très bonne mie sentant son décès proche…
qui me le confia… une veuve, sans autre famille ?

---

1. Le terme n'a, à l'époque, aucune connotation sexuelle, signifiant
juste « s'écarter de la bonne voie ».

— La fille, rectifia Druon. Ils cherchent un jeune garçon. Un bonnet le temps que ses cheveux poussent, des robes. Il n'est pas encore à l'âge où la nature féminine se remarque déjà, d'autant qu'il est maigrelet et que vous pouvez prétendre qu'il n'a que dix ans.

Huguelin, ayant compris toute l'ampleur des dangers qui pesaient sur eux et les énormes sacrifices consentis par son maître mais également par cette inconnue, leur évita une mine indignée à la mention du travestissement[1]. Au lieu de cela, il souligna d'une voix tendue :

— Certes, mais si vous m'avez accueilli en me déguisant en fille, n'était-ce pas la preuve que vous saviez anguille sous roche[2] ?

— Oh, de juste, de juste ! Vois, tu m'es déjà de secours, s'extasia Sylvine.

— D'autant qu'alors, ils pourraient faire le lien avec Huguelin, renchérit Druon. Trouvons une fable qui les convainque de votre totale innocence, Sylvine. Je ne pourrais, sans cela, accepter de vous placer en tel danger.

— Eh bien... réfléchissons... Je m'affolerai, jouant la sotte, ne comprenant pas l'intérêt de l'Inquisition, ou du roi, ou des Templiers selon le cas. Oh, la fourbe en vérité que cette fausse amie ! La scélérate qui me fit accroire que le frère de son époux, un ivrogne déhonté, violent et de vilaines mœurs, voulait récupérer l'enfant pour mettre la main sur l'héritage, me conseillant de le travestir en fille afin de le mieux dissimuler jusqu'à sa majorité[3] ! En vérité, tout juste voulait-elle soustraire un coupable à la justice. Comment ai-

---

1. Le travestissement était formellement interdit par l'Église et sévèrement puni. Le vêtement devait indiquer le sexe, mais également l'origine sociale, voire la profession.

2. L'expression est très ancienne et se trouve déjà dans Rabelais. L'expression viendrait de « guiler » (du francique « wigla ») qui signifiait tromper, ruser.

3. À quatorze ans pour les garçons, douze pour les filles.

je été assez crédule et surtout privée de sens pour me faire berner de la sorte ?

— Habile pirouette, la félicita Druon.

— Dame Sylvine, votre générosité n'a d'égale que votre courage. Ainsi, je devrai ma vie de piètre importance à trois belles personnes : ma mère, morte trop jeune pour que je m'en souvienne, mon maître, qui me traita pour la première fois en créature humaine, et vous qui vous dévouez pour un petit miséreux. Lourde mais impérieuse tâche de les remercier de mon mieux. Choisissons-moi un prénom, voulez-vous bien ?

Aimable diversion qui plongea les dames dans un débat enfin léger. Elles rivalisèrent de propositions, certaines arrachant une grimace atterrée à Huguelin.

— Pourquoi pas tout bonnement Hugueline ou Huguette ? suggéra-t-il, un peu inquiet de ce nouveau baptême.

— Trop proche. Ils connaissent à présent ton prénom, trancha Druon.

— Si j'avais eu une fille, je l'aurais appelée Jeanne, Louise ou Clémence, intervint Sylvine, presque timide.

— Les trois me plaisent, approuva Druon. Choisis, Huguelin.

— Pas Jeanne, le prénom d'une de mes sœurs, mauvaise telle le mal de Sainte-Marie[1]. Pas Clémence puisque notre pape, que je vénère, s'en prend à mon bien-aimé maître. Louise. Un prénom sérieux.

Druon perçut la joie de Sylvine en dépit de ses tentatives pour la dissimuler. Elle récupérait pour quelque temps un enfant qui porterait un prénom par elle choisi. Il répéta à Huguelin les erreurs à ne jamais commettre, insistant lourdement sur le fait qu'il les mettrait alors tous en terrible danger. Il remercia à nouveau avec effusion son ancienne voisine et se leva.

---

1. Ou gale ou scabiose. Elle est déjà décrite dans la Bible. Son mode de transmission par un acarien fit l'objet d'un manuscrit de Bonomo et Cestoni en 1687. Pourtant, on persista à voir en elle une maladie humorale jusqu'au XIXe siècle.

— Je vais vous devoir quitter. Ma route est encore longue et je ne tiens pas à ce que l'un de vos serviteurs me découvre céans. Madame, ma gratitude et mon admiration, à jamais. Considérez-moi, de grâce, votre obligé.

Huguelin fondit en larmes et se jeta sur lui, enserrant sa taille de ses bras, bafouillant des mises en garde, des suppliques à la très bonne Vierge, des menaces à Druon s'il se faisait arrêter et ne lui revenait pas.

— Car, s'ils se montrent fort méchants, eh bien, je serai encore plus impitoyable avec vous, conclut-il dans un sanglot. Jurez à nouveau, sur votre âme, que vous ne m'abandonnerez jamais !

— Je le jure, sur mon âme et sur mon honneur. Tu m'es bien trop précieux.

Druon s'accroupit et couvrit le visage de l'enfant de baisers, retenant à grand-peine ses pleurs.

Sylvine le sentit et intervint :

— Viens, ma chère Louise. J'ai conservé mes parures d'enfante pour le cas où… j'aurais une fille. Voyons si quelques-unes auraient l'heur de te plaire. Mire, de grâce, prenez garde ! Défiez-vous de tout et de tous. Revenez-nous bien vif. Pourquoi ne pas vous terrer dans un monastère ? Le cloître exigé offre belle protection. Suis-moi, Louise ma mie. Laissons notre remarquable mire poursuivre sa route. Son cœur est bien lourd, n'ajoutons pas à son chagrin. Si nous ne trouvons rien qui te plaise, nous irons au marché pour des emplettes de donzelles. Un débours[1] qui me remplira de plaisir, conclut-elle.

La tristesse de Druon éclata alors qu'il remontait en selle et lançait Brise au galop pour sortir au plus vite de cette

_____
1. Somme déboursée.

bourgade où, une éternité plus tôt, Héluise avait cru qu'elle se marierait, aurait des enfants et vivrait une vie paisible aux côtés de père et époux, tournée vers l'étude clandestine pour une femme et la vie familiale, seule occupation de décence qu'on leur réservât maintenant. Au fond, Druon comprenait Sylvine, ce célibat qu'elle s'imposait, même si la privation de maternité lui pesait tant que partager transitoirement ses jours avec une enfante d'emprunt la ravissait au point d'accepter des risques disproportionnés. Devenue riche donc libre, qu'avait-elle à faire d'un époux, peut-être peu aimant, qui lui ôterait toute possibilité de décision[1] en plus de récupérer ses biens propres ?

Il essuya les larmes qui trempaient ses joues. Quand reverrait-il Huguelin, en dépit de ses promesses hâtives dont l'unique but avait été de rassurer l'enfant et de le convaincre de la nécessité d'une séparation ? Au bon vouloir de Dieu. Jusque-là, lui-même devait s'appliquer à rester en vie. D'abord, dissimuler les manuscrits en un lieu sûr, puis, trouver un havre. La phrase de Sylvine lui revint : « Pourquoi pas un monastère ? » En effet, la meilleure des cachettes. Moniale en l'abbaye des Clairets voisine ? Mauvaise idée : les bernardines étaient trop importantes, trop riches, trop impliquées dans la politique du comté, bref un peu trop ouvertes sur l'extérieur à son goût. Mieux valait une petite congrégation, ne faisant pas parler d'elle. Il y réfléchirait en chemin. Quant aux manuscrits, un éclair venait de traverser son esprit, une solution si simple qu'elle pouvait s'avérer la meilleure : à l'endroit où il les avait découverts en l'église Saint-Lubin de Brou-la-Noble, sous la dalle désignée par la pierre rouge accolée au vitrail les nuits de pleine lune. Nul ne connaissait cette

---

1. De fait, le célibat des femmes de biens propres ou des veuves était assez fréquent au Moyen Âge et même ensuite. Beaucoup préféraient d'ailleurs le couvent qui laissait une incontestable liberté aux dames de qualité.

cache, hormis Hugues de Plisans, le Templier qu'Igraine, l'inquiétante mage de l'Ancien Peuple, avait réduit au silence éternel en le navrant. Cependant, jamais Igraine ne songerait que Druon avait replacé les écrits anciens, toute la prodigieuse connaissance de ces savants des siècles passés, dont celle des anciens druides*, au même endroit.

Pourquoi Igraine ne l'avait-elle pas occis en l'église de Brou-la-Noble afin de récupérer les manuscrits qu'elle convoitait depuis si longtemps ? Elle en avait l'opportunité, la force et la détermination. Craignait-elle véritablement qu'il les enflamme de son esconse ? Pourquoi en doutait-il tant ?

V

La Loupe[1], décembre 1306, ce même jour

ontées sur les chevaux libérés du chariot appartenant à feue la démoniaque Aliénor de Colème, Igraine et la jeune Paderma parvinrent à La Loupe à l'aube naissante. Elles abandonnèrent leurs imposantes montures, qui les eussent fait remarquer, chez un loueur d'attelages à l'entrée de la ville.

En dépit du fait qu'elle n'avait entraperçu les environs qu'une fois, lorsque Aliénor l'avait traînée enchaînée jusqu'au fardier couvert, l'enfante aux cheveux blond argenté et aux prunelles d'un noir de nuit s'orienta sans hésitation dans le lacis de ruelles de la basse ville, située à l'est de la bourgade de moyenne importance.

Elles dépassèrent l'échoppe du chanevacier[2], puis l'étal du boulanger[3]. Des ivrognes jetés hors des tavernes au plein de la nuit ronflaient dans les encoignures d'immeubles, emmitouflés dans leurs manteaux ou leurs hardes. En dépit du froid vif de ce début de jour, une odeur âcre et lourde de

---

1. Longtemps terre de l'église de Chartres, elle passa dès le XIVe siècle de famille en famille : les Melun, les Préaux, les La rivière, les Angennes.

2. Marchand de toile et d'articles en lin ou en chanvre.

3. Vendeur de pain qui l'achetait en général à un fournier de campagne. La profession était très réglementée et le nombre des boulangers limité.

pisse et de dégorgements de vinasse montait des rigoles centrales des venelles pointillées d'une multitude de gargotes plus ou moins bien famées.

Paderma s'arrêta sans hésitation devant la porte d'une maisonnette délabrée à un étage, aux volets clos, aux deux imposantes serrures.

— Ici, ma mère, ma fille, ma sœur, murmura-t-elle.

Igraine s'approcha d'un des volets. Sa dague à forte lame souleva le loquet intérieur puis fendit la peau huilée qui tendait l'ouverture. Elles longèrent le couloir plongé dans l'obscurité et s'arrêtèrent devant une porte basse, fermée d'une traverse qu'Igraine bascula. Les deux femmes descendirent l'escalier de bois qui menait à une cave aveugle de taille modeste, la cage de Laig et de Paderma. Laig, le visage paisible, leur sourit :

— Crevée, la diablesse Colème ?

— Son homme de main également, précisa Paderma en entourant de ses bras celle qui s'était fait passer pour sa mère afin de la protéger.

De fait, elles se ressemblaient étonnamment, comme tant de leur Ancien Peuple. Igraine s'agenouilla près de la paillasse crasseuse sur laquelle était installée Laig et fit sauter les verrous de ses entraves de chevilles et de poignets de la pointe de sa lame, en intimant :

— Partons aussitôt, notre route est longue. Couvrez-vous les cheveux, conseilla-t-elle en tendant à Laig son mantel doublé de fourrure à capuche et en désignant de sa dague un chainse[1] abandonné au sol afin que Paderma s'en fasse un improbable voile. Leur couleur attire les regards.

---

1. Longue chemise à manches que l'on portait à même le corps, sous les vêtements, ou la nuit.

VI

Citadelle du Louvre,
décembre 1306, ce même jour

Les longs doigts maigres de messire de Nogaret tambourinaient sur son bureau. Il avait exigé au plein de la nuit de son officier de geôle qu'il lui offre une liste de condamnés de droit commun et de fraîche date, vifs d'esprit et de corps, point trop épais de langue et de manières, femmes incluses. Autre particularité requise : attendre la mort dans leur cachot, ou à défaut une longue incarcération. Quelle plus jolie récompense, quelle meilleure incitation que la vie sauve ou même la liberté ? D'autant qu'une grâce ne coûterait pas un fretin[1] au royaume.

L'homme, un certain Olivier Gassand, un peu endormi après avoir été tiré du sommeil par un huissier, mais inquiet puisqu'on lui avait confié que l'impatience aigrissait encore davantage l'humeur du conseiller du roi, avait bafouillé :

— C'est que, messire, s'ils étaient vifs d'esprit, bien tournés et au fait des finesses courtoises... ben... ils ne seraient point dans ma prison.

Lèvres et narines de Nogaret s'étaient pincées d'irritation au point que l'officier avait ajouté avec précipitation :

---

1. Pièce de faible valeur, représentant le quart d'un denier. A donné « menu fretin ».

— Oh, mais pour vous bien servir et vous plaire, je vais trouver.

— Certes, et vite ! J'attends ta judicieuse… trouvaille dès le demain. Un conseil, l'ami : hâte-toi de me contenter.

Après avoir dormi quelques heures, Nogaret avait passé la matinée à régler les affaires du royaume, à la suite du conseil matinal avec le roi son maître. Il ne se passait pas de jour sans que soit ravivé le soulagement, très confidentiel, qu'il éprouvait du décès prématuré de la reine Jeanne de Navarre[1]. Presque un an, Dieu que le temps filait, un temps rendu plus paisible par l'absence de cette redoutable ennemie du conseiller. Le roi avait tant aimé son épouse, lui prêtant attentive oreille. Son encore vif chagrin de veuf en attestait, chagrin si pesant qu'il s'ulcérait à la moindre mention d'un remariage, aussi politique fût-il. Toutefois, Nogaret ne désespérait pas de bientôt fournir une ravissante et jeune aimée, de magnifique naissance, à Philippe le Bel. Un seul des princes de sang méritait à ses yeux de gouverner le royaume : Philippe de Poitiers. Que Dieu préserve la France lorsque l'aîné, Louis dit le Hutin[2], surnom pleinement mérité, monterait sur le trône de son père. Souffreteux, influençable, irascible sans doute en raison de son impotence[3] partielle, Nogaret envisageait le pire à son sujet. Quant à Charles de la

---

1. Le 4 avril 1305. Elle forma un couple très uni avec Philippe le Bel qui d'ailleurs ne se remaria pas après son décès. L'entourage de Jeanne de Navarre joua un rôle politique très important et notamment Enguerrand de Marigny, ancien panetier de la reine.
2. Le futur Louis X (1289-1316) qui devint roi en 1314. « Le hutin » signifiait « le querelleur ».
3. Le terme était alors volontiers utilisé pour l'impuissance sexuelle.

Marche[1], benjamin mâle, le bellâtre se rêvait flamboyant chef de guerre. Or, selon messire de Nogaret, on n'entreprenait une guerre que lorsqu'un splendide butin de conquête vous lançait une œillade[2].

Un autre héritier, d'autre sang maternel, ne serait point de trop.

Aux yeux de Nogaret, la reine Jeanne, si sensible aux flagorneries de ses bien-aimés courtisans, dont Enguerrand de Marigny[3], avait été une maladroite et imprévisible conseillère. Marigny, le plus cupide et vénéneux de toute la vermine profiteuse qui grouillait dans les parages. Vénéneux, surtout parce que, attiré par la bonne soupe grasse[4], il s'attachait depuis des années à supplanter Nogaret. De fait, le bon panetier[5] de la reine rêvait d'or à foison, de pouvoir et de complots. Madame de Navarre appréciait fort les courbettes, les bons mots, l'esprit et la coquetterie, qu'elle fût de langue ou de vêtements. Sans l'opposition du roi, elle aurait envoyé Nogaret, « le triste mulot », rejoindre son trou de grange pour n'en plus sortir.

Son humeur de plus en plus acide l'agaça soudain. Fichtre, il avait assez des vivants sans s'échauffer la bile avec les défunts. Assez avec feue madame de Navarre !

---

1. Le futur Charles IV le Bel (1294-1328), dernier Capétien de ligne directe. Il devint roi en 1322. Il poursuivit l'œuvre de réorganisation des finances et de la justice entreprise par son frère Philippe V.
2. À l'époque : regard insistant. Le terme n'avait pas la connotation séductrice qu'il possède maintenant.
3. Vers 1275-1315. Il supplanta Nogaret en 1311, bien que commençant à prendre une grande importance dans les affaires du royaume dès 1305.
4. Sous-entendu « des jours gras ».
5. Le panetier du roi, grand officier de la maison du roi, avait, entre autres, autorité sur tous les boulangers de la capitale et, lors des jours de cérémonie, le privilège de servir le roi à table. La reine avait également son propre panetier.

Il s'absorba dans la lecture du traité que venait de signer Charles de Valois avec Pietro Gradenigo, doge de Venise, et s'amusa de son titre ronflant : *Traité d'alliance pour la défense de la foi et le recouvrement de l'empire de Constantinople*[1]. Grâce à l'accord des Vénitiens, le passage des troupes en Orient était prévu dans quelques mois[2]. Une persistante chimère du gros Charles qui, bien sûr, se voyait déjà ceindre la couronne impériale. Bien qu'ayant pataugé dans la politique italienne à laquelle il n'entendait goutte au point d'être déconsidéré, il ne désarmait pas, l'animal ! À vrai dire, il avait joué de malchance puisque son protecteur, feu le pape Boniface VIII, aurait accédé à sa demande s'il n'était mort avant.

Autre problème pressant, la nouvelle expulsion des Juifs, décidée en juin dernier[3]. La populace, excitée à l'habitude par les rumeurs d'enlèvements d'enfants, de messes noires, de crachats sur des crucifix prêtés aux Juifs, avait joué son rôle d'épouvantail à merveille. Ils étaient partis en masse, leurs biens saisis puis vendus aux enchères par la couronne. Ronde affaire puisqu'elle permettait d'une part d'annuler toutes les dettes du Trésor et des grands barons de l'État contractées auprès des banquiers juifs. De plus, si Nogaret en jugeait par les deux dernières expulsions, sept ans plus tôt, le royaume récupérerait une manne de nature à combler un peu son gouffre financier. Ainsi, les Juifs du Poitou avaient abandonné 27 000 livres* et ceux du Saintonge, 33 000[4]. Quant aux plus beaux immeubles saisis, le roi en récompenserait ses fidèles à peu de débours. Combien allaient-ils récolter cette fois ? Cent, cent trente mille livres ? Adopteraient-ils la savou-

---

1. Signé en décembre 1306.
2. En mars 1307, mais le projet avorta.
3. Les détails historiques de ces expulsions sont tirés de Juliette Sibon, Céline Balasse, « 1306, L'expulsion des Juifs du royaume de France », *Cahiers de recherches médiévales et humanistes*, mis en ligne le 23 février 2009.
4. Une fortune à l'époque.

reuse et fort rentable idée de Charles II d'Anjou qui, après avoir expulsé mille Juifs et confisqué leurs biens dans ses apanages d'Anjou et du Maine[1], avait levé une taxe exceptionnelle auprès de ses sujets chrétiens, taxe censée le remercier d'une telle mesure ? Hum… Point trop n'en fallait. Pour l'instant, le peuple se réjouissait que l'on plumât autres que lui, telle une volaille de Mardi Gras. Inutile de gâcher son plaisir. Dans un ou deux ans, on alourdirait encore un peu ses impôts.

Plongé dans ses spéculations, il crut qu'un huissier lui portait une boisson chaude et revigorante lorsqu'on cogna à la porte de sa salle d'études. Au lieu de cela, son officier de geôle pénétra à son invite. Il s'approcha à pas lents, le torse incliné, et murmura en se présentant à nouveau tant il était certain que le conseiller avait déjà oublié son nom :

— Olivier Gassand, à vos ordres et vos souhaits, messire… Ils vous attendent. Je puis certes les traîner céans mais ai songé que…

— Ah non ! Et risquer que leurs répugnants miasmes se répandent en mes appartements ? Je te suis.

— Je leur ai permis de se laver un peu et de se changer afin de ne point trop vous offenser les narines. Ils puaient à dégorger. J'ai épluché tout le registre… mais n'ai rien trouvé d'autre à vous proposer. Beaucoup de marchandise très avariée, ainsi que je le craignais.

— Allons donc voir les rares denrées point trop dégradées.

Il sourit, un peu attristé, à la jeune Vierge diaphane du dorsal, regrettant pour la millième fois que les créatures

---

1. En 1289.

humaines ne fussent pas aussi indemnes de souillure et apaisantes que la rayonnante Mère de Dieu. Son ébauche de sourire mourut bien vite.

L'officier de geôle récupéra une des esconses posées sur la table de messire de Nogaret. Ils sortirent de la salle d'études, escortés par le regard faussement indifférent des deux gardes de jour qui veillaient sur les appartements du conseiller. Ils longèrent le large couloir circulaire jusqu'à parvenir devant un haut portrait en pied peint sur bois de Philippe Auguste[1]. Gassand faufila la main sous le panneau et le tira, révélant le haut d'un escalier étroit, creusé dans la pierre. Le passage *in opaco*[2] permettait aux très puissants d'entrer et de sortir de la Grosse tour en discrétion, voire d'escamoter le cadavre d'un gêneur qui avait abusé. La Seine n'étant guère éloignée, il terminait son existence en nourrissant les poissons.

Éclairés par la lueur avare et vacillante de l'esconse, ils descendirent durant ce qui parut de longues minutes au conseiller. Diantre, que de temps il perdait à cause de ses imbéciles d'espions qui choisissaient le pire moment pour se faire trucider ! Ils pénétrèrent enfin dans le royaume des presque-morts, dans le labyrinthe de boyaux creusé sous terre et ponctué de cellules.

— J'ai pensé que… l'examen se passerait à moins d'inconfort pour vous dans la salle des gardes. Des porcs suffoqueraient tant ça pue plus avant. Et ils beuglent, les vauriens. À les entendre, ils méritent tous le paradis sans confession !

— Eh bien, en ce cas, pourquoi s'inquiètent-ils de leur mort prochaine, puisqu'une splendide félicité les attend ? ironisa Nogaret.

---

1. 1165-1223, grand-père de Saint Louis. Un souverain autoritaire qui jeta les bases de l'État français et des structures de gouvernement.
2. À l'ombre, obscur.

Olivier Gassand s'autorisa un léger gloussement en poussant la porte basse, lourdement renforcée de traverses de métal. En dépit de sa petite taille, M. de Nogaret dut baisser la tête afin de pénétrer dans la salle de garde. Tout en longueur, elle n'était meublée que d'une table contre laquelle étaient poussés deux bancs qui accueillaient à l'habitude les fessiers des gardiens au repos, rongés d'ennui ou trop saouls pour encore tenir debout. L'officier de geôle alluma les torches de résineux de la flamme de son esconse.

— Vais-je les quérir, messire ? s'enquit Olivier Gassand.

— Si fait, afin que je ne m'éternise point céans, déclara le conseiller en humant l'air lourd d'odeur de suie et de relents de vinasse.

Nogaret mit à profit sa courte solitude pour inspecter l'un des bancs et s'asseoir, avec une moue de dégoût, sur la partie qui lui semblait la moins crasseuse. D'un geste inconscient, il rabattit en protection les pans de sa housse sur son torse maigre.

Quelques instants plus tard, Olivier Gassand resurgit, remorquant derrière lui un homme et une femme à qui il intima d'un geste de se tenir contre la porte refermée. Le cliquettement métallique de leurs entraves de chevilles et de poignets tira une grimace au maître du royaume.

— Qu'ils ne s'approchent point et gardent leurs pouils[1], teignes et autres vermines. Me suffiront leurs remugles.

M. de Nogaret se leva et, la mine grave, fit trois pas, restant toutefois à prudente distance. Il détailla les deux prisonniers, efflanqués et livides de leur captivité dans les geôles souterraines et des rations de famine que les gardiens consentaient à leur offrir, après s'être servis, eux et leur famille. Après tout, ils étaient condamnés à la réclusion longue, voire perpétuelle, ou à mort. Inutile donc de les gaver.

———————

1. Ancien français de « pou ». Du latin *pediculus*. A donné « épouiller ».

Il se tourna vers son officier et s'enquit :

— Qu'est-ce ?

— Lui, condamné à mort par écartèlement, après émasculation, pour avoir violé moult fois ses trois filles, leur avoir imposé le crime de sodomie et avoir étranglé l'une d'elles pour s'être confiée au prêtre de leur paroisse. La mère périt dans d'étranges conditions et, si m'en croyez, il lui prêta main-forte pour rejoindre son Créateur.

Un geignement s'éleva de l'homme, tête baissée, qui tenta de marmonner une défense.

— Ferme ton vil clapet, coquin ! ordonna l'officier en lui balançant un coup de poing dans les côtés. Épargne-nous ta chanson sur le fait qu'elles t'ont aguiché et échauffé les sens. L'une avait quatre ans. À part ça, messire, il parle bien, selon votre volonté, et est assez madré pour avoir donné le change durant des années.

— Ah ça ! Je ne puis m'abaisser à recruter des déchets de putels ! murmura Nogaret pour lui-même. D'une voix plus forte, il exigea : L'autre, la femme ?

— Affaire de moyenne justice*, messire conseiller. Condamnée à dix ans de détention. Elle pense avoir vingt-trois ou vingt-quatre ans. Elle se faisait employer comme nourrice sèche[1] ou cuisinière, amadouait les maîtres au point que certains de ces messieurs se sentaient fondés à devenir entreprenants. Au moment crucial, elle menaçait de hurler au viol, d'ameuter épouse et voisinage, à moins que le benêt de patron ne lui offre une belle bourse.

— Escroquerie vieille comme le monde mais qui a sans doute encore de beaux jours devant elle, résuma Nogaret, choqué par cette duplicité, mais au fond intéressé.

Si les hommes parvenaient à tenir leurs sens, à son instar, que de désagréments ils s'épargneraient.

---

1. Par opposition aux nourrices « humides » qui allaitaient les enfants de familles riches.

— Fichtre… dix ans pour des extorsions… après tout permises par les victimes ? Une lourde peine[1].

— En effet. Mais elle ne pouvait pas payer l'amende, hormis à devenir puterelle. Elle est veuve, avec deux enfants en nourrice à la campagne. Un point retenu en sa faveur et qui allégea sa peine de cinq ans. Faut dire que bien que ses victimes aient refusé de témoigner devant le tribunal pour s'épargner la risée publique, elle aurait soulagé la bourse d'une ribambelle[2] de benêts.

— Et comment fut-elle mise hors d'état de poursuivre son commerce ?

— Par un des messieurs plumés, en amour avec la donzelle, amour qu'il pensait réciproque au point de songer à l'établir comme maîtresse en titre et en logement. Il fut si ulcéré, dépité et humilié qu'il porta plainte devant le prévôt, sans quoi, elle officierait encore.

— Débarrassée de sa crasse, de ses hardes et de ses cheveux en touffe d'étoupe[3], elle doit donc être attrayante.

— Je ne sais point trop, messire, ne l'ayant connue que dans cet appareil. Elle sait bien lire et écrit sans trop de gaucherie, grâce à ses différents maîtres.

Une voix masculine et geignarde s'éleva :

— Je puis vous servir à votre entière satisfaction, messire. De plus, je suis fort tel un bœuf, contrairement à cette catin.

Le condamné à mort s'affolait, sentant sa grâce lui filer sous le nez.

---

1. On emprisonnait peu au Moyen Âge, sauf les nobles, en général pour des motifs politiques. Les peines les plus fréquentes se limitaient à des amendes pour les délits de moindre importance, à des châtiments corporels voire des amputations pour les délits graves. La peine de mort était réservée aux crimes de sang, au viol, ou à des délits particulièrement graves et, bien sûr, aux « crimes contre la religion ».

2. Le terme, très ancien et péjoratif à l'époque, est d'origine incertaine. Peut-être un mot formé à partir de « ruban ».

3. Partie grossière de la filasse.

— En vérité, il faut être bien fort pour violer trois fillettes, lança, glacial, Nogaret. Vois-tu, je subis déjà chaque heure des monceaux de merde enrubannée, atournée[1] dans des cendals orfraisés, de la merde qui parle haut et fort. Dans leur cas, je ne puis ordonner au maître de Haute Justice[2] de faire aller les chevaux d'écartèlement au pas de lenteur afin que le supplice dure longtemps. Ton cas est autre. Aussi ne me tente pas. Tais-toi, l'homme.

Une pénible déglutition ponctua le soudain silence.

— D'ailleurs, faites le reconduire sitôt en sa cage. Il m'offense la vue et les narines, sans même parler de la conscience, ajouta Nogaret, agacé.

Olivier Gassand cogna au battant de la porte et l'entrouvrit. Un garde, aussi haut que large, tira sans ménagement le prisonnier par ses hardes. L'homme cracha un dernier :

— Je vous chie dessus ! À elles aussi ! Elles étaient bien chaudes, les salopes !

La porte claqua sur les vociférations obscènes du condamné.

— Il me déplaisait vivement. Belle intuition que la mienne, commenta le conseiller, satisfait. En revanche, la vôtre semble défaillante, Gassand. Quand est prévu son supplice suivi de mort ?

— Dans trois jours, au matin, messire.

— Bien, plus rien à manger jusque-là. Ainsi, chiera-t-il moins. Revenons à notre affaire. Comment s'appelle la femme ? demanda Nogaret comme si elle était transparente.

Une voix assez grave et bien timbrée annonça :

— Annelette Meunier, messire. Pour vous servir avec gratitude et persévérance, sur ma foi.

En dépit de ses entraves de chevilles, elle parvint à se plier en une élégante révérence.

---

1. Ancien français signifiant « orner, parer ». A donné « atours » et « bien ou mal tourné », un peu vieillis eux aussi.
2. Bourreau.

— Bien. Dis-moi quelques mots, ce qui te passe par l'esprit.
Annelette Meunier récita d'une voix mélodieuse :

Amor ne peut durer ne vivre
S'el n'est en queur franc et delivre[1].

— Plaisants vers quoiqu'un peu esmievres[2], de la poésie
de dames, commenta Nogaret.

Annelette reprit après un fugace sourire :

Fole est qui son ami ne plume
Jusqu'à la darreniere plume[3].

— Choix judicieux en ce qui vous concerne. L'auteur de
ses vers ?
— Le sieur Jean de Meun[4], messire.
Nogaret se rendit compte qu'il venait de passer au vous-
soiement. Son choix était donc arrêté.
— Me voyez satisfait de vos services, officier Gassand.
Donnez-lui à manger des mets de sang, elle est bien pâlotte,
au point de sembler malade. Récurez-la de la tête aux pieds
et vêtez-la. Puis montez-la moi. À vous revoir bien vite.
Quant à vous, femme Meunier, votre grâce est en suspens.
Servez-moi à mon plaisir et elle vous appartient. Servez-moi
à mon déplaisir et la corde vous attend.
Annelette se plia à nouveau en révérence.
— Messire, nul ne vous aura servi avec tant de soin, de
finesse, et d'application que moi. En vérité, je vous l'assure
et vous en donne parole devant Dieu.

---

1. L'amour ne peut subsister que dans un cœur libre et sincère.
2. Ancien français. A donné « mièvre ».
3. Folle est la femme qui ne plume pas son amant de son dernier sou.
On détermine ainsi que l'usage du verbe « plumer » pour « délester de
son argent » est très ancien !
4. Ou de Meung, né Jean ou Jehan Clopinel (1240-1305). Il contri-
bua, entre autres, au *Roman de la Rose*.

— Alors que vous ignorez ce que j'exige de vous ? Et si d'inavouables penchants de sens me guidaient ? s'amusa le conseiller.

— Auriez-vous alors fait paraître par-devant vous un homme mûr et une femme encore jeune ? De plus, les heures sont longues en ce purgatoire et les gardes… s'ennuient souvent. Privée de boire et de manger, on finit par accepter l'inacceptable. Aussi ai-je eu mon compte « d'inavouables penchants de sens ». Ils ne m'inquiètent plus guère messire, ajouta-t-elle avec une rage contenue.

— Implacable raisonnement. Nous nous entendrons, je gage.

VII

Forêt de Trahant, non loin de l'Hermitière,
décembre 1306

'orientant sans peine dans la forêt appartenant aux seigneurs de Bellême, Igraine devançait la marche. Une sorte de silence irréel remplaça les pépiements d'oiseau, les bruissements trahissant la fuite ou l'envol d'un petit animal. Un silence seulement troublé par le souffle puissant de leurs chevaux. Une indescriptible paix envahit Igraine lorsque la Pierre Procureuse[1] apparut en haut d'une longue butée. Un soupir de bonheur, de soulagement s'échappa des lèvres de Laig. Paderma murmura d'une voix à l'excitation mal contenue :

— Enfin… le dolmen.

On égorgeait en son centre de jeunes vierges[2] mais surtout des condamnés à mort, les offrant en sacrifice à des dieux parfois cruels : Toutatis, protecteur de la tribu et dieu de la guerre ; Bélénos, le guérisseur ; Rosmenta, la plus puissante des déesses-mères[3] ; Cernunnos, le jeune éphèbe

---

1. Non loin de Saint-Cyr-la-Rosière. Ce vestige de l'activité préhistorique en Perche a été érigé à la fin du néolithique, environ deux mille cinq cents ans avant l'ère chrétienne.
2. Les sacrifices humains existaient chez les Gaulois. Il semble que ces « pratiques » religieuses aient été très réglementées par des druides.
3. Les déesses ont toujours tenu des rôles très importants dans toutes les religions polythéistes.

aux bois de cerf, maître des animaux et de la nature. Les dieux du peuple d'Igraine. Les sacrifiés étaient drogués avant que la lame ne s'abatte sur leurs gorges, qu'on ne les noie ou que les simulacra[1] dans lesquels on les enfermait ne soient enflammés[2]. Pour la satisfaction de tous, les offrandes humaines devaient rejoindre les dieux en grande placidité[3]. Des soldats poussaient un condamné vers Igraine ou une autre elle-même. Elle était le Sang, la sacrificatrice, la devineresse. Elle levait sa longue dague et l'abattait sur la gorge du sacrifié, frappant à cinq reprises. Le sang giclait, éclaboussant la table de pierre, sa robe blanche, son visage. La foule se taisait, respectueuse et inquiète, attendant ses prophéties. Et les giclures de sang se transformaient en mots dans l'esprit de la druidesse. Des mots qui indiquaient si les dieux se satisfaisaient de l'offrande, si les récoltes seraient bonnes, les femmes fertiles, les guerres gagnées ou perdues.

Elles s'agenouillèrent sur la table de pierre glaciale et levèrent leurs visages vers le pâle soleil de cette matinée d'hiver, entrelaçant leurs mains. Igraine se demanda pour la millième fois si le dieu chrétien, celui dont le fils était mort sur la Croix, existait vraiment ou s'il fallait n'y voir qu'une autre métaphore de dieux plus anciens ? Quelle importance, puisque ce nouveau dieu exigeait leur extermination et qu'ils devaient donc le combattre jusqu'à leur dernier souffle ? Certains des manuscrits, ceux que détenait la jeune

---

1. Simulacrum. Jules César a ainsi désigné les représentations gauloises des dieux et les grands mannequins-cages en osier dans lesquels les Gaulois auraient enfermé humains et animaux brûlés en sacrifice. Ce terme péjoratif incita certains historiens à en déduire que l'art gaulois était très grossier. En réalité, il semble que nos ancêtres aient préféré représenter leurs dieux de façon stylisée et symbolique.

2. La façon d'exécuter les sacrifiés semble avoir variée en fonction des dieux que l'on souhaitait honorer.

3. Rappelons que les Gaulois croyaient très vraisemblablement en la réincarnation dans une autre enveloppe humaine.

miresse donneraient le pouvoir et les armes de la reconquête à Igraine.

Elle adressa une muette prière à la déesse-mère qui veillait sur elle, Rosmenta :

— Aide-moi, je t'en supplie. Aide-moi à réinstaller ton règne sur cette terre. Ils n'y comprennent rien et la dévasteront. J'ai œuvré sans jamais faillir durant des siècles, dans toutes mes enveloppes charnelles. Aide-moi !

Un souffle, une caresse légère contre sa joue. Rosmenta venait de se manifester et lui offrait son soutien.

Frissonnante, Igraine ouvrit les yeux et se redressa. Ses cheveux frisés, noir de jais, cascadèrent jusqu'à ses cuisses. La haute femme presque maigre, déclara d'une voix rauque d'émotion :

— Rejoignons notre gîte. Avéla nous y attend.

Monté de rondins, leur refuge au toit de chaume se limitait à une vaste pièce, piètrement réchauffée par le feu qui rougeoyait au centre d'une cuvette creusée dans le sol de terre battue. L'air glacial qui s'infiltrait par les interstices, l'humidité qui maculait de langues d'un vert noirâtre les paillasses poussées contre les murs, importaient peu. Igraine rendait grâce à ceux de son peuple qui, au fil des siècles, avaient bâti ce semis d'asiles au profond des forêts pour leur permettre de se terrer, de recouvrer leurs forces afin de poursuivre leur mission et leur incessant combat d'ombres.

Arthur, le freux, sauta de la poutre qui lui servait de perchoir et s'abattit sur l'épaule de sa maîtresse, frôlant sa bouche de son bec redoutable. Igraine le caressa, remarquant :

— Avéla a sans doute été remplir les seaux au ruisseau voisin. Restaurons-nous.

— Que ferons-nous ensuite, ma mère, ma sœur, ma fille ? interrogea Laig, sans véritablement se préoccuper de la réponse.

Elles étaient enfin réunies, grâce à Igraine. Le reste devenait accessoire après les semaines de captivité, d'humiliation et de mauvais traitements infligés par la Colème et la terreur que cette démone n'égorge Paderma, si cruciale pour leur futur.

— Il me faut d'abord rejoindre Tiron[1], seule, décréta Igraine de cette voix enfantine qui agaçait chez une femme à laquelle nul ne pouvait attribuer d'âge, trente, cinquante ans ou bien davantage. Constant de Vermalais ne doit jamais apprendre que j'ai navré son neveu, le chevalier templier Hugues de Plisans.

— Les chevaliers de l'ordre du Temple n'ont pas réputation de mazettes[2], bien qu'on les couvre aujourd'hui d'obscénités. La mémoire des chrétiens est bien déroutante, leur reconnaissance encore plus. Ces moines soldats ont défendu avec vaillance les leurs et leur foi, sans jamais faiblir, ne ménageant ni leur sang, ni leur vie, et on les accuse aujourd'hui de tous les maux, afin de pouvoir les exterminer en bonne conscience.

— Justement, rétorqua Igraine. Mazettes, ils ne sont pas, loin s'en faut. Je ne veux surtout pas qu'ils se lancent à nos trousses pour venger leur frère d'ordre. Ils doivent demeurer mes... involontaires aides.

— Comment cela ? s'enquit Laig en caressant les cheveux de Paderma, lovée contre elle.

— Ils disposent encore de vigoureux moyens. Ils se mettront en quête de Druon, afin de récupérer avant tout les manuscrits qu'ils avaient réunis et protégés. Nous n'aurons qu'à tirer les marrons du feu... avant eux.

— Bien, approuva Paderma.

---

1. Tiron, aujourd'hui Thiron-Gardais.
2. Mauvais petit cheval. Au figuré : personne sans force ni courage.

La jeune Avéla pénétra à cet instant, chargée de deux lourdes outres de peau. Elle les posa sur la table et se rua vers les nouvelles arrivantes, s'exclamant :

— Enfin, vous ! Igraine vous a sauvées.

Igraine sourit en constatant la joie de leurs retrouvailles et se fit la réflexion qu'on eût pu les croire mère et filles tant elles se ressemblaient, jumelles d'âge distinct.

— Ma route est longue. Aussi, ne vous inquiétez pas. Je ne serai pas de retour avant trois ou quatre jours.

VIII

Ville fortifiée[1] de Bellême, décembre 1306

l avait progressé au pas assuré de son roncin[2], souriant à cette belle matinée d'hiver, aux paysans dont il croisait la route, aux vaches qui paissaient en tranquillité dans les prés. Il comptait déjeuner à la Blanche colombe, une des meilleures auberges de Bellême. Maître Colombe avait permission de chasse sur les terres du seigneur, un rare privilège qu'il devait à son grand-père. Celui-ci avait secouru en forêt une des filles du seigneur de l'époque, alors qu'elle était attaquée par un vaurien qui l'avait jetée à bas de sa monture. Maître Colombe pouvait donc servir à ses habitués moult gibier qu'on ne voyait qu'aux tables de noblesse, ou chez les riches bourgeois qui l'achetaient au chasseur d'un seigneur. Mais d'abord, il voulait se recueillir devant la Croix Feue-Reine, bouleversant témoignage d'obstination et de foi d'une femme de trempe peu commune[3], en plus d'avoir été une des plus saisissantes beautés d'Occident, célébrée par le poète Thibaud de Champagne. Le

---

1. La seigneurie de Bellême fut unie au domaine royal en 1226. Elle fut ensuite liée à l'apanage du Perche qu'obtint Charles de Valois en 1303.

2. Ou « roussin ». Cheval entier de moindre valeur qu'un destrier, moins rapide et fougueux mais plus robuste, utilisé pour le travail ou en monte, du Moyen Âge à la Renaissance.

3. Blanche de Castille (1188-1252), petite fille d'Aliénor d'Aquitaine, veuve de Louis VIII.

vaillant et redoutable politique Rotrou III[1], comte du Perche, avait fini par récupérer la seigneurie de Bellême. Lorsque, au début du XIIIe siècle, la prestigieuse lignée s'était éteinte, Bellême avait rejoint le giron de la couronne de France. Pierre Dreux, dit Mauclerc, duc de Bretagne, avait tenté de ravir la ville méconnaissant la pugnacité de Blanche de Castille, reine veuve de France, qui veillait telle une lionne sur les intérêts de son fils[2], Louis IX[3], alors âgé de quatorze ans. N'écoutant que son courage et son amour de mère, sans oublier sa fougue, Blanche avait installé son camp de bataille en sortie de ville et lancé son armée afin de l'assiéger. La légende prétendait que la reine-veuve avait imploré Dieu de faire triompher ses armes à cet endroit précis. Au décès de Blanche de Castille en 1252, les Bellêmois avaient érigé une croix à l'endroit où la souveraine avait planté son camp de bataille : la Croix Feue-Reine.

Quelle magnifique journée, en vérité. Une plénitude grisante l'envahissait. Il se sentait un essentiel maillon de la perfection divine. Oh, certes, un bien modeste chaînon, mais fait de l'acier le plus pur, le plus résistant. Il souriait aux anges, les sentant virevolter autour de lui, le caresser de leurs ailes déployées. Depuis la révélation, chaque seconde de son existence le comblait et il cheminait, heureux, empli d'une force et d'une vitalité qu'il n'avait jamais su posséder.

Une vaste et épaisse forêt entourait la ville fortifiée. Dès la fin du premier millénaire, les seigneurs de Bellême avaient eu charge de combattre les pirates scandinaves, décidés à conquérir le royaume de France[4]. Ils avaient résisté aux appétits de Guillaume le Conquérant sur le Maine. L'importance

---

1. On ignore sa date de naissance. Il fut tué à Rouen en 1144.
2. Blanche et Louis s'entendaient très bien, pour le plus grand déplaisir de certains courtisans et grands barons qui l'eussent volontiers évincée. D'ailleurs, elle dirigea le royaume de France durant les croisades où s'engagea son fils.
3. Le futur saint Louis (1214-1270).
4. Entre 950 et 1115.

stratégique et politique de ce petit coin de terre n'avait donc fait que croître. Les seigneurs successifs avaient joué les coquettes tantôt avec le roi de France, tantôt avec le puissant et voisin duché de Normandie, s'attirant des mamours politiques et très intéressés, entassant les privilèges et largesses des potentiels suzerains qui convoitaient la ville jadis close. S'étaient ajoutées à ces profitables alliances de judicieuses unions. La cité de Bellême jouissait donc d'une belle opulence et le négoce y allait bon train, comme en témoignaient ses magnifiques hôtels particuliers, ses rues pavées et sa profusion d'éventaires. Rançon de cette insolente prospérité, la ville s'était étendue, sortant de ses remparts.

Des larmes de gratitude dévalèrent de ses paupières lorsqu'il s'agenouilla devant la Croix Feue-Reine. Il se permit une muette prière, dont il souhaita qu'elle n'offensât pas la très pieuse, très belle et très valeureuse souveraine défunte.

« Madame, je suis votre très humble, très reconnaissant serviteur. J'aurais tant donné pour être votre plus fidèle sujet. Souffrez, de grâce, mon outrecuidance puisque j'ai le front de voir en moi un peu de votre âme. Vous fûtes le tenace maillon qui fit fuir les rats décidés à prendre votre fils sous leur coupe intéressée. J'ai le bien prétentieux sentiment d'être un chaînon de l'œuvre de Dieu, moi aussi. Reposez en très grande paix, Madame, qui fûtes la mère d'un très grand roi et d'un saint. Dieu vous berce toujours contre Son flanc droit. »

Il remonta en selle et repartit, frissonnant d'extase. Une joie ineffable, un transport, un profond bouleversement, qu'il devait dissimuler à tous.

En effet, cette révélation, cette illumination avait changé sa vie pour toujours. Il se souvenait de chaque instant, du plus lointain son, de la plus infime nuance de couleur avec une précision qui prouvait assez que Dieu avait voulu ce moment.

La sidérante rencontre avait eu lieu quatre ans plus tôt, alors qu'il rentrait à dos d'un mulet, au soir échu. Le printemps explosait, magnifique partition de couleurs, d'odeurs, renaissance d'une nature exaspérée par son trop long sommeil hivernal. Sa journée avait été mauvaise, enfilade de minuscules revers qui, mis bout à bout, lui avaient paru devenir une métaphore de sa vie d'alors. Il ne parvenait à se définir que comme trop quelque chose et pas assez une autre. De falotes vertus accolées à de minables vices. Une mesquine existence, si pénible qu'il en venait à souhaiter qu'elle cesse enfin. Son seul éclat avait été de dissimuler le trésor légué par son grand-père et son père, en évitant que des mains rapaces ne l'accaparassent. Pas de quoi sonner les cornes[1], n'importe quel petit paysan madré eût fait de même ! Bref, une créature humaine indiscernable, à l'image d'une multitude d'autres. Allait-il donc un jour rendre l'âme à son Créateur qui ne la remarquerait même pas, en s'étant contenté de survivre depuis sa naissance ? Cela ne se pouvait ! Il sentait en lui une telle aspiration à la grandeur, un tel besoin d'être distingué du magma humain. Ainsi, si la fameuse croisade que devait entreprendre leur bon roi, menée par son frère Charles, débutait enfin, il se presserait pour être de ses compagnons[2].

Retenant une crise de larmes d'exaspération, de mépris envers lui-même, il avançait, forçant le mulet de coups de talons hargneux. Il s'en voulait même de cela, de cette désolante mauvaiseté : maltraiter une créature inférieure alors qu'il

---

1. Ancêtre du cor de chasse.
2. Elle n'eut jamais lieu. En revanche, elle fournit un bon prétexte aux papes d'Avignon pour lever une fiscalité exceptionnelle afin de la préparer. En 1396, une expédition militaire pour contrer l'avancée des Turcs en Europe se solda par un échec cuisant.

aurait voulu se mordre au sang pour se punir[1]. Eh quoi ? Ce pauvre animal ne galopait pas à la manière d'un destrier, qui pouvait s'en étonner ?

Dieu entendit-Il sa plainte ? Apitoyé par sa vie de ratages, de médiocrité, d'incessants regrets, de souffrance, souhaita-t-Il lui offrir une dernière chance ? À l'évidence, du moins s'en convainquit-il.

Deux vauriens crasseux avaient surgi de derrière un arbre, bâtons brandis, la trogne hilare. Le plus gras avait éructé :

— Allez, ma mignonne : tes nippes[2], ta bougette, et on embarque l'âne !

Le mulet s'était cabré, tentant de fuir, mais l'autre homme à la bouche édentée et aux traits niais[3] l'avait retenu par la bride.

D'abord, il avait eu terriblement peur. Il ne se passait pas de semaine sans que l'on découvrît les cadavres malmenés de voyageurs au profond des bois. Il avait tendu sa bougette, implorant grâce. Sa supplique avait tiré des rires lourds aux deux coupe-bourses. Il avait su qu'ils le trucideraient sans l'ombre d'une hésitation, une fois qu'il aurait eu l'obligeance de s'exécuter, leur épargnant l'effort de dévêtir un macchabée. Il avait entendu maintes fois cette fable selon laquelle on revoyait sa vie juste avant le décès. Outre que les défunts n'étaient plus là pour la contester, tel ne fut pas son cas. Soudain, les détails de ce qui l'environnait s'étaient imposés à ses sens, à son esprit. Le silence des petites créatures,

---

1. Au Moyen Âge, les mauvais traitements sur les animaux « par plaisir » ou mouvements d'humeur étaient méprisés. Ils avaient été mis sur Terre par Dieu afin que les Hommes les utilisent, pas qu'ils les maltraitent injustement. Les chevaux et les chiens, animaux nobles, bénéficiaient d'un petit traitement de faveur.

2. Le terme est très ancien et vient probablement de « guenipe » qui a donné « guenille ».

3. Du latin *nidus* (nid), le terme désigna d'abord un fauconneau incapable de voler (donc malhabile). Il prit très vite la signification de « stupide » que nous connaissons aujourd'hui.

inquiètes de cette présence humaine, à l'évidence assassine. Un silence seulement troublé par le frémissement du vent entre les feuilles. Parfois, très loin, un cri d'oiseau. L'odeur acidulée et enivrante des feuillages et de l'herbe nouvelle. Celle, plus âcre, de l'écorce d'arbres centenaires. Celle, insupportable, de la crasse et de la sueur des deux hommes[1], qui atténuait à peine les relents de mauvaise piquette que projetaient leurs haleines. Brusquement, une rage meurtrière l'avait envahi. Eh quoi ? Ces deux moins-que-rien n'allaient pas lui ravir sa vie qui, certes, n'avait rien de reluisant, mais valait quand même davantage ? D'abord interloqué puisque jamais il n'avait ressenti d'émotion si intense, si impérieuse, il avait démonté d'un coup de rein, tirant un large coutelas de chasse à fil cranté, dissimulé dans son dos. Imbibés par un alcool de piètre qualité, les deux coquins n'avaient pas compris, lui donnant de minuscules mais précieuses secondes pour navrer celui à la face d'idiot. Ah, l'ineffable, l'insoutenable soulagement de détailler son visage surpris puis terrorisé, crispé de souffrance. Il avait cru défaillir de satisfaction en sentant le vaurien mollir, lorsque son sang avait recouvert sa main. Une coulée tiède en haut de sa cuisse. Le regard chaviré de plaisir, le souffle court, il avait titubé vers l'autre brigand, lame rouge et visqueuse brandie. Qu'avait lu l'autre dans son visage révulsé[2] ? Sans doute sa mort imminente. Le coupe-jarret avait détalé.

Il n'avait pas tenté de le poursuivre, tant la vague de plénitude l'avait épuisé. Il avait chu lourdement à terre. Bouche entrouverte, il avait contemplé émerveillé sa main gainée de sang. Quelle impeccable beauté, quelle stupéfiante perfection. S'il n'avait dû rentrer, il se serait volontiers allongé dans

---

1. Rappelons que le Moyen Âge était une époque relativement « propre », on se lavait et fréquentait les étuves, bains collectifs parfois mixtes.

2. Dans le sens ancien : le visage ou les yeux bouleversés.

l'herbe, pour dormir d'un sommeil de plomb. Un rire avait chahuté dans sa gorge lorsqu'une infime cavalcade avait résonné à sa droite, lorsqu'une dame blanche[1] l'avait frôlé sans un son. Le monde recouvrait sa paix. Grâce à lui. Après une poignante prière de gratitude au Divin Agneau, il s'était relevé, essuyant les larmes qui dévalaient de ses yeux, trempant ses joues et son menton.

Il était remonté sur le mulet, flattant le col de l'animal tremblant.

Il venait de comprendre.

---

1. Chouette effraie : un des rares nocturnes à ne pas être systématiquement exterminé au Moyen Âge puisqu'elle niche dans les églises, ne pouvant donc pas être démoniaque.

IX

Ville fortifiée de Bellême, décembre 1306

n ours en cage. Voilà tout. Une parfaite image, une précise métaphore. Un ours, bourru, agressif, grognant et prêt à user des crocs et des griffes, prisonnier qu'il était d'une cage trop étroite.

Louis d'Avre détailla à nouveau son luxueux bureau de grand bailli d'épée du Perche. Pas de la roupie, jusqu'à la belle cheminée au manteau de bois sculpté de guirlandes et de têtes d'anges ! Sa nouvelle charge lui valait d'occuper l'un des plus beaux hôtels particuliers de l'opulente citée défensive.

Exaspéré, messire Louis d'Avre balança au milieu des autres le rouleau de missive qu'il tenait du bout des doigts. Certes, certes ! Oui-da ! En vérité, il allait veiller aux rentrées d'impôts, puisque quatre des six lettres qu'il avait reçues ce jour traitaient de ce pan de ses nouvelles fonctions, à l'évidence beaucoup plus important que sa mission de justice ou d'administration générale ! Eh quoi ? Fallait-il qu'il trotte derrière chaque poulet ou goret afin de s'assurer que la dîme de carnage[1] serait bien versée à l'Église ? Qu'il sillonne la campagne afin de surveiller la coupe des breuils[2] ? La peste fût de ces tracasseries !

---

1. Perçue pour chaque animal d'élevage abattu.
2. Bois fermés de haies servant à la retraite des animaux, notamment en période de reproduction.

Jamais il n'avait sollicité cette marque d'estime et de confiance de la part de monseigneur de Valois, et encore moins du conseiller du roi, Guillaume de Nogaret. Rester le cul cloué dans une forme[1] à signer des papiers ? Foutre[2] ! Il était soldat, encore vert et certes pas secrétaire ou pis, paperassier en demi-manches[3].

Il se leva si vivement que les pieds de son fauteuil geignirent sur les dalles du sol. Mains croisées dans le dos, il arpenta la vaste pièce, aux murs tapissés de bibliothèques serrant les cartulaires et registres de commerce, justice ou construction depuis la création de la ville, ou presque. Soufflant d'énervement, il se planta devant l'une des hautes fenêtres vitrées et contempla la chapelle Saint-Santin.

— Messire, votre pardon… s'éleva une voix apeurée.

Louis d'Avre sursauta presque et se tourna, vitupérant :

— Quoi, encore ?

Une très jeune fille, toute maigrelette dans son tablier trop grand et sa courte cape, renifla de panique. Ses doigts rougis de froid et gourds cramponnaient un plateau recouvert d'une touaille, tant elle semblait craindre de le laisser choir. L'acrimonie d'Avre s'envola et il s'enquit, radouci :

— Que me veux-tu, jeune fille ?

— Ben… monseigneur… c'est rapport à vot' dîner d'midi… vu qu'l'est bentôt midi… J'suis servante au Jarse[4] amoureux, qu'est point trop loin, rue du Louvetier. Pace'q la soupe… faut qu'ça fume dans la cuiller… surtout par c'temps d'chien… C'est nous autres qu'on prépare le manger

---

1. Siège d'honneur, réservé à une personne de haut rang, le plus souvent surélevé et richement sculpté.

2. Version très grossière de « fichtre ».

3. L'usage de ces sur-manches que l'on enfilait sur celles du vêtement pour les protéger, ainsi que les avant-bras, est très ancien et persistera jusqu'au XXe siècle. Elles étaient faites de tissu pour les tâches salissantes ou d'épais cuir pour les tâches dangereuses.

4. Aujourd'hui « jars ».

du seigneur grand bailli d'épée… vous, quoi. Euh… j'a cogné… mais z'avez point ouï… mais j'a ben cogné… enfin à la porte…

— Pose le plateau sur le bureau.

Un peu rassérénée puisqu'il souriait, elle s'exécuta. À vrai dire, l'ancien seigneur grand bailli, Adelin d'Estrevers, les avait terrorisés tant il se montrait impatient, brutal et fat. D'autant qu'il avait leste main pour les beignes. Un vrai furoncle à la fesse, celui-là.

— Ton nom, jeune fille ?

— Nicolette, seigneur, précisa-t-elle en pliant les genoux dans ce qui se voulait une révérence.

Elle tira la touaille et entreprit de lui annoncer les mets :

— Une soupe au lard et aux févettes. Un pâté de gigot d'agneau en pot[1], encore ben tiède, l'est meilleur ainsi. D'l'agneau d'l'an, pas du mouton, jugea-t-elle nécessaire de préciser. Pour finir, une belle part de tarte blanche[2], le tout accompagné d'une boutille de sidre, en plus du pain. V'la à vot' satisfaction, j'espère ? commenta-t-elle, contente d'être parvenue au bout de son énumération sans bafouiller de timidité.

— Fichtre, tu me portes là un festin. Le merci, jeune fille. Nul doute que j'en sortirai rassasié.

— Empressez-vous d'manger, seigneur, si je puis. Faut pas qu'ça r'froidisse, la soupe aux févettes, rapport qu'ça fige pis qu'le nouet[3].

— Merci à toi. File vite, on doit t'attendre. Tiens, pour toi, termina-t-il en lui tendant un denier*.

Elle hésita, puis succomba à la tentation et s'en saisit, tentant de cacher son sourire de contentement en pinçant très

---

1. Les pâtés du Moyen Âge étaient presque toujours en croûte. Ce pâté d'agneau semble être l'un des seuls que l'on faisait cuire directement dans un pot, posé sur les braises, un peu à la manière de nos terrines.

2. Mélange de fromage frais, de blancs d'œufs, de beurre, de miel, et d'un peu de gingembre, le tout dilué dans du lait.

3. Bouillie qu'on donnait aux animaux affaiblis ou malades.

fort les lèvres. Une nouvelle révérence maladroite, un « oh, seigneur, merci, merci ! » et elle détala tel un levreau.

Cette petite Nicolette lui avait un peu déridé l'humeur, et méritait donc grandement son denier. Il s'installa et avala une gorgée de la soupe de fèves au lard, délicieuse.

Nicolette sautillait en descendant l'imposant escalier de l'hôtel particulier. Elle pouffait derrière sa main. Ah ça, qu'il était aimable ce nouveau seigneur grand bailli, pas comme l'autre verrue gonflée de prétention ! Et puis, drôlement bel homme. Un peu âgé, une petite cinquantaine d'années, mais quelle prestance, quelle silhouette. Le visage un peu émacié… peut-être avait-il été mal nourri ? Elle y remédierait.

Elle souriait aux anges en se remémorant le visage aux élégants traits virils, le menton volontaire sans être lourd, le regard très bleu, d'abord sévère, puis bienveillant, les mains fortes, la belle chevelure ondulée, gris argenté. Ah oui, un beau représentant de la forte gent. Et généreux, avec ça ! Un denier d'offert, juste pour lui porter un plateau !

Oh là là, que d'aventures ! D'autant que fort peu des Bellêmois avaient aperçu le nouveau bailli d'épée du Perche. Oh là là, dès que le bougon maître Jarse[1] aurait tourné les talons, elle conterait tout, et même davantage, à maîtresse Oie qui s'affairait en cuisines. Une sévère mais juste maîtresse. Pour sûr que, la prochaine fois, elle insisterait pour porter elle-même le manger au seigneur grand bailli !

---

1. Il était de coutume de nommer les aubergistes d'après leur enseigne.

Louis d'Avre déjeuna sans hâte. Homme frugal, peu tenté par les mets raffinés ou compliqués, une bonne soupe épaisse, un généreux morceau de pain et un bout de fromage auraient suffi à son contentement. Toutefois, inutile de froisser les propriétaires du Jarse amoureux et la gentille Nicolette. Il fit donc honneur au pâté de gigot d'agneau en pot, une viande peu proposée dans les auberges en raison de son prix, hormis à Pâques. Nul doute qu'un seul pot avait été préparé, et à son intention.

Il se servit une nouvelle rasade de sidre et son agacement ressurgit. Envers lui-même, cette fois. Morbleu, l'homme, en as-tu fini avec ces prétextes acariâtres ? Ne dirait-on pas un vieil atrabilaire que tout courrouce ? Quoi, la paperasse ? Quoi, ce bureau ? Quoi, cette nouvelle et fort prestigieuse charge ? Vas-tu bientôt accuser les pigeons de l'église pour ton humeur de fiel ? La neige, la pluie ou le soleil ? Crache la bribe[1] qui t'étouffe, admets !

Il hésita et répondit sans un son à la voix qui le tançait dans son esprit, la sienne :

« J'ai peur. Cela fait si longtemps que je n'ai éprouvé ce sentiment que je ne sais plus y faire face. Je m'agite, m'irrite, m'épuise, rien n'y remédie. »

« Que redoutes-tu ? Qu'Héluise ne t'aime point ? »

« Sans fanfaronnades ni aveuglement de benêt en amour, je crois qu'elle m'aime. En homme, et pas en image de son père. Peut-être pas autant que je l'adore. Cependant, je suis à l'âge où l'on offre tout sans compter, sans réserve, faute de détenir encore beaucoup de temps. Les tergiversations et atténuations, les retenues de prudence ne sont alors plus de mise. »

Le dialogue intérieur se poursuivit.

« Vois-tu, une sourde angoisse m'étreint jour et nuit. Surtout la nuit, au point d'en perdre le dormir. J'ignore où se trouve la belle insensée, ce qu'elle mijote, dans quoi elle se

---

1. « Dis la vérité », (ou crache le morceau qui t'étouffe). « Bribe » désigna d'abord un morceau de pain, puis des miettes.

fourre. Il avala d'un trait le contenu de son gobelet et le reposa avec brusquerie. Par la mort de Dieu[1] ! Une donzelle, qui certes n'est guère capone[2] et peut sans doute se défaire d'un vil petit vaurien de la pointe de sa courte épée... mais une donzelle, que diable ! Avec jeune enfant pour réduire encore ses chances d'échapper à... à... je refuse de l'imaginer... Mais à quoi songe-t-elle ! Ah non, doux Dieu ! Et puis quoi, son "devoir" ? Quel "devoir" ? Puisque je la veux mienne, que je désespère qu'elle le devienne, je fais mien son devoir sans en rien connaître, puisqu'il ne peut s'avérer que noble. Qu'elle me le confie, je m'en acquitterai à sa pleine satisfaction, quitte à suivre à la lettre ses instructions. »

« Ah, mais ce que tu décris n'est pas notre Héluise. Elle est valeureuse, honorable et obstinée à la déraison. L'aimerais-tu tant, si elle était autre ? »

Messire d'Avre avala la bouchée de pain qu'il mâchait et se concéda à lui-même dans un soupir dépité :

« Non. »

« Tout est donc dit. Ne reste plus qu'à attendre des nouvelles des messagers que tu as envoyés à Alençon, puisque, selon dame Leguet, le mire Druon et le petit Huguelin s'y rendaient. Néanmoins... nous connaissons un peu notre aimée... Un mensonge de plus ou de moins afin de recouvrir sa trace et celle d'Huguelin et semer ainsi leurs poursuivants ne devrait guère lui peser. »

« Épargne-moi, de grâce, les évidences, au risque, sans cela, d'insulter mon intelligence ! J'avoue que le seul attrait, pour l'instant, de ma nouvelle charge, est que je dispose de gens d'armes et d'officiers à foison. Les moins bâtés[3] sillonnent depuis hier le Perche à leur recherche. »

---

1. Un juron très blasphématoire et mal vu. Il fut remplacé par « Morbleu ».

2. Peureuse, lâche. La signification évolua plus tard pour désigner une personne capable de ruses pour parvenir à ses fins.

3. De « mule de bât », bête de somme à qui on ne demande pas de réfléchir.

« Et si elle quittait notre province ? » s'inquiéta son contra-dicteur, lui-même.

« Jamais. Huguelin est devenu une menace pour eux deux. Beaucoup ont compris que la donzelle qu'ils cherchaient s'était travestie en jeune mire flanqué d'un garçonnet. Or, je l'ai vue agir envers Huguelin. Héluise est devenue mère sans jamais avoir porté enfant. Elle pensera d'abord à le protéger et agira ainsi que toutes les preuses femelles, en cachant son petit là où elle peut le surveiller, voler à son secours le cas échéant. Elle le dissimulera dans un endroit qu'elle connaît bien et sait sûr. Donc dans nos parages. »

« Elle pourrait alors reprendre… apparence féminine, afin de berner ses ennemis ? »

« J'en doute. Le vêtement masculin la protège quand même. »

Messire d'Avre sortit de cette silencieuse confrontation un peu rasséréné. Ce qu'il avait perçu, senti, de sa magnifique rebelle lui donnait un avantage sur les autres poursuivants.

Dieu du ciel qu'il l'aimait ! Dieu du ciel qu'elle l'aurait tourmenté sans le souhaiter !

C'est pourtant presque souriant qu'il extirpa la bague d'index qu'il avait fait réaliser par un orfèvre de Chartres afin de la lui offrir, lorsqu'elle aurait accepté de lui confier sa main et sa vie. Un anneau d'or arrondi, serti de rubis[1] rouge sang, dont il avait exigé qu'ils ne fussent pas balais[2].

Il replaça le bijou dans sa bourse de velours carmin et héla au service.

---

1. Le rubis, « roi des gemmes », était la pierre préférée du Moyen Âge, juste avant le saphir et l'émeraude, voire l'améthyste. Sa couleur et sa dureté l'expliquent. Le diamant n'arrivait qu'ensuite puisqu'on ne savait pas le tailler et qu'il restait mat et sans limpidité.

2. Les pierres dites « balais », de couleur moins intense (tirant sur le rose dans le cas du rubis), avaient beaucoup moins de valeur au Moyen Âge.

X

Le prieuré [1] *, Saint-Martin-du-Vieux-Bellême,*
décembre 1306

Un pingre soleil d'hiver éclairait la campagne couverte d'un épais givre lorsque Druon de Brévaux arriva en vue de l'abbatiale Saint-Martin, construite de grison[2] à l'instar de nombreux édifices de la région. Les manuscrits étaient saufs en Brou-la-Noble. Il repoussa le souvenir de la vive émotion qu'il avait ressentie en se faufilant à la nuit, tel un ribleur, en l'église Saint-Lubin. Son cœur battait à se rompre, la peur lui desséchait la bouche. Il avait dû bagarrer contre lui-même afin d'avancer vers le chœur, de se rapprocher du vitrail figurant l'arbre de Jessé. Il avait dû se contraindre à baisser la tête vers la large dalle de sol descellée, puis re-scellée. Le souffle lui avait fait défaut lorsque son regard avait frôlé les ombres qui enlaidissaient les dalles voisines. Le valeureux sang d'Hugues de Plisans et celui, honni, de sa mère, Catherine. Tous deux lavés de la même eau. Ceux qui avaient découvert les cadavres connaissaient-ils déjà leur

---

1. Son église, Saint-Martin, construite au XIᵉ siècle, fut longtemps l'abbatiale des moines bénédictins du prieuré, qui dépendaient de l'abbaye de Marmoutier, non loin de Tours. Le déclin du prieuré commença au XVIᵉ siècle et il avait déjà disparu avant la Révolution, faute de vocations.
2. Conglomérat naturel de silex, de quartz, d'argile et de minerai de fer de couleur sombre.

identité ? De dignes funérailles seraient-elles réservées à Pli-sans ? Catherine obtiendrait-elle le trou en terre non consa-crée qu'elle méritait ? Celui des gredins condamnés à mort, des sorciers ou des suicidés[1] ? Assez avec cela !

Pourquoi Igraine ne l'avait-elle pas occis en l'église de Brou-la-Noble afin de récupérer les manuscrits qu'elle convoitait depuis si longtemps ? Elle en avait l'opportunité, la force et la détermination. Craignait-elle véritablement qu'il les enflamme de son esconse ? Pourquoi en doutait-il tant ?

Assez avec cela aussi !

À sa commande, Brise fit halte devant le mur d'enceinte, peu haut, monté de briques dont le rouge s'était patiné d'une nuance de vieux bronze au fil des ans. Il démonta devant la porterie majeure, un peu inquiet quant à la suite, ne sachant de quelle façon aborder le frère portier[2] afin d'obtenir une entrevue avec le grand-prieur, un certain Masselin de Rocé, ainsi qu'il l'avait appris de maître Renard, tavernier du Renard vert, sis à la limite de la ville fortifiée de Bellême, chez qui il avait passé la nuit et pris son déjeuner du matin. L'homme chauve, maigre et jaune de peau devait s'ennuyer dans son établissement désert, et avait bien vite accepté un gobelet de sidre, accompagné d'une causerie de bon aloi. Maître Renard n'avait pas tari d'éloges sur le monastère. Peut-être, ainsi que l'avait compris Druon, parce que les bénédictins ne prélevaient qu'une moitié du jus tiré de ses pommes, contre deux tiers, voire davantage, ainsi qu'il se pra-tiquait ailleurs. Selon l'aubergiste, ils faisaient œuvre de cha-rité et s'épuisaient tout le jour en labeur aux champs, au

---

1. N'étaient pas frappés d'excommunication les suicidés dont l'état mental pouvait excuser leur geste aux yeux de l'Église.

2. Il détenait les clefs et surveillait les entrées de l'abbaye et les par-loirs.

rucher, dans les bois avoisinants pour honorer la devise gravée en haut de leur porterie : *ora et labora*[1], le fondement de la règle de saint Benoît, bien qu'elle n'y fût pas mentionnée. L'actuel grand-prieur était le descendant d'Hugues de Rocé, fondateur du prieuré en 1067, auquel il avait abandonné tous ses biens à son entrée en religion. D'une poignée de moines armés d'une belle dévotion et d'un courage sans limites, le prieuré avait grandi, et comptait aujourd'hui une quarantaine de frères et presque le double de serviteurs laïcs. Le village de Saint-Martin-du-Vieux-Bellême s'enorgueillissait de leur présence, qui faisait vivre nombre d'entre eux, vivandiers[2], tonneliers, maréchaux-ferrants, marchands divers, forestiers, sans oublier les femmes employées à la lingerie ou en cuisine. Délassé par cette conversation – satisfaisante pour maître Renard puisqu'il n'y colportait que du bien des religieux, mais sans grand intérêt –, Druon avait soudain tendu l'oreille lorsque l'aubergiste avait regretté :

— Les pauvres… Y cherchent désespérément un médecin, vu qu'le leur a trépassé au printemps dernier, d'autant qu'des clabaudages de ceusses du village, l'était guère un aigle, si vous voyez où'c que j'en viens ! En bref, nos bons bénédictins priaient pour jamais requérir ses soins. D'ailleurs, l'a rendu l'âme encore vert.

— Ah, les bons mires et médecins sont comme les neiges de printemps : fort rares, avait souri Druon.

— Ben ça ! avait opiné le bonhomme. J'préfère m'en remettre à la Sainte Providence ! D'autant que ça coûte moins d'belles pièces. Parce que pour vous tirer vos maigres économies, y sont gaillards[3] ! J'l'as ben vu avec feue maîtresse Renarde.

---

1. Prie et travaille.
2. Intermédiaire qui revendait les denrées alimentaires. « Denrée », du vieux français « denerée », ce que l'on pouvait acheter pour un denier.
3. Le terme n'avait à l'époque aucune connotation « leste ».

Druon lui avait resservi un gobelet, songeant qu'avec la couleur jaunâtre de sa cornée injectée de sang, il devrait ralentir un peu sur le gorgeon. Bah, un corollaire de son métier et de son état mélancolique[1].

— Ça tombe mal, puisc' y doivent juger[2] une truye[3] démoniaque*. En général, c'est l'moine médecin ou l'notaire du village qu'accepte le rôle d'avocat du diable[4]. Y'a point d'notaire à Saint-Martin-du-Vieux-Bellême. Faut vous dire, en sus, que personne se presse pour la défendre, la truye. Elle risque le bûcher, mais d'toute façon, l'aurait été égorgée à l'après-prochaine tuaille[5]. Bon, mais ça f'ra un spectacle. Ça manque ici, surtout en hiver.

La joie des spectateurs lors du bûcher de justice était légitimée par les textes saints, du moins leur interprétation. L'Évangile de saint Jean ne précisait-il pas : « Si quelqu'un ne demeure pas en moi, il est jeté dehors, comme le sarment, et sèche ; puis on ramasse les sarments, on les jette au feu et ils brûlent[6]. » La chrétienté avait donc toujours, en son âme et conscience, fait libéral usage de ce supplice, qu'il fût réservé aux humains ou aux animaux.

1. Dépressif.

2. Les procès d'animaux étaient relativement fréquents, voir annexe en fin d'ouvrage. Ils devaient respecter les formes de la justice réservée aux humains.

3. Truie.

4. Le terme désignait l'ecclésiastique chargé de présenter des arguments contre une canonisation. Il fut très rapidement utilisé pour désigner ceux qui défendaient l'indéfendable, auquel ils ne croyaient pas eux-mêmes.

5. Ou « tuée ». Le cochon était abattu au cours des mois froids, de novembre à février, et tout devait être salé, fumé, cuit ou mangé en 48 heures afin d'éviter que la viande ou les abats ne s'altèrent.

6. 15:6

Après d'ultimes tergiversations dues à la crainte que son mensonge ne soit éventé bien vite, Druon de Brévaux tira sur la chaînette de la cloche pendue à la porterie principale. Rien. Il recommença, avec encore plus d'énergie. Quelques instants s'écoulèrent puis le tour de la lourde porte pivota.

— Semainier[1] tourier[2]. Qui va là, la raison de votre visite ?

— Frère Hugues de Constantinople[3]. Moine itinérant, médecin, je requiers humblement hospitalité en vos murs pour quelques mois.

Pourquoi ce nouveau prénom lui était-il venu, sans même l'avoir décidé ? Un hommage posthume au chevalier templier, au fond soulagé d'avoir été occis par Igraine, tant le meurtre de Druon qu'il s'apprêtait à perpétrer lui répugnait ?

— Médecin ?

— Si fait. Et de l'avis des frères que j'ai tirés d'un mauvais pas, plutôt un bon… bien que je rougisse de cette prétention.

— Demeurez, je vais quérir le frère portier. Demeurez, n'est-ce pas ?

— Je suis fort las du périple, le rassura Druon devenu Hugues. De plus, je n'ai point communié depuis trop longtemps.

Une galopade se fit entendre, arrachant un sourire au faux Hugues de Constantinople. Fichtre ! En vérité, ils avaient désespérément besoin d'un nouveau médecin. Le raclement des traverses de la porte fit suite au bruyant cliquètement de la clef dans la serrure. Un homme âgé, se tenant voûté, s'aidant d'un bâton de marche sans doute en raison d'une maladie de vieillerie, le crâne ceint d'une maigre couronne de

---

1. Moine à qui était confiée chaque semaine une différente tâche.

2. Moine chargé de faire pivoter le tour, sorte de judas. Autorisé à parler, surtout avec des extérieurs, il partait également en tournée afin de collecter les aumônes.

3. La particule n'impliquait pas nécessairement un état de noblesse, mais très souvent une simple provenance.

cheveux blancs, parut, vêtu de la robe noire et du scapulaire à capuche de même couleur de son ordre. Hugues se fit la réflexion attendrissante qu'il osait porter ses lourdes béricles[1] au vu et su de tous, un courage peu commun puisqu'elles étaient objet d'intarissables moqueries, plus ou moins de derrière la main[2].

Druon/Hugues inclina la tête en salut respectueux et attendit.

— Oh, le ciel, à n'en point douter ! Dieu a exaucé nos prières. Notre jeune semainier me conte que vous êtes médecin ?

— Si fait, frère portier.

— De quel ordre ?

— Franciscain[3], mais j'ai obéi à tant d'autres règles au fil des années, et toutes partageaient la pureté et l'amour de Dieu, prévint-il, de sorte à s'abriter derrière cette fable en cas d'impairs qui ne manqueraient pas.

— Et vous souhaiteriez vous imprégner d'un nouvel ordre avant de repartir ? Quelques mois, au moins ?

— Si fait.

Le vieil homme malade se tourna vers le semainier, un homme encore jeune, au visage un peu poupin et réjoui, demandant :

— Mon bon Paul, courez prévenir notre grand-prieur. Je ne doute pas que dans sa coutumière magnanimité, il souhaitera recevoir un franciscain. Quant à vous mon frère voyageur, pénétrez, de grâce.

Le portier claudiqua avec peine, suivi de Druon. Ils débouchèrent aussitôt dans la cour dite d'honneur, terme bien

---

1. De béryl, a donné « bésicles ». Lunettes. Elles furent inventées vers le XIIe siècle et on les dissimulait puisqu'elles étaient perçues comme une marque d'infirmité.

2. En discrétion.

3. Ordre des frères mineurs, créé en 1210 sous l'impulsion de François d'Assise et fondé à l'époque sur la pauvreté absolue et la prédication, donc l'itinérance.

abusif qui, dans ce petit monastère, désignait une placette pavée permettant aux chariots d'avancer à la saison pluvieuse sans trop de risque de s'embourber.

Essoufflé, le vieux moine s'appuya encore plus lourdement sur son bâton de marche.

— Une décoction de ma préparation fait merveille sur les douleurs de vieillerie, proposa Hugues en fouillant dans sa bougette et en tirant une petite fiole de terre cuite. Buvez. C'est fort amer mais efficace au preste.

— Qu'est-ce ?

— Une concentration de saule[1] et d'autres simples.

Le pauvre moine avala goulûment la préparation, saluant son goût affreux d'un « pouah » sonore.

— Peut-on l'adoucir de miel ?

— Je ne sais, n'ayant pas expérimenté cette adjonction. Les principes se mêlent parfois d'étrange façon, dont certaines fâcheuses.

Un silence cordial s'établit. Paul, le semainier, reparut, devancé par un homme très grand, d'une robuste soixantaine d'années, au regard d'un chaleureux noisette.

— Masselin de Rocé, grand-prieur.

Hugues s'inclina à nouveau. Forçant les graves de sa voix, il déclina sa fausse identité et le motif de l'hospitalité qu'il sollicitait humblement pour quelques mois. Il s'inventa un long mais flou périple, évitant d'offrir trop de détails menteurs qu'il risquait d'oublier. Masselin de Rocé lui posa quelques questions et Hugues/Druon eut le sentiment qu'elles n'étaient que de forme, et que leur besoin de médecin avait déjà convaincu le grand-prieur.

Un bougonnement leur parvint. Le portier s'était un peu redressé et se tâtait le dos, un air d'étonnement peint sur le visage :

---

1. Dont nous avons tiré l'acide salicylique qui porte son nom, donc l'aspirine.

— Ah ça ! Ne dirait-on pas que je souffre moins ? Ah ça, serait-ce un miracle ?

Il fit quelques pas et dévisagea M. de Rocé, s'écriant :

— Mon bien cher père… cette exécrable concentration de simples est une merveille ! En vérité, j'ai moins mal et puis marcher avec un peu d'aise. Voici donc un aesculapius ! Quel bonheur, loué soit le Seigneur qui l'a conduit jusqu'à nous ! Oh, je vais enfin pouvoir dormir à la nuit ! Ah… dormir, enfin dormir…

Revigoré, le portier repartit vers la cour d'honneur. Masselin de Rocé sourit à Druon/Hugues.

— Mon fils, je ne puis décevoir mon bien-aimé portier, Aubin de Trimbelle, et tous les autres qui piaffent d'impatience que je leur trouve un médecin, depuis le décès de notre regretté Jacques de Salny. C'est donc avec bonheur que je vous offre l'hospitalité sollicitée. Il cligna de l'œil, ajoutant taquin : Prenez garde ! Ils ne voudront plus vous laisser repartir. Ah, vous allez également devoir vous charger d'une tâche peu ragoûtante : jouer l'*advocatus diaboli* d'une truye qui a occis un humain, un fieffé renégat d'ivrogne, lui dévorant le visage. Une cochette[1] plus exactement.

— Pourquoi pas ? plaisanta Hugues de Constantinople. Mais afin de jouer mon rôle pleinement, et contrer au plus sévère les arguments de mon… confrère de métier, je souhaite examiner la victime et la meurtrière.

— Oh… il ne s'agit que d'une parodie de procès, observa le grand-prieur.

— Rien n'est parodie à mes yeux et tout se traite avec le même sérieux.

— Pourquoi aurais-je été déçu d'une déclaration contraire ? Mon fils infirmier vous assistera auprès de la dépouille qui sera

---

1. De « coche » : truie. Jeune truie destinée à la reproduction. Dès la première mise-bas, elle devient une truie.

portée en terre au demain par les rares villageois qui ont accepté cette déplaisante obligation et… auprès de notre prisonnière. Je vous escorte à l'infirmerie puis m'occuperai de vos appartements jouxtant la réserve de notre apothicaire, puisque vous faites partie des privilégiés qui ne se reposent pas au dortoir, vos chambres constituant également votre lieu de pratique.

Hugues/Druon réprima un soupir de soulagement. Ainsi Héluise pourrait débander ses seins à la nuit et procéder à ses ablutions en toute intimité, sans prétendre raser un duvet de barbe inexistant.

En chemin vers l'infirmerie, le mire se fit la réflexion qu'il n'aurait jamais ainsi imaginé un monastère d'hommes. Régnait à l'intérieur de l'enceinte un ordre presque exagéré. Pas un ballot, un panier, un outil ou un tas de bûches abandonné dans un coin, en attente de rangement. Aucun des ornements plaisants que Dieu avait mis à disposition de ses plus fidèles sujets : ni jolies haies taillées, ni bouquetiers[1], ravissement des yeux au printemps. Austère, ordonné, d'ostensible façon, jugea Druon. Au demeurant, ils croisèrent peu de moines, silhouettes rapides, mains fourrées dans leurs manches, s'inclinant sur le passage du grand-prieur sans proférer un mot. Abandonnant son examen furtif des lieux, il se renseigna :

— L'édit royal de 1131 de Louis VI le Gros, interdisant la divagation des cochons dans les villes à la suite de la mort de son fils héritier, Philippe, occis par l'un d'eux en le faisant chuter, n'est-il pas appliqué[2] ?

---

1. Petit jardin strictement ornemental, de taille en général modeste. Il fournissait des fleurs destinées à l'agrément et au fleurissement des autels.
2. Seuls les moines antonins en furent exemptés.

— Peu dans les campagnes, puisque les pourceaux font fuir les loups[1], d'autant que je doute qu'ils aient entendu parler de cet édit. Même les citadins s'en plaignent ! Les cochons au cou orné d'une clochette afin de signaler leur approche parfois brutale, servaient avant tout à diminuer, à peu de frais, les tas d'immondices accumulés. Sans leur aide bénévole et leurs panses voraces, lesdits tas s'accumulent, puent à dégorger et attirent moult vermine. Quoi qu'il en soit, le sieur Nicol Lachaume, de triste réputation, fut retrouvé mort et dévoré dans l'enclos de la cochette. Sans doute l'ivresse, qui ne le quittait jamais, l'aura-t-elle mené dans ce lieu étrange.

— Mais…

— Votre ordre mineur prône le dialogue et la prédication. En revanche, nous sommes soumis à une exigence de silence, hormis pour transmettre les informations d'importance. Votre question en faisait-elle partie ? l'interrompit sans rudesse Masselin de Rocé.

— Votre pardon, mon père. Je jacasse telle une pie, puisqu'en effet, nous y sommes encouragés pour l'édification de tous. Votre pardon, en vérité. Je réserverai mes questions et remarques à mon contradicteur, le jour du procès.

— Le pauvre, se permit toutefois le grand-prieur dans un rire. Le procès peut donc se tenir au demain, après la midi.

Une course rythmée par le claquement de semelles de bois puis un « seigneur mon père, mon père » essoufflé les arrêta alors qu'ils pénétraient dans le jardinet de l'infirmerie.

Masselin de Rocé se tourna. Un jeune moine qui semblait à peine sorti de l'enfance, les joues échauffées d'effort et de

---

1. Rappelons que les cochons d'aujourd'hui n'ont plus grand-chose à voir avec leurs ancêtres du Moyen Âge, beaucoup plus proches du sanglier et armés d'impressionnantes défenses au point que même les loups s'en méfiaient. Ceci explique, pour une part, la liberté dont jouissaient ces animaux, véritables chiens de garde, qui allaient et venaient dans les villages, en plus du fait qu'ils se nourrissaient des déchets, allégeant la corvée de ramassage.

froid, reprit bruyamment sa respiration avant de déclarer d'un trait :

— J'ai couru dans toute l'enceinte à votre recherche, seigneur mon père.

— Eh bien, mon fils semainier de cuisines ?

— La femme Crépin, Denyse Crépin, vous supplie de l'entendre.

— Je n'ai guère le temps, il me faut préparer le procès…

Embarrassé, le très jeune homme insista :

— Ben, c'est que… Elle pleure tant que nous ne savons qu'en faire. Je l'ai installée en cuisines… Sans doute pas une judicieuse idée de ma part… son défunt y travaillait… mais il y fait agréablement chaud… elle nous bouleverse le cœur. C'est une pauvre et bonne femme[1].

— Que me veut-elle ?

— Toujours la même chose, seigneur mon père. Cette bénédiction qu'elle vous implore de lui accorder. Elle tremble telle une feuille au vent mauvais à l'idée que vous refusiez.

— Loin de moi cette idée. De braves gens malmenés par la fatalité. Précédez-moi, mon fils, afin que je la rassure à ce sujet. Se tournant vers Druon, il conclut : Votre pardon, fils-médecin. Il me faut sitôt me consacrer à cette affaire. Mais mon fils infirmier vous apportera son concours. À vous revoir bien vite.

Hugues/Druon se pencha vers la dépouille allongée dans l'infirmerie et tira le drap qui la couvrait. Le frère infirmier, d'une trentaine d'années, au visage plaisant, à la couronne

---

1. Les locutions « Bon homme » et « Bonne femme » sont à prendre au premier sens. Elles n'ont pas du tout le côté un peu injurieux et goguenard qu'on leur accorde aujourd'hui.

de cheveux d'un noir de jais, au regard très bleu, collait à son épaule, intrigué, surveillant le moindre de ses gestes.

À l'évidence, tout le monde se contre-moquait de la victime et encore plus de la truye, sauf ses propriétaires qui devraient acquitter les frais de transport, du procès et du bûcher, en plus des dommages à la famille du trucidé, si leur animal était condamné[1]. Autant donc briller aux yeux de ses nouveaux « frères » et du grand-prieur, quitte à déplaire à l'avocat commis pour la partie adverse.

Le visage de l'homme avait été à moitié dévoré, le nez, une moitié du front et une joue arrachés, peut-être par un animal à forte denture, comme en témoignaient les chairs lacérées et en lambeaux. Druon examina le cuir chevelu et les hardes du défunt. Deux blessures profondes à la poitrine et une plaie nécrosée à la cuisse retinrent son attention. Il les explora avec soin. N'y tenant plus de curiosité, l'infirmier chuchota :

— Qu'en faites-vous, frère médecin ? Eh oui, les nouvelles, surtout bonnes, voyagent vite. À ce sujet, permettez-moi de vous exprimer ma joie à vous voir céans. Qu'en faites-vous ?

— Les plaies du thorax ont été provoquées par une lame large, possédant un fil cranté.

— Un couteau de chasse ?

— Hum… Quant à la nécrose des tissus de la cuisse, elle est consécutive à une terrible infection et suppuration qui remontent à plusieurs jours, une semaine sans doute.

— Avait-il été gravement blessé avant de trouver la mort dans l'enclos de la cochette, ce qui allégerait la culpabilité de l'effrontée à quatre pattes ? plaisanta le moine.

— Ah, je garde la primeur de mes découvertes pour mon opposant ! rétorqua le jeune mire, feignant le sérieux. D'ailleurs, j'aimerais rencontrer ma cliente.

---

1. Tel était le cas pour les procès d'humains et d'animaux, en plus des dommages aux victimes, expliquant que bien souvent les parents de l'accusé(e) ne se fassent pas connaître.

— Je vous mène à la prison. J'avoue à ma grande honte que je suis impatient d'entendre vos… échanges. Vile curiosité de ma part.

— Non pas. La curiosité est une des plus belles qualités de l'Homme, souhaitée par le Créateur, contrairement à l'indiscrétion.

L'infirmier le conduisit à la prison du monastère, petit appendice de l'hostellerie, qui comprenait quatre geôles de surface très réduite, toutes vides à l'exception de celle réservée à la jeune truie.

— Cochette, je suis votre avocat, s'annonça Hugues.

L'animal, affolé par sa captivité, la brutalité avec laquelle on l'avait traité depuis la découverte de cet homme qui puait dans son enclos, grogna et fonça. Elle se cogna aux barreaux de sa minuscule prison.

— Allons, allons, calmez-vous, cochette, conseilla Hugues d'une voix douce en passant la main dans la cage. Je suis là pour vous aider. Certes, même si vous êtes acquittée, et je m'y emploierai, votre destin n'est guère enviable.

— Gare, ça mord fort !

— Le merci, sourit le mire, sans retirer sa main.

— Je n'aime guère ces animaux[1], précisa l'infirmier, une moue de dédain crispant ses lèvres.

Comme si elle avait pu comprendre, la truie hésita puis s'approcha avec prudence. Son groin se plissa alors qu'elle reniflait l'homme, qu'elle perçut aussitôt en femme.

— Tiens donc, cochette… Vos défenses ont été sciées afin de vous rendre moins dangereuse. Intéressant.

Poursuivant son monologue au profit de la gorette, Hugues/Druon l'assura de sa certitude : elle n'avait pas occis

---

1. Étrangement, cet animal sociable et intelligent n'a jamais attiré la sympathie. Peut-être faut-il y voir aussi à cette époque la conséquence du « reproche » qu'on lui faisait de n'avoir pas réchauffé l'enfant Jésus nouveau-né dans la Crèche, pour une raison évidente.

l'homme, peut-être un peu grignoté son visage, et encore, il n'en aurait pas juré. Il se faisait donc fort de le démontrer aux juges.

Amusé et admiratif, l'infirmier le conduisit ensuite à son logement en précisant :

— Installez-vous. Je ne doute pas que notre admirable père vous aura fait porter un change de vêtements laïcs ainsi qu'une collation en attendant notre souper au réfectoire. Votre jument doit déjà être dessellée, bouchonnée et abreuvée en nos écuries.

— Mes manuscrits médicaux et mon appareillage se trouvaient dans sa sacoche de selle.

— Je gagerais qu'ils sont déjà dans vos appartements. À vous revoir très vite, avec plaisir, mon frère en Jésus-Christ. Au fait, je me nomme Agnan. Agnan Letertre. Avec votre permission et bien que mes connaissances ne puissent se comparer aux vôtres, je vous viendrai parfois poser des questions médicales qui m'intriguent et que notre défunt frère médecin ne sut… résoudre. Il a passé bien jeune. Paix à son âme. Ah, notre bon père requiert votre présence lors de notre souper, afin de vous présenter à tous.

Une fois la porte refermée, Druon/Hugues détailla son nouveau royaume, bien loin du confort qui lui avait été réservé dans la prison luxueuse de la baronne Béatrice, ou chez le seigneur de Verrières, ou même en l'auberge du Chat borgne tenue par l'aimable, touchante mais impressionnante maîtresse Borgne[1]. Il souhaita qu'elle se portât bien. Un jour, quand les redoutables tempêtes amoncelées

1. *Les Mystères de Druon de Brévaux, Lacrimae*, Flammarion, 2010.

au-dessus de sa tête ne seraient plus qu'un mauvais souvenir, il la visiterait.

Son royaume, donc, se limitait à trois petites pièces en enfilade. Sa chambre, la moins exiguë, était meublée d'un étroit lit sur lequel s'alignait un change de vêtements, d'une almaire[1] de piètre qualité, d'une petite table de travail et d'une chaise, d'une étagère sur laquelle reposait sa cuvette d'ablution ainsi que d'une escame[2] à la tapisserie râpée, sans oublier un pot d'aisance dissimulé derrière un paravent. Détail plaisant, un panier de vivres et une boutille de vin avaient été déposés sur la table, non loin de la sacoche de Brise. Deux autres chambres la précédaient qu'il décida de transformer en pièce d'attente et en salle d'examens pour laquelle il demanderait deux sièges et une autre table de travail. Un lieu bien austère, mais offrant le seul véritable luxe qui lui importât : la solitude.

Il avala une gorgée de vin, croqua quelques prunes sèches et se lava avant d'enfiler un chainse élimé aux manches, des braies[3] de bure, une tunique en laine bouillie et une aumusse[4], sans oublier des chaussures en gros cuir éraflé et semelles de bois.

Il était fin prêt pour le souper d'après vêpres et bénit la règle de silence absolu lors des repas de réfectoire, qui lui épargnerait de parler et de conter menteries et billevesées.

---

1. Armoire.
2. Tabouret bas souvent à trois pieds et de forme triangulaire.
3. Sorte de pantalon large qu'ont portés les hommes de condition modeste depuis les Gaulois. A donné « débraillé ».
4. Ou « almuche ». Sorte de courte pèlerine à capuche qui couvrait la tête et les épaules, parfois doublée de fourrure.

XI

'évêque Foulques de Sevrin considéra la dernière mis-tembec[1] et, après une seconde d'hésitation, l'engouf-fra en terminant son gobelet d'hypocras[2]. Après des mois de pénitence, durant lesquels il n'avait bu et mangé que de survie, où il avait fait régner un froid implacable dans son vaste bureau, Foulques de Sevrin avait jugé ses pénitences arrogantes puisqu'elles n'allégeaient pas sa faute, et insensées puisqu'elles amoindrissaient sa force.

Depuis ses années de prêtrise, il avait menti en déhonté, se distrayant presque de berner en telle aisance. Durant des années, il avait entretenu une liaison[3] fautive avec la gentille Edwige, qui lui avait donné deux enfants. À l'instant où il coiffait la mitre tant désirée, le souvenir de ses roueries, l'anti-cipation des privilèges qu'il devrait distribuer en remercie-ment des soutiens par lui reçus avaient défilé dans son esprit.

---

1. Beignets de farine de blé levée, roulés dans du miel.
2. Qui s'écrivait ypocras. Vin rouge aux épices, dont la cannelle et le gingembre, sucré de miel, parfois rehaussé d'une généreuse rasade d'alcool plus fort, servi tiède ou frais. Il existait des versions au vin blanc ou avec des mélanges vin rouge et blanc.
3. Le nicolaïsme (mariage ou concubinage des clercs) fut assez bien toléré jusqu'au Xe siècle.

Certes, il avait dû alors se débarrasser d'Edwige, arguant de son inquiétude pour sa sécurité de femme vieillissante. Elle devenait fort gênante, d'autant qu'elle l'avait depuis longtemps lassé. Il lui servait depuis une modeste rente annuelle. Il lui avait aussi offert une maisonnette reculée, celle dans laquelle il avait caché Jehan Fauvel, ami d'âme, avant de le dénoncer à l'Inquisition.

Qu'étaient devenus ses enfants ? Quelle importance, en vérité ? Leur présent ne l'intéressait pas davantage que leur passé. Peu après leur naissance, afin de ne pas porter préjudice à son tendre amour, Edwige les avait confiés à une nourrice retirée.

Étrange : tant d'années s'étaient écoulées sans que jamais il ne pense à eux.

Assez ! Cependant, Jehan n'avait plus quitté son esprit, ni ses rêves. Vivre avec l'obstiné fantôme[1] de l'ami poussé sur la table de Question, puis au bûcher bien que déjà trépassé, lui avait rongé les jours et saccagé les nuits, le terrorisant. Il en était venu à redouter sa présence dans les moindres recoins de son existence, dans son hôtel particulier d'Alençon, au palais de l'évêché, frissonnant d'appréhension. Pourtant, peu à peu, cette malsaine cohabitation lui avait apporté un réconfort. Le soulagement remontait à sa première rencontre avec Éloi Silage, le dominicain proche de l'Inquisition, cet « enquêteur » de la papauté, un titre vague mais inquiétant, synonyme de sycophante[2] dans le cas de Silage. L'évêque, épouvanté, avait compris que le dominicain recherchait Héluise afin de lui extirper la moindre bribe d'information au sujet de la quête de son père, par tous moyens. Ceux-ci étaient infinis, et surtout sanguinaires au point que même l'évêque, dès qu'il l'avait pu, n'avait plus voulu assister à une séance de Question, à

---

1. Les fantômes « existent » depuis la plus haute Antiquité.
2. Délateur, espion.

cette horreur de tortures admirablement orchestrées, sachant qu'il en dégorgerait.

Son alarmante cohabitation avec le spectre de Jehan avait alors basculé. L'évêque avait nettement senti que la permanence, imaginaire ou réelle, de l'âme de son ami ne recelait aucune menace. Soudain, il avait compris que Jehan, par-delà la mort, ne lui demandait pas d'expier sa faute envers lui, mais exigeait qu'il sauve sa fille tant aimée. L'envie de vaincre le faussement débonnaire Silage s'était imposée, faisant reculer la peur. Avait débuté un jeu mortel, mais au fond jubilatoire, contre le dominicain. Les vices de Foulques de Sevrin s'étaient métamorphosés en vertus. Ses mensonges, sa fourberie, son talent pour la traîtrise et les chauchetrepes[1] étaient devenus des armes au service du bien.

Chaque jour, les larmes lui montaient aux yeux à cette évocation : lorsque, désespérée, Héluise avait compris que Foulques de Sevrin, qu'elle aimait tel un parrain, avait trahi son père, le livrant à l'Inquisition et à ses tortionnaires, elle avait soudoyé un garde afin d'abréger les horribles souffrances de Jehan Fauvel en son cul-de-basse-fosse. Héluise avait fait occire son père qu'elle chérissait, à cause de lui. Foulques avait cru s'effondrer, terrassé de douleur, de honte et de remords lorsqu'elle le lui avait craché au visage, dans cette église modeste de Saint-Agnan-sur-Erre dont le prêtre avait été crucifié peu avant par un sans-foi.

Cette enfançonne qu'il n'avait aimée qu'en raison de ses liens de sang avec Jehan était devenue l'unique raison qui expliquât qu'il vive toujours, qui légitimât son acharnement à ne pas sombrer.

---

1. De « chaucher » : fouler. Chausse-trape ou chausse-trappe. Il s'agissait à l'origine d'un piège en fer destiné aux gros animaux comme les loups, puis d'une fosse creusée dans la terre et recouverte de branchages afin que les bêtes y tombent.

La complicité du brave Droet Bobert l'y aidait. Ce riche maître fèvre[1] du pays d'Ouche[2] voisin n'avait pas rechigné lorsque l'évêque avait modifié sa mission. Bobert devait maintenant écrire des missives explicites faisant accroire qu'Héluise Fauvel se dirigeait vers le sud, vers le royaume d'Espagne, posant moult questions dans les auberges ou sur les marchés, bref se faisant remarquer des poursuivants de la jeune femme. Un remerciement de la part de cet homme d'apparence lourde mais d'esprit vif, à la reconnaissance tenace. Foulques de Sevrin était intervenu dans un litige qui opposait le fèvre à des moines des environs de L'Aigle. Ces derniers, qui transformaient le minerai de fer, voyaient d'un œil peu amène la concurrence de Bobert et l'avaient menacé d'excommunication. L'évêque s'était fait un plaisir d'attester que Bobert, pieux et travailleur, exerçait son métier ainsi que l'y autorisait la loi normande. L'unique but de Foulques avait été de claquer le bec d'un prêtre prometteur d'Alençon qui avait rejoint ladite congrégation à la stupéfaction et à l'indignation de l'évêque qui l'avait imaginé en successeur sous la mitre alençonnaise.

Un coup discret frappé à la haute porte sculptée de son bureau interrompit ses pensées. Bernard, son secrétaire, pénétra à son invite, bafouillant de timidité. Le très grand

---

1. Ou ferron. Principalement regroupés en pays d'Ouche, ils organisaient la commercialisation du fer et déterminaient les conditions de travail et le recours éventuel à des intermédiaires, s'affranchissant ainsi des seigneurs et des monastères.
2. Au nord-est de l'actuel département de l'Orne et au sud-ouest de celui de l'Eure. Sa ville la plus connue est sans doute L'Aigle.

jeune homme maigre avança, se tenant voûté à son habitude.

— Un gobelet d'infusion revigorante, Éminence ?

— Volontiers, mon bon Bernard, sourit-il.

Était-ce lui le traître recruté par Éloi Silage qui lisait les missives trompeuses de Droet Bobert, ainsi que le prouvaient les cachets de cire soulevés et maladroitement remis en place ? Nulle importance, pour l'instant. Leur seul intérêt résidait dans le fait qu'elles fussent connues du dominicain afin de l'induire en erreur.

L'évêque replongea dans ses pensées dès que Bernard eut refermé la porte. En revanche, la mission qu'il avait exigée de Michel Loiselle en échange de sa grâce se justifiait toujours, d'autant que l'ancien secrétaire de notaire avait fait merveille et retrouvé Héluise en se faisant passer pour un riche mercier chartrain. D'étrange façon, et alors même que Foulques de Sevrin l'avait condamné à perpétuité, le gentil Loiselle lui vouait une brûlante gratitude depuis sa grâce. L'évêque l'avait tiré de cet enfer souterrain de prisons qui puait la charogne, et Loiselle avait oublié qu'il l'y avait jeté.

Foulques souleva sa mosette[1] violette et faufila la main dans la manche de sa soutane de même couleur, doublée de soie cramoisie.

Il en tira le dernier message reçu ce matin et déchiffra l'écriture serrée.

Éminence et mon bien cher et très respecté cousin,

J'implore Dieu que ma missive vous trouve en belle forme.

Le splendide retable qui fut dérobé il y a dix-neuf ans à l'autel de Saint-Pierre de Monsort m'a échappé de peu,

---

1. Ou mozette ou camail. Courte pèlerine descendant à la taille, boutonnée sur le devant.

et je m'interroge sur les raisons de cet insuccès qui m'afflige tout autant qu'il vous consternera. J'ai tenu contre moi cette œuvre admirable de bois sculpté et peint, ce triptyque comprenant au centre la Crucifixion, à droite le Baiser de Judas et l'arrestation du Sauveur et à gauche la Couronne d'épines[1]. J'enrage de me l'être fait ensuite dérober. Je ne trouverai le repos que lorsqu'il bouleversera à nouveau les paroissiens de Saint-Pierre, j'en fais le serment. Je reprends donc ma route à sa recherche et vous tiendrai informé de mes avancées. Croyez, Éminence et mon bien aimé cousin, que cette quête m'emplit de bonheur et que ma ténacité sera récompensée, j'en ai la certitude. Soyez également assuré que la reconnaissance d'un homme est d'autant plus vibrante qu'elle ne se monnaie pas.

Votre très dévoué, très respectueux
et très affectionné cousin,
Antoine de Sevrin.

Antoine de Sevrin n'était autre que Michel Loiselle. Le retable désignait Héluise. À la lecture de la phrase de son faux cousin : « Soyez également assuré que la reconnaissance d'un homme est d'autant plus vibrante qu'elle ne se monnaie pas », Foulques n'eut aucun doute. Loiselle poursuivrait sa mission : retrouver à nouveau Héluise et devenir son ombre. Pourtant, il avait gagné sa grâce signée en permettant à Foulques de rencontrer Héluise en l'église de Saint-Agnan-sur-Erre, d'implorer, non pas son absolution, mais qu'elle se souvienne à jamais qu'il était décidé à affronter une male-mort[2] afin de la protéger.

---

1. Description inspirée du retable de l'abbaye d'Hambye qui se trouve aujourd'hui dans la cathédrale de Grâce de San Francisco.
2. Une mort affreuse et funeste.

L'évêque s'approcha d'une des cheminées ronflantes et y jeta le court rouleau de lettre[1].

Je suis bien plus retors que toi, Silage, et un fantôme me prête main-forte.

Je le jure devant Dieu : tu mordras la poussière.

---

1. Le papier étant rare et très cher, on l'économisait de toutes les façons possibles. Ramené de Chine par les Arabes, la chrétienté refusa de l'utiliser jusqu'à la mise au point d'un nouveau procédé par les Italiens.

XII

Abbaye Royale* de la Sainte-Trinité de Tiron, décembre 1306

La nuit était tombée lorsqu'Igraine, vêtue à la manière d'un paysan, ses longs cheveux noirs dissimulés par un bonnet de feutre, contourna l'enceinte de grison et longea l'étang qui alimentait le moulin et la piscine[1] creusée dans la cour intérieure de l'imposant monastère.

Un jet de dés[2], elle en était consciente. Une partie risquée, mais la vision, cette voix qui l'avait éveillée au plein de la nuit, ne lui avait laissé aucune échappatoire. La solution, celle qui lui livrerait les manuscrits druidiques de l'Ancien Peuple, lui serait apportée par un homme de robe, un des intermédiaires entre les chrétiens et leur dieu. Un homme dangereux, qu'il convenait de maîtriser en habileté. Un homme de savoir, de pouvoir et de quête, en lutte sournoise contre sa propre Église.

Elle démonta à une dizaine de toises de la petite porterie située entre les greniers et le pressoir. Après avoir noué les rênes de sa paisible monture à une branche basse, elle se rapprocha, aux aguets. S'aidant de sa dague, agile et d'une force peu commune, elle escalada le mur et se laissa glisser de

---

1. Vivier.
2. Un jeu très ancien, objet de paris d'argent à l'époque. On jouait surtout dans des salles de jeu, en dépit de l'opposition de l'Église.

l'autre côté. Tendue, épiant l'obscurité, elle se faufila jusqu'aux ateliers des domestiques situés à proximité des écuries qui donnaient sur la cour intérieure de l'abbaye. Elle avait évité la porterie principale, en raison de son mur bien plus haut et parce que la chambre du frère portier la jouxtait sans doute.

Plus loin, à gauche, le prétoire et la prison publique. À droite les bouquetiers du camérier[1]. En face d'elle, l'imposante basilique, qui la privait de la vue du cloître, ceint par la bibliothèque, le réfectoire et les dortoirs des moines.

Telle une ombre, elle remonta le chemin de terre qui séparait les jardins du camérier de ceux de l'infirmerie. Elle contourna la basilique et reconnut la silhouette trapue du palais de l'abbé. Igraine avait récolté toutes les informations possibles au sujet du seigneur abbé Constant de Vermalais, oncle du chevalier templier Hugues de Plisans par sa mère. L'inflexibilité morale, l'élitisme de Vermalais lui avaient valu une réputation méritée d'homme peu charitable, de notoire morgue. Pendant de ses dispositions d'esprit peu réjouissantes, et puisqu'il se considérait un des élus de Dieu, Vermalais ne redoutait rien, pas même le trépas. Quant au roi, derrière une obéissance de façade, il n'en avait cure[2]. À l'instar de son neveu Hugues, il n'appartenait, n'obéissait, ne servait que Dieu. Il dirigeait l'abbaye royale d'une main de fer, plus à la manière du soldat qu'il avait été, qu'en homme de robe. Bernard de Ponthieu, fondateur du monastère, trépassé depuis des lustres, l'opulence y avait remplacé le goût du labeur acharné. Elle s'étalait avec une telle insouciance que les critiques ne manquaient pas. On l'accusait de ne remplir qu'à contrecœur son devoir d'écuelles[3]. Il se répétait que « les moines mangeaient des fromages mols et de gros

---

1. Officier de la chambre du pape ou d'un cardinal.
2. Ne pas s'en préoccuper. De *cura* : soin, souci.
3. Qui consistait à offrir à manger aux plus pauvres.

poissons[1] ». Constant de Vermalais, que les plaisirs du monde n'intéressaient pas, préparait une guerre. Une guerre souterraine mais inflexible. Pour cela, il avait besoin d'argent et de temps, mais n'ignorait pas que ce dernier lui était terriblement compté. Quant à l'argent, il encourageait son affluence afin de mener à bien sa mission.

Un homme de robe, un des intermédiaires entre les chrétiens et leur dieu. Un homme dangereux, qu'il convenait de maîtriser avec habileté. Un homme de savoir, de pouvoir et de quête, en lutte sournoise contre sa propre Église.

La fin de l'ordre du Temple était proche[2]. Jacques de Molay, grand-maître, s'opposait au roi. De plus, Molay voyait d'un bien mauvais œil prérogatives et avantages perdus au profit d'un Philippe de Poitiers. De faible intelligence politique ou de grande candeur, Molay pariait sur la protection de Clément V, un fin diplomate. Malheureusement pour le grand-maître, l'enrichissement de sa famille semblait être la plus impérieuse préoccupation du Saint-Père. Contrairement à ce qu'espérait Molay, le souverain pontife ne romprait jamais en visière[3] avec Philippe le Bel, prompt à l'ire, d'autant qu'il redoutait de rejoindre l'Italie, préférant s'installer en Avignon. Il lâcherait le grand-maître dès que la pression du roi de France deviendrait insoutenable. Philippe le Bel et son entourage, notamment messire de Nogaret, attisaient avec fougue la rage et le mépris jaloux du peuple à l'endroit du Temple, donc, indirectement, de l'Église. Tôt ou tard, les bases du pouvoir papal en seraient ébranlées. Clément, menacé,

---

1. Dans le *Roman de Renart* vers 1178. De fait, on trouve la trace de rentes en « milliers de harengs ».
2. Les Templiers furent arrêtés en nombre le 13 octobre 1307.
3. Planter sa lance dans la visière de l'adversaire. Au figuré : attaquer de face.

détournerait alors la tête lorsque le souverain lâcherait ses chiens sur Molay et ses frères. Hugues de Plisans, conseiller occulte du grand-maître, avait tenté de mettre en garde celui-ci à maintes reprises. En vain. Quant à l'Ordre hospitalier de Saint-Jean de Jérusalem*, inutile d'en espérer un secours. Les Hospitaliers tenaient échine basse, attendant que la tempête passe, certains d'entre eux ne se fâchant pas de la disparition prochaine de leurs flamboyants rivaux. En vérité, les talents de négociateur de leur nouveau grand-maître, Foulques de Villaret[1], les servaient admirablement. Villaret louvoyait en habileté, feignant obéissance au pape et au roi, la meilleure façon de préserver son ordre et son pouvoir personnel.

L'obstination suicidaire ou l'arrogant aveuglement de Molay n'avaient laissé qu'une alternative à Hugues de Plisans : attendre l'anéantissement de son ordre, ou comploter afin de sauver le plus possible de ses frères. Seule la seconde possibilité lui avait paru digne de sa foi et de son amour pour le Temple, à qui il avait offert sa vie et sa fortune. Il s'était donc rapproché de Guillaume de Nogaret, lui offrant des indiscrétions de pacotille au sujet de Molay et de la pierre rouge, et profitant ainsi des moyens infinis du conseiller. Dans le même temps, aidé de Constant de Vermalais son oncle, il organisait la fuite de centaines de ses frères vers l'Angleterre et l'Écosse, dans des monastères-fils de l'abbaye royale de Tiron. Igraine ne doutait pas que messire de Vermalais poursuivrait cette œuvre, malgré le décès de son neveu bien-aimé. Au demeurant, elle supputait qu'il n'était pas encore informé de celui-ci.

La voix insidieuse résonna à nouveau dans son esprit :

---

1. Élu en 1305. Son goût pour le luxe et son despotisme le firent ensuite exclure de l'ordre.

Un homme dangereux, qu'il convenait de maîtriser avec habi-leté. Un homme de savoir, de pouvoir et de quête, en lutte sour-noise contre sa propre Église.

Contre son roi, aussi.

Ainsi qu'elle l'espérait, les fenêtres du rez-de-chaussée du palais de l'abbé n'étaient protégées que de volets rabattus sur des peaux huilées. Elle en trancha une sans peine à l'aide de sa dague et sauta à l'intérieur. Elle s'interrogea. Le palais de l'abbé devait être construit selon le plan classique de ce genre d'édifices. Telle une ombre, elle gravit l'escalier qui menait au premier étage, celui des chambres de l'abbé et de son secré-taire, séparées par une pièce, qui devait être le bureau du second ou une salle d'archivage.

De la pointe de son arme, Igraine fit sauter le loquet qui fermait la porte la plus élégante, sculptée d'une guirlande de feuilles, à l'évidence la chambre de Constant de Vermalais. Elle se faufila dans la vaste antichambre, meublée d'un impo-sant bureau de bois sombre, de quelques fauteuils et de deux cabinets[1] fermés. Elle récupéra l'esconse qu'on laissait veiller à la nuit afin d'enflammer les mèches des autres au matin en s'épargnant la corvée du foisil[2] d'acier. En dépit de la pièce d'épais cuir dont on se protégeait la main, les entailles fréquentes pouvaient se révéler sérieuses.

---

1. Buffet à plusieurs compartiments.
2. Ou fuzil ou fousil. Fusil à silex. Petite pièce en acier très trempé, le plus souvent en forme de « C », avec laquelle on percutait les arêtes du silex pour obtenir une étincelle qui servait à enflammer un morceau d'amadou. Ce procédé d'allumage fut utilisé durant des siècles, sous dif-férentes formes, de moins en moins risquées et laborieuses pour l'expéri-mentateur.

Le regard de la mage frôla les murs tapissés de bibliothèques, alourdies de registres et de quelques ouvrages, puis
pénétra dans la chambre d'une austérité monacale ou militaire. L'abbé ronflait, seulement recouvert d'une mince couverture, en dépit du froid intense qui régnait dans la pièce.
Toutefois, elle remarqua un petit plateau et un cruchon de
vin posés sur la table poussée non loin du lit. Elle goûta une
des douceurs. Des beignets de mouelle[1], assez étonnants en
pareil lieu, et réprima un sourire : austère, mais gourmand ?
Ou austère mais n'ayant cure des privations superflues que
devaient s'imposer les abbés ? Elle paria en faveur de la
seconde hypothèse.

Sans bruit, elle rapprocha la chaise sur laquelle étaient pliés
avec soin la robe et le scapulaire de Constant de Vermalais,
et les balaya au sol d'un geste. Elle s'installa, posa l'esconse
sur la petite table et fit jouer la lame de son bâton de marche,
l'approchant de la gorge de l'abbé.

— Seigneur abbé ? Une visite pour vous, peu agréable, j'en
gagerais. Allons, allons, on s'éveille en demeurant fort benoît.

Constant de Vermalais ouvrit les yeux. Il mit quelques instants avant de comprendre l'incroyable situation, et tenta de
se lever.

— Tss-tss ! Ma lame est acérée et j'ai ferme résolution
d'en faire usage, bien que n'étant pas animée de viles intentions à votre égard. J'ai connu votre neveu, Hugues de Plisans, et souhaite le privilège de m'entretenir avec vous, en
cordialité.

La voix enfantine fit se froncer les sourcils de l'homme.

De sa main libre, Igraine ôta son bonnet de feutre, révélant
ses lourds cheveux enroulés en natte autour de sa tête. Elle
commenta :

— En effet, une représentante de la douce gent, quoique
dans mon cas la locution prête à sourire.

---

1. Moelle de bœuf.

À cette déclaration, Constant de Vermalais se laissa aller contre la tête de lit puisque, confronté à une femme, il ne pouvait tenter de la maîtriser en l'assommant d'un coup de poing. Quant à hurler à l'aide, jamais il ne s'y abaisserait.

— Soit, je vous écoute, Madame, et bien que mon accoutrement ne soit guère approprié… ni le vôtre, d'ailleurs, lâcha-t-il sur un soupir agacé en désignant sa poitrine dénudée.

— Oh, mon pucelage n'est qu'une lointaine souvenance, minauda-t-elle.

Elle détailla le grand homme au visage émacié, à l'inflexible regard bleu pâle, d'une musculature peu commune à son âge, songeant qu'elle aurait pu lui trouver un charme viril en d'autres circonstances. Elle résuma ce qu'elle avait appris de lui, de sa désobéissance, de l'aide qu'il apportait aux Templiers à la requête de feu son neveu.

— Comment parvenez-vous à déjouer la surveillance des sycophantes de M. de Nogaret ?

Il la considéra et remarqua :

— Et comment me convaincre que vous n'en êtes pas ?

Elle hésita puis avoua, amusée :

— Je ne suis pas chrétienne. Guillaume de Nogaret se ferait un devoir et un plaisir de me pousser sur le chafaud[1] où dans le brasier de justice.

— Pas chrétienne ? Juive ? Pis, hérétique ?

— Vous cherchez en vain.

— Pourquoi condescendrais-je à m'entretenir avec une impie ? lâcha-t-il avec mépris.

— Parce que je sais la véritable importance de la pierre rouge, expliquant que tant la convoitent ? Parce que sa possession peut incliner le destin de l'ordre du Temple ?

---

1. A donné « échafaud ». Grande planche montée sur tréteaux ou, parfois, grenier.

Parce que si vous la déteniez un jour, le pape, le roi et messire de Nogaret vous becquetteraient dans la main en pépiant ?

— Votre parole ? Gare, Madame, votre sexe et votre bâton ne me retiendraient plus de vous occire en cas de parjure.

— Ma parole.

Igraine hésita un instant, pesant le pour et le contre, et lâcha enfin :

— Hugues de Plisans a péri. Croyez que je condolois[1], ayant eu l'heur de le rencontrer.

Il redressa le torse d'un mouvement si vif qu'elle n'eut que le temps de reculer la pointe aiguë qui frôlait le cou de l'abbé. Une ombre liquide envahit le regard très bleu et il expira bouche ouverte, avant de murmurer :

— Je ne peux croire à un odieux stratagème de votre part, tant cette funeste nouvelle me terrasse. Le jurez-vous, sur… votre foi ?

— Je le jure.

— Qui ? Nommez le maudit qui ôta la vie à mon neveu !

— Quoi, plutôt, rectifia-t-elle. La pierre rouge, bien sûr.

— La main armée qui lui ravit le souffle, son nom ou son commanditaire ? insista-t-il, mâchoires serrées de férocité. Hugues était un fils pour moi.

— En vérité, je l'ignore, mentit-elle.

— Il périra de ma main, qui qu'il soit. J'en fais le serment devant Dieu. Abbé de circonstance, je reste au cœur homme de guerre. Il périra !

Constant de Vermalais se signa. Sans plus de pudeur déplacée, il laissa couler ses larmes. Elle le détailla quelques instants dans la lueur vacillante de l'esconse, s'interrogeant. Non, elle n'éprouvait aucun remords d'avoir navré Hugues de Plisans en l'église de Brou-la-Noble. Il menaçait la miresse et surtout les précieux manuscrits. De fait, il s'agissait d'une guerre.

—————
1. Le verbe n'est plus utilisé. A donné « condoléances ».

Tous étaient soldats et acceptaient l'éventualité de leur mort au combat. Elle feinta :

— De ce que j'en ai ouï, il perdit la vie en défendant une donzelle, Héluise Fauvel. Avec votre permission, nous y reviendrons. Et ce chevalier templier, Eudes de Sterlan, parrain d'ordre d'Hugues de Plisans ?

— Pourquoi ces questions ? La décence commanderait, Madame, que vous me laissiez à mon chagrin.

— Le temps nous fait défaut, seigneur abbé. De grâce, répondez, pria Igraine, sans même raffermir la menace de son bâton.

— Eudes escorte les Templiers et les confie à un marin passeur, ancien forban devenu pieux chrétien. Celui-ci les accompagne en royaume anglois afin de les confier aux mains charitables d'abbayes filles[1]. Le Temple sera peut-être anéanti, mais les hommes qui versèrent leur sang pour la chrétienté sauvés. Le plus grand nombre possible.

— Cette rébellion pourrait vous coûter la vie en conditions que je me refuse d'imaginer, résuma la mage aux yeux presque jaunes.

— Madame dont j'ignore le nom, que me chaut, en vérité ! Hugues n'est plus, et le vieillard que je deviens demeure seul debout au milieu d'un cimetière. La mort m'a si longtemps courtisé, parfois de très près, que chaque nouvelle journée m'a paru un savoureux répit. Tant d'êtres, bien plus jeunes que moi, ont trépassé. Aujourd'hui, mon cher neveu. À croire que j'amuse la mort et qu'elle s'ennuierait de m'avoir tout à fait conquis. Ainsi, pensez-vous que je redoute votre sournois… bâton ?

— Non pas, mais il vous intrigue, lui répondit la voix agaçante.

---

1. On ne sait au juste combien de Templiers parvinrent à fuir de la sorte en Angleterre et en Écosse. Leur présence y est, en revanche, attestée.

Le seigneur abbé se redressa à nouveau dans son lit et la longue lame triangulaire lui frôla la gorge. Igraine déclara, joviale :

— Tss-tss ! Gare, quand même. Enduite d'un violent poison, il suffirait que la pointe vous érafle la peau pour que vous rejoigniez votre dieu.

Elle ne craignait pas Vermalais et se savait prête à le navrer si besoin. Plus tard ou jamais. Il devait d'abord entendre ses explications et surtout lui concéder ce qu'elle voulait.

— Votre neveu et cet Eudes de Sterlan tentaient donc de retrouver une gente donzelle du nom d'Héluise Fauvel. Le saviez-vous ?

— En effet, poursuivez.

— Elle est maintenant en possession de manuscrits qu'Hugues de Plisans et ses frères d'ordre protégèrent de leur vie. Des manuscrits ramenés par eux, à grand péril, de Terre Sainte.

— Je l'ignorais. L'a-t-elle occis ?

— Non pas. Ainsi que je vous l'ai confié, il la protégeait. Cependant, je n'offrirais pas un fretin de sa vie à elle, puisque ces écrits sont... dangereusement convoités par votre pape pleutre et votre roi paltoquet.

— Du coup, la donzelle me devient précieuse, résuma l'abbé. Pourquoi vous l'est-elle ?

— Il m'ennuierait qu'Héluise, qui se fait appeler Druon de Brévaux sous l'habit d'un jeune mire itinérant, soit occise, ou bien pis. J'ai formé une sorte... d'attachement maternel envers elle.

— Pourquoi ai-je la certitude d'ouïr une effrontée menterie ?

Un pouffement étouffé lui répondit d'abord, puis :

— Belle perspicacité. De fait, j'éprouve une... cordialité pour elle. Mais, en vérité, tout comme Hugues de Plisans, je détesterais que ces manuscrits tombent entre les mains du roi ou, pis, de l'Inquisition. Leur aigreur, que dis-je, leur imbécile fureur, pourrait les encourager à les détruire, quand les templiers les ont chéris à la manière de reliques.

— Leur fureur ? Réjouissante perspective. Certains de ces écrits vous concernent-ils, ou alors votre bien mystérieuse foi, qui vous interdit de me donner du « seigneur mon père » ?

— D'une indirecte manière. Messire de Sterlan connaissant Héluise de loin, et acquis à sa cause, me semblerait plus utile à la découvrir et surtout à recouvrer les textes, qu'à aider des moines-soldats, aptes à se défendre eux-mêmes. Réfléchissez-y. Je me nomme Igraine.

Elle se leva. La lame de son bâton de marche s'écarta de Constant de Vermalais, puis se rétracta dans son logement. Elle termina :

— Ne tentez pas de me poursuivre. Je vous enverrais au trépas sans l'ombre d'une hésitation… et en éprouverais de la contrariété. Ah, un faux mercier chartrain du nom de Michel Loiselle retrouva Héluise/Druon, aux ordres de j'ignore qui, preuve qu'il est habile. Messire de Sterlan pourrait s'attacher à ses pas, en discrétion. À vous revoir peut-être, messire, pour mon bonheur.

Les lèvres de l'abbé se crispèrent. D'un ton sec, il débita :

— J'ai l'absolue conviction que vous mijotez un bien vilain tour. À l'évidence, vous ne pouvez rejoindre vous-même la damoiselle Fauvel, ou plutôt les manuscrits qu'elle détient par-devers elle. Il vous faut donc une meute de chasse pour flairer sa piste et vous mener à elle. Raison de la… spontanéité de vos informations qu'il me fallait entendre jusqu'au bout afin de me forger une impression.

— Et ?

— Et ? Un renard ne chasse jamais avec les chiens, tant il est certain de se faire égorger venue la cuirée[1]. Lorsqu'un renard s'élance afin de leur indiquer la piste, une profonde

---

1. De « cuir », partie des bêtes tuées que l'on offrait aux chiens. A donné « curée ».

marnière s'ouvre plus loin, qu'il sautera en aise, laissant les chiens s'y fracasser les os.

— Fâcheux portrait que vous brossez là de moi, se plaignit la mage.

Quelque chose dans son changement d'attitude la troubla. Pas assez vite, toutefois. Jamais elle n'aurait soupçonné cet homme d'une soixantaine d'années d'une telle souplesse, d'une telle rapidité. Une jambe sortie de sous la couverture et, d'un coup précis et brutal, détourna le bâton de marche. Constant de Vermalais se leva d'un preste mouvement. Igraine, surprise, recula en hâte de quelques pas. Son cœur s'accéléra. L'abbé faisait un redoutable adversaire. Au demeurant, elle avait navré Hugues de Plisans en facilité, en l'attaquant sournoisement, dans le dos, alors qu'il n'avait pas perçu sa présence. Peu importaient l'honneur et le panache, elle les abandonnait volontiers aux hommes. Moins forte, elle optait pour la ruse et l'efficacité.

Elle lut dans son regard qu'il cherchait à la maîtriser afin d'en tirer tout ce qu'elle avait retenu jusque-là, et qu'il n'atermoierait pas sur les moyens d'y parvenir. À ses yeux, impie, elle ne méritait plus aucun des égards réservés aux femmes.

Poings serrés, en braies de nuit, pieds nus, il tenta de la contourner, ne la lâchant pas des yeux. Soudain, il feula :

— Vous l'avez tué, mettant à profit son trépas pour me conter des sornettes, espérant main-forte de moi et d'Eudes. Espériez-vous vraiment que j'ajouterais foi aux menteries d'une malcréante[1] ? Vous avez occis Hugues ! J'en jurerais. J'exige votre vie en rembours[2], scélérate !

Elle feignit de se précipiter vers l'antichambre, la sortie, le salut. Il se lança à sa poursuite. La lame ressortit du bâton

---

1. Dont la foi est mauvaise, erronée. Beaucoup de substantifs ou d'adjectifs étaient précédés de « mal ». Nous en avons conservé certains, comme « malheur », « malvenu », « malmener » etc. Dans ce cas, nous n'avons conservé que « mécréant ».

2. De « bourse », a donné « débours, débourser », « rembourser ».

de marche dans un chuintement. Igraine, la renarde, se retourna et fit face. La longue pointe empoisonnée se planta dans la poitrine de Constant de Vermalais.

Le sang jaillit, qu'il ne tenta même pas de comprimer. La stupéfaction s'était peinte sur son visage. Une longue inspiration lui arracha une quinte de toux. Il articula :

— Ne dirait-on pas que j'ai cessé de divertir la mort ?

Il chancela, écarta les bras dans une vaine tentative pour se retenir et chut assis au sol.

— Un violent et preste poison, précisa Igraine d'un ton plat. Celui-là même qui envoya votre neveu au trépas. Vous souffrirez peu. Dans quelques secondes, la fin. Recommandez votre âme à votre dieu.

XIII

Le prieuré, Saint-Martin-du-Vieux-Bellême,
décembre 1306

L e procès se tenait dans la longue salle du scriptorium, débarrassée de ses scripturabiles[1], de ses lieutrins[2] et armaria[3], remisés à une extrémité. Le grand-prieur, Masselin de Rocé, encadré de deux autres juges – dont le frère portier, Aubin de Trimbelle, qui semblait avoir retrouvé un peu de jeunesse et couvait Hugues d'un regard de reconnaissance par-dessus ses béricles – s'était installé, la mine grave, derrière le bureau monté sur pulpitum[4] du frère enlumineur. Cette surélévation lui permettait de surveiller le travail et l'application silencieuse des frères copistes ou des lecteurs. En effet, la lecture à haute voix, si prisée des romains et des siècles suivants était légitimée par l'absence d'espaces entre les mots, de ponctuations, et par les graphies et abréviations[5]

---

1. Tous supports permettant d'écrire, donc également le papyrus, les parchemins puis le papier, etc. Ici, pupitres d'écriture, de taille variable, certains étant même portatifs. Ils pouvaient être équipés de pieds et d'un banc. On disait également *scriptionales*.

2. Ancien français de « lutrins », plutôt réservés à la lecture.

3. L'armarium était une sorte de buffet fermé dans lequel on rangeait les ouvrages très précieux.

4. Estrade.

5. Leur but consistait à économiser le parchemin, fort cher. Elles étaient malheureusement assez « personnelles » et dépendaient du scribe puis du copiste, expliquant que le lecteur se perdait à moins de posséder

souvent chaotiques qui rendaient la compréhension difficile. Mais elle avait été découragée, et les moines priés de lire en silence, ou, au pire, de marmonner les mots qu'ils déchiffraient.

Une foule disparate s'était massée dans la salle, une des rares chauffées en cette période hivernale et équipée de vitres de fenêtres dans le seul but d'éviter que les encres ne gelassent ou que la froide humidité n'endommageât les vélins[1], ou parchemins. D'aucuns jetaient de fréquents regards d'outrage à l'accusée, la cochette, attachée au centre par une courte chaîne, muselée et entravée. Druon/Hugues de Constantinople se tenait à ses côtés, lui flattant parfois le flanc. L'avocat de la partie adverse, représentant le sieur Nicol Lachaume et sa famille, l'œil belliqueux, s'était écarté d'une demi-toise et jaugeait son adversaire, le trouvant bien jeunet, donc aisé à gober à peu d'efforts. Plus loin, au fond de la salle, se tenaient les propriétaires de l'animal, affolés, serrés l'un contre l'autre, des paysans de faibles moyens à leur mise, calculant sans doute le bon argent que cette affaire allait leur coûter. Quelques notables ou commerçants du village ou d'alentour que le spectacle amusait s'étaient groupés autour d'eux. S'y ajoutaient cinq serfs* ou serviteurs laïcs, conviés par le prieur puisqu'ils avaient eu maille à départir[2] avec l'odieux Lachaume. Isolés dans un coin, deux parents du défunt se réjouissaient déjà à l'idée de gagner quelques dizaines de deniers de dédommagement.

---

une sorte de mode d'emploi de lecture. Elles persistèrent au cours du haut Moyen Âge en dépit des réformes imposées par Charlemagne.

1. Parchemins en peau de veau mort-né, plus fins et beaucoup plus chers que les autres.

2. La maille ou obole était une pièce en cuivre de très faible valeur. L'expression vient du fait qu'il était impossible d'en partager (départir) la valeur entre deux personnes, engendrant un litige entre elles.

Masselin de Rocé se leva, aussitôt imité par les deux autres juges. D'une voix sèche, il déclara :

— Nous sommes ici réunis afin de juger l'abjecte, la révoltante conduite de cet animal qui aurait commis d'impardonnables crimes, nous a-t-on relaté. La cochette est accusée d'avoir trucidé une créature humaine, de l'avoir partiellement dévorée. La mauvaise réputation de la victime ne doit pas interférer céans, messieurs de la loi. Il est de notoriété publique que le triste sieur Nicol Lachaume distribuait beignes[1] et obscénités avec libéralité, sans même évoquer ses continuelles rapines, et que sa répugnante existence fut une disgrâce. Toutefois, de l'aveu même des propriétaires de la truye, le couple Ledru ici présent, il n'avait jamais cherché querelle à l'animal qui ne peut donc trouver circonstance d'atténuation en la débauche de sa victime. Loi oblige et prévaut. Si donc la cochette est par nous jugée coupable des crimes dont on l'accuse, tous les frais afférents au procès ainsi que les dommages par nous évalués seront à la charge du couple Ledru. De plus, l'animal sera brûlé vif en bûcher de justice. Se posera avant la question essentielle : l'animal était-il possédé par le diable ? Auquel cas une enquête inquisitoire au sujet des propriétaires pourrait être diligentée.

La paysanne, une femme si usée qu'il eût été difficile de lui donner un âge, se signa et plaqua une main tremblante sur ses lèvres.

— Belle sagesse, seigneur mon père, votre honneur ! s'exclama l'avocat.

Masselin de Rocé se pencha et le tança :

— Maître... Bobinier, n'est-ce pas ? Vous voudrez prendre la parole lorsqu'on vous l'offrira. Dans l'intervalle, demeurez coi.

L'avocat fit grise mine mais se le tint pour dit.

---

1. Le terme, très ancien, viendrait du celtique signifiant « bosse ».

Suivirent la présentation formelle des juges, le fait qu'aucun témoin, ni à charge, ni à décharge, ne s'était manifesté, les précisions de lieu et date, l'identité et les qualités des propriétaires de la jeune truye et des parents de Nicol Lachaume, vers qui convergèrent des regards de mépris qui ne parurent pas les affecter.

— La parole vous revient, maître Bobinier, lança Masselin de Rocé.

Frétillant à l'idée de ne faire qu'une bouchée de l'*advocatus diaboli*, en le ridiculisant, maître Bobinier se lança dans une plaidoirie enflammée qu'il émailla d'allusions au fait que lui était homme de l'art. En bref, que l'autre n'y savait goutte. La pauvre cochette, qui grognait de façon pathétique en dépit de sa muselière, fut agonie d'injures la dépeignant sous les traits d'un suppôt démoniaque, voire d'une des innombrables maîtresses de Satan, tirant quelques sourires prudents à certains. Druon/Hugues jetait des regards au couple de vieux fermiers. La femme Ledru pleurait doucement.

— L'édit royal, signé de la main de Louis VI le Gros, en 1131, interdit la divagation des cochons, continua maître Bobinier. Pour ces motifs, demandons que plaise à la cour de condamner la truye avec toute la sévérité qu'elle mérite, ainsi que ses légitimes propriétaires dont la responsabilité est évidente. L'Église sera ensuite seule à même d'apprécier la possession démoniaque de l'animal, donc, à l'évidence, de ses propriétaires.

— Frère médecin, vos arguments ? s'enquit Masselin de Rocé.

— Le merci, seigneur grand-prieur. Mon bon confrère commet une erreur de taille, dont je ne puis croire qu'elle soit volontaire. L'édit précise « la divagation en ville ». De surcroît, la cochette ne divaguait pas puisqu'elle était tenue en son enclos. Vaine argutie[1], donc. D'autant que le véritable

---

1. Du latin *argutus* (clair, subtil), le terme n'avait pas la connotation « pinailleuse » qu'il a maintenant, et désignait une argumentation structurée et percutante.

débat est autre : l'animal a-t-il oui ou non occis le sieur Lachaume, et la réponse est négative ! Nous le démontrerons au tribunal.

— Je me gausse, persifla Bobinier qui déplaisait franchement à Druon.

— Gaussez-vous tant qu'il vous sied, mon bon confrère. Mais plutôt que de creuses galéjades, assénez-nous donc des preuves !

Le camouflet fit blêmir l'avocat qui crispa les lèvres de colère.

— La parole n'est plus vôtre, maître Bobinier, tonna le grand-prieur. Poursuivez, frère médecin.

— On nous affirme que la cochette aurait occis le sieur Lachaume. Erreur ! Il a été navré de deux coups profonds et violents de poignard de chasse portés à la poitrine, ainsi que le révèle mon examen post-mortem.

— Ah, parce qu'un médecin examine la mort ! s'emporta Bobinier.

Avant que Masselin de Rocé ne puisse le semoncer de nouveau, Hugues de Constantinople rétorqua :

— Bien sûr ! Connaître la mort est le dernier respect qu'un médecin rende à la vie.

Une phrase coutumière de son père. Jehan Fauvel s'était intéressé très tôt aux processus entourant la fin de vie des chairs.

Druon/Hugues, tout à son rôle de franciscain et d'avocat, reprit, forçant encore davantage les graves de sa voix :

— Mon confrère de circonstance aura-t-il enfin la courtoisie de me laisser poursuivre, ainsi que je le fis ?

Un murmure d'approbation s'éleva du groupe de notables, et l'intéressé y alla d'un petit mouvement de menton courroucé et vexé.

— On nous dit aussi que la truye dévora le visage de feu Lachaume, ce que pouvaient laisser supposer les chairs malmenées et en lambeaux. Mais que remarquons-nous ? Les défenses de l'accusée ont été sciées à ras de mâchoires, ainsi qu'il se pratique fort souvent. Certes pas une preuve irréfutable, contrairement à celle qui suit : si elle lui avait dévoré les chairs lorsqu'il était encore vif, on aurait retrouvé profusion de sang dans les cheveux, dans le cou ou sur les hardes de la victime, et tel n'est pas le cas. En témoignera frère Agnan, infirmier, qui assista à mon examen. Les défunts ne saignent pas, une règle des processus de la mort, bien que son origine soit inexplicable[1]. Je le répète, les nippes crasseuses du défunt sont indemnes de tout sang, elles aussi. Or, ainsi que je le certifiais, il fut poignardé avec brutalité à deux reprises, entraînant sa mort. De plus, il porte à la cuisse gauche une large plaie nécrosée et suppurative, indice qui révèle une blessure, accidentelle ou de rixe[2], survenue il y a au moins huit à dix jours. Fait étrange à nouveau, point de sanie sur la cuisse gauche de ses braies, point de coupure de leur vilain burel.

— Et qu'en faites-vous, frère médecin ? interrogea Masselin de Rocé, intrigué.

— Certes, il aurait pu changer de braies après cette première blessure de jambe qui l'a grandement affaibli et sans doute fait souffrir beaucoup. Cependant, la plaie aurait continué de suppurer un mélange de sang et de pus, souillant le nouveau vêtement.

— Enfumage que cela ! éructa maître Bobinier.

---

1. Bien que les Égyptiens aient identifié le sang comme source de vie, les erreurs de Galien*, compréhensibles, ont retardé la découverte de la circulation sanguine. En 1242, Ibn Al Nafis (Assyrie), père de la physiologie avec Avicenne, a été le premier à décrire la circulation pulmonaire, les artères coronaires et la circulation capillaire qui forment la base du système circulatoire. Mais il fallut attendre Andrea Cesalpino (1519-1603) pour que le terme de « circulation sanguine » apparaisse et que le rôle du cœur soit découvert, rôle que l'on attribuait jusque-là au foie. Le cœur cessant de battre au moment de la mort, le sang n'est plus propulsé et, de ce fait, stagne.

2. De *rixa* (dispute).

Un des notables poussa un « chut » retentissant. Hugues tenait sa revanche :

— Qu'un homme de votre art, que vous nous rappelâtes à profusion, ne connaisse pas les termes exacts d'un édit royal somme toute récent, avait déjà de quoi surprendre. En revanche, un homme du mien, moine franciscain de surcroît, connaît le sien sur le bout des doigts, et se fait obligation de dire toujours la vérité et pas ce qu'il suppute, ou souhaite faire accroire, en le présentant sous les habits de l'authenticité.

Ce dernier camouflet, et les pouffements qu'il arracha à l'assistance, hormis aux deux parents du défunt, eurent raison de l'arrogance de l'avocat qui baissa le nez. Hugues/Druon se tourna vers Masselin de Rocé :

— Ce que j'en fais, seigneur grand-prieur ? J'en fais que la cochette n'a pas occis la victime, la lame d'un coutelas s'en étant auparavant chargée, expliquant l'absence de sang sur le visage et le cuir chevelu. J'en fais qu'avant ou juste après la profonde blessure de la cuisse, survenue au moins huit jours auparavant, on l'a déshabillé. On l'a ensuite rhabillé en vêtements pouilleux après l'avoir trucidé, ce que n'eût pu faire une gorette, même fort maligne[1]. Se justifie, là encore, l'absence de sang et de sanie. La truye a-t-elle profité de l'aubaine et dévoré le visage du trépassé que le meurtrier a complaisamment jeté dans son enclos ? Je n'en jurerai pas, de l'inverse non plus. Pour parfaire sa monstrueuse ruse, le meurtrier n'a-t-il pas, son crime accompli, défiguré lui-même sa victime ? Rappelons-nous des défenses sciées, qui ne concordent plus avec la lacération des chairs du visage. De plus, si les cochons ne dédaignent pas les proies mortes ou crottées, les remugles d'avilissement des chairs, provoqués par

---

1. Le terme était alors très fort, signifiant : « méchant, véritablement mauvais », en référence au diable, le malin. Il n'avait pas la connotation de « ingénieux, astucieux » que nous lui donnons aujourd'hui.

la putréfaction d'infection, les rebutent, à l'instar de beaucoup d'animaux. Or, la plaie de jambe de Lachaume puait à dégorger. Toutefois, je suis moins formel sur ce dernier point. Quoi qu'il en soit, ma cliente n'est ni coupable de meurtre d'humain, ni possédée du diable. Au pis, et preuves font défaut, elle fit une nouvelle démonstration de la voracité de ses congénères.

— Stupéfiant et fort convaincant, résuma Masselin de Rocé en se tournant vers les deux autres juges qui opinèrent d'un mouvement de tête. Bien, le tribunal se retire quelques courts instants afin de délibérer.

Le grand-prieur se leva, escorté de ses deux fils.

Un brouhaha emplit le vaste scriptorium, parfois troué d'exclamations de surprise. Un silence de révérence s'établit aussitôt que le tribunal réintégra la salle.

Masselin de Rocé, debout, énonça le jugement :

— En notre âme et conscience, au vu des preuves apportées et des débats, nous déclarons la truye innocente des faits ignobles qui lui étaient reprochés et lui accordons la relaxe. Son transport sera réglé par la caisse du village, quant à son… hébergement entre nos murs, nous l'offrons en raison du préjudice par elle subi. Les parents du sieur Lachaume, ici présents, ne peuvent être poursuivis pour dénonciation calomnieuse puisqu'ils ne portèrent pas l'affaire par-devant nous. Les Ledru devront donc se contenter de récupérer leur animal sans débours aucun. Maître Bobinier ayant perdu le procès, tenté de nous fourvoyer, il ne lui sera dû aucun honoraire.

L'intéressé faillit protester, puis jugea préférable de se tenir coi.

— Magnanime et sagace jugement, seigneur grand-prieur, commenta Hugues/Druon qui commençait à se distraire bellement. Néanmoins… et ma cliente ? Quel dédommagement pour son préjudice et ses peurs, outre votre générosité de geôlier ?

Quelques rires fusèrent dans la salle puis moururent, découragés par l'absolu sérieux peint sur le visage de ce curieux avocat du diable. Une moue de déplaisir crispa les lèvres du prieur, vite remplacée par de l'amusement.

— Et que suggérez-vous, frère médecin ?

— À tout le moins, une longue vie. Les Ledru s'en tirent à bon compte grâce à elle. Je n'ose imaginer les frais et retombées qu'eût pu avoir un procès inquisitoire à leur encontre. En échange, la cochette échappera aux tuailles jusqu'à sa mort naturelle et sera nourrie à satiété.

Réprimant son hilarité, Masselin de Rocé se tourna vers ses deux fils, qui approuvèrent la suggestion.

— Votre saint patron François n'aurait pas parlé autre. De justice, accordé, donc ! Avez-vous bien ouï ? demanda-t-il d'une voix forte aux fermiers.

Le mari promit :

— Oh, ça, va vivre longtemps, la cochonne ! Soyez bénis, messire abbé et vos juges, tout comme le frère médecin, Dieu vous garde toujours. Le merci ! Du fond du cœur, merci, bafouilla-t-il dans un sanglot sec. On…

— Fort bien, le coupa le grand-prieur.

La femme Ledru, en larmes, se signa à nouveau, baisa le crucifix pendu à son cou et se plia en révérence.

Ravis de ce dénouement stupéfiant, les notables se congratulèrent. Ils allaient pouvoir répéter les savoureux événements à l'envi, d'autant que les Ledru étaient assez appréciés de leur village.

Réjoui, Hugues se pencha pour flatter une dernière fois la cochette, qui lui jeta un long regard dans lequel il crut lire un soulagement mêlé de reconnaissance. Après tout, son prétendu saint patron, fondateur de son ordre, ne discutait-il pas avec les oiseaux et les autres animaux[1] ?

Tous partirent. Les Ledru, après avoir tenu à baiser le crucifix du grand-prieur et bafouillé d'autres paroles de gratitude envers tous et surtout leur avocat, furent remorqués par la truye qui tirait sur sa chaîne, désireuse de sortir au plus vite de cet endroit. Masselin de Rocé s'approcha de son étrange invité, un sourire aux lèvres. Renonçant à nouveau à son vœu de silence, il commenta :

— Auriez-vous raté votre vocation ? Admirable prestation. Vous l'avez rudement mouché[2], le déplaisant avocaillon !

— Que nenni. La robe me sied bien davantage. Quant à l'art médical, je m'y sens en grand bonheur, les franciscains font de l'étude et l'enseignement un de leurs devoirs. Rien ne me comble plus, hormis le sein de Dieu.

Pour une fois depuis son arrivée, il ne mentit pas trop. De fait, les robes lui plaisaient bien plus que son appareil[3] masculin et surtout que la bande de lin qui lui comprimait

---

1. Le fameux sermon aux oiseaux. Saint François d'Assise, remarquant que les oiseaux ne s'envolaient pas à son approche, leur parla de l'amour de Dieu pour toutes Ses créatures. Il prit ensuite l'habitude de parler aux animaux. D'autres sources prétendent qu'il s'agissait d'une manifestation d'agacement envers la surdité volontaire de la plupart des prélats, que son vœu d'extrême pauvreté ne séduisait pas. Il aurait donc prêché aux animaux qui, eux, étaient capables de l'entendre. Toutefois, cette dernière hypothèse est peu convaincante puisqu'elle est décalquée du prêche aux poissons de saint Antoine de Padoue, qui s'était, en effet, exclamé « eux, au moins, m'écouteront ».

2. Dans le sens de « réprimander vertement », qui découle du sens ancien « éteindre une flamme de chandelle ».

3. Dans le sens d'éléments concourant au même but, à la même fonction, formant un tout avec d'autres.

les seins et le souffle en lui sciant les aisselles ! Quant à l'art médical, il était devenu sa vie et demeurait son lien privilégié avec son père.

— Une lancinante question me taraude donc, seigneur grand-prieur.

— Laquelle ?

— Qui a occis le vil Lachaume et tenté de faire accuser les Ledru ?

Masselin de Rocé secoua la tête, mi-amusé, mi-préoccupé.

— Mon fils, les incessantes questions et démonstrations de votre ordre lui vaudront un jour des encombres[1].

— S'inquiéter de ce qu'un meurtrier méfaisant court toujours serait-il l'occasion de tracas ? rétorqua Druon, regrettant aussitôt cette pique.

— Voilà bien une des questions insolites[2] dont votre ordre a le secret.

Et voilà une claque à mon bec alors que je devrais me faire petit et remercier le ciel d'avoir trouvé un havre, ajouta le jeune mire en son for intérieur.

— Insolite mais pas insolent, je vous conjure de me croire, seigneur mon père.

Il s'inclina bas en excuse.

— Bah, votre insolence m'a réjoui plus tôt. De surcroît, j'avoue ma réaction surtout inspirée par un remords : je n'y avais point songé. De fait, qui a tué l'exécrable Lachaume ? Pourquoi mettre en difficulté les Ledru par l'intermédiaire de leur animal ? Ah, je vous en veux ! Ne voilà-t-il pas que vous me mettez trouble en tête et, me connaissant, il n'en

---

1. À partir de 1323, une bulle de Jean XXII (1244-1334) insistant sur le fait que la pauvreté du Christ et des apôtres avait été relative, les Spirituels, courant puriste des franciscains, revendiquant une pauvreté totale et ayant créé les Fraticelles, furent excommuniés, livrés à l'Inquisition, et certains périrent sur le bûcher.

2. De même racine qu'« insolent », le terme était négatif à l'époque, indiquant un comportement étrange dans un sens blâmable.

sortira pas si vite ! Ce n'est pourtant guère le manque de labeur qui me pousse aux spéculations oisives, sinon oiseuses. Eh bien, mais cherchez, s'il vous sied, sourit le grand homme. Cela étant, la besogne médicale ne vous fera pas défaut céans.

— Ma route eut le privilège de croiser celle de messire Louis d'Avre, qui toléra mon aide dans certaines de ses enquêtes criminelles, et peut-être…

— Louis d'Avre, d'excellente réputation à ce que j'en ouïs. Mais que viendrait faire le grand bailli d'épée du comté dans une méchante tuerie de loqueteux ivrogne ?

— Grand bailli d'épée du Perche ? s'étonna Druon, son cœur s'emballant.

— Si fait, une très récente nomination, justifiée par ses belles qualités, due au décès de messire d'Estrevers à l'an échu[1]. Celui-ci fit une mauvaise rencontre avec des brigands de forêt, à ce qu'on me conta. Son remplacement a traîné, j'ignore pourquoi. Bref, j'ai été averti hier soir de la nouvelle fonction de messire d'Avre, par messager. Je vous avoue que le savoir à la tête de l'ordre et de la justice en notre province me remplit d'aise.

— Au pareil, approuva Hugues de Constantinople, s'efforçant au mieux de cacher son émoi et sa satisfaction. Avec votre permission, je vais donc réfléchir à cette affaire, même si vous avez belle raison : peu importe le coquin Lachaume, et son décès n'est une perte pour personne. Quoi qu'il en soit, je ne ferai pas appel à messire d'Avre. Sa nouvelle charge doit occuper le moindre de ses instants et je m'en voudrais de lui occasionner une perte de temps ou un surcroît de travail.

Et pourtant, le sourire conquis d'Héluise en Hugues persista. Toutefois, Louis d'Avre risquait de peu goûter son nouveau déguisement en moine, un blasphème en plus d'une

---

1. En novembre 1305. *En ce sang versé, Les enquêtes de M. de Mortagne, bourreau*, Flammarion, 2012.

indécence, alors qu'il avait consenti à admettre le premier, une donzelle ne pouvant courir les routes !

Le grand-prieur parti, le prétendu Hugues de Constantinople jeta un regard circulaire, riant du souvenir de ce virulent procès et de ses excès de voix afin de tirer une infortunée gorette des ennuis. Dieu du ciel, son défunt père chéri devait se claquer les cuisses d'hilarité en son paradis au spectacle de son unique enfante, pourfendant de ses attaques vipérines un avocat de métier, le tout pour sauver une jeune truye du bûcher de justice ! Mais après tout, qu'avait fait Héluise, hormis appliquer à la lettre la devise paternelle : observe, analyse, compare et déduis. Une onde de tristesse tempéra aussitôt sa bonne humeur. Doux Agneau, comme cet homme aimant, solide, puissant de sa science, juste en tout, lui manquait. Elle/il refoula les larmes qui lui montaient aux paupières. Un « Mon frère en Jésus-Christ ? » timide, le fit sursauter. Le faux mire et faux franciscain se tourna et découvrit un visage souriant, un regard pétillant d'allégresse. Le deuxième juge du tribunal improvisé par le grand-prieur.

— Quelques mots, de grâce, mon bon frère, salua l'autre en s'inclinant. J'ai la faiblesse de penser que ces circonstances à tout le moins étonnantes, m'autorisent à un menu bavardage... surtout en compagnie d'un franciscain. Enfin... si toutefois... ladite causerie ne vous importunait point...

— Bien au contraire, mon honneur et mon bonheur, mon frère, s'inclina Hugues de Constantinople.

— Benoît Carsasse, frère pitancier[1], se présenta le moine.

— Ah ! ah ! un homme d'importance, plaisanta Hugues en détaillant le moine encore jeune.

---

1. Chargé des cuisines, de leur organisation et des repas.

De taille et de corpulence moyennes, les yeux d'une étrange nuance, entre vert, gris et bleu, sans doute avait-il été très frisé avant que la grande tonsure[1] n'abandonne qu'une étroite couronne autour de son crâne. En dépit du demi-pouce de chevelure échappé à la lame du barbier, ses courtes mèches rebiquaient déjà.

Le pitancier baissa la tête pour dissimuler son sourire ravi et murmura :

— En vérité, mon bon frère, je ne m'étais point tant amusé de longtemps. Quelles claques vous mîtes au bec de ce paltoquet[2] d'avocat. Ah ça, une fougue divine vous portait, au point que je me suis attendri sur le sort de cette pauvre truye ! J'avoue être satisfait qu'elle ait gagné longue et bonne vie grâce à vous.

— Le merci, se réjouit Hugues de Constantinople. En franchise, l'aventure m'a diverti aussi.

— Quel art que le vôtre, poursuivit son frère d'hospitalité. Si vous savez soigner les vifs aussi bellement que vous fîtes parler un mort, nous sommes sauvés ! Quel émerveillement que de rencontrer un véritable savant.

Une sensation fugace alerta Druon. Il lui sembla que Benoît Carsasse manœuvrait, n'osant pas en venir à ce qui l'intéressait vraiment. De fait, il hésita, baissa les yeux, puis parut se raviser en déclarant d'un ton dont la jovialité ne convainquit qu'à demi le jeune mire :

— Masselin de Rocé, notre admirable grand-prieur, que Dieu le garde toujours, nous tire une méchante épine du pied en vous accueillant céans. À vous revoir bien vite, mon frère. Euh… J'espère que notre père vous conviera à notre table commune, bien que vous ne soyez pas de notre ordre.

---

1. Par opposition à la « petite tonsure » des laïcs fervents ou des clercs non monacaux.

2. Homme insignifiant, prétentieux, insolent. De la même origine que « paletot », sorte de veste portée par les gens de petite condition à l'époque.

Sans quoi, je vous ferai porter de goûteux paniers, sans en omettre de bonnes soupes bien chaudes.

Benoît Carsasse disparut, laissant Druon un peu perplexe. Et pourquoi un frère médecin ne serait-il pas invité à partager les repas des autres ? Carsasse souhaitait-il son absence ?

Le jeune mire haussa les épaules, se morigénant : bah, stériles et sottes imaginations que ceci. Pourquoi le pitancier tiendrait-il à l'exclure alors qu'il ne le connaissait que de quelques minutes ?

Il s'apprêtait à rejoindre son logement lorsqu'une tornade humaine, aussi haute que large, fonça vers lui et pila sous son nez en débitant :

— Ah ça... ah comme je m'en veux... ah, mon bon frère... quelle buse je fais... oh, je me déteste...

Interloqué, Druon détailla le nouveau venu, ses joues rebondies, son visage cramoisi d'effort, l'ombre de transpiration qui luisait sur son front et fonçait ses petits cheveux blond moyen en dépit du froid qui régnait dans la salle. Difficile de lui donner un âge, sans doute entre trente et trente-cinq ans.

— Mon frère ?

— Ah, me pardonnerez-vous ? Je me faisais une telle joie d'assister à ce procès et de voir enfin à l'œuvre l'aesculapius dont nombre chantent déjà les louanges. Mais... l'heure... enfin, l'heure... une malédiction... acheva-t-il en se tordant les mains, le visage soudain crispé de chagrin.

De plus en plus ébaubi[1], ne sachant que rétorquer, Druon se contenta d'un sourire vague. L'autre reprit d'un ton défait :

— Voyez-vous, cher Hugues... ah non ! Ne voilà-t-il pas que j'ajoute la pire grossièreté à mon inaptitude !

---

1. Très surpris, stupéfait.

— Sauf votre respect, vous avouerai-je que… je ne saisis pas très bien ce que…

— Ma très grande faute, à l'évidence, le coupa le moine en tressautant d'un pied sur l'autre. Grossier personnage je suis en vérité de ne pas m'être sitôt présenté : Thibaud Ducher, cellérier[1]. Enfin, cellérier et boursier[2], sans oublier sacristain, tâche bien légère dans ce dernier cas puisque nous ne possédons pas de reliques et que les autels se limitent à trois. Nous sommes une bien modeste congrégation et chacun est au four et au moulin, s'excusa presque le frère discret[3]. Au demeurant, Benoît, notre estimable pitancier que j'ai croisé en arrivant, est également gardien des viviers et des poulaillers.

Sa voix mourut. Il sembla hésiter, se frôla le menton en plissant des lèvres puis soupira :

— Que voulais-je dire ?

Tentant de juguler son hilarité, Druon offrit :

— Je ne sais au juste, vous avez évoqué la malédiction de l'heure…

— Voilà ! le coupa le cellérier. Or donc, je tenais tant à venir admirer vos talents d'orateur. Et j'ai cette vilaine défectuosité… les heures filent sans que je m'en aperçoive. J'étais plongé dans notre registre de comptes et soudain… soudain… la cloche a sonné et pffftt, tout le monde est ressorti en s'esclaffant… hormis l'avocat de la partie adverse et ses clients à la mine longue et grise. Ça, les villageois n'ont pas regretté le spectacle, à ce qu'on m'a conté ! Mille excuses désolées, mon frère. De grâce, tolérez-les.

---

1. Chargé de la gestion du monastère. Il avait soin de l'approvisionnement et de la nourriture, surveillait les granges, les moulins, les brasseries, les viviers, les magasins, dirigeait la fourniture de meubles, objets divers et supervisait les visites.

2. Chargé des achats et des paiements.

3. De *discretus* (capable de discerner), un des six frères répondant directement à l'abbé ou au prieur faisant office d'abbé.

— Nulle excuse nécessaire ni souhaitée, le réconforta Druon, décontenancé. Un contretemps, rien de plus.

— Ah, quel soulagement ! Vous êtes si bon, en vérité… Je file… les comptes m'attendent. À vous revoir bien vite. Quel soulagement, ah oui…

Druon resta là, un peu bée-gueule mais surtout diverti par cet aimable et surprenant défilé.

Il s'en voulut aussitôt de son humeur légère. Ah ça ! Comment pouvait-il s'amuser de cette situation, alors même qu'Huguelin devait se ronger les sangs d'inquiétude à son sujet, et alors que seule une odieuse supercherie lui avait permis de s'immiscer au milieu de ces religieux ? Duperie qui lui vaudrait la mort par pendaison si jamais on l'éventait. Une jeune femme se faisant passer pour homme, moine de surcroît, exerçant profession de médecin, dépassait l'entendement, le blasphème, pour relever du crime. Un désagréable frisson le parcourut.

Il sortit du scriptorium et remonta l'allée boueuse de neige fondante qui menait à divers bâtiments, dont son logement. Une haute silhouette surgit à sa droite et s'avança à grandes foulées vers lui. Druon s'immobilisa. Le moine parvint à sa hauteur et le salua d'un roide mouvement de tête. Ses yeux d'un noir de jais, d'une intensité presque fiévreuse se rivèrent à ceux du jeune mire qui s'inclina en retour.

Un soupir pesant, puis :

— Jocelyn Ledru, sous-prieur.

— Bien que le nom soit de coutume en cette région, auriez-vous lien de famille avec les propriétaires de ma… cliente à quatre pattes ?

— Si fait… mes parents. Aussi…

Le sous-prieur, âgé d'à peine quarante ans, s'exprimait d'une voix grave et lente, en homme qui a perdu l'habitude des mots. Son air sombre et tendu impliquant qu'il ne s'agissait pas d'une simple rencontre de courtoisie, Druon patienta.

— Mon gentil émissaire, Benoît Carsasse, pitancier, a reculé, hésitant à vous porter la reconnaissance que je le priais de vous manifester. Au fond, je lui en sais gré. Car… quelle ingratitude de ma part de ne pas vous la décrire moi-même.

Ainsi s'expliquait l'attitude assez étrange de l'organisateur des cuisines et des repas. Druon se contenta de hocher la tête. L'autre poursuivit :

— Mon infinie reconnaissance, donc, frère médecin. Je… J'en bafouille d'encombre et de honte… L'accusation de possession démoniaque de la truye m'a tant épouvanté que je n'ai point trouvé le courage d'assister au procès afin de soutenir mes parents, gens frustes mais honorables et pieux. Je n'ose imaginer ce qui leur serait advenu si la Providence n'avait jugé bon de vous faire croiser leur route en cette circonstance. Peu réchappent d'un procès inquisitoire, et certes pas de pauvres gens ne sachant ni lire, ni écrire et bredouillant le latin sans en comprendre un mot.

Cette sortie sans emphase dégrisa tout à fait Druon. Où il n'avait vu qu'une sorte de joute d'esprit, de divertissement, l'occasion de prouver qu'il était plus retors qu'un avocat de l'art, se jouait en fait la vie d'un couple de vieux paysans. Une exaspération de son père Jehan lui revint. Le prodigieux mire avait assisté au bûcher de deux chats noirs, suppôts de Satan, afin d'en certifier la mort par combustion. Il était rentré au soir, plus atterré que furieux, sifflant entre ses dents :

— Dieu, que les hommes sont bêtes à chercher le diable dans les bêtes ! Espèrent-ils ainsi ne plus le voir en eux ? On ne se débarrasse pas de la mauvaiseté à si bon compte. Pis, on l'encourage en lui offrant des habits d'invisibilité.

Ne sachant que dire, puisqu'il ne faisait pas bon chanter d'autre voix en matière de possession démoniaque, Druon/Hugues se contenta d'un peu compromettant :

— Je rends grâce au ciel d'avoir eu l'heur de vous plaire, frère sous-prieur. La cochette n'étant pas meurtrière, justice voulait qu'elle fût innocentée aux yeux de tous.

— Mais qui est alors le coupable, et pourquoi jeter le cadavre dans l'enclos de porcherie appartenant à mes parents ? murmura Jocelyn Ledru.

— Je ne suis que médecin, certes pas mage[1]. Cependant, une réponse me monte sitôt aux lèvres : parce que c'était le plus simple.

— Votre pardon ?

— Un cadavre est fort lourd. De plus, on évite de se faire remarquer en le transportant en abord de village à dos d'homme, d'âne ou de cheval, même à la nuit.

— Lachaume aurait été occis à proximité de la porcherie ? résuma Jocelyn Ledru.

— Peut-être, mais en un recoin bien discret puisque son meurtrier l'a dévêtu et revêtu ensuite, expliquant l'absence de sang sur ses hardes. Je sens votre curiosité frémissante, mon frère. Malheureusement, je me perds en déductions incertaines, n'en sachant pas davantage.

— Bien sûr. Vous venez, me dit-on, de Constantinople ? Ce nom fait rêver. Cité magique, affirment tous ceux qui eurent le privilège de l'admirer.

Druon se demanda fugacement si Jocelyn Ledru vérifiait ses dires ou si une admiration sans arrière-pensée pour la ville voulue par l'empereur Constantin dictait sa question. Il hocha la tête en signe d'acquiescement et se rappela ce que lui en avait conté son père.

---

1. Rappelons l'ambivalence de l'Église au sujet des pratiques « occultes » ou « paranormales ». L'astrologie était considérée avec autant de sérieux qu'une science à l'époque, la médecine y faisant largement appel. Quant aux pratiques « magiques », pour peu qu'elles s'appuient sur les Évangiles et n'aient que de bonnes intentions, elles étaient bien tolérées.

— Magique et déroutante. Une fourmilière humaine comme il n'en existe nulle part ailleurs. Pensez, près d'un million d'âmes s'y pressent[1], esquivant à chaque pas les chameaux, animaux bien sournois et mordeurs, j'ajoute.

— Et Sainte-Sophie[2], le dôme ? s'enquit le sous-prieur avec un tel enthousiasme que Druon fut convaincu que seule la curiosité dictait ses questions.

— Elle se nomme Sainte-Sagesse ou Sainte-Sagesse-Divine. Une pure merveille... Cette coupole si vaste, si plate qui semble flotter, comme soutenue par des anges[3]... les larmes vous montent aux yeux. Et la mosaïque des Comnène[4] dans l'abside, représentant une Vierge à l'enfant, est d'une beauté, d'une pureté à vous couper le souffle[5].

Le visage de Jocelyn Ledru s'illumina et il murmura :

— Oh, mon frère, je vous envie. Le monde recèle tant de merveilles, tant de magnifiques mystères, tant d'odeurs, de couleurs, d'êtres divers... Vous êtes si jeunet, si vert encore... pourtant, vos yeux ont tant absorbé de beauté... Son sourire se fana et il reprit d'une voix attristée. Bah... restons où Dieu nous souhaite. Quelle arrogance d'espérer autre. Ma destinée commence et se termine en ce lieu.

---

1. Selon les évaluations, Constantinople aurait abrité entre 600 000 et 800 000 habitants au XIIIᵉ siècle, une population très importante pour l'époque. À titre de comparaison, on dénombrait entre 170 et 190 000 Parisiens au tout début du XVIᵉ siècle.

2. Le début de sa véritable construction, en remplacement d'un édifice voulu par Constantin au IVᵉ siècle, remonte au VIᵉ siècle, sous Justinien.

3. Une prouesse architecturale (partiellement détruite à plusieurs reprises par des tremblements de terre, des incendies, etc.), basée sur le « rachat de l'octogone ».

4. Réalisée en 1122.

5. Lorsque l'église devint une mosquée au XVᵉ siècle, les splendides mosaïques furent recouvertes de lait de chaux. On doit la plus importante réfection de Sainte-Sophie au sultan Abdülmecid au milieu du XIXᵉ siècle. C'est Mustafa Kemal Atatürk qui la transforma en musée « offert à l'humanité ». Mais la vétusté, sans oublier la pollution atmosphérique, menacent Sainte-Sophie et les travaux sont importants et incessants.

Regrettant sans doute de s'être laissé aller à d'embarrassantes confidences, il changea de sujet :

— À nouveau. Ma gratitude infinie. Au plaisir de vous revoir bien vite.

Le sous-prieur s'inclina et s'apprêtait à repartir lorsqu'un chariot attelé à deux bœufs, à l'arrêt devant l'infirmerie, s'ébranla dans un grincement de roues. Jocelyn Ledru se signa en baissant la tête.

— Qu'est-ce ?

— Un serviteur laïc de cuisines. Un certain Claude Crépin. Pris d'une sorte de fièvre de ventre.

— Pardonnez mon insistance, mais puisqu'il fut soigné en l'infirmerie, l'on devrait s'être assuré qu'il s'agissait bien d'une fièvre, possiblement transmissible, releva Druon.

— Ah, le médecin dresse l'oreille, releva le sous-prieur. Non pas. Les siens l'ont veillé chez eux durant le temps de sa maladie, interdisant les visites à juste raison. Il a passé au plein de la nuit, il y a deux jours, sans que le prêtre puisse lui dispenser l'absolution. Femme simple et très pieuse, son épouse Denyse a supplié, en larmes, notre père de bénir le cercueil du défunt. Sans doute s'est-elle mis en tête que la bénédiction d'un grand-prieur convaincrait bien davantage Dieu d'accueillir l'âme de son époux en Son sein. Bien que pauvresse, elle a réussi à payer le chariot et son meneur.

Druon/Hugues se signa à son tour.

— Faute de médecin, après le trépas de votre prédécesseur en ce lieu, Jacques de Salny, notre infirmier s'est, bien sûr, renseigné. À l'évidence, nul autre dans le village ne présente de signes maladifs, pas même la femme et les enfants du trépassé.

— Sans doute une vilaine affaire de nourriture avariée, supputa Druon. Ces fièvres d'intoxication ne semblent pas se propager, hors la consommation des aliments frelatés. On en réchappe le plus souvent. On en périt parfois.

157

— De fait. À vous revoir bien vite, donc, cher frère médecin.

Druon regarda la haute silhouette s'éloigner à grandes enjambées. Un peu penaud, il fit l'inventaire de ses mensonges. Après tout, il s'était contenté de décrire Sainte-Sophie, d'évoquer Constantinople, restituant les dires de son père, puisés dans le récit d'un médecin byzantin. Jamais il n'avait prétendu y avoir séjourné. Piètre consolation, certes !

XIV

Forêt de Bellême, décembre 1306

ichtre ! Cuisante déception, en vérité. Il frotta de sa brosse de houx séché le sol de la cage inondée d'eau savonneuse mêlée de cendres pour dissiper l'odeur pestilentielle de son dernier occupant. Il préférait de beaucoup les odeurs de chiens, voire de chevaux. Rien ne pue davantage qu'une créature humaine à l'agonie. Rien n'attire davantage les rats ou la vermine. Il redoutait qu'un chasseur au regard aiguisé ne suive quelques rongeurs et ne découvre l'entrée de sa caverne au trésor... et à la geôle. D'ailleurs, les chiens ou chats sont moins stupides que nombre d'humains. Ils ne se soulagent pas où ils dorment, enterrent le plus souvent leurs excréments et ravalent leurs vomissures de sorte à ne pas alerter l'odorat de prédateurs.

À l'aide d'une épaisse touaille, il essuya le sol de la cage, taillé dans la pierre.

Bien inattendue contrariété que la relaxe de la cochette, due à la pugnacité de ce frère médecin tombé du ciel et arrivé au prieuré comme s'il était un émissaire. Émissaire de qui ? La pauvre truye ne devait être qu'un instrument de son plan, tout comme le couple Ledru, contre lequel il n'avait pas formé d'inimitié, ni même de rancune, d'autant qu'il les connaissait à peine. Des pions, rien d'autre, mais les pions échappaient à la danse mise en musique par ses soins.

159

Fichtre ! On lui avait conté que ce frère médecin, avocat du diable improvisé, avait fait preuve d'un éblouissant talent d'orateur, portant la défense à la joute verbale avec une virtuosité qui avait, de plus, fort distrait l'assistance.

Bien que déçu à l'extrême, il n'en voulait guère à ce franciscain. Doux rêveurs que les moines de cet ordre mineur. Attachants rêveurs, pour la plupart, mais tant égarés dans un monde qui n'avait que faire de leur volonté de pureté et de pauvreté. Ils l'apprendraient un jour, à leurs dépens.

Ah, quel sale embrouillement alors que tout s'agençait jusque-là d'admirable manière. Ou presque. Et il avait fallu ce grain de sable, que cet Hugues d'il ne savait plus où, s'en mêle. Grain de sable divin, ou fâcheuse coïncidence ? Dans le premier cas, Dieu lui signifiait que son plan ne Lui agréait point. Il en changeait derechef, puisque sa toute première tentative, des années auparavant, avait tourné court. De fait, tuer des larves malfaisantes afin d'épargner à Dieu leur insupportable vision, leur écœurante survie, l'avait un temps réjoui. Cependant, ces… suppressions manquaient de grandeur. De plus, si Dieu persistait à en faire naître, lui, son humble serviteur, n'avait pas à y redire, le Projet Divin lui échappant. Aussi un autre plan avait-il surgi dans son esprit, après des jours et nuits d'intense réflexion : rendre service à Dieu, tenter par tous les moyens à sa disposition de Lui exprimer son amour infini et son absolue obéissance.

Grain de sable divin, ou fâcheuse coïncidence ? Si, au contraire, le petit médecin lui mettait, même en l'ignorant, des bâtons dans les roues, il irait bien vite retrouver ses très chers dans l'au-delà.

Jusque-là, il allait devoir avancer en habileté. Il confinait maintenant à la perfection et ses moyens accumulés grâce aux rapines de trois générations de mâles, aînés de la famille, lui permettaient la plus extrême sévérité mais également cette sorte de magnanimité qui n'appartenait qu'aux très puissants.

Surtout, le but, sa mission, était à portée de main, et nul ne le lui ravirait.

Il sortit et inspira l'air glacial. Dommage, la lune se cachait derrière un ciel bas de nuages. Bah, elle ne lui aurait offert ce soir qu'un mince croissant. Il aimait la lune, la pleine lune, sa lueur presque timide et pourtant si tenace, la sensation de froid qu'elle distillait. Étrangement, son disque immuable semblait changer d'humeur au fil des lunaisons, amusé, parfois jusqu'à l'effronterie, renfrogné et distant, complice et circonspect.

Il jeta l'eau souillée des derniers vestiges de la « chose » qu'il avait emprisonnée puis exécutée. Tiens, d'ailleurs, s'agissait-il de la quatrième ou de la cinquième « chose » à subir une malemort ne devant rien au hasard, ni à la nature ? Non, la cinquième. Bientôt la sixième.

Demain, il progresserait d'un nouveau pas.

Il gloussa : « Ma bonne cochette, au fond, je suis bien aise pour toi. Ce ne sont pas les cochons pour nous faire des saucisses de sang[1] qui manquent ! »

---

1. Boudin.

XV

Le prieuré, Saint-Martin-du-Vieux-Bellême,
décembre 1306

Druon avait espéré rencontrer le frère apothicaire, Alexandre d'Aleman, aux offices ou à l'occasion d'une promenade dans l'enceinte du monastère. Espoir déçu. De ce qu'il avait perçu sous les phrases des uns ou des autres, si benoîtes qu'elles en devenaient suspectes, ledit apothicaire semblait avoir aigre bile au point qu'on tolérait qu'il prît ses repas et passât le plus clair de son temps en l'apothicairerie, petit bâtiment qui tenait lieu de pharmacie et de logement. Druon s'étonnait depuis son arrivée céans de la hauteur des plessis[1] qui entouraient le vaste herbularius[2] situé à l'arrière du bâtiment. Lorsqu'il avait posé la question au sous-prieur, puis à un jeune semainier rencontré non loin, la réponse avait été la même : Alexandre d'Aleman protégeait jalousement ses simples des lapins voraces. Fichtre, lestes lapins capables de sauter plus de six pieds* ! De fait, même en tendant les jarrets et en dépit de sa haute taille pour une représentante de la douce gent, Druon ne parvenait qu'à apercevoir un bout du toit du bâtiment. Tout au fond, une haie de tilleuls, adossée à une autre palissade, séparait sans

---

1. Haies d'osier tressé qui séparait les carrés de différentes plantes, en général de 20 à 50 cm de hauteur.
2. Jardin de plantes médicinales (ou simples).

doute l'herbularius de l'hortus[1]. Les arbres avaient été élagués bas afin que la cueillette des fleurs fût plus aisée et qu'ils ne projettent pas trop d'ombre sur les autres plantes. Piqué de curiosité, le jeune mire décida de passer à l'action. Haut les cœurs !

Druon longea la haute palissade en osier, ses pieds s'enfonçant dans la neige tombée de la nuit en produisant le son plaintif d'une étoffe déchirée avec lenteur. Il tenta d'évaluer la surface du royaume de l'apothicaire. Au moins cinq toises de long et à peu près autant de large[2]. Une telle étendue pour un monastère accueillant un nombre somme toute modeste d'âmes ? De fait, une organisation judicieuse, s'aidant de la rotation saisonnière, permettait de limiter la surface nécessaire à la production des simples. Classiquement, l'herbularius était divisé en neuf carrés, par rangées de trois. Le carré du centre était réservé à un puits, permettant un facile arrosage à la belle saison. Un carré était réservé aux vulnéraires[3] et expectorants, l'autre aux purges et désinfectants, un autre aux tinctoriales[4], un autre encore aux plantes médicinales que les gourmets ne dédaignaient pas en condiments, tel le raifort, la livèche ou le fenouil[5]. Selon la destination du monastère, un discret carré servait à la culture des simples réservées aux maux de femme, ou à ceux des hommes, sans oublier les remèdes afin d'apaiser leurs ardeurs

---

1. Potager. Le plan en carrés était le même.
2. Ce qui représente une surface de 450-550 mètres carrés.
3. Simples destinées à la guérison des plaies.
4. Simples destinées à l'obtention de teintures.
5. Rappelons que l'on ne disposait à cette époque en France que d'environ 200 espèces végétales, alimentaires, ornementales (fleurs) ou même médicinales.

viriles, fort malvenues en ces lieux. Dans le carré central de la première rangée, le jardin de Marie, s'épanouissaient dès le printemps les fleurs réservées à la célébration de la Vierge, le lys et les mauves.

Parvenu devant l'apothicairerie, Druon cogna contre la porte basse du plat de la main. Rien ne lui parvint, hormis un frôlement étouffé. Pas dupe, le prétendu moine itinérant vociféra en forçant sur les graves de sa voix :

— Oh là, mon frère apothicaire ! Je souhaite m'entretenir avec vous puisque j'aurais grand besoin de vos préparations. Il asséna deux coups de poing brutaux. Alexandre d'Aleman ?

Toujours rien. Et pourtant, Druon/Hugues de Constantinople fut certain que l'autre s'était tapi à l'intérieur, sans plus faire un geste, en espérant que l'on croirait le bâtiment déserté. Étrange. Étrange et intriguant.

Druon se tourna et, prétendant s'adresser à quelqu'un, plus loin sur le chemin désert, il cria :

— De grâce, semainier, hâtez-vous de quérir quelques serviteurs laïcs armés de doloires[1] ou de forcettes[2] ! Je crains un malaise, une pâmoison de notre apothicaire, ou pis. Il ne répond pas alors que je le sais céans et m'inquiète vivement. Vite, vite, revenez en nombre afin d'ouvrir cette porte !

Bien vite, l'écho de deux verrous que l'on repoussait se fit entendre. Alexandre d'Aleman parut sur le pas de la porte entrebâillée, le visage fermé, revêche, mains derrière le dos.

— Euh… qu'est ce charivari[3] ? Euh… je m'étais assoupi et…

---

1. Hache à long tranchant, utilisée notamment par les charpentiers ou les charrons.
2. Ciseau à bois ou à pierre
3. Très péjoratif à l'époque, le terme a pris des connotations plus sympathiques et joyeuses aujourd'hui. Il s'est d'abord agi de la sérénade braillarde et souvent obscène que l'on offrait durant la nuit de noces aux gens qui se remariaient. Puis d'un concert de poêles, de casseroles, de sifflets et de quolibets organisé pour exaspérer les gens qui déplaisaient au voisinage.

— Magnifique et profond sommeil que le vôtre, commenta Druon, hésitant entre l'hilarité et l'agacement. Une belle preuve de l'excellence de vos préparations apaisantes, j'en jurerais.

L'autre lâcha d'un ton hargneux mais méfiant :

— De fait, de fait !

— Je serais comblé de m'entretenir avec vous puisque votre art complète par nature le mien, annonça Druon en faisant un pas vers l'entrée du bâtiment.

D'un geste instinctif, l'apothicaire repoussa légèrement la porte de l'épaule et se redressa comme s'il s'apprêtait à résister à un assaut.

Assez grand, fort en chair, quelque chose en lui déplut à Druon. S'agissait-il de son visage lourd, aux maxillaires très marqués, qui contrastait avec la finesse de son nez en lame de couteau ? Ses lèvres minces, serrées en fente ? Étaient-ce ses petits yeux marron, rapprochés, aux prunelles très mobiles alors même qu'il était figé de déplaisir ? Était-ce, justement, ce regard peu franc qui ne tenait pas celui de son interlocuteur mais s'évadait de droite, de gauche, vers le bas ? Ou était-ce tout simplement sa mauvaise volonté évidente à faire pénétrer Druon ? Ne jamais juger aux apparences, aurait seriné son père, avec grand-raison.

— Le temps me fait défaut ce jour, frère Hugues de Constantinople, martela l'apothicaire d'un ton haché, toujours aussi déplaisant.

Fichtre, il me chauffe la bile, l'individu, songea Druon. *Auribus tenere lupum*[1] !

Faussement désolé, le jeune mire remarqua :

— Ah… vous m'en voyez bien déçu. J'aurais tant aimé visiter l'*herbularius*, que vous me présentiez vos préparations afin que je puisse en faire bénéficier vos frères en fonction de mes diagnostics…

---

1. Littéralement « prendre le loup aux oreilles », équivalent à notre « prendre le taureau par les cornes ».

166

L'autre demeura impavide. Druon poursuivit :

— Mais je comprends votre affairement… surtout en cette période hivernale, où la terre repose et où rien ne pousse. Il me faudra donc trouver un autre guide… le sous-prieur, peut-être ?

La menace fit enfin réagir Alexandre d'Aleman, dont la bouche se pinça un peu plus. Un vilain fard d'un rouge violacé lui monta aux joues.

Il dénoua enfin ses mains et ouvrit la porte. En un coup d'œil, Druon remarqua les légères brûlures qui marquaient la base de ses poignets avant que l'autre, surprenant son regard, ne rentre les épaules pour allonger les manches de sa robe. Druon pénétra dans la longue pièce basse, plongée dans une semi-obscurité, et huma discrètement. Rien, ni pénibles relents ni délicats effluves de simples. Quelle décoction ou embrocation avait-il pu préparer, puis faire disparaître, pour se brûler ainsi ?

Les mains à nouveau croisées dans le dos, l'apothicaire remarqua d'une voix plate et déplaisante qui n'encourageait ni à la causerie, ni à prendre ses aises :

— Je vous écoute.

Aussi Druon n'eut-il pas l'outrecuidance de s'asseoir sur l'un des bancs qui flanquaient la longue table de préparation, d'un bois noirci par les ans. Une table d'une netteté troublante. Tout juste trônaient un trébuchet et ses poids, minces carrés de métal ou de terre cuite, alignés devant. Rien d'autre : ni mortier, ni pilon, ni sachet de jute bourré de feuilles séchées, ni fiole, ni récipient de poudre, ni large et longue cuiller, ni chaufferette portable à braises afin de faire tiédir une solution pour faciliter la dissolution de ses constituants.

Son examen parut gêner Alexandre d'Aleman, qui ajouta :

— Mon bon frère médecin, j'ai ouï dire que votre séjour céans serait de courte durée… ainsi qu'il sied à un franciscain itinérant, n'est-il pas vrai ? L'hiver nous environnant, je ne pourrai point prévoir de semis pour accompagner votre art dès le printemps. Aussi… le plus approprié consiste à profiter des préparations coutumières d'apothicaire. Il vous suffira d'indiquer à nos bons frères les simples et le poson[1] requis afin de traiter leur malaise. Je leur délivrerai ainsi le remède par vous décidé, que je préparerais, selon vos indications, le cas échéant.

— Votre complaisance professionnelle me réjouit, rétorqua Druon, qui la trouvait au contraire fort suspecte.

Nombre d'apothicaires faisaient encore office de médecins, notamment dans les monastères de taille modeste, et la plupart dorelotaient[2] jalousement leurs prérogatives. L'arrivée d'un médecin risquait de les rogner.

— Loin de moi l'arrogance de me prétendre émérite apothecarius !

Il sembla à Druon que le regard d'Alexandre d'Aleman s'attardait furtivement sur ses seins comprimés par la large bande de lin, et une vague inquiétude le saisit. N'aurait-il pas assez serré ? Impossible, il en avait le souffle court et l'épais paletot de laine bouillie qu'il avait revêtu dissimulait sa silhouette aussi efficacement qu'un mantel. Il reprit :

— Oserais-je en abuser et requérir de prendre connaissance du contenu de vos almaires à simples ? Afin de ne vous pas incommoder par des prescriptions que vous ne pourriez satisfaire. Ainsi, je me limiterai à la recommandation de remèdes disponibles, plutôt que vous assommer d'exigences saugrenues.

Voyant le visage de l'autre se fermer un peu plus et certain qu'un refus suivrait, le jeune mire acheva :

— Judicieux conseil que me donna votre admirable grand-prieur.

---

1. Grec, « combien », indiquant la dose et la fréquence. A donné « posologie ».
2. De l'ancien français *dorelot* : chéri, favori. A donné « dorloter ».

Un gros mensonge, mais les atermoiements et dérobades de l'apothicaire attisaient la curiosité de Druon. Que cachait-il au juste ? Il risqua un coup d'œil circulaire, l'espérant discret.

Une paillasse jetée sur un sommier était poussée contre le mur du fond, non loin de la cheminée éteinte. Druon constata que ses couvertures étaient nettement tirées, rendant la fable d'un somme[1] de l'apothicaire peu crédible. Un panier de repas reposait non loin, à côté de deux boutilles en terre cuite et d'un gobelet qui gisait sur le flanc. D'autres détails troublèrent le jeune mire : le baquet de bain, découpé dans un tonneau, redressé et adossé contre un côté de la cheminée, et un amas de cordages enroulés au-dessus d'une poutre, dont il ne devinait pas l'utilisation dans une apothicairerie. Quant au baquet personnel[2], il lui semblait d'un luxe davantage réservé aux notables qu'à un moine, devant transporter des brocs d'eau, la faire tiédir dans l'âtre, puis la vider après usage.

À l'évidence de fort méchante humeur, Alexandre d'Aleman s'exécuta quand même. Il ouvrit les trois hautes almaires qui tapissaient les murs de l'apothicairerie et, après une dernière hésitation, s'effaça pour permettre l'inventaire du jeune mire. Une première constatation rassura celui-ci : le soin extrême avec lequel étaient alignés sacs ou sachets de lin ou de chanvre sur les plus hautes étagères, et les flacons, fioles ou récipients divers sur les rayonnages les plus bas. Chacun portait, brodé ou inscrit en différentes couleurs, un nom. Druon saisit vite le codage. En rouge les simples ou préparations

---

1. De *Somnus* (sommeil, inaction), nom romain du dieu du sommeil grec « Hypnos ». Beaucoup plus ancien que « sieste » de l'espagnol « siesta ».

2. On se lavait intégralement le plus souvent ensemble, dans des étuves publiques ou chez soi, ne serait-ce que pour économiser le change et le chauffage de l'eau. Seuls les gens fortunés jouissaient de bains personnels.

redoutables tels l'*Aconitum nappellus*[1], sédatif et analgésique, ou l'*Helleborus niger*[2], réputée soigner la dépression, la folie, l'épilepsie, en plus des règles douloureuses, ou encore l'*Aristolochia clematitis*[3], censée, entre autres, faire fuir les serpents et même le diable. On utilisait ses fumées afin de guérir les enfants malades, l'asthme, les rhumatismes, la goutte, les douleurs musculaires et cicatriser les plaies. En vert, les préparations dont l'utilisation ne requérait que peu de précautions, à l'image du *Quercus robur*[4], qui luttait contre les diarrhées, les infections et la fièvre, ou de la *Stellaria media*[5], diurétique, tonique, apaisant les palpitations et les hémorroïdes, que l'on consommait également en légume en le préparant à la manière d'espinoches[6], ou encore du *Poterium sanguisorba*[7], carminatif et vulnéraire, dont le suc faisait merveille contre le mal caduc[8], la vertigie[9] et la migraine. En bleu, couleur mariale, les essences parées, parfois abusivement, de toutes les vertus, contre le mauvais sort, les serpents, les poisons, sans oublier un nombre saisissant de maladies, à l'instar du très vénéré *Sylybium marianum*[10], un stimulant, laxatif et protecteur du foie utilisé pour lutter contre les « mélancolies » attribuées à des excès de bile. Plus discrètement, il était censé apaiser les génitoires[11] enflés. On en mangeait aussi les feuilles

---

1. Aconit ou gueule de loup, poison violent.
2. Hellébore noir ou rose de noël, très toxique.
3. L'aristoloche clématite ou serpentaire, toxique.
4. Chêne.
5. Mouron blanc ou mouron des oiseaux (à ne pas confondre avec le mouron rouge, toxique).
6. Épinards.
7. Pimprenelle.
8. Épilepsie.
9. Vertiges.
10. Chardon-Marie. La phytothérapie l'emploie toujours comme stimulant gastrique, laxatif, diurétique, et bien sûr contre les insuffisances hépatiques, l'ictère, la cirrhose. Son principe actif est la silymarine. Son rôle hépato-protecteur a été démontré scientifiquement
11. Testicules.

et les fleurs en légume après que des mains expertes et patientes en eussent arraché tous les piquants. Reine incontestée des simples bénéfiques : *Angelica archangelica*[1], un remède contre tant d'affections qu'en faire la liste eût été présomptueux, en plus de terroriser le diable et les serpents, de protéger des poisons et de fournir de délicieuses pâtes de fruits au miel et une liqueur revigorante.

— Magnifique organisation, conclut Druon, sincère, en s'accroupissant pour déchiffrer les dernières inscriptions de fioles.

— Votre appréciation me chauffe le cœur, bougonna l'autre. Tout ceci est à votre disposition pour alléger les peines et embarras de mes frères vos malades.

— Le merci. Que serions-nous, pauvres médecins, sans la science des apothicaires ?

Si Druon espérait que sa basse flagornerie adoucirait Alexandre d'Alemàn, il en fut pour ses frais. Pas l'ombre d'un sourire ne dérida la bouche serrée de son interlocuteur. Au contraire, à l'évidence impatient de le voir guerpir[2] des lieux, il déclara :

— Bien… Une visite de l'herbularius, en cette saison où seul l'hellébore s'épanouit, serait superflue, une perte de temps comme ne les apprécie guère notre règle qui a souffert de nombreux écarts depuis votre venue céans… Notre vœu de silence fut fort malmené.

Le reproche était si outrancier et sciemment vexatoire que Druon ravala de justesse une cinglante repartie. Il se redressa d'un mouvement brusque et son genou heurta avec violence

---

1. L'angélique est de fait une plante toujours très précieuse en phytothérapie. Cependant, elle fait partie des plantes photo-sensibilisantes, comme le céleri, expliquant que certains mendiants s'en frottaient la peau afin de provoquer des dermatites spectaculaires et de nature à apitoyer les passants.

2. Ancien français signifiant : abandonner la place. A donné « déguerpir ».

le bas de l'almaire devant laquelle il se tenait accroupi. Une exclamation douloureuse s'échappa de sa gorge, aussitôt étouffée par la surprise. Le bandeau qui ceignait le bas de l'almaire venait de se décrocher et béait vers l'avant. En un éclair, il s'en voulut de son manque de finesse, qui ne faisait guère honneur à l'enseignement de son père. Observe, analyse, compare et déduis. Comment n'avait-il pas été surpris qu'une almaire de si piètre facture soit terminée d'un large bandeau d'ornementation ? Pourquoi n'avait-il pas remarqué que les deux autres, identiques, en étaient dépourvues ? Buse, triple buse ! Il ne put s'appesantir davantage sur sa faiblesse d'observation. Alexandre d'Aleman fondit sur lui, l'agrippant aux épaules, le tirant vers l'arrière, feulant d'une voix tendue de rage :

— Sortez ! Sortez à l'instant ! Vous me chauffez la bile ! Croyez-vous que je sois si sot que je ne lise dans vos phrases à double-entente ? Vous fouinez tel… tel un… je ne sais quoi… un vil charognard ! Partez !

Stupéfait, le jeune mire repoussa le moine et se libéra de l'étreinte menaçante, s'offusquant :

— Auriez-vous tout à fait perdu le sens ? Êtes-vous aviné ? Que signifie cet écart de geste, d'attitude, de paroles ? Oh là, l'apothicaire, où vous pensez-vous ? En quelque gargote ? À la foire ?

— Sortez ! siffla Alexandre d'Aleman, le visage crispé de colère.

— Que nenni ! J'exige de savoir ce que vous serrez dans cette cache.

— Un tel ordre n'appartient qu'au grand-prieur ou au sous-prieur, se rebiffa l'apothicaire. Allez donc les quérir.

— Pour que vous fassiez disparaître votre trésor ? Me prenez-vous pour un niais à la becquée ? Certes pas. Gare, mon frère ! Montrez ce que vous dissimulez !

Alexandre d'Aleman se dressait à deux pas de l'almaire, fermement décidé à l'empêcher d'investiguer.

À bout de patience, Druon le contourna et se baissa pour identifier ce qu'il défendait avec une telle énergie. La suite fut si rapide et si ahurissante que le faux franciscain ne la vit même pas venir. Dans un rugissement furieux, Aleman le saisit à bras-le-corps et le souleva tel un fétu de paille. Druon se sentit propulsé vers l'extérieur d'un coup de socque[1] asséné contre les reins. Il trébucha, tenta de recouvrer son équilibre pour s'affaler dans la neige et la terre roide de gel. La porte de l'apothicairerie claqua derrière lui et il perçut le raclement des verrous.

Il se releva, brossant ses vêtements d'un geste inconscient tant la situation lui demeurait incompréhensible. Les pensées tourbillonnaient dans son esprit en déroute.

---

1. Chaussure à semelle de bois.

XVI

Citadelle du Louvre, Paris, décembre 1306

L a Grosse tour rébarbative était fouettée depuis la nuit par les rafales d'un vent de nord qui semblait s'acharner sur elle. Un froid glacial et humide s'infiltrait par tous ses interstices. Messire de Nogaret serrait sa housse à pourfils de vair[1] sur son corps maigre, jetant des regards courroucés aux feux nourris qui rugissaient dans les cheminées de sa salle d'étude, se demandant s'il ne devenait pas frileux vieillard, ou pis, complaisant vis-à-vis d'un confort superflu à ses yeux. Toutefois, l'encre de ses secrétaires commençait de geler dans les cornes et ralentissait leur tâche. L'un avait même eu l'outrecuidance de signaler que ses mains s'engourdissaient, gênant sa rédaction. Mazettes que ces jeunes gens ! Ça grelottait tels enfançons aux langes, ça toussotait au moindre courant d'air, et ça gargouillait des boyaux lorsque le souper tardait un peu. En vérité, ils l'énervaient avec leurs mines affligées, leurs cernes et leur teint grisâtre. Les voir engloutir leur repas, tels cochons à l'auge, soulevait le cœur du conseiller. Aussi ne travaillait-il en leur compagnie que jusqu'à sexte*, les inondant d'instructions, d'ordres, les houspillant pour qu'ils se hâtent, sans toutefois risquer de

---

1. Petit-gris, une des fourrures les plus chères à l'époque, réservée aux gens de noblesse.

corrompre une écriture. Il les expédiait ensuite dans une pièce d'archivage du rez-de-chaussée, où ils terminaient leur travail, le laissant en paix.

Un huissier passa la tête par l'entrebâillement de la porte, bredouillant :

— Messire, j'ai frappé à deux reprises, sans réponse. Votre invitée, m'a-t-on affirmé.

Il s'effaça et une ravissante jeune femme pénétra. À sa mise à la fois pudique mais recherchée et cossue, Nogaret supputa qu'il s'agissait d'une dame d'entourage[1] de la cour. Elle portait une housse sang de bœuf bordée de fourrure, passée sur une cotte de laine fine d'un gris soutenu, retenue à la taille par un mince lien de cuir torsadé d'où pendait une aumônière brodée de perles. Son voile léger était pincé sous un touret[2] de crâne d'un gris plus clair, à large barbette[3]. Instinctivement, il se redressa de son fauteuil et inclina la tête.

— Madame ?

— Messire, quel honneur d'être par vous sitôt reçue, murmura-t-elle d'une voix grave et chaude en se pliant en légère révérence.

Une fugace inquiétude traversa Nogaret. Elle lui semblait familière mais, sa vie en eût-elle dépendu, qu'il eût été incapable de mettre un nom sur ce visage au parfait ovale, ces yeux d'un bleu lumineux, ces cheveux bruns, enroulés en natte autour de sa tête. Diantre, s'agissait-il d'une dame de

---

1. Elles étaient le plus souvent de noblesse désargentée, hormis dans l'entourage d'une princesse.

2. Coiffe en forme de tambourin qui servit d'abord à pincer et à maintenir le voile, puis qui se porta seule.

3. Bande d'étoffe qui passait sous le menton et maintenait le touret sur la tête.

qualité qu'il aurait aussitôt dû saluer par son nom ? Risquait-il un embarrassant impair ? L'entourage de madame Catherine de Courtenay[1], deuxième épouse de monseigneur Charles de Valois ?

— Quoi me vaut le plaisir et l'honneur de votre visite, Madame ? commença-t-il en songeant qu'il frotterait les oreilles de celui qui avait autorisé cette femme à pénétrer dans ses appartements sans la nommer et alors que tant d'urgences l'accaparaient.

Un rire réjoui s'éleva. La femme de magnifique silhouette se plia de nouveau en révérence et annonça :

— Annelette Meunier, décrassée, épouillée, baignée, parfumée et habillée, en plus d'avoir été convenablement nourrie, pour vous servir, messire.

— Tudieu ! s'exclama le conseiller.

Il plaqua vivement une main maigre sur ses lèvres. Même toléré et largement usité, un tel juron lui blessait les oreilles. Il corrigea :

— Fichtre, j'en suis tout ébaubi ! Votre métamorphose est à ce point réussie que nul ne vous reconnaîtrait. Assoyez-vous et discutons de notre… arrangement. Commençons par le prix de votre grâce et… l'opportune disparition de tous carnets de procès vous concernant. En bref, je vous offre une nouvelle… virginité contre une mission à la fois simple et compliquée. Retrouver une jeune femme. Par honnêteté, je vous dois conter la sinistre fin de Céleste de Mirondan, qui vous précéda auprès de moi.

L'honnêteté en la matière n'étouffait guère le conseiller, mais il redoutait avant tout de perdre une nouvelle espionne. Quel encombre de trouver une longue-oreille adéquate.

Il fut satisfait et rassuré par les quelques questions que lui posa Annelette Meunier, prouvant sa vivacité d'esprit et le soin qu'elle apporterait à combler ses désirs. Il passa sur

---

1. 1274-1307, impératrice titulaire de Constantinople.

l'occupation de fillette bordeleuse de sa précédente mouche et résuma son triste destin.

— Pauvre jeune femme, commenta Annelette Meunier, paraissant affectée. Son meurtrier pourrait-il être cette Héluise Fauvel ?

— J'en doute fort. Cependant, à moins d'imaginer un meurtre de vaurien échauffé des sens – et le rapport que j'ai reçu l'exclut –, Céleste était de taille à se défendre et méfiante. Aussi, restez toujours sur vos gardes. Quoi qu'il en soit, elle avait déduit en justesse que la damoiselle Fauvel sillonnait le Perche, aux alentours de Nogent-le-Rotrou… contrairement à d'autres conseillers qui la voyaient filer vers le royaume espagnol.

— Une jeune femme vertueuse, de belle éducation, seule, sans argent ni appui, traverser le royaume ? Quelle étrange idée.

Il serra les lèvres de déplaisir, ayant ajouté foi à cette théorie avancée par Plisans, le fourbe.

— Où fut occise votre mouche Céleste ?

— Saint-Pierre-la-Bruyère, non loin de Nogent-le-Rotrou, en plein jour de grand marché.

— Elle y cherchait donc quelque chose mais n'y a trouvé que la mort.

— Une désolation, commenta Nogaret, d'un ton indifférent puisque la remplaçante de la puterelle lui seyait parfaitement.

Il n'intercepta pas le court regard d'Annelette Meunier, ni son sourire ironique vite réprimé.

Un coup frappé à la porte les interrompit. Un serviteur pénétra à l'invite de Guillaume de Nogaret, déposant son plateau du souper de midi sur la table de travail. Dès après son départ, le conseiller avala une cuiller de blanc mengier[1]

---

1. Blanc-manger. En fonction de ses versions (poule, poulet, chapon), on le trouvait sur toutes les tables. À base de lait et de blancs de volaille, il fut d'abord légèrement sucré de miel, puis naquirent des versions au poisson pour les jours maigres et des versions salées-épicées.

de chapon. Il se servit un verre de vin d'Italie, sans même songer à en offrir à sa visiteuse.

— Alors, Madame ? s'enquit le conseiller, maintenant impatient.

Qu'elle parte, à la fin, et se mette sitôt en quête d'Héluise Fauvel. Il lui avait appris tout ce qu'il savait. Bien peu. La faute à Hugues de Plisans !

— Alors messire, véritable honneur et bonheur pour moi que vous servir de toutes mes forces et de mon ingéniosité.

Annelette se leva. Nogaret la retint d'un petit geste et contourna sa longue table de travail pour récupérer une bourse gonflée.

— Lorsque vous aurez rejoint la damoiselle, ne tentez rien d'insensé. Faites-moi prévenir au plus preste, sans la lâcher d'un pas.

— À votre ordre, messire.

Il lui tendit la bourse, concluant :

— Votre bonne fortune dépendra de mon contentement, Madame. Ma générosité n'a d'égale que l'aigreur de ma bile lorsque l'on me déçoit. Soudain outré, il plissa les lèvres et termina d'un ton chagrin : J'ai tant été déçu !

— Je ne connaîtrai donc de vous que votre libéralité, messire.

— Aimable repartie, approuva-t-il. À vous lire bien vite. Dieu éclaire votre voie.

Dès que la porte de sa salle d'études se fut refermée sur Annelette Meunier, Nogaret songea qu'il avait fait un choix judicieux. Elle était à l'évidence vive d'esprit, fine et rusée, si l'on en jugeait par le moyen qu'elle avait jadis trouvé afin d'arrondir ses émoluments de servante.

Au fond, Céleste de Mirondan avait péri par sa propre faute. Aveuglée qu'elle était par la restitution du domaine familial, convaincue de la supériorité de son sang, sans doute avait-elle négligé le danger. Grave bévue. Mortelle balourdise.

Telle fut la maigre épitaphe de Céleste de Mirondan, dite la Mouche, vague cousine de messire de Nogaret, poussée vers les bordels de la capitale après avoir été déshéritée en raison de son sexe.

Cette lointaine parentèle lui avait quand même valu d'être enterrée en terre consacrée, dans une sépulture discrète lui épargnant la fosse commune des nécessiteux.

« Un coin de cimetière, ce que vous trouverez d'aisé. Portez sur la tombe le nom de Céleste… Céleste Rondan. De fait, peu importe puisque pas âme qui vive ne se préoccupera de son décès. Pas de débours inconsidéré, sans objet maintenant », avait précisé le conseiller du roi, un peu agacé de devoir régler un détail si commun.

Il se réinstalla et attaqua son blanc mengier, sans même apprécier la finesse de la chair du chapon.

XVII

Le prieuré, Saint-Martin-du-Vieux-Bellême,
décembre 1306

Druon de Brévaux s'était retourné toute la nuit sur sa couche, passant de brefs endormissements à des sortes de veilles brouillonnes et angoissées. S'y mêlaient souvenirs, crainte de ce futur dont il ne parvenait pas à dessiner les contours, dont les formes changeaient sans cesse, et surtout inquiétude au sujet d'Huguelin.

Il se leva et s'étira, se frottant énergiquement les bras et les jambes dans l'espoir de les réchauffer un peu. Dehors, l'aube d'hiver peinait à repousser la nuit glaciale.

Dieu du ciel, comme le petit garçon lui manquait. Druon avait le sentiment d'avoir abandonné un bout de lui-même en Brévaux, en la demeure de la gentille Sylvine. Comment se pouvait-il que le garçon arraché aux griffes de la répugnante tavernière du Chat huant, non loin de Tanville[1], soit devenu une part si cruciale de sa vie ? Il dut compter sur ses doigts tant le chiffre lui semblait incongru. Six mois auparavant. Seulement six mois. En six misérables mois, le petit ventre-creux malmené par l'existence et maltraité par une gargotière lubrique et ivrognesse s'était tant immiscé dans la vie d'une Héluise de dix-neuf ans en fuite, travestie en jeune mire, qu'il s'était peu à peu transformé en petit frère, puis

---

1. *Les Mystères de Druon de Brévaux : Aesculapius*, Flammarion, 2010.

en enfant de sang. En vérité, Druon avait d'abord fait acte charitable en l'entraînant à sa suite, décidé à lui trouver autre place et emploi chez des personnes de décence et de bonté. Et puis les choses s'étaient embrouillées de sentiments, d'amour, d'une sorte d'instinct. Sans le savoir et surtout sans le désirer, tant les menaces qui s'accumulaient au-dessus d'elle requéraient toutes ses forces, Héluise s'était métamorphosée en mère. Cela se pouvait-il ? Devenait-on mère sans avoir porté enfant en sa chair ? Peu à peu, leurs rôles s'étaient enchevêtrés. L'amour sans condition d'Huguelin pour son jeune maître, son mentor et protecteur, avait déréglé une partition somme toute habituelle, lorsqu'un adulte veille avec tendresse sur un enfant sans pour autant que leurs deux vies se rejoignent. Héluise avait commencé de puiser sa force dans ce petit garçon qui n'avait été à leur rencontre qu'une charge, une obligation de charité et d'honneur. De fait, la conviction qu'elle devait le protéger, envers et contre tout et tous, l'avait soulevée lors de ses moments de lassitude, d'épuisement, où la reddition se parait d'allures envisageables. Étrange basculement. La douce, posée Héluise, la jeune fille dont l'obstination ne se manifestait qu'en petits signes courtois de dénégation, ou sourires contraints, se sentait maintenant une force, une rage capable de renverser des montagnes si Huguelin venait à être menacé. Au fond, elle eût accepté son emprisonnement et même son propre trépas avec grâce et résignation. Cependant, la perspective qu'un tel sort puisse échoir au garçonnet éveillait en elle farouche insoumission et fureur.

Druon s'essuya les yeux et le nez d'un revers de main, pouffant dans ses larmes : cent fois avait-il seriné à Huguelin que l'élégance commandait que l'on utilisât un mouchoir !

Serrer l'enfant contre lui, pouvoir lui répéter que les affreuses menaces s'éloignaient d'eux, que leur avenir les invitait enfin pour une danse rieuse et insouciante, que le mal, la peur étaient terrassés. Qu'ils pouvaient s'endormir sans redouter la mort, ou pis.

Un jour, peut-être. Un jour, sûrement.

Druon procéda à ses ablutions, frissonnant au contact de l'eau glacée. Il soupira de lassitude en serrant l'épaisse bande de lin sur ses seins et se vêtit le plus chaudement possible. Pourquoi l'hiver paraît-il toujours interminable ? Sans doute parce qu'on s'y sent encore plus faible, fragile et dépourvu.

Un visage émacié, souvent sévère, parfois bouleversé d'émotions. Une belle chevelure argentée. Non, pas lui. Ne pas penser à Louis d'Avre. Héluise gloussa de nouveau : « Sotte ! se lança-t-elle. À force de te contraindre à ne pas y penser, il occupe, lui aussi, une grande part de ton esprit ! » Toutefois, messire d'Avre était un homme, un homme d'une cinquantaine d'années, un ancien soldat, et un officier royal d'épée. En dépit de sa vaste intelligence, de sa bonté, de l'amour qu'il éprouvait pour elle, il y avait fort à parier qu'il ne comprendrait goutte au « mystère Druon », ainsi qu'il l'avait nommé. Quant à la mission d'Héluise envers son défunt père, sans doute lui apparaîtrait-elle comme une sorte de caprice de tendresse et de respect filiaux. À l'évidence, afin de l'épargner, de la protéger, il souhaiterait se substituer à elle, sans comprendre que son honneur, son manque de ruse et sa vaillance d'homme devenaient des faiblesses dans ce jeu mortel. Messire d'Avre savait-il seulement que les meilleurs dés sont pipés ? Elle aurait juré du contraire, ne l'ayant elle-même appris que récemment.

Héluise en Druon s'admonesta : revenir sitôt à son personnage de mire raisonnable, dont l'esprit remarquablement entraîné par son père ne souffrait pas le désordre engendré par des sentiments de femme amoureuse. Observe, analyse, compare et déduis !

Pourquoi Igraine ne l'avait-elle pas occis en l'église de Brou-la-Noble afin de récupérer les manuscrits que la mage convoitait depuis si longtemps ? La druidesse en avait l'opportunité, la force et la détermination. Ne venait-elle pas de navrer un chevalier templier ? Craignait-elle véritablement que Druon les enflamme de son esconse ? Non pas. Igraine n'ignorait pas la passion du jeune mire pour la connaissance, passion transmise par son père, passion pour laquelle celui-ci avait offert sa vie. Quelle impérieuse mais secrète raison avait encouragé la mage à le laisser vif, en possession de ces textes pour lesquels elle avait tué, menti, trahi. Vif et libre de ses mouvements ?

Il s'installa dans sa petite salle de consultation, préoccupé par cette charade. Libre de ses mouvements ? Pourquoi cette dernière phrase résonnait-elle soudain d'alarmante façon dans son esprit ?

Assez avec tout cela ! Reprendre des forces. Égarer leurs poursuivants en se terrant quelque temps. Puis partir à nouveau. Fuir où nul ne retrouverait plus ni la femme ni l'enfant. Se défaire de tout désir, de tout espoir. Avancer d'un pas, puis d'un autre. Rester en vie pour que vive Huguelin.

S'occuper l'esprit afin d'en repousser les chagrins, les terreurs, les regrets, les attentes. Un bien déroutant comportement s'offrait à sa sagacité, celui de l'apothicaire acariâtre. Que dissimulait-il de si important, ou de si compromettant que son sang s'échauffe ainsi ? Convenait-il que Druon rende compte au grand-prieur ou sous-prieur de sa mésaventure ? L'épouvantable souvenir de la dénonciation de son père l'en dissuadait.

Autre sujet d'occupation : le déplaisant sieur Nicol Lachaume. Or donc, l'ivrogne était blessé, nettoyé, changé puis navré à l'aide d'un coutelas. On l'abandonnait ensuite dans l'enclos d'une truye. Les cochons étant animaux fort voraces, « on » supputait que la cochette ferait honneur à cet imprévu repas. De là à espérer une accusation de possession démoniaque contre la pauvre gorette, il n'y avait qu'un pas. Pas qui avait bien failli être franchi. Mais pourquoi ? Un privé de sens ? Une personne convaincue que les époux Ledru étaient, de fait, des suppôts du démon et tentant d'attirer l'attention sur eux ? Ou un voisin malveillant, cherchant à se venger du couple en les envoyant sur la table de Question ? Un nombre considérable de procès inquisitoires trouvaient leur unique justification dans des jalousies ou des litiges de voisinage, si anciens que peu de gens s'en souvenaient encore. Pourtant, les Ledru, gens simples, pieux, discrets et travailleurs, semblaient appréciés de tous. Certes, il n'était pire eau que celle qui dormait[1]. Toutefois, pour les avoir détaillés durant et après le procès, Druon les imaginait avec peine se livrant à messes noires ou comportements répugnants et contre-nature.

Druon exhala. La magie de la pensée opérait encore. Le travail de son esprit l'apaisait un peu, dissipant le malaise abandonné par sa mauvaise nuit.

Ledru. Fallait-il remiser au chapitre des coïncidences le fait que Jocelyn Ledru, le sous-prieur, était leur fils ? Certes, le village n'étant peuplé que de quelques centaines d'âmes, une telle coïncidence devenait explicable, donc acceptable.

Il en était là de ses spéculations quand pénétra Benoît Carsasse, le frère pitancier et gardien des viviers.

— Puis-je vous interrompre, mon bon Hugues ? commença l'autre, jovial.

---

1. Sous cette forme, le proverbe est très ancien. Nous le connaissons aujourd'hui sous la forme « il faut se méfier de l'eau qui dort ».

— Oh, de grâce ! Je m'ennuyais, faute de patients. Quoi me vaut le plaisir de votre venue ? Rien de grave, je l'espère ?

L'autre s'installa en face de lui. Druon/Hugues de Constantinople s'étonna à nouveau de l'étrange nuance de ses iris, entre vert, gris et bleu.

— Non pas, des aigreurs d'estomac, dès le lever. Notre apothicaire m'a donné un remède, des extraits de benoîte et de pissenlit. Sans effet, je l'avoue.

— Réputés pour leur action sur l'estomac, en effet. Cela étant, peut-être n'avez-vous pas besoin de stimulants, mais au contraire d'apaisants de cette fonction. Ainsi, la passiflore et le souci me sembleraient plus adaptés à votre cas, puisque ces brûlures surviennent avant le manger.

— L'avez-vous rencontré ? Que pensez-vous de lui ? demanda le pitancier à brûle-pourpoint.

— Votre pardon ?

— Alexandre d'Aleman.

— Si fait... déconcertant, à tout le moins, avança Druon avec prudence.

— Déconcertant... ? Le mot est habile, en vérité. Quant à moi, il me glace. Ce visage impavide, qu'aucune émotion ne semble affecter. Certes, gardons-nous des jugements d'apparence. Cependant...

— Cependant ?

— Je ne sais... un pressentiment... oh, un effet de nerfs, sans doute... Je ne lui sens aucune... compassion, aucun intérêt véritable pour la bonne santé de ses frères...

— Lourde accusation, observa Druon.

— Mon cher Hugues... pourquoi faut-il que je vous choisisse pour confident alors que je vous connais de si peu... La cochette, le soin que vous avez pris de cet animal promis dès sa naissance à la lame de l'égorgeur, sans doute. Les voies du Seigneur sont bien impénétrables...

— Mon bon frère, je ne suis point certain de vous suivre, l'interrompit Druon, en effet perdu.

— N'avez-vous pas observé que la main de Dieu se remarquait souvent aux endroits, moments, les plus inattendus ?

— Si fait. Que souhaitez-vous me faire comprendre ? Que vouliez-vous dire, juste après le procès, que vous avez finalement choisi de taire ?

Benoît Carsasse le dévisagea, un lent sourire éclairant son visage avenant.

— Fichtre, vous vous montrez aussi subtil que je le rêvais. M'allez-vous juger bien insensé ?

Il marqua une pause, le considérant.

— Mettez-moi à l'épreuve, seul moyen d'en conclure, l'encouragea le jeune mire.

Le visage agréable se ferma, devenant grave. Puis :

— Quelque chose se trame céans. Quelque chose de terriblement sombre et mauvais. Je n'ai pas la moindre preuve de ce que j'avance, mais je gagerais que d'autres frères y sont sensibles.

— Sensibles à quoi ?

— Je ne sais, mon précieux Hugues. Pourquoi « précieux » ? Parce que je suis certain que Dieu vous envoya à notre secours. On dirait que… l'air a changé… que quelque chose de très malfaisant s'apprête à fondre sur nous… Ah ! Vous m'allez prendre pour une vieille femme superstitieuse ! Ou pis, pour un bonimenteur de foire.

— Non pas, affirma Druon, avec la déplaisante sensation d'avancer en plein brouillard.

Le regard d'une incertaine couleur se riva au sien.

— J'ai rêvé[1]. J'ai rêvé à trois reprises que notre admirable grand-prieur décédait, à l'issue d'une agonie d'épouvante.

— Vraiment ? demanda le jeune mire en feignant le plus vif intérêt.

---

1. Les rêves et leur interprétation étaient très importants au Moyen Âge. On les croyait divinatoires ou inspirés par des esprits délivrant un message aux vivants.

— Si fait. Je me suis à chaque fois éveillé, en sueur, pétrifié d'inquiétude.

Et Druon fut certain que Benoît Carsasse mentait. Son regard s'était fait jaugeur, inquisiteur. Il tentait d'évaluer la réaction du mire à ses fausses confidences.

— Savez-vous ce qu'affirme la sagesse populaire : rêver de la mort d'un être lui offre dix années supplémentaires de vie. Pour en revenir à ces brûlures d'estomac, les ressentez-vous aussi au coucher, à la nuit ?

Ainsi qu'il s'y attendait, le pitancier ne lui fournit que des détails inconséquents sur ses prétendus maux, et prit congé bien vite avec une recommandation de préparation à faire réaliser par l'apothicaire.

Après son départ, Druon récapitula. Qu'avait-il voulu lui faire savoir ? Que l'apothicaire méritait des soupçons ? Que l'on se préoccupait de la santé de Masselin de Rocé ? Qu'une machination était à l'œuvre au prieuré ?

Druon n'eut guère le temps de s'appesantir à ce sujet. Une tête ronde, aux joues rebondies et fort rouges passa par l'entrebâillement de la porte de sa salle de consultation.

— Pénétrez, mon cher Thibaud. Mon dernier patient vient de sortir.

Thibaud Ducher, cellérier-boursier-sacristain, sautilla vers lui, aussi haut que large. Il se laissa choir sur la chaise et soupira bruyamment, en croisant ses petites mains potelées sur son ventre. Druon se fit la réflexion qu'il ressemblait à un lapin trop nourri, un lapin perpétuellement sur le qui-vive. Pourtant, rien dans son physique carré n'évoquait la graisse de bombance et de relâchement. Druon fut certain que sous cette robe et cette silhouette de tonneau se dissimulaient de véritables muscles d'homme.

— Je suis bien aise de vous venir solliciter, commença Thibaud… qui semblait terriblement gêné.

— Et moi flatté de la confiance que vous m'accordez en vous assoyant ici.

— Voilà… C'est que… les registres m'attendent… ils me happent… consument mes moindres instants…

— Rude tâche que la vôtre. Vous m'aviez en effet expliqué…

— On nous pille ! tonna soudain le cellérier, ses joues rondes tremblant d'indignation.

— Votre pardon ?

— On nous vole comme en plein bois, vous dis-je ! Bien habile brigand puisque j'ai repris toute notre comptabilité de deux ans sans parvenir à mettre le doigt sur la ruse à l'origine de l'hémorragie de nos deniers !

— Hémorragie ?

— Soit… le terme est un peu abusif, convint Thibaud Ducher. Exagéré, sans doute. Mais il me manque plus de trente livres[1] en trésorerie, sur deux années. Et pourtant : je veille sur chaque fretin comme s'il s'agissait d'un de mes enfants ! Mon sommeil en est… chamboulé.

— Objet de votre visite ? Je puis vous prescrire de nombreuses préparations afin de remédier à vos insomnies. Nous commencerons par les plus légères, telle la verveine, la camomille…

— Eh bien… En vérité… Notre apothicaire m'a déjà proposé plusieurs de ces recettes. D'ailleurs… je m'assoupis, justement !

Les joues poupines avaient viré au rouge violet et Druon s'inquiéta de cet afflux de sang.

— Je vous écoute. Apaisez-vous, de grâce.

— Quel embarras, quel calvaire… Je… en réalité… mieux vaudrait que je ne dorme pas…

_____

1. Une somme assez importante.

— Tout ce qui s'échange céans est protégé par le secret de mon art. Je me déshonorerais si j'en faisais la moindre mention, à qui que ce soit.

— Je... fais des rêves inconvenants... mettant en scène de joliettes femmes assez dévêtues... enfin, nues telle Ève... en cheveux... rieuses et avenantes... Et... euh... disons que... je me montre alors... Quel encombre !... Je me montre sensible à leurs attraits... si vous voyez ce que...

— Oh, sans peine, l'interrompit Druon qui sentait le sang lui affluer au visage.

Certes, Héluise avait été instruite des rapports conjugaux, mais son savoir en la matière se limitait à la conception des enfants.

— Ah, donc, vous aussi... oh, voilà qui me rassure, avoua le cellérier en se méprenant sur la nature du fard qui avait envahi les joues du prétendu frère médecin. Je m'éveille... fatigué et fort honteux. Je ne puis m'en ouvrir à mon confesseur, qui n'est autre que notre vénéré Masselin de Rocé. Je n'oserais ensuite plus le regarder en face.

— Je comprends... votre embarras, murmura Druon, cherchant sa contenance.

— Certes, me direz-vous... nous sommes hommes et la nature... Cependant, nous sommes avant tout moines. Aussi, si vous possédiez une potion, un onguent qui me soulage de ces rêves ou, du moins, m'empêche de m'en souvenir, ma reconnaissance vous serait acquise, à jamais. C'est que je redoute maintenant de m'endormir. Et puis, la fatigue aidant, je manque de concentration, ne parviens pas à retrouver la source de cette fuite de deniers... Les heures passent à la vitesse d'un cheval au galop, et j'en suis toujours à refaire mes calculs d'une page... Je... Je...

Druon redouta qu'il fonde en larmes tant il semblait bouleversé.

— Rassurez-vous. Je ne suis pas même votre confesseur puisque j'aurais oublié ce que vous me confiâtes sitôt votre silhouette disparue. Je ne me souviendrai que de vos maux et des remèdes que j'ai jugé bon vous recommander, déclara Druon, une phrase tant entendue dans la bouche de son père.

— Autre me pèse sur l'âme, mon bon Hugues... Là encore, je ne puis m'en ouvrir à quiconque. Un péché... capital, ajouta-t-il dans un chuintement douloureux.

— Fichtre !

— Je... je suis avaricieux. Je ne puis m'en empêcher. Oh, que j'ai honte ! Christ aurait offert sa tunique, ses sandales, son dernier morceau de pain au miséreux de passage, sans même demander s'il les méritait. Et moi qui L'aime plus que tout, j'amasse, j'engrange, je compte et recompte. Je me réjouis de chaque fretin gagné, me désole de la plus minime dépense. Je sais qu'ils m'en veulent souvent... mes frères... je ne change leurs chainses de corps que lorsque leurs coudes sortent aux plis d'usure... Je rogne sur le bois, les cierges, le vin, les victuailles, le ferrage des chevaux, la nourriture des serviteurs laïcs et même leurs outils... Pourtant, nous sommes riches, grâce à moi. Je suis un monstre d'avarice ! Voilà tout, nulle atténuation, nulle autre explication. Imaginez... j'en viens à mentir sur l'importance de notre Trésor, minimisant son montant à l'extrême, même envers le grand-prieur, pour ne pas dépenser une piécette superflue. Un monstre, vous dis-je !

Ce que redoutait Druon survint. Le cellérier-boursier fondit en larmes. Il hoqueta :

— Et pourtant... mes parents... mon père était un riche paysan... Je n'ai jamais manqué... Oh... aucune excuse à ma cupidité !

Druon perdait pied, d'abord avec des aveux embarrassants au sujet de rêves explicites, puis sur un défaut de nature. Ne lui restaient que les sommeils troublés auxquels se raccrocher. Mais ainsi que le répétait son magnifique père Jehan Fauvel, les plaies d'âme se mêlent si souvent aux plaies du corps qu'il devient parfois difficile de les distinguer.

— Procédons en bon ordre, mon cher frère. Afin de vous plonger dans un sommeil réparateur, quelques gouttes au soir d'huile d'herbe à la meurtrie[1]. Si le remède s'avérait insuffisant, nous passerions à une solution de pavot somnifère que je préfère éviter pour l'instant. Quant au reste, votre avarice vous ronge à l'évidence et selon moi vous ôte le dormir et le goût de vivre. Vos pleurs en attestent. Pourquoi donc ne pas la bouter hors vous-même, en contentant le Christ ? Quelle joie serait vôtre d'imaginer Son sourire lors qu'Il vous contemple !

— Comment, comment ?

— Doublez la ration de pain du pauvre[2] que vous offrez au matin aux miséreux du bourg. Tendez vous-même les moitiés de miches. C'est peu, mais déjà un pas dans le bon sens. Et, à l'instar du Christ, ne vous demandez jamais : cette vieille femme, ce gueux le méritent-t-il ? Quelle importance, puisque vous donnez pour Lui qui vous regarde ?

— Est-ce si simple ?

— Du moins est-ce un pas. Un autre suivra, puis encore un autre.

— Vous ne... me méprisez pas avec... enfin...

— Mon doux frère, j'ai vu, entendu tant de choses, broda Druon. Croyez-m'en : les pires sont ceux qui n'éprouvent aucun remords de leur conduite. Ceux-là savent où ils vont, puisqu'ils l'ont choisi. Les autres, vous, moi, tant, s'égarent parfois. Si ce dévoiement leur pèse, s'ils souhaitent revenir en la lumière... bah, ils s'étaient juste un peu perdus.

Thibaud Ducher se leva et lui tendit les mains en effusion. Druon les serra. Le cellérier déclara, entre sourire et larmes :

---

1. Valériane (*Valeriana officinalis*). Elle était prescrite contre la neurasthénie, l'insomnie, la tachycardie, l'hystérie, l'asthme nerveux, l'hyperexcitabilité sexuelle, mais également comme philtre d'amour, etc.

2. Fait d'orge et de seigle peu tamisés, le pain de froment étant réservé aux gens de moyens.

— Ah, Divin Agneau ! Je reconnais bien là un franciscain, votre art de la parole qui apaise, des mots qui cicatrisent. Votre connaissance de l'âme humaine dans tous ses émois et ses égarements.

— Dans toutes ses fautes et ses grandeurs et surtout dans sa prodigieuse capacité à la guérison, acheva Druon, affreusement embarrassé.

Décidément, ses menteries ne lui auraient rien épargné. Ne voilà-t-il pas qu'il devenait un modèle de franciscain ? Il ne l'avait pas volé, et ne pouvait s'en prendre qu'à lui-même.

— Je me sens rajeuni de dix ans, mon frère. Merci, mille mercis à vous. Dès le demain, à la porterie, double ration de pain du pauvre, conclut le cellérier en filant vers la sortie. Bah, ça ne nous coûtera qu'un ou deux deniers à la semaine !

Enfin seul, la tête lui tournant un peu, Druon tenta de sérier la multitude d'informations qui avait déferlé depuis le tôt matin. D'abord manger afin de dissiper son léger vertige. Un discret serviteur avait dû déposer son panier de vivres dans la première pièce d'attente durant l'une de ses visites.

Quelques gorgées de sidre et un morceau de pain, accompagné d'un petit fromage de chèvre un peu trop sec à son goût, le remirent d'aplomb.

Il se laissa aller contre le dossier de sa chaise à l'assise élimée, un pingre cadeau du cellérier. L'immense et tendre reconnaissance qu'il éprouvait pour son père l'envahit. Certes, il l'avait aimé, mais à ce puissant sentiment filial s'ajoutait une gratitude intellectuelle, d'esprit à esprit. Jehan Fauvel, un savant en multiples sciences mais également dans l'âme de ses congénères. De fait, ainsi que le répétait celui-ci, il devenait parfois plus simple, plus indolore de se confier à de presque étrangers qu'à des proches. Leur regard, leur attention ne faisaient que passer, pour repartir, emmenant les secrets partagés le temps d'un court séjour. Mais Jehan Fauvel ajoutait aussitôt qu'il fallait distinguer les vraies confidences, lâchées dans un moment d'émoi, des manœuvres, des calculs, bref des révélations faussement sincères dont l'objet se résumait à égarer celui qui les recevait.

Si ces deux frères de circonstance avaient souhaité l'abuser, dans quelle direction auraient-ils tenté de détourner son attention ?

À l'évidence, le pitancier, Benoît Carsasse, brossait un portrait inquiétant d'Alexandre d'Aleman, l'apothicaire, en l'assortissant d'une prétendue intuition quant à un drame sur le point de se nouer au prieuré.

Thibaud Ducher se livrait, presque attendrissant, révélant à un invité du prieuré, inconnu de tous, les rêves déplacés qui hantaient ses nuits de moine, contraint à la plus stricte abstinence. Il en arrivait alors à la dénonciation d'une fraude qui lui gâchait le vivre. Duperie qu'il ne parvenait à identifier, en raison, affirmait-il, de son état de tension et de fatigue. Mais après tout, qui mieux que lui pouvait soustraire des sommes au Trésor du monastère en rectifiant les écritures ? Pris d'inquiétude, redoutant peut-être d'être soupçonné, il déviait l'attention en accusant autre. Espérait-il que le jeunet et donc ingénu Hugues de Constantinople répéterait ses propos au grand-prieur ?

Ce défilé de moines et cette profusion de confidences intriguaient maintenant Druon. S'il n'y avait vu qu'aimable curiosité à l'issue du procès de la cochette, tel n'était plus le cas.

Vérité ou diversion ?

XVIII

Alençon, hôtel particulier de l'évêque,
au même moment, décembre 1306

Une aube blanchâtre, annonciatrice de nouvelles chutes de neige, nimbait la bonne ville d'Alençon. L'évêque Foulques de Sevrin s'était déjà attelé à la tâche dans l'immense et luxueuse salle d'études située au deuxième étage de son hôtel particulier. « Tâche », un mot d'une neutralité presque incongrue accolé à ses rêveries peu réjouissantes et surtout terriblement répétitives. L'incessante question qui résumait sa vie entière revenait le harceler chaque heure. Aurait-il dû, pu, faire autre ? Question d'autant plus navrante que ses multiples réponses variaient au fil de son humeur.

Une salve de cognements nerveux contre la haute porte sculptée à doubles battants lui fit tourner la tête. Avant même son invite, un serviteur pénétra et se précipita vers son bureau, le visage livide.

— Eh bien, quoi, Hélie ? Ne dirait-on pas que tu as vu un spectre ?

Haletant, le serviteur âgé d'une bonne cinquantaine d'années, mais encore de verdeur, murmura :

— Éminence... Pis que cela... l'Inquisition...

— Céans ? Ce très tôt matin ?

— Si fait. Un certain Éloi Silage, dominicain, et un autre, plus jeune, qui a omis de se présenter. Je... j'ai affirmé

195

ignorer si vous vous trouviez en nos murs... en cas que[1] vous préfériez... prendre l'escampe[2]... Je ne les renifle pas ceux autres, sauf votre respect.

— En vérité, moi non plus. Le merci pour ton soin de moi, Hélie. Toutefois, ils sont moins retors et redoutables qu'ils ne l'espèrent. Du moins pour qui connaît leurs matoiseries[3] et perfidies. Qu'ils m'accordent quelques minutes avant de monter me rejoindre. Prétexte... que sais-je... que je me vêts.

Véritablement inquiet pour son maître, Hélie insista :

— N'est-ce pas bien étrange qu'ils osent se présenter ici... plutôt qu'en votre bureau de l'évêché, après avoir requis audience ?

— Une de leurs armes les plus efficaces consiste à insuffler la peur, à dérouter leur proie. Quoi qu'il advienne, mon bon Hélie, tu sais ta mission.

— Oui... mais non... ma mission... ne survient que si... que si...

— Que si une... fâcheuse circonstance m'empêchait d'agir, en effet. Ne redoute rien. On ne se débarrasse pas d'un évêque aussi aisément que d'un gueux ou d'un petit notable.

Les larmes montèrent aux yeux d'Hélie, qui secoua la tête en signe de dénégation.

— De grâce, n'aie crainte, réitéra Foulques de Sevrin. À renard, je me ferai renard et demi. Quoi qu'il en soit, au cas... échu où je serais dans l'impossibilité de poursuivre, fais porter les trois missives que je t'ai confiées et partage, ainsi que je te l'ai indiqué, la bourse que tu dissimules pour moi. Allons,

---

1. Il s'agit de la locution initiale, modifiée par « au cas où », plus doux à l'oreille.

2. Partir en hâte, fuir. A donné « prendre la poudre d'escampette ».

3. De l'ancien français *mate*, qui désignait un point de rendez-vous parisien où les filous tenaient conseil.

cher Hélie, je te l'assure, ils sortiront bientôt d'ici, penauds et berdouilles[1], sourit-il.

Un peu rasséréné, le serviteur salua et se retira. Foulques but d'un trait le verre de vin chaud aux épices qu'il avait dédaigné jusque-là. Le liquide refroidi lui sembla trop sucré de miel.

Brave Hélie, qui pensait que servir sans relâche et avec abnégation un évêque lui vaudrait un bout de paradis en plus. En sincérité, Foulques l'avait encouragé à gober cette fable qui lui épargnait d'arrondir davantage les émoluments du serviteur.

Le vin lui monta un peu à la tête, légère et fugace griserie dont il espérait qu'elle atténuerait l'inquiétude qui grandissait en lui, contrairement à ses affirmations. Silage se montrait d'une obstination qui n'avait d'égale que son intelligence. Bah, le jeu en vaudrait-il la chandelle sans cela[2] ? Un jeu mortel, cependant.

Au fond, pourquoi s'acharner à vaincre ? La vie l'avait lassé. Elle avait perdu toute saveur, tout intérêt depuis le trépas de Jehan. Le magnifique fol, l'ami de tout temps, le pur dont l'exaltation ne connaissait nulle limite, qui l'avait parfois tant irrité avec ses chimères de liberté, de connaissance, de partage, lui manquait aujourd'hui à la démesure. Et pourtant, il l'avait fui, évité durant de longues années tant l'agitation

---

1. Sans doute de l'ancien français signifiant « boueux et mouillé », en évocation du chasseur qui rentre sans proie mais crotté. A donné « bredouille » qui n'est sans doute pas de la même origine que « bredouiller », expliquant la différence de signification.

2. L'expression est très ancienne et vient du monde du jeu. Les jeux de très petites mises ne valaient pas les chandelles, très chères, qui éclairaient les joueurs.

intellectuelle du savant mire, tant sa rébellion contre les us et l'immuable autorité du rang terrorisaient le prélat. À la fin, quoi ? Qu'avait-on besoin de changer le monde lorsqu'on se trouvait du bon côté ? Pis que cela, encore plus insensé : le cynisme bienveillant de Jehan. Le mire avait bien vite entrevu les bassesses, minables calculs, lâchetés et ignominies humaines. Pourtant, il œuvrait inlassablement pour cette populace abrutie, aussi veule qu'un troupeau de moutons, et qui ne méritait que son sort, selon l'évêque.

Foulques se souvint. Un soir, alors qu'ils avaient un peu bu, exaspéré, il en avait fait la remarque, ou plutôt le reproche, à son ami. Jehan avait souri, secouant sa crinière bouclée, alors si brune, telle celle de sa fille Héluise.

— Certes, ils sont ainsi que vous les décrivez, la plupart. Ils se tordent les mains, vous supplient de sauver leur enfançon agonisant de fièvre, puis ergotent sur quelques deniers, quand bien même leur bourse est joufflue. Ils mentent, trahissent, escroquent et tuent, parfois avec plaisir. Ils accusent autre des pires vilenies pour nier l'erreur en eux. Tant et tant.

— Mais alors, pourquoi leur consacrer votre vie ? Pourquoi vous démener afin de leur offrir la connaissance, jusqu'à vous mettre en péril et votre enfante aussi ? avait contré celui qui deviendrait évêque quelques années plus tard.

— Parfois... je suis ébloui par la lumière de certains, qui rachète les autres. Ces éclats de lumière me suivent, me guident, me redressent lors des moments de doute. J'y vois une étincelle divine.

— Vous êtes bien fol, mon ami, et je vous prédis une amère et cuisante déception.

— Je m'en remets à Dieu, cher Foulques.

Et il l'avait livré à l'Inquisition, à la torture et au brasier de justice. Par bassesse, minable calcul, lâcheté et ignominie.

Son poing s'écrasa avec violence sur son bureau, faisant rouler le long stylet d'argent qui lui servait à décacheter les missives. Son encrier d'onyx faillit verser.

Assez ! La joute allait recommencer sous peu et elle serait impitoyable. L'âme de Jehan l'aiderait, afin qu'il détourne, à nouveau, Éloi Silage de la piste d'Héluise Fauvel.

Ils pénétrèrent à son ordre, escorté d'Hélie auquel Foulques de Sevrin demanda de leur porter un en-cas de bouche du matin.

Éloi Silage inclina la tête, imité par le dominicain encore jeune et de belle stature qui l'accompagnait.

— De grâce, assoyez-vous, les invita l'évêque. Je ne crois pas avoir eu le privilège de vous déjà rencontrer, mon fils.

Un léger fard d'encombre colora les joues pâles de l'homme, yeux baissés, qui déclara d'une voix incertaine, en posant sa bougette au sol :

— Votre pardon, Éminence… Je manque à toute courtoisie, l'émotion… Jacques Tissier, dominicain.

— Mon excellent secrétaire, précisa Silage dans un mince sourire.

Il tourna la tête ostensiblement, contemplant la salle d'études. Toutes les fenêtres vitrées se fermaient de volets intérieurs, des lambris de bois sombre recouvraient deux des murs, de hautes bibliothèques tapissant les autres. Moult chandelles brûlaient, neuves du début de l'aube. Deux cheminées monumentales crépitaient d'un feu soutenu. Sur leurs manteaux, des volutes de fumée parfumée s'élevaient de vases sculptés à oliban[1].

Le sycophante de Rome détailla l'immense tapis aux teintes cramoisies et commenta d'un ton doux et presque indifférent :

---

1. Résine d'encens.

— Magnifique facture.

— Persan. Aucun tissage ne rivalise avec les leurs.

— Éminence… l'embarras me malmène le souffle, commença Silage, en fermant les yeux et joignant ses mains blêmes en prière.

— Dieu du ciel, feignit de s'alarmer Foulques. Que me dites ?

Silage fit mine d'hésiter, soupirant, battant des paupières. Foulques le détailla, un seul terme s'imposant à son esprit : moyen. De taille et stature moyennes, le crâne ceint d'une mince couronne de cheveux châtain moyen, de même nuance que ses prunelles. Unique détail de son visage qui retenait l'attention, son nez, trop court et trop enfantin pour un homme de son âge. Le silence s'éternisa. Une ruse, l'évêque n'était pas dupe. Le silence énerve et déséquilibre. On a alors tendance à le vouloir meubler de mots, quitte à trop parler. Il se tint donc coi. Silage se décida et déclara d'un ton de peine :

— Éminence, ne m'avez-vous pas, à plusieurs reprises, affirmé que vous ignoriez tout des allées et venues de la damoiselle Héluise Fauvel, que vous n'aviez revue de longtemps ?

— Je reçois tant de gens… mes souvenirs s'émoussent…

— Ceux de l'Inquisition restent bien vifs, l'interrompit le dominicain d'un ton affable. Il me faut donc vous supplier de solliciter votre mémoire, Éminence. Pour notre… profit mutuel. Savez-vous où se trouve Héluise Fauvel ?

Hélie offrit à Foulques un répit bienvenu en pénétrant. Sans un mot, il déposa avec prudence sur le bureau marqueté de bois de rose et d'ivoire, un plateau chargé de gobelets d'infusion fumante de thym et de mauve et de pâtes de pomme aux noix et au miel. Le fidèle serviteur repartit après un regard inquiet pour l'évêque.

Dès qu'il eut refermé la porte, Foulques de Sevrin décida de servir un nouveau mensonge, certain qu'Éloi Silage tentait de l'apeurer par ses insinuations dans l'unique but de lui tirer les vers du nez[1] :

— Malheureusement, je l'ignore, et en suis fort marri. Je crains pour sa vie, et pis, pour son honneur de femme. Une donzelle seule, sans âme virile afin de veiller sur elle, sans argent, sans famille. Je n'ose imaginer ce qui pourrait lui advenir. Cependant… Il marqua une pause, se composa un visage très grave et reprit : Une sorte de tenace intuition m'est venue : et si elle avait péri, expliquant que nul ne l'ait revue ?

— Que nenni, rassurez-vous tout à fait, Éminence. Je gage qu'elle est bien vive ! Encore une fois, croyez que notre insistance à la vouloir retrouver n'est inspirée que par notre inquiétude à son sujet. Si, comme vous l'avez répété, elle est bonne chrétienne et fort pieuse, nous l'accueillerons entre nos bras tendres et paternels.

— Réconfortante certitude pour moi, approuva avec onctuosité Foulques. Le soulagement, l'allégresse même, me soulèveraient si je vous la pouvais confier. Malheureusement, j'erre dans le brouillard au pareil.

Jamais il ne lui révélerait quoi que ce fût au sujet de la jeune femme. Silage mentait en déhonté. Si Héluise tombait entre leurs griffes, ils lui extirperaient par la Question la vérité sur la pierre rouge, sur la quête de Jehan, avant de l'achever. Foulques chassa de son esprit les scènes de torture inquisitoire auxquelles il avait été contraint d'assister dans sa jeunesse. Des jours et des jours d'horreur, de monstruosités parfaitement organisées, jusqu'à la folie, puisqu'ils savaient repousser la mort libératrice afin d'obtenir ce qu'ils souhaitaient. Lorsqu'une minute d'indescriptible souffrance vaut éternité.

Jamais !

---

1. L'expression, très ancienne, viendrait de *verus* (vrai), « tirer la vérité du nez ». Elle n'a, en tout cas, rien à voir avec des vers de poème et il est peu probable qu'elle fasse allusion à des vers (l'animal invertébré).

Silage dégustait son infusion à petites gorgées et jeta vers Foulques un regard par-dessus le rebord du gobelet. Depuis le début de l'entretien, Jacques Tissier, muet, semblait perdu dans la contemplation de ses poignets croisés, plaqués sur son torse. Sans qu'il sache pourquoi, ce détail troubla l'évêque.

Dédaignant les pâtes de pomme au miel et aux noix, Éloi Silage reposa son godet sur le plateau, un chaleureux sourire aux lèvres.

— Quelle déception, murmura-t-il. J'espérais... nous espérions tant votre précieuse aide, afin de sauver la damoiselle Héluise du pire.

— J'entends parfaitement votre regret et le partage. Ah, les filles, les filles ! Tête de linotte et courage de souris ! Elles prennent peur pour une porte qui claque sous la brise. Je gage qu'Héluise, affolée, se croyant menacée, a pris la fuite dès l'arrestation de son père. Je ne partage pas votre belle confiance et ne serais aucunement étonné que l'on m'annonçât un jour son trépas. Insensée ! Mais bah ! Dieu les a voulues ainsi, précisa-t-il alors même qu'il se souvenait de ses confidences à la jeune femme, en l'église de Saint-Agnan-sur-Erre, tandis qu'il s'en était fallu d'un souffle, d'un mot pour qu'elle le navre de sa courte épée.

— De juste.

Une réflexion incongrue traversa l'esprit de Foulques de Sevrin. Comment se pouvait-il que ce dominicain qui avait envoyé au tourment[1] tant d'êtres conserve ce doux regard, un peu affligé, un peu surpris ? Pourquoi son secrétaire, ce Jacques Tissier, semblait-il transformé en statue au point qu'on se demandait s'il respirait encore ? Fournissant un effort considérable afin de ne pas trembler, l'évêque tendit la main vers le plateau pour y prendre une pâte de pomme,

---

1. Le terme n'était pas alors une métaphore et impliquait l'idée de torture.

certain qu'elle l'écœurerait. Un geste anodin de nature à attester que cet entretien l'indifférait ou, mieux, l'ennuyait.

— Et ce… Droet Bobert ? Un de vos serviteurs ? Recherchant avec assiduité votre… filleule ?

Enfin, ce satané[1] Éloi en arrivait au vif de la discussion. Foulques feignit la surprise et hésita :

— Non pas… mais…

— Comment suis-je informé ? compléta Éloi Silage. Oh, nous savons tout. Nos moyens de conviction sont infinis, du picotin au bâton.

— Bobert est fèvre. Il se croit redevable d'une reconnaissance éternelle envers moi. Une vieille histoire de rivalité marchande, à l'encontre de moines, qui prit des proportions déplorables.

L'évêque prétendit l'embarras, puis :

— Bien… me voici à vous devoir conter toute la vérité, non que votre… perspicacité m'étonne. Alors j'avoue… je fais moi aussi rechercher Héluise de par le royaume tant son sort me préoccupe. Droet me sert d'espion. Jusque-là, la damoiselle le devance avec une belle insolence. Preuve, s'il en fallait, que j'ignore où elle se cache.

— Hum… Jacques, mon bon, si cette goûteuse infusion ne vous tente guère, puis-je la boire ? Il serait dommage de la gâcher ?

Le secrétaire se contenta d'un mouvement de paupières approbateur et d'un léger signe de tête. Il semblait absent depuis le début de cet interrogatoire déguisé en courtoise causerie. Pourtant, à la crispation de ses mâchoires et des muscles de ses avant-bras, Foulques sentit qu'il se tenait sur le qui-vive. Pourquoi ?

Le dominicain but l'infusion maintenant froide à menues gorgées. Il reposa le gobelet, se tamponna les lèvres du revers de la main et annonça, suave :

---

1. Dérivé de « Satan », le mot est très fort à l'époque et indique une complicité avec le diable.

— À dire vrai… de grâce n'y voyez nulle offense, le cœur m'en saignerait… je me méfie toujours d'un puissant que je somme de trahir son ami d'une vie et qui m'obéit, fût-il évêque. Cet homme-là ne vaut pas la guenille qui lui torche le cul, lâcha-t-il d'un ton de parfaite urbanité. De fait, vous conduisîtes bien prestement Jehan Fauvel en votre maison-nette de Saint-Aubin-d'Appenai où je le fis arrêter. Maison-nette occupée par votre ancienne maîtresse dont vous eûtes deux enfants.

Sa douceur de voix rendait l'injure plus cinglante encore, au point que Foulques baissa les yeux. Non parce que le camouflet le blessait tant il était calculé, mais afin de dissi-muler son étonnement. Silage rompait en visière pour la pre-mière fois depuis le début de leurs échanges feutrés. En d'autres termes, il possédait un nouvel avantage. Un avantage de poids.

— Oh là, mon fils, comme vous y allez ! Pesez mieux vos mots, je vous en conjure. En vous, j'obéissais à la très Sainte Église, à notre vénéré Saint-Père et à l'Inquisition. Quoi de plus normal pour un évêque ! N'existent alors plus famille ou amis qui tiennent.

Foulques profita de ce désagréable échange pour se lever de son fauteuil à haut dossier afin de signifier le terme de l'entrevue. D'un petit moulinet de main insultant, Silage lui intima de se rasseoir. L'évêque remercia le ciel, Jehan peut-être, de lui conserver son masque outré lorsque le dominicain se tourna vers son prétendu secrétaire et indiqua de son éter-nel ton débonnaire :

— Jacques, éclairez son Éminence, par amabilité. Le doute ronge, et je m'en voudrais de le lui infliger plus avant.

L'autre dominicain leva le regard vers Foulques qui s'était rassis, tout en se maudissant de sa stupide obéis-sance. Des prunelles d'un noir de lave, terne, insondable. Noir comme un gouffre, comme les limbes, songea l'évêque en réprimant un frisson. De quoi s'affolait-il puisqu'il méritait l'enfer ?

Le prétendu secrétaire tira une étroite liasse ficelée de sa manche de robe et la jeta sur le bureau, sans un mot. Foulques de Sevrin en reconnut aussitôt l'écriture, haute, fine et inclinée : celle de Bernard, son secrétaire particulier. Silage offrit :

— Les missives recopiées de votre bon cousin, Antoine de Sevrin… un certain Michel Loiselle si je ne m'abuse, que vous graciâtes avec magnanimité en échange de ses bons offices d'espion. Missives recachetées avec adresse par Bernard, après copie, pour vous faire accroire que nous ne les avions pas interceptées. Il a, en revanche, fondu grossièrement la cire de celles de Droet Bobert pour que vous découvriez bien vite qu'elles avaient été lues, ainsi que vous le souhaitiez. Un subterfuge si… banal qu'il me procure honte. Banal mais efficace, à l'évidence. Quant à la fable du retable dérobé de Saint-Pierre-de-Montsort, figurant la doulce Héluise, nous l'avons vite éventée.

La gorge soudain si sèche qu'il craignit de buter sur ses mots, Foulques de Sevrin s'efforça à l'impavidité et haussa les sourcils en déclarant :

— Eh quoi ? Deux miens espions suivaient la trace d'Héluise, l'un dans la région, l'autre par le royaume, la belle affaire ! En eussé-je recruté cinq ou dix, qu'auriez-vous à en redire ?

— De fait, de fait. Or donc, vous ne la trouvâtes pas… du moins vos acolytes ?

— Mon fils… un évêque n'a pas d'acolytes. Tout juste des serviteurs ou des âmes charitables désireuses de l'aider, rectifia Foulques d'un ton qu'il espéra assez sec pour démontrer à son vis-à-vis qu'il ne le craignait pas.

— Donc, vous ne la trouvâtes pas ? répéta le sycophante de Rome sur un ton égal.

— Non, sans quoi je vous en aurais aussitôt informé.

— Hum… Votre bilance[1] incline du vil côté, Éminence. Celui du mensonge et même du parjure, puisque vous bernez notre admirable Saint-Père et l'Inquisition en ma personne.

Le cœur de Foulques fit une douloureuse embardée. Le mot ignoble était lancé : Inquisition. Il tenta une ultime feinte, bien piètre :

— Je ne vous autorise pas à proférer de telles calomnies, et m'en plaindrai en haut lieu.

— Jacques ? murmura Silage en tendant la main vers son secrétaire, sans même le regarder.

L'autre tira de sa manche une dernière feuille, courte, non cachetée.

Silage prétendit hésiter puis lut :

« Ce jour de la fin du mois de novembre de l'an de grâce 1306. À votre ordre j'ai suivi son éminence Foulques de Sevrin, alors qu'habillé à la manière d'un riche bourgeois il quittait en discrétion sa bonne ville d'Alençon pour rejoindre l'église de Saint-Agnan-sur-Erre. Il rencontra un homme vêtu tel un riche négociant, visage plaisant, inspirant confiance, cheveux châtains, portrait par vous brossé de Michel Loiselle. L'évêque pénétra seul en l'église désertée depuis le meurtre de son prêtre. Demeuré à l'extérieur, Loiselle aborda bientôt un beau jeune homme de traits fins, d'à peine vingt années, assez grand, de mince silhouette, très brun, aux yeux bleus, portant petite tonsure, accompagné d'un garçonnet blond, âgé d'environ onze à douze ans. Une commère qui faisait les fins de marché me confia qu'il s'agissait d'un mire d'excellence et de son jeune apprenti logeant chez l'apothicaire de la ville, un sieur Leguet. Après une courte discussion avec Loiselle, le mire pénétra à son tour dans l'église. L'enfant l'y suivit en se dissimulant. Il s'écoula une dizaine de minutes

_____

1. Balance. De *bilancia*, *bis* (deux) et *lanx* (plateau). A donné « bilan ».

avant que l'évêque ne ressorte en courant presque, livide comme si le diable se lançait à ses trousses. Ma mission consistant à ne pas lâcher d'un pas son éminence, je le suivis donc. J'ignore ce qu'il advint du mire et du jeune garçon, toujours dans l'église à mon départ. »

Silage tendit la feuille à Foulques qui hocha la tête en signe de dénégation. Une houle de terreur le figeait, absorbant ses mots. Son cœur battait à tout rompre et la sueur dévalait dans sa nuque, trempant le col de sa mosette. Comment se pouvait-il ? Il avait été si prudent, vérifiant vingt fois qu'un suiveur ne s'attachait pas à son ombre.

— Un jeune mire de traits féminins, beau, très brun… le portrait d'une Héluise Fauvel en travestissement, pour aggraver encore son cas… et le vôtre, résuma le dominicain avec une moue désolée. Où se trouve ce mire aujourd'hui, bref, la damoiselle Fauvel ? Surtout, où se trouve la pierre rouge, puisque je mettrais ma main au feu[1] que vous en fûtes chargé ? Vous m'obli… nous obligeriez bellement en me le révélant enfin, sans plus atermoyer.

Un infime instant, Foulques redouta d'éclater en sanglots de panique, redouta de parler, de supplier, de promettre, de trahir encore. Un battement de cœur. Le sien ou un autre ? Lui ou Jehan, par-delà la mort ? Il lui sembla qu'une onde fraîche et légère frôlait son front brûlant. Une longue exhalation, bouche entrouverte. La terreur reflua bien loin, la sueur se tarit, les mots resurgirent. Sa voix lui parvint, à la fois si familière et lointaine, autoritaire, précise :

— Vous perdez le sens, mon fils, et me chauffez la bile, en vérité. Votre… je ne sais comment l'exprimer… votre obsession au sujet de la damoiselle Fauvel vous fourvoie et

---

1. Expression dérivée de l'ordalie ou « jugement de Dieu » qui sortit d'usage au XIᵉ siècle. L'accusé posait la main sur des braises. S'il la retirait indemne, il était innocent.

vous mènera à l'échec. Auriez-vous, lors de votre visite à Brévaux, dès après la mort de Jehan, formé une sorte d'attachement maladif d'homme à son égard, alors même que vous
ne la rencontrâtes jamais ? Les poètes auraient-ils raison ? Ces
folies amoureuses d'absence existeraient-elles ? En effet, la
passion dévorante que je sens en vous à son égard me semble
avoir perdu toute mesure. Elle fait injure à votre robe et
encore plus à votre mission.

Piqué au vif, Silage se redressa sur son siège, prêt à se
défendre. Un rire bas l'en dissuada. Jacques Tissier pouffait,
ses yeux de lave sombre fixant Foulques.

— Qu'elle est habile, celle-là ! Jolie parade, Éminence.
Cible ratée, toutefois. J'avoue que cette conversation a cessé
de me distraire. Nous la reprendrons lors du procès. Éloi,
mon frère en Jésus-Christ, terminons-en au preste, je vous
en conjure humblement. D'autres affaires requièrent notre
attention ce jour.

Et l'évêque d'Alençon comprit qu'il avait en face de lui
le nouveau seigneur inquisiteur de sa bonne ville, aux ordres
de Rome, donc de Silage.

Le mince sourire éclairait à nouveau le visage de ce dernier
lorsqu'il se leva et s'inclina avant d'annoncer :

— Éminence, messire Foulques de Sevrin, évêque d'Alençon, le tribunal inquisitoire vous fait mander par-devant lui.
L'interrogatoire contradictoire commencera au demain. Nous
escorterez-vous gentement en la maison de l'Inquisition, ou
la contrainte s'avérera-t-elle nécessaire ? Votre choix, messire.

Le seigneur inquisiteur Jacques Tissier se leva à son tour
en récupérant la bougette posée à ses pieds. Il en tira une
cordelette destinée à entraver les chevilles de Foulques afin
de prévenir toute fuite.

— Votre choix ? insista Silage. Sachez, Monsieur, que des
êtres tels que vous me lèvent le cœur de dégoût. Vous, qui
avez obtenu la mitre à force de calculs, de roueries et de
menteries, sans comprendre que tout ce qui s'emprunte se

doit rendre et qu'une fois notre camp choisi, il n'est guère possible d'en changer.

Ce fut au tour de Foulques de s'esclaffer :

— Si je n'avais mérité votre profond mépris, m'eussiez-vous évité la Question ?

— Certes pas.

— Qu'ai-je donc à faire de votre marché de dupes ? Qu'ai-je à faire de votre camp de tortionnaires qui me donne envie de dégorger dès que je vous aperçois ? Quant à votre estime, Silage, elle ne vaut pas la guenille qui me torche le cul !

— Votre choix ? les interrompit Jacques Tissier que l'agacement gagnait.

D'effroyables images se succédèrent dans l'esprit de l'évêque. Il se revit, jeune prêtre encore pur, confiant, obéissant. Confiant dans la volonté de l'Inquisition de ramener à Dieu les âmes égarées[1], il avait cru nécessaire son œuvre de torture et de mort. Obéissant, il s'était tenu prêt dans la salle de Question, afin d'offrir l'absolution à ceux qui avouaient et se repentaient. Du moins lorsqu'ils pouvaient encore parler. Ce simple de cinquante ans, masse sanglante et vagissante, frémissant encore sur la longue table vernie de sang. Deux témoins avaient affirmé voir des fumées verdâtres sortir de sa bouche de possédé. L'onctuosité du seigneur inquisiteur qui répétait : « Parle, mon bon, parle et avoue. Tu seras pardonné. » Foulques avait retenu de justesse les renvois qui ramenaient une bile amère au fond de sa gorge. Cette vieille paysanne qui avait nommé sa chèvre Muguette et lui parlait, la faisant parfois rentrer dans sa masure lorsque l'hiver se faisait meurtrier. Possession là encore, puisque, à l'évidence, elle s'adressait à un démon femelle. Ses hurlements entrecoupés de sanglots vrillant l'atmosphère empuantie d'odeur de sang,

---

1. Bien que cela soit difficile à comprendre pour nos esprits modernes, il s'agissait de sa grande justification, puisqu'alors l'âme importait bien plus que la vie.

d'excréments, de pisse lorsqu'elle n'avait plus eu la force d'expliquer que sa chèvre la nourrissait et qu'elle l'aimait donc bien. Foulques s'était adossé au mur afin de lutter contre les vertiges qui lui coupaient les jambes.

La voix paisible d'Éloi Silage le tira de cet enfer dont la monstrueuse imagination d'hommes avait accouché. Une imagination sans limite lorsqu'il s'agissait de faire mal, détruire, saccager. Nul doute que le diable en était jaloux.

— Éminence, de grâce, votre choix ?

Un rire de gorge s'échappa de l'évêque qui décida :

— Pour une fois ? Celui de l'âme !

La stupeur figea alors les deux dominicains. Foulques se saisit du long stylet d'argent qui avait roulé plus tôt, une éternité plus tôt, au milieu de son bureau et le ficha avec violence dans sa gorge. Une bourrasque de sang artériel s'échappa de la plaie, maculant le visage d'Éloi Silage qui vociféra, pris d'affolement :

— Empêchez-le... empêchez-le de trépasser ! La pierre, il me faut la pierre ! Je la tenais presque... je la tenais... empêchez-le !

Le nouveau seigneur inquisiteur, yeux écarquillés, semblait pétrifié. En pleine crise nerveuse, Silage rugit :

— Empêchez-le de trépasser ! Vous m'en rendrez compte s'il périt !

Sortant de son engourdissement, Jacques Tissier se précipita, contournant le bureau.

Le sang de l'évêque s'échappait en giclées puissantes, dévalait sur le devant de sa soutane, chaude nuance carmine sur le violet[1] de la soie. Se cramponnant de sa main gauche au bord de son bureau, Foulques souriait, séduit par les battements sourds de son cœur qui propulsait sa vie hors de lui. Sa vision se brouilla un peu. Un froid assez plaisant remonta

---

1. Jusqu'au XVe siècle, cardinaux et évêques ont porté la soutane violette.

le long de ses jambes. Partir, enfin, à jamais. Les blessantes questions allaient bientôt cesser.

Foulques sentit que Jacques Tissier l'agrippait aux épaules, tentait de le pousser afin de l'allonger sur le bureau. Jamais ! Il banda ses dernières forces, tira d'un geste vif le stylet de sa gorge et l'enfonça dans la poitrine du seigneur inquisiteur qui hurla de surprise et de douleur, tenta quelques pas, trébucha et s'affala sur le magnifique tapis persan.

Quelle tristesse, Éloi Silage vivrait encore.

Quel ineffable bonheur, Héluise et la pierre rouge lui échappaient encore.

Le cœur de l'évêque d'Alençon s'emballa pour une vaine protestation puis ralentit, de plus en plus. Il tomba à genoux.

Jehan, nous nous leurrions tous deux. Ta pureté ne pouvait sauver personne, pas plus que ma ruse. Seule une inflexible force peut s'opposer à la férocité.

Il s'écroula, le sourire aux lèvres.

XIX

Le prieuré, Saint-Martin-du-Vieux-Bellême,
décembre 1306

Sexte ne tarderait plus. Druon avait choisi une lente promenade dans l'enceinte du prieuré afin de se détendre les membres du bas. Le confinement dans ses logements, hormis durant les offices ou lorsque le grand-prieur l'invitait aux soupers du soir au réfectoire ne lui pesait pas, bien au contraire. Cependant, si la solitude était propice à la réflexion, cette dernière empruntait parfois des chemins si tortueux qu'on les savait erronés et même dangereux. La litanie de « Et si » suivis de « Oui, mais » qu'il s'adressait alors lui donnait la sensation d'être une pauvre bête, prise dans un labyrinthe, courant en tous sens dans l'espoir toujours vain de trouver une issue. Il s'épuisait, tentant de refouler les fables mortifères que lui soufflait son imagination. Huguelin démasqué, arrêté, jeté dans un cul-de-basse-fosse. Sylvine poussée devant un tribunal inquisitoire pour sa complicité. Messire d'Avre en venant à le détester pour ses dérobades et ses menteries, sans oublier ses différents travestissements. Lui-même, traîné entravé derrière un cheval, puis allongé sur la table de Question.

213

Saoulé à dégorger de « Et si ? » il avait décidé de s'aérer avant le souper du midi. L'air sec et très frais le revigorait. Il traversa la courette d'honneur pavée et obliqua vers les vergers. La vue de ces troncs d'arbres noueux, qui dormaient encore avant de reverdir pour nourrir une nouvelle fois les créatures humaines de leurs fruits, le rassurait. L'inflexible permanence de la nature lui semblait une preuve incontestable de l'agencement divin des choses.

Il foula à pas lents l'allée qui séparait deux rangées de pommiers et de poiriers de courte taille. La couverture de neige persistait, recouvrant l'herbe d'hiver, sèche et marron. Dans quelques mois, elle pousserait en folie, retrouvant sa conquérante verdeur.

Un chagrin incongru le poussa à s'asseoir contre le tronc d'un arbre déjà vieux. Il lutta pour retrouver son calme, refoulant ses larmes.

Soudain, deux voix un peu lointaines, étouffées par la haie de houx lui parvinrent. Il allait se relever afin de signaler sa présence lorsqu'un mot l'en dissuada : « meure. » Il prêta l'oreille, mais ne saisit que quelques bribes :

— Faut… qu'il… meure… Avons… temps.

— Non… temps presse… mort im…

Plus rien. Le silence seulement troublé par les trilles de merles ravis des quelques rayons de soleil qui égayaient le jour.

Une voix grave, lente, d'homme ayant perdu l'habitude de parler. Jocelyn Ledru, le sous-prieur ? Quant à l'autre, il ne l'avait pas reconnue.

Dieu du ciel ! Le pitancier avait-il raison ? Une ombre malfaisante planait-elle au-dessus du monastère ?

« Mort im… » pour « imminente » ?

XX

près avoir bouffé[1], quand bien même il comprenait la nécessité de son travestissement, Huguelin avait décidé de faire contre mauvaise fortune bon cœur, d'autant que dame Sylvine se montrait plus qu'aimable avec lui. Il s'en était voulu de bouder[2] ainsi lorsqu'elle avait étalé sur le lit de sa chambre d'invités une moisson de robes, de bonnets qu'elle avait portés encore fillette puis jeune fille. Émue par les souvenirs qui affluaient dans son esprit, elle en avait détaillé les étoffes, les points, les lacets, ourlets et pourfils. Un peu déçue par le manque d'enthousiasme du garçonnet, elle avait remarqué :

— Sais-tu, ma chère Louise, que les messieurs de la capitale, et même des grandes villes du royaume, portent beaucoup d'intérêt à leur vêtement et dépensent, m'a-t-on confié, des fortunes en parures, en fourrure et en souples peausseries ? Ils coquettent tout autant que les dames.

---

1. De « bouffir », l'unique sens à l'époque est : gonfler les joues pour manifester un vif mécontentement sans l'extérioriser par des mots. La signification actuelle (manger voracement) vient d'une confusion avec « bâfrer ».

2. Le terme, très ancien, vient vraisemblablement de « boud » (gonfler les joues en signe de mécontentement en émettant un petit son), et peut-être du latin *bulla* (bulle) qui renferme la même idée.

— Vraiment ?

— Oui-da.

— Mais on ne les contraint pas à porter cottes[1] et ceintures de hanches. Une ceinture sert à retenir les braies !

Un peu agacée, elle avait rétorqué :

— Certes, mais ils n'ont pas le royaume à leurs trousses ! Quant à la ceinture, elle sert à mettre en valeur la fine rondeur des hanches d'une dame mais aussi à retenir une aumônière ! De plus, cette discussion est sans objet puisque la ceinture de hanches est réservée aux femmes en âge d'épousailles.

Les remarques avaient repris lors des repas, que Sylvine avait jugé préférable de prendre dans ses appartements afin d'éviter les indiscrétions de sa domesticité.

— Tiens-toi droit ; évite de peser des coudes sur la table ; coupe nettement du couteau un morceau en tentant de te souiller le moins possible les mains de sauce ; mâche la bouche fermée. Monsieur Hugues de Saint-Victor[2], un théologien parisien, l'a écrit. Tout comme *tu ne dois pas t'essuyer les mains à tes vêtements ou remettre dans le plat les morceaux croqués à demi ou les débris coincés entre tes dents.*

— Mon maître me le répète sans cesse et je m'améliore, s'était défendu le garçonnet. Toutefois, dame Sylvine, pourquoi est-ce si important ? La belle affaire si l'on s'essuie de la manche, mais en n'usant jamais du vêtement de son voisin de table ?

— Parce que la poésie, la musique, une belle main d'écriture, les manières de table, tout comme la parure lorsqu'elle n'est pas ostentatoire, mais simplement élégante, ajoutent à la beauté des jours et nous rendent la vie plus aimable. Tu veux devenir aesculapius, n'est-ce pas ? avait-elle interrogé dans un sourire espiègle.

---

1. Robes.
2. 1096-1141, philosophe, théologien et auteur mystique. Il s'agit sans doute d'un des premiers « traités » de bonnes manières de table !

— Oh oui, si fait ! Aussi prodigieux que mon maître, du moins m'y attacherai-je.

— Fort belle intention. Tu soigneras donc pauvres gens, bourgeois et peut-être nobles ? Les premiers ne remarqueront pas tes manières de table, ne les connaissant pas. En revanche, pour les autres, elles seront indication que tu diffères d'eux. Le monde est ainsi fait que l'on accorde davantage confiance à qui nous est familier. Une erreur parfois lourde de fâcheuses conséquences, avait-elle terminé dans un murmure.

Et Huguelin avait senti qu'elle faisait référence à elle-même. Sous son affabilité, il avait perçu sa tristesse, sa colère aussi.

Le jeune garçon se posait moult questions. La saisissante incohérence des adultes le laissait perplexe. Eh quoi ? Depuis qu'il savait lire, grâce à Druon, il s'était repu de romans courtois, de magnifiques histoires de chevaliers sauvant d'adorables princesses, chacun souffrant les affres de l'agonie en se languissant l'un de l'autre. La prison, l'exil, les naufrages en mer, la répudiation, le couvent, rien ne manquait aux pauvres amants. Pourquoi, dans ces conditions, faisait-on si grand cas de l'amour ? Une épineuse charade. À moins qu'on ne pût y échapper ? Et si l'amour se révélait être, en quelque sorte, une obligation des créatures humaines ? Oh, inquiétante perspective, en vérité ! Il devrait interroger son jeune maître dès son retour. Aussitôt, son humeur s'assombrit. Dieu du ciel, comme il lui manquait. Comme il se sentait à nouveau petit, effrayé et terriblement seul sans Druon, en dépit de l'affection et des bontés de dame Sylvine. Vertigineux, comme il avait changé au contact de cette jeune femme déguisée en homme, lui confiant sans hésitation son destin et sa vie. Les images lui manquaient pour exprimer ses sensations. Durant les onze premières années de sa vie, il avait été une sorte de... comment l'exprimer... une sorte de petit animal, tassé sur lui-même, pas encore méchant des coups qu'il recevait au corps et à l'âme, mais si acharné à survivre qu'il aurait pu le devenir. Il se souvint : juste avant d'être vendu par son père, contre quelques pièces et un délassement de bas-ventre, à cette tavernière lubrique, laide telle les sept péchés capitaux, il avait frappé son jeune frère à lui faire saigner le nez. Une volée de gifles, mauvaises, destinées à faire mal. Pour un morceau de fromage racorni. Et puis, une main ferme et aimante s'était tendue. Une main à laquelle on pouvait s'agripper sans jamais redouter de tomber. Celle de Druon. Un miracle, sans doute. Il essuya d'un revers de manche les larmes qui lui trempaient le visage et la morve qui lui bouchait le nez, et pouffa : monsieur Hugues de Saint-Victor mentionnait-il l'élégante façon de sécher ses larmes ?

— Divin Agneau, tendre Mère de Dieu, je vous en supplie, protégez-le, la, protégez-moi, protégez-nous. Ne nous séparez jamais. Je promets de m'améliorer encore, de devenir si adorable et méritant que le sourire Vous viendra lorsque Vos regards se poseront sur moi. Hormis Druon, maîtresse Borgne, et quelques autres, je ne sais pas si Vous avez tant l'occasion de sourire. Euh... il ne s'agit pas de blasphème, hein ? Protégez-le. Ôtez-moi deux ans de vie, s'il vous sied, en échange de sa protection. D'ailleurs, afin de Vous prouver ma détermination à la bonification, je vais, de ce pas, présenter mes humbles excuses à dame Sylvine pour avoir grommelé et boudé.

Après quelques désastreuses tentatives, Sylvine dissimulant son hilarité en pinçant les lèvres ou en toussotant derrière son poing, Huguelin était parvenu à marcher, descendre et monter un escalier en jupes, sans s'empêtrer, trébucher et manquer de s'affaler. Sautiller à cloche-pied[1], à la manière d'une fillette, lui semblait, en revanche, exclu. Quelle bécasserie que cet amusement ! Le bonnet ne lui avait guère occasionné de gêne, puisqu'il s'agissait de troquer son couvre-chef de feutre contre du fin linon empesé, bien plus agréable à la peau. À l'instar de toutes les habitations, même aisées, celle de dame Sylvine ne possédait que quelques rares miroirs, aussi n'avait-il pas à sursauter sans cesse à contempler son reflet. Au fond, le plus détestable avaient été les souliers. Comment les représentantes fortunées de la douce gent pouvaient-elles tolérer ces sortes de chaussons brodés à fine semelle, avec lesquels on ne pouvait guère courir qu'à l'intérieur, tant les graviers des routes vous meurtrissaient la plante des pieds, et qui se trempaient de boue ou de pluie en quelques secondes ? Il avait alors suggéré que, peut-être, il pourrait enfiler ses sabots par-dessus. Devant l'air atterré de Sylvine, il avait renoncé à son idée, pourtant judicieuse. Il avait alors appris que les dames enfilaient sur leurs souliers des sortes de bottes de cuir souple, parfois fourrées, pour protéger leurs pieds des rigueurs hivernales, et que se répandait par temps de pluie l'usage de semelles de bois surélevées, équipées de deux sangles de cuir, dans lesquelles on passait le pied chaussé[2].

Quant aux bijoux, la précision offerte par Sylvine avait balayé ses préventions : « Au demeurant, les beaux messieurs portent tous bagues et chaîne de cou. »

---

1. Du latin grossier de soldat *cloppicare*, qui nous a aussi laissé « clopin-clopant » et « clopiner » ou « clocher » (dans le sens de « être défectueux, ne pas marcher »), dérivé du latin *claudicare* (boiter). A donné « claudiquer ».

2. Cet astucieux accessoire évoquait un peu les chaussures surélevées du costume féminin traditionnel au Japon.

Huguelin devint donc Louise en quelques jours. Sylvine se félicita de l'application et de la vivacité d'esprit de son jeune pensionnaire. Elle décréta toutefois qu'il mettrait le moins possible le nez dehors. La fable qu'ils serviraient tous deux aux serviteurs se résumait en peu de mots : Louise, de frêle constitution et de santé fragile, devait éviter au plus possible les miasmes du dehors. Huguelin s'en contenta : il consacrerait ainsi son temps à approfondir sa connaissance de l'art médical afin de plaire et de faire honneur à son jeune maître.

XXI

Le prieuré, Saint-Martin-du-Vieux-Bellême,
décembre 1306

La cloche appelant à l'office de laudes* tira Druon/Hugues de Constantinople d'un sommeil épais et peu agréable. La gorge desséchée, la bouche pâteuse, en dépit du froid qui régnait dans sa chambre, il mit quelques instants à recouvrer sa lucidité. Fichtre, s'était-il rendormi après la cloche du premier office de matines* ? La mémoire lui revint alors qu'il se redressait dans son lit en frissonnant. Non pas. Le grand-prieur, Masselin de Rocé, avait adopté l'allégement des offices liturgiques en supprimant le premier, évitant à ses fils un sommeil morcelé dès deux heures du matin à l'été et guère plus tard à l'hiver, de sorte à leur conserver toute la vigueur nécessaire à la prière et au travail[1].

Il sauta du lit, fit quelques petits exercices dans l'espoir de se réchauffer, et se précipita vers sa cuvette d'ablution. Une fine couche de gel recouvrait l'eau du broc. Ses mains en coupe, il but longuement avant de procéder à une rapide toilette.

Des bribes de rêves confus lui revinrent. Il se trouvait à Brévaux, dans la demeure paternelle, sous son vêtement de

---

1. Un allégement qui commença, peu à peu, à se pratiquer dès la fin du XIe siècle, en dépit des réticences de certaines congrégations.

donzelle, d'Héluise. Héluise qui s'affolait, montait, descendait, parcourait les pièces d'un pas vif et nerveux. Un objet avait été par elle égaré et son père s'en montrait fort mécontent. Il l'avait vertement tancée à ce sujet, sa voix prenant des inflexions métalliques. Pourtant, jamais son père n'avait levé le ton contre elle. Un autre rêve se substituait alors à celui-ci, également pesant et incompréhensible. Huguelin, couvert de boue, les genoux et les paumes des mains écorchés, courait, la bouche ouverte sur un muet hurlement. L'histoire changeait encore. Louis d'Avre baisait la main d'Héluise souriante et lui tendait un beau verre de cristal taillé, empli d'un liquide verdâtre. Héluise/Druon ne s'en étonnait pas et le dégustait à la manière d'un vin fin. M. d'Avre se tournait alors et une jeune femme, blonde, ravissante, se trouvait là. Elle s'approchait de lui et il enserrait sa taille mince de son bras avant de déposer un baiser sur ses lèvres entrouvertes. Sa nouvelle épouse.

Ce dernier souvenir dérida un peu Druon, qui songea :

— Tiens donc, serait-on si jalouse, damoiselle Héluise, que l'on se rêve trahie ? Or, si l'on est jalouse, c'est que l'on est bien en amour ?

Aussitôt, la petite voix raisonneuse qui cohabitait dans son esprit retentit :

— Plus tard, assez ! Du moins pour l'instant. L'amour rend faible.

À quoi l'autre voix rétorqua, amusée :

— Ou terriblement fort, ainsi que tu le serines !

La scène dans laquelle Huguelin courait, fuyait en criant l'inquiétait. Prémonition ou reflet de l'angoisse qui ne le quittait pas au sujet du jeune garçon ? Brévaux se trouvait éloigné de Saint-Martin-du-Vieux-Bellême d'un peu plus de trois lieues*. Peut-être pourrait-il emprunter un roncin et s'y rendre ? Les galops de sa chère Brise, pour puissants qu'ils fussent, seraient trop lents.

Il se banda les seins avec une grimace et s'habilla avant de rejoindre sa pièce de consultation.

Un serviteur laïc qu'il n'avait jamais vu pénétra peu après, portant le seau de son change d'eau d'ablution. Druon leva la tête et sourit à l'homme déjà âgé, au visage sillonné de rides profondes. De crainte qu'une goutte d'encre ne s'écrase sur la courte feuille, sur laquelle il rapportait en langage très abrégé les symptômes de son dernier patient de la veille, il écarta la plume taillée. Ces abréviations, pratiquées par tous les copistes du monde, avaient deux avantages aux yeux du jeune mire. Elles permettaient d'économiser du papier et surtout rendaient la lecture très ardue, une garantie de secret médical dans son cas.

— Mon appartement est au bout. Merci de ne pas vous préoccuper de ma salle de consultation, je m'en chargerai.

L'homme ouvrit la bouche, encouragé par le ton aimable de ce nouveau venu, puis se ravisa, passant dans la chambre. Druon l'entendit aller et venir en traînant des pieds et perçut le plouf de l'eau usée, balancée sans ménagement par la fenêtre.

L'homme reparut, le seau d'aisance à la main. Il hésita puis se lança :

— Euh… j'va vous paraître ben insolent, messire père méd'cin.

— Frère, rectifia Druon.

— Vot' pardon. Ben, c'est rapport que l'bon portier est prêt à danser la carole[1] aux prochaines moissons à c'qu'y dit,

---

1. La carole, danse pratiquée dès le XIIe siècle par tous, et peut-être même avant, eut un succès très large et durable. Il semble qu'elle ait été dansée, du moins au début, sur des chœurs de femmes, sans musique d'accompagnement.

grâce à vot' décoction miraculeuse. Alors, j'chais ben qu'j'chuis point moine, mais j'ai qu'ec piécettes… pour acheter d'la décoction, j'veux dire… J'en pleure d'me lever au matin tant ça craque et m'peine, messire-frère, termina-t-il dans un murmure.

Il leva sa main libre, tordue de maladie de vieillerie[1], et fourragea dans la fente de sa tunique en laine bouillie, sans doute à la recherche d'un mouchoir serrant sa maigre fortune.

Attendri, Druon l'arrêta d'un geste et se leva pour tirer une petite fiole de terre de sa bougette.

— Gardez vos deniers. Il y en a assez pour trois prises. Je ne saurais trop vous conseiller de le faire durer, la saison n'est pas aux feuilles de saules et ma provision s'amenuise.

Le serviteur posa le seau et s'empara de la fiole à deux mains, la serrant contre son torse comme s'il protégeait une précieuse relique. Il balbutia :

— Oh, le merci, messire médecin, le merci. Z'êtes bon et Dieu vous l'rendra, pour sûr ! J'suis point trop vaillant, et ben vieux, mais si vous avez besoin… j'me démènerai pour vous plaire, parole. J'me nomme Fernand, pour vous servir. Ah ça, merci. Ceux autres… y comprennent pas. Ou y veulent pas…

Peu désireux d'être le réceptacle de commérages ou de doléances concernant les moines, mais curieux du reste, Druon coupa court :

— J'en préparerai davantage à la bonne saison et vous en réserverai un peu. Dites-moi… Mon bon confrère, Jacques de Salny, le précédent frère-médecin, semble avoir passé dans des conditions difficiles… il n'était pourtant âgé que d'à peine trente ans. Une force de la nature, à ce qu'on m'a confié.

— Oh ça, l'était ben plus grand qu'vous et trois fois large. Sans médire, paix à son âme, s'prenait pas pour d'la roupie,

---

1. Arthrose.

même pour un moine et un méd'cin. Pas un bonjour, ni un merci. Sauf l'dernier jour qu'j'suis venu faire son ménage et son change d'eau. Y m'a souri. Ça m'a fait chaud au cœur. Alors, j'y ai souri en r'tour et donné le bonjour et l'au-r'voir… Bon, y en a qui sonsent pas causants, surtout ici.

— Il fut conduit à l'infirmerie. Une vilaine fièvre, n'est-ce pas ?

— Ben… c'te qu'le grand-prieur a eu ben peur… rapport à la con… la c'a gion…

— La contagion[1]… l'aida Druon. Or donc, le grand-prieur pensa à une fièvre qui pouvait se répandre aux autres, voire aux villageois ?

— V'là tout vrai, messire père méd'cin.

— Frère.

— Vot' pardon. Faut dire… qu'ça vous fait pisser dans vos braies d'frousse[2] qu'un med'cin crève d'une fièvre… on s'dit qu'on va tous claquer à sa suite. Paix à son âme, même que, comme j'vous dis, l'était guère avenant, l'icelui[3] d'avant vous. Quand même, ça fait froid dans l'dos.

Bien que s'en voulant de sa duplicité envers cet homme simple, Druon qui n'avait toujours pas décidé de la conduite à adopter vis-à-vis du frère apothicaire, Alexandre d'Aleman, biaisa :

— Je suppose que le frère apothicaire l'a suppléé avec effi-cacité dès après son décès.

Sans doute le vieux serviteur remâchait-il une rancune tenace, puisque sa repartie fusa, assez inconsidérément :

---

1. Rappelons que si l'on ignorait les microbes, l'idée de la contagion était bien ancrée, expliquant les quarantaines et les léproseries, par exemple.

2. De *fluxa* (flux). Dans son sens latin, le mot fut utilisé pour dési-gner des diarrhées profuses. Dans le sens de « peur », il est très ancien, peut-être aussi déformé en onomatopée dérivant de l'image de sphincters incontrôlables sous le coup d'une peur violente.

3. Celui. Au féminin, « icelle ».

— Ah, çui-là ! Une vraie peau d'vessie[1] !

— Oh là, comme vous y allez ! se força à protester Druon qui n'était pas loin de partager cette appréciation.

— Vot' pardon, mais c'est vérité… sauf que j'a point les mots pour le dire d'autre ! Ça s'dit frère en Jésus-Christ, mais on pourrait ben crever la gueule ouverte à sa porte sans qu'y lève le p'tit doigt ! D'ailleurs, l'Jean-fort qui travaille pour lui à l'herbularius le r'nifle pas non plus.

— Pourquoi ne le renifle-t-il pas ?

— J'veux point accuser de c'que j'connaissons pas. Mais l'Jean-fort y dit que…

— Que ? Rien ne sortira d'ici, le rassura Druon.

— Ben, qu'c'est point trop normal de cultiver la berce[2] dans un monastère. Y s'y connaît, l'Jean-fort, et y dit aussi qu'si c'est un remède aux afflux d'sang[3] qu'on cherche, y'a ben d'aut' plantes !

— En effet, le gui, la vigne rouge, l'olivier[4], entre autres.

Rasséréné par ce renfort, le vieux serviteur hocha la tête d'un air entendu et poursuivit :

— V'là tout vrai ! La berce, c'est ben pour qu'è s'lève plus roide ! J'dis qu'c'est point l'us dans un monastère.

Il fallut une fraction de seconde à Héluise/Druon afin de comprendre l'image. De fait, les décoctions de racine de berce étaient utilisées comme aphrodisiaque[5]. Dieu du ciel ! L'attitude sidérante et blâmable de l'apothicaire s'expliquait-elle ? Il fit un effort afin de rester de marbre et répondit :

---

1. Ou « peau de tétine », une injure locale, désignant une personne désagréable, peu franche et avare.

2. *Heracleum spondylium.*

3. Hypertension, contre laquelle étaient également utilisées des préparations de berce. Cet effet hypotenseur doux fut vérifié expérimentalement.

4. Trois plantes très utilisées comme hypotenseurs.

5. Elle provoquerait une vasodilatation périphérique. Cependant, certaines espèces de la plante sont toxiques.

— Sans doute la plante a-t-elle une application plus… appropriée que nous ignorons tous deux. Je m'en informerai, tenta-t-il, assez embarrassé.

— Hum… opina le serviteur, peu convaincu.

Il se retira ensuite de sa démarche pénible, remerciant à nouveau avec effusion pour la fiole.

Après la stupéfaction éprouvée lors de son expulsion musclée de l'apothicairerie, Druon avait tenté d'élucider l'attitude pour le moins ombrageuse d'Alexandre d'Aleman. Simple atrabilaire ou dissimulant un honteux secret ? Il avait pensé s'en ouvrir auprès du sous-prieur, Jocelyn Ledru, duquel il se sentait sans doute le plus proche. Cependant, la dénonciation, ou pis la délation, le hérissait. Ainsi avait péri son père tant aimé. Cela étant, si cette culture de simple aphrodisiaque était avérée, elle ne trouverait aucune justification en un tel lieu. À moins d'imaginer… tant de possibilités aussi répréhensibles les unes que les autres dans le cas de moines ayant juré stricte abstinence de sens. Parler ou se taire ? Où se nichait la coupable décision ? Il fut tiré de son embrouillement de pensées par un visage plaisant qui parut dans l'embrasure de la porte donnant sur la pièce d'attente. Agnan Letertre, frère infirmier, cligna de l'œil en déclarant :

— Puis-je vous interrompre, puisque me voici semainier pitancier l'espace d'un moment ? Je vous porte votre souper du matin, Benoît Carsasse, notre bon organisateur des repas ayant maille à départir avec de farouches carpes du vivier qui refusent de se laisser empoigner. Il est trempé de la tête aux socques et d'une humeur de bouc !

La sortie amusa Druon qui l'invita à s'asseoir en précisant :

— Un peu de compagnie me contenterait fort. Toutefois, je m'en voudrais de vous retenir dans vos tâches ou de vous inciter au bavardage.

— Non pas, non pas ! sourit l'infirmier. Une petite causerie de bon aloi n'ulcèrera pas Dieu ni mon saint fondateur. Quant aux tâches... disons que prendre un peu le large ne me déplaît pas en ce moment. En effet, je prévois sous peu un ébouriffage de plumes entre Benoît et Thibaud Ducher, notre cellérier-boursier, qu'il a fait mander sitôt, à l'habitude.

— Comment cela ? interrogea Druon qui pressentait une distraction bienvenue.

— Bah, éternelle querelle entre eux ! Benoît vitupère depuis des lustres afin que soit partiellement comblé le vivier, trop profond pour attraper en aise les poissons, tout en l'élargissant afin de permettre un élevage plus important. À quoi Thibaud rétorque ulcéré que les envies dispendieuses de Benoît ruineront le monastère. Finement, ni notre bon père Masselin de Rocé, ni notre sous-prieur ne veulent les départager. Le litige reste donc entier et ressort à chaque prélèvement de carpes.

— Et votre sentiment sur cet épineux problème ? plaisanta le jeune mire en se souvenant de l'aveu douloureux de Thibaud Ducher au sujet de son avarice.

— Que Benoît a raison, mais je n'aurais ni le front, ni surtout le courage de m'opposer à Thibaud dont l'obstination n'a d'égale que l'impatience.

— Mais il semble si débonnaire et... un peu ailleurs.

— Il l'est aussi, confirma l'infirmier. Au plus sérieux, maintenant : ne vous méprenez pas, Thibaud est un remarquable boursier. Néanmoins, chaque denier dépensé en sus de l'indispensable lui jaunit la face et lui tord les boyaux.

— À ce point... fichtre, j'ai besoin de deux autres chaises, pour ma pièce d'attente.

— Pis que cela : il eût pu être du bois dont on fait les usuriers[1]. Quant à vos chaises, vous les aurez. Thibaud en dénichera bien deux, remisées en une dépendance et si malmenées que nul n'en veut plus. Prenez donc garde avant de poser votre siège[2] dessus !

Agnan se révélait intelligent, drôle, narquois sans mauvaiseté. Druon se sentit de nouveau coupable de sa duplicité, comme à chaque fois qu'il rencontrait un être avec qui il regrettait d'être empêché de confiance et d'amitié. À sa décharge, cette fausseté lui avait été imposée et elle était devenue l'une des seules armes de sa survie.

— En confidence, cher frère Agnan, que faites-vous d'Alexandre d'Aleman ?

— Ah… auriez-vous essuyé le fiel de notre bougon d'apothicaire ?

— Vous me voyez soulagé de n'avoir pas été l'unique objet de son ire, ironisa le jeune mire.

— Non pas, il rudoie tout le monde, hormis le grand-prieur et le sous-prieur.

— Il m'a jeté hors son apothicairerie d'un coup de socque appliqué sèchement en plein siège, justement !

— Ah fichtre, il a dépassé ses habituelles affabilités, à ce que je vois ! Excessif, selon moi, et vous devriez vous en ouvrir au grand-prieur. Thibaud m'incite à la plaisanterie, mais Alexandre m'horripile[3]. D'autant que, sans venin aucun, ses remèdes sont aussi efficaces que pet de mouche ! À croire qu'il est apothicaire comme je suis lingère.

Un court silence s'installa, Druon percevant pour la première fois que cette visite n'était pas seulement accidentelle

---

1. Rappelons que l'usure a d'abord été interdite aux chrétiens, puis très mal vue. Toutefois, les prêteurs à intérêts ont vite trouvé des moyens de contourner cet interdit moral.

2. Ici, dans le sens de « postérieur », le terme « siège » désignant à l'époque tous les « endroits » sur lesquels on s'asseyait.

3. De *horripilare*, « avoir le poil qui se hérisse d'horreur ».

ni même de simple cordialité. Agnan Letertre le rompit après un regard interrogateur :

— En vérité, mon cher frère, j'ai pris prétexte de votre panier de repas… que je vous empêche de déguster, pour vous venir consulter. Le trépas de Jacques de Salny, feu notre frère médecin, un homme probe et pieux en dépit de son piètre talent médical, me trouble, je vous l'avoue.

— Une mauvaise fièvre, m'a-t-on confié.

— Hum… une fièvre. Quelques rares vomissements, une diarrhée telle qu'on en constate chaque jour, et une fièvre banale. Certes, je ne suis qu'un médiocre infirmier formé à l'expérience et à la tâche. Toutefois, jamais je n'ai soupçonné qu'il pourrait en décéder. Quant aux remèdes distribués par Alexandre, ils se sont révélés d'une remarquable inefficacité, hormis plonger Jacques dans la torpeur. Je vous l'assure : il est piètre apothicaire.

— Décrivez-moi sa toute fin, de grâce, s'enquit le jeune mire.

— Eh bien, j'étais épuisé et Thibaud Ducher me proposa de me remplacer à son chevet. Preuve de ses bons côtés, en dépit de sa ladrerie, parfois exaspérante. Jacques a trépassé cette nuit-là. Il était assoupi et lorsque Thibaud s'est approché de sa couche afin de lui dire trois mots, il était défunt. Je… je me sens en aise avec vous et ne devrais sans doute pas vous conter mes incertitudes… qui ne sont que cela. Cependant, le doute m'habite.

Druon se demanda où il voulait en venir au juste. Accuser l'apothicaire de quelque acte impardonnable ? Il avança donc à mots prudents :

— Nous sommes souvent si démunis face à la maladie. Nous tâtonnons la majeure partie du temps. Un symptôme nous évoque une cause que nous traitons comme nous le pouvons, le savons, nous qui ignorons tant.

— Enfin, Hugues, Jacques ne parvenait plus à articuler un mot, assommé qu'il était par les décoctions d'Alexandre !

— Vous pensez qu'il l'aurait mal soigné ? Certes pas sciemment, quand même ?

Agnan Letertre haussa les épaules. Un sourire forcé dissipa la tension de ses traits. Il se leva :

— Votre pardon ! Je jacasse telle une pie, à vous faire tourner le sens, et m'en veux maintenant. Mon excuse soit la belle estime en laquelle je tiens votre esprit. Les lieux de huis-clos partagent ceci de regrettable que l'on n'y échappe ni aux vices, ni aux vertus d'âme des autres… ou de soi-même. Vous l'avez pu constater, je suis bavard, parfois dénigreur, je manque d'humilité et de patience envers les faiblesses d'esprit. Sans doute cette disposition explique-t-elle mon admiration et ma tendresse pour notre grand-prieur, une des intelligences les plus vives et pugnaces que je connais.

— Le sous-prieur n'entrant pas dans cette flatteuse catégorie ? se permit Druon.

— Oh, il le pourrait s'il parvenait à décider… de se décider. Ici ou ailleurs, un confortable rêve d'entre-deux, propice à éviter désillusions et amertumes mais peu approprié au destin d'un monastère.

Druon se souvint en effet des regrets à peine voilés d'aventures et de voyages de Jocelyn Ledru.

— Ah, avez-vous vu que notre bon apothicaire ne se refusait guère confort de chauffage ?

— Votre pardon ?

— Certes, observez donc les épaisses fumées qui s'élèvent depuis l'aube de la cheminée de l'apothicairerie, indiqua Agnan.

Après le départ du cancanier frère infirmier, Druon tira la peau huilée qui occultait la petite fenêtre de sa chambre, laquelle ouvrait sur l'antre d'Alexandre d'Aleman. De fait, des volutes de fumée très blanche s'élevaient vers le ciel. Le vent rabattit vers lui leur odeur, celle d'un foin d'étable ou d'écurie. Un foin souillé d'urine.

XXII

Forêt de Trahant, non loin de l'Hermitière,
décembre 1306

Igraine avait fulminé tout le trajet du retour depuis Tiron. Elle n'avait ensuite pas décoléré de deux jours, se murant dans un silence hostile que ni Laig, ni Paderma, ni même Aréva n'avaient pu percer. Tout juste leur avait-elle révélé que Constant de Vermalais avait péri de sa main. Un seul être avait paru digne de recevoir ses murmures précipités : Arthur, son grand freux, qui penchait alors la tête de droite puis de gauche, ouvrait large le bec sans que n'en sorte un son, l'écoutant avec la plus parfaite attention.

Imbéciles de chrétiens ! Insensé d'abbé ! Après les avoir méprisés sous ses différentes métamorphoses charnelles, les jugeant infantiles et brouillons quoique sanguinaires, elle commençait à les détester. Eh quoi ? Cette terre appartenait au peuple d'Igraine depuis la nuit des temps. Elle leur avait été volée et devait leur être restituée. Eux seuls savaient l'écouter, la comprendre, la chérir tout en s'en défiant. Ils étaient l'Ancien Peuple, celui des dieux multiples, parfois sauvages, parfois magnanimes, des dieux que l'on pouvait frôler en plongeant la main dans un torrent ou en caressant un feuillage de printemps. Qu'était leur dieu unique, si lointain, si terrible qu'il avait laissé son fils, le très pur, périr sur la croix ? Ne devaient périr noyés, brûlés vifs ou navrés par la lame d'Igraine, sacrificatrice, que les coupables ou les souillés.

Un croassement rauque et bas l'interrompit. Le freux raffermit la prise de ses serres sur son épaule. Igraine lui destina un perçant regard presque jaune et le sermonna :

— Tu m'irrites, Arthur, à me reprendre sans cesse. Faut-il que je t'aime pour le supporter depuis si longtemps !

De fait, quelques jeunes vierges, pures parmi les purs, étaient parfois enfermées dans les simulacra, si droguées qu'elles allaient au supplice en souriant. Igraine se souvint : les flammes hésitaient puis se lançaient à l'assaut de l'osier très sec des cages, le dévorant en rugissant, les transformant en torches vivantes. Un silence presque irréel régnait, la foule se recueillait, chacun remerciant la femme ou l'animal qui mourait pour satisfaire un dieu ou une déesse, qui mourait pour eux. Une fumée d'abord noirâtre et âcre, puis écœurante s'élevait pendant que se consumaient les chairs. Igraine, ou une autre sacrificatrice, vêtue d'une longue robe blanche, levait le visage vers la lune pleine, bras en croix. Une immense clameur sortait alors de cent, de mille gorges : les dieux étaient satisfaits.

La grande femme maigre et sans âge flatta l'aile du freux, s'étonnant toujours de la douceur de ses plumes fortes, d'un noir de nuit.

— Certes, nous avons commis tant d'erreurs, Arthur, et les payons chèrement, au prix du sang, depuis des siècles, plus d'un millénaire. Mais l'ardoise[1] s'efface, bientôt nette. Ils doivent nous restituer notre terre. Il me faut les manuscrits. Notre aimable miresse devra me céder. Ou bien elle périra, et j'en concevrai sincère chagrin.

Le freux tourna la tête vers la porte de la chaumière des bois et ouvrit à nouveau le bec sur une muette alarme.

---

1. On s'est très vite servi d'une feuille d'ardoise pour y inscrire à la craie les dettes de clients, puis les effacer, afin d'économiser le papier.

Une minute plus tard, des rires féminins tirèrent un sourire à la mage, le premier depuis deux jours. Ses sœurs, ses mères, ses filles pénétrèrent, les joues rosies de froid.

Laig, l'aînée, jeta un regard attendri à Igraine, assise en tailleur sur la paillasse.

— Vas-tu mieux ?

— Si fait, ma valeureuse. Au fond, je m'en veux d'avoir cru à cette vision. Comment ai-je pu imaginer que Vermalais me prêterait assistance ? Mes pouvoirs s'émoussent tant en ce monde. Mes visions se mêlent, se teintent de désirs ou d'espoirs et m'embrouillent l'esprit. Cette chair devient trop lourde pour moi. La quitter, bientôt, enfin, lorsque le but sera atteint.

— Non ! cria Aréva en s'agenouillant à côté d'elle. Non, je ne le veux pas !

— N'aie crainte, ma douce, je reviendrai, encore et encore. Rien ne nous séparera jamais, ni la mort, ni même la vie.

La voix de Paderma s'éleva, étonnamment rauque venant d'une fillette :

— Les visions sont traîtresses, tu le sais. Les dieux s'amusent à rappeler sans cesse leur pouvoir et notre impuissance. Ils ne mentent pas, de crainte que nous finissions par nous méfier d'eux au point de nous détourner et de cesser de leur obéir. Cependant, ils aiment à nous égarer en charades, rébus et allusions. Après tout, le seul talent de l'Oracle consiste à déjouer leurs pièges.

— Je le sais et me déteste. Je suis tombée dans le piège, fort grossier.

— Tu n'es pas Oracle mais Sacrificatrice. Tu es le Sang. L'homme ennemi devait mourir. Tu l'as occis. L'ordre des choses est respecté.

Igraine détailla l'encore enfante, ses longs cheveux d'un blond d'argent, ses yeux d'un noir de jais. Elle perçut chez elle une inflexibilité dérangeante, celle d'une magnifique lame d'acier trempé, implacable et glacée. De fait, Paderma était leur futur.

— Quand pars-tu, ma sœur, ma mère, ma fille ? s'enquit la fillette.

Un soupir de soulagement souleva la poitrine d'Igraine. Elle contempla l'enfante, pourtant millénaire. Ainsi, elle voyait par-delà les arcanes du temps. Elle deviendrait le nouvel Oracle, celle par qui parlent les dieux. Celle qui perce leurs mensonges et faux-semblants.

— Au demain, à l'aube.

— Qu'est cette ombre pesante, malsaine, qui écrase ta poitrine ? ajouta Paderma en levant la tête vers le freux.

Les larmes noyèrent le regard ambre jaune de la mage qui murmura :

— Le doute. J'ai trop vécu parmi eux. Leurs sottes incohérences commencent de me coller à la peau.

Se remémorant une scène de fureur et de sang qu'elle avait surprise un soir en forêt, elle ajouta :

— Ils transpercent d'épieux une laie suitée[1], égorgent ses marcassins, sauf un, on ignore pourquoi. Parce qu'il était plus petit, plus joli, moins farouche ? L'un le prendra dans ses bras tel un enfançon. Il l'élèvera et le défendra envers et contre tous. La miresse affirmerait, à l'instar de son père Jehan, que l'Homme oscille entre le pire et le meilleur, et que ses quelques gloires rachètent ses ténèbres.

— N'avons-nous jamais fait au pareil ? demanda Paderma, apaisante. N'avons-nous pas combattu, égorgeant, éventrant, violant, volant, incendiant pour nous attendrir au milieu du carnage, couverts du sang des autres, sur un bébé vagissant, au prétexte qu'il nous souriait ?

— Nous sais-tu ainsi ? cria presque Igraine de sa voix enfantine.

---

1. Laie suivie de ses marcassins.

— Bien sûr. Ils sont nous, tout autant que nous sommes eux. Ne tente pas de distinguer leur sang du nôtre. Tu ferais fausse route et nous affaiblirais. En vérité, le Bien, le Mal des chrétiens comptent peu. Seule importe une chose : sommes-nous assez forts pour leur reprendre notre terre, quitte à les exterminer jusqu'au dernier, afin d'y réinstaller nos dieux ? Le reste est philosophie.

Ce tendre mais inflexible rappel à l'ordre redressa Igraine. Arthur, percevant le changement d'humeur de sa maîtresse, voleta sur la poutre basse de la chaumière qui lui servait de perchoir.

— Ainsi est-il dit ! conclut la mage.

— Viens, vois les merveilles que nous avons chapardées ! s'exclama Laig en déposant sa lourde bougette sur la table d'un bois gris d'usage.

Aréva l'imita, un sourire aux lèvres. Igraine, toute à son énergie retrouvée, se jeta sur la nourriture, énumérant avec gourmandise les rapines de ses sœurs, ses filles, ses mères au fur et à mesure qu'elle les extirpait :

— Diantre, quel émerveillement : du vin, du lard, un demi-cuissot de chevreuil fumé, des œufs d'oie, du pain, et de beaux fromages mollets, sans oublier une tourte à la viande et aux herbes… un peu écrasée. Fichtre, quel butin ! Comment avez-vous procédé ?

— À l'habitude, se moqua Aréva. J'ai caché mes cheveux sous un bonnet et délacé le haut de mon chainse. Nous avons vite trouvé notre victime. J'ai minaudé et échauffé un vivandier qui menait son chariot à la ville. Pendant que je lui faisais des mines de chatte et des mamours, lui laissant espérer plus complète satisfaction, les deux autres l'ont pillé. Il m'a pétri les seins en me soufflant fort dans le cou, mais nous avons belle mangerie pour deux jours.

— Et il t'a laissée repartir sans... insister ? questionna la mage, amusée.

— Après promesse de le retrouver au soir échu dans une auberge dont j'ai oublié le nom.

— Oh, le bonheur d'un ventre plein ! s'esclaffa Igraine en s'installant sur un des bancs.

Elle arracha à pleines mains un gros morceau de pain de froment et en dévora une bouchée avant de conclure, lointaine :

— Cette nuit-là, en l'église de Brou-la-Noble, je ne pouvais la tuer pour lui ravir les manuscrits. C'eût été prématuré.

— Je sais, approuva Paderma en enroulant entre ses doigts les longs cheveux de la mage qui traînaient presque au sol.

— Où se terre-t-elle ? Elle semble s'être volatilisée. Les manuscrits sont-ils toujours en sa possession ? Où les a-t-elle cachés ? s'inquiéta Igraine. J'enrage, j'enrage...

— Pourquoi, ma sœur, ma fille, ma mère ? intervint Aréva. Nous attendons depuis plus de mille ans. Que sont quelques semaines, quelques mois de plus ? L'éternité nous tend les bras.

— Parce que le but est à portée de main, enfin, résuma Laig.

XXIII

Forêt de Bellême, décembre 1306

I l s'en voulait un peu, au point qu'il hésitait à pénétrer dans la grotte. Assis à même le sol de la cabane de chasse de son grand-père, il terminait dans l'obscurité son en-cas de bouche, des filets de poisson fumé et du pain en ce jour maigre[1]. Certes, il avait vidé une boutille de vin aigrelet, bien certain que Dieu s'inquiétait davantage de la pureté des âmes que d'un contenu d'estomac. Il gloussa : une telle réflexion, rendue audible, valait une bastonnade en place publique ou une forte amende. N'était-ce pas étrange et bien décevant que ce splendide don du Créateur, l'intelligence, soit si craint et détesté ? L'intelligence n'exige-t-elle pas que l'on examine toute affirmation à l'aune de la raison ? Se priver de gras lors du long Carême se justifiait selon lui, de sorte à accompagner en souvenir, et bien humblement, les souffrances du Divin Agneau dans le désert. Au demeurant, après deux ou trois semaines, une précieuse exaltation l'envahissait. Il se rapprochait un peu de la perfection grâce aux privations. D'ailleurs, il ne profitait pas de la tolérance des dimanches.

---

1. Les mercredis, vendredis, samedis et veilles de fêtes ainsi que les quarante jours du Carême. Le non-respect du maigre, imposé à tous, se soldait par des amendes, hormis lorsqu'on avait « acheté » au préalable un droit à cette entorse dans le cas du Carême, par exemple.

Mais pourquoi le maigre chaque mercredi ou samedi, que tous, ou presque, respectaient, sans pour autant y réfléchir ? Engraisser les poissonniers, peut-être, puisqu'ils augmentaient alors les prix de façon déhontée.

Il avait voilé l'esconse, dont il se servait les nuits sans lune afin de s'orienter, de crainte que sa faible lueur ne soit aperçue par un braconnier. Pour la même raison, il n'avait pas osé lancer une flambée dans l'âtre ouvert, et le froid engourdissait peu à peu ses membres du bas. Il se leva, effectuant quelques flexions.

Dans l'espoir de se dérider un peu, il dénoua le lien de sa lourde bougette et en extirpa un gros rouleau de feuilles de papier de lin, valant une somme rondelette. Qu'il appréciait sa position en ce bon prieuré ! Elle lui permettait de faire main basse sur tant d'objets bellement négociables ! Pourtant, ce nouveau larcin ne lui fit pas autant plaisir qu'il l'aurait souhaité.

Ah non, il n'allait pas se gâter la bile parce qu'un fâcheux contretemps, une invraisemblable coïncidence avait retardé son plan ! Dieu lui avait fait ainsi comprendre qu'il se fourvoyait. Il obliquait donc, empruntant un autre chemin, et tout rentrerait en bon et bel ordre. De fait, sans doute s'était-il montré injuste dans son enthousiasme, son exaltation, même ? De fait, on ne pouvait servir le Divin Agneau en se montrant inique. La leçon avait été cuisante, mais il l'acceptait avec humilité et même gratitude, tant elle prouvait que Dieu suivait ses progrès, dont l'unique fin consistait à Le mieux servir. En vérité, il ne pouvait se permettre de commettre une nouvelle erreur.

Lassé de ses tergiversations, il se décida enfin à sortir et à rejoindre la grotte. La perspective de contempler à nouveau son trésor bien malhonnêtement amassé ne l'incitait même pas à hâter le pas. Seule consolation, le silence qui régnerait dans la cage à chiens de chasse. Point d'injures, de geignardises, de menaces, point de vils remugles non plus.

En effet, seul un souffle rapide, haché, se suspendant parfois, dérangeait le silence de la salle creusée dans la roche. Parfois aussi un râle difficile.

Il s'approcha de la cage et détailla l'homme allongé, qui ne semblait pas avoir conscience de son arrivée. À l'évidence, il s'accrochait à ses dernières étincelles de vie avec plus d'obstination que le précédent. Quand rendrait-il enfin son âme vile ?

Après tout, il n'était pas pressé, même si l'évolution de l'agonie vers son ultime conclusion l'intriguait. En revanche, quelques détails le préoccupaient d'insistante manière. Ainsi, il devrait s'assurer qu'après ses galops d'essai, justifiant quelques inévitables trépas, celui qui devait mourir périrait.

Il rangea avec soin le rouleau de feuilles vierges dans un coffre protégé des insectes grâce à des sachets de sciure odorante de bois de cade.

Après un dernier regard pour l'homme qui mourait dans la cage, il ressortit.

XXIV

Sur les routes du Perche, à Tiron,
décembre 1306

Le pingre soleil d'hiver peinait à faire fondre la neige tassée des chemins. Les sabots de son lourd cheval glissaient parfois. L'animal placide trottinait alors sur quelques pas pour recouvrer son équilibre, sans paraître s'affoler. Pourtant, le luxueux silence de la neige, le manteau d'une sévère blancheur qui embellissait à peu de frais chaumières, masures ou granges ne déridaient pas Igraine. L'épuisement le disputait au découragement en elle. Travestie en commerçant aisé, son inquiétant regard presque jaune baissé, elle avait fureté, espérant qu'une intuition lui révélerait la proximité de la miresse. Elle osait à peine parler, sa voix trop aiguë de fillette risquant de la trahir en quelques mots, contrairement à Héluise, qui pouvait en aise passer pour un jeune homme. Igraine avait fourré dans sa sacoche de selle un bonnet de linon, une robe de belle laine et un tablier de paysanne de moyens qu'elle enfilerait sur ses braies et sa tunique si elle décidait de s'attarder en bourgade afin d'y glaner des informations.

Elle pesta intérieurement : rien. De fait, ses pouvoirs s'étaient tant amenuisés. N'en persistaient que des vestiges, qu'elle voyait à la manière des lambeaux d'une étoffe très ancienne, très belle mais si fragile. Elle n'attrapait plus au vol que des bribes de sensations, des images brouillées, d'interprétation malaisée et surtout traîtreuse. Notamment dans le cas de Druon et d'Huguelin. Il lui semblait parfois qu'une chape protectrice les enveloppait, contre laquelle même les dons de Paderma glissaient. Ne restaient à la mage que ses talents de déduction, un comble alors même qu'elle jugeait imbécile et déraisonnable le comportement des adeptes du dieu unique. Hormis peut-être Druon et son père avant lui.

Des années auparavant, Igraine avait flairé la piste du prodigieux mire. Elle n'avait ensuite presque plus quitté son ombre, alors même qu'il ignorait son existence. Jusqu'au jour où le destin avait mené sa fille, déguisée en miresse, au château de la baronne Béatrice d'Antigny. La mage avait hésité longtemps. Occire Jehan Fauvel pour lui arracher la pierre rouge après que son cousin, frère portier en l'abbaye de la Sainte-Trinité de Tiron, enherbé[1] et à l'agonie, la lui eut remise ? Lui accorder un sursis afin qu'il poursuive ses recherches sur la signification du joyau, puis récolter les fruits de ses trouvailles ? Igraine avait opté pour la deuxième solution, et cet indigne sot, ce pleutre malfaisant d'évêque d'Alençon avait trahi son ami, anéantissant les recherches sur la pierre.

Certes, à l'évidence, elle aurait dû un jour ou l'autre assassiner Fauvel, afin de l'empêcher de diffuser les connaissances réunies dans les manuscrits. Les druides de son peuple avaient ainsi régné durant des millénaires, interdisant même l'écriture afin que leur caste conserve le savoir, donc le pouvoir, au prétexte que les mots écrits mourraient[2]. Pouvoir qui avait lassé ceux dont il réglementait la vie. Leur chute avait ensuite été rapide[3]. Tel ne serait plus le cas, elle y veillerait. L'obser-

---

1. Empoisonné.
2. Il s'agissait très probablement de l'argument utilisé par les druides afin d'interdire la pratique de l'écrit.
3. Cette explication semble admise. La colonisation de la Gaule par les Romains fut, au fond, assez aisée puisqu'ils amenaient un confort à des populations lassent d'être sous l'autorité absolue des druides.

vation des chrétiens lui avait enseigné une précieuse leçon :
il suffisait le plus souvent d'offrir quelques baboles[1]
d'enfant au peuple pour le mener où l'on souhaitait, sans
même qu'il renâcle ni ne s'aperçoive qu'il les avait payées
au centuple.

Igraine aurait juré que Druon ne s'écarterait pas trop des
endroits qu'il connaissait bien et dans lesquels il s'était forgé
de solides cordialités. Elle avait donc traversé Verrières au
pas lent de son robuste baillet[2]. Druon et Huguelin y avaient
passé quelque temps, invités du seigneur Roland qui les tenait
en belle estime depuis que le jeune mire avait considérablement allégé ses douleurs de vieillerie, au point de lui permettre de remonter en selle et de visiter à la nuit des
charmantes peu farouches. Un vieillard à moitié sourd du
petit village endormi sous la neige, lui avait hurlé que :
— Ben, crénom qu'non ! Ça fait belle heurette[3] qu'le mire
a r'parti ! Oh ça, l'seigneur l'déplore à c'qu'on raconte.
Elle se dirigea ensuite vers Tiron. Une pluie mêlée de neige
commençait à tomber lorsqu'elle passa et repassa devant
l'unique auberge de la bourgade, celle du Chat borgne, où
les deux improbables comparses avaient trouvé logement gra-
tuit auprès de maîtresse Borgne, trois mois plus tôt. Elle
repartit vers la forêt voisine, y abandonna sa monture et passa
robe, tablier et bonnet sur son déguisement de commerçant.
Les couches de vêtements accumulées sur sa maigreur la faisaient paraître presque gironde. Pourtant, elle hésita devant
la porte qui menait à la salle de l'auberge. En ce lieu, à l'ordre

---

1. A donné « babioles ».
2. Cheval roux tirant sur le blanc.
3. A donné « belle lurette ».

d'Igraine, avait péri Negan, frère d'Aréva[1]. Negan avait tué, par folie de colère, par sottise, la lourdeur de son sang l'empêchant de comprendre qu'il attirait ainsi un terrible danger sur les derniers représentants de l'Ancien Peuple. Il avait occis le simple Nicol, serviteur et souillon de Cécile, dite maîtresse Borgne, qu'elle tançait mais aimait tel un fils pour l'avoir recueilli enfançon. Igraine avait alors jugé et tranché : Negan devait se dénoncer et mourir au plus preste afin que les chrétiens ne lui infligent pas des jours et des nuits de torture et qu'ils ne lâchent pas leurs chiens enragés sur leur peuple. Ainsi avait-il été. Negan avait bu le poison confié par la mage juste avant de se confesser à messire Louis d'Avre, bailli de Nogent-le-Rotrou en cette époque.

Elle descendit les quelques marches et crut entendre le dernier sanglot du jeune homme qui étouffait.

Rosmenta, déesse-mère, j'ai tant tué, même mon sang. Le fallait-il véritablement ? Je me demande parfois si je ne poursuis pas une effroyable chimère, un rêve sanguinaire, interminable et sans objet. Non ! Non, cela ne se peut. J'ai vu, entendu.

Igraine ne pouvait reculer. La lutte exigeait qu'elle poursuive jusqu'à son dernier souffle, une lutte si ancienne qu'on en perdait les contours, mais une lutte dont l'issue se dessinait enfin.

Elle poussa la porte du Chat borgne. Un affreux vertige la déséquilibra lorsqu'elle pénétra. Elle voyait la scène, la mort de Negan aussi clairement que si elle s'était déroulée devant ses yeux.

Le grand jeune homme très beau, aux cheveux d'un blond presque blanc, se dirigeait vers Druon et Louis d'Avre. Il s'inclinait bas et avouait ses meurtres, dont celui, impardonnable, de

---

1. *Les Mystères de Druon de Brévaux*, *Lacrimae*, Flammarion, 2010.

Nicol le simple. Un affolement dans la salle. Maîtresse Borgne se ruait vers lui, dans l'intention de l'occire. Elle hurlait, saisie d'une fureur meurtrière. Messire d'Avre s'interposait. Puis, une étrange opacité voilait le regard très noir de Negan. Il respirait avec peine. Une salive rosâtre trempait ses lèvres. La sueur dévalait de son front. Il s'écroulait au sol, terrassé par le poison qu'Igraine avait exigé qu'il prît.

Elle expira bouche entrouverte, s'efforçant de dissiper la nausée qui lui faisait remonter une humeur âcre et salée dans la gorge.

Un unique client était attablé en cette heure précoce ou tardive, entre sexte et none. Igraine, en fausse paysanne de moyens, le salua d'un petit mouvement de tête, à quoi il répondit au pareil. Évitant le coin où le corps sans vie de Negan avait chu, elle s'installa à l'écart. Elle espérait que l'homme qui dégustait un godet de sidre tiède quitterait bientôt l'établissement. Au lieu de cela, il rugit :

— Ma bonne Cécile, c't'une cliente, pas d'ici !

Maîtresse Borgne surgit du long couloir situé en diagonale de la salle et qui donnait dans la cuisine.

— J'suis point sourde, Sylvestre, cesse don' d'beugler ! Tu m'fais sauter l'cœur dans la bouche, j'te'dis.

Sylvestre, le hongreur[1], homme de lent parlé mais réputé de solide jugeote, cligna des paupières en signe d'assentiment, sans proférer un autre mot.

— Ma bonne, le bonjour ! s'exclama maîtresse Borgne en s'approchant de la table d'Igraine. Le bonheur que voir un

---

1. Qui castrait les chevaux. Le terme vient de « Hongrie », où cette technique visant à rendre les étalons plus calmes semble avoir vu le jour.

nouveau et frais visage par chez nous. Et quoi vous amène, si je puis ?

En réalité, les étrangers lui inspiraient une instinctive défiance, et elle tenait à savoir qui fréquentait son établissement.

Igraine leva les yeux vers la maîtresse femme fermement plantée sur ses jambes, et dont la voix de stentor était de nature à tempérer les humeurs avinées et belliqueuses de certains de ses clients.

« Tu as vu mon fils, mon frère, mon père mourir sous tes yeux, mais tu l'ignores », songea-t-elle en refoulant ses larmes et en s'interdisant de tourner le regard vers l'endroit précis où Negan s'était écroulé.

— Le chariot d'un vivandier m'a conduite à l'entrée de votre ville. Il avait à faire en l'abbaye et la faim me tenaillait. Il m'a conseillé votre établissement. Je dois le rejoindre après none sur la route qui mène à Saint-Denis d'Authou.

Étrangement, l'aubergiste ne parut pas intriguée par l'ambre jaune qui la fixait. D'un ton aigre tant les religieux de l'abbaye étaient tenus en piètre estime aux environs, elle débita :

— Ah, l'gros Raymond ? Faut dire qu'y s'remplit les poches en aisance avec la panse de ceux autres moines. Ça, y r'gardent pas à la dépense quand c'est d's'empiffrer !

— Oui, Raymond qui devait leur livrer sardines et harengs saurets.

— On ripaille, là-bas, croyez m'en ! Elle se tourna vers l'autre table et jeta : Hein, Sylvestre ?

— Tu causes trop, Cécile, bougonna le hongreur.

— J'sais ben qu'faudrait qu'j'ferme un peu mon clapet, mais ça m'chauffe les sangs qu'y nous plument tout l'an.

— Rassurez-vous, maîtresse Borgne. Je suis en bel accord avec vous et guère de la sorte à clabauder.

— Bon, y s'ra point dit que j'aurai laissé une bonne commère telle que vous r'partir de chez moi les tripes tourneboulées de faim ! Mais l'service de sexte est passé. Aussi, j'peux point vous proposer qu'du fricot.

— Et je m'en contenterai bellement, le merci. Ce que vous avez, maîtresse Borgne, une omelette au fromage, un bon morceau de pain et mon bonheur sera complet.

— Ah ben, j'puis mieux faire ! Y m'reste d'la veille des carpeaux marinés au vin d'épices ou du jour une généreuse omelette au lard, en plus du pain et du fromage à satiété, inclus dans l'prix du repas. Moins onéreux, mais à vous faire saliver, d'autant qu'les œufs sont frais du cul des poules. Et, comme j'vous r'nifle bonne compagnie, j'peux faire réchauffer une magnifique part de bourbelier[1] de sanglier à vous faire pâmer ! Ça, mes habitués s'sont jetés dessus. Pas tous les jours qu'on voit du sanglier sur nos tables.

Igraine réprima une grimace. Manger du sanglier[2] ? L'idée la hérissait. L'animal était l'emblème de Lug[3], père de la création et protecteur des arts, tout autant que la lance, la harpe et la fronde.

— Cette omelette au lard me met l'eau à la bouche, maîtresse Borgne.

— J'vous sers un cruchon d'mon meilleur... bon, l'est un peu aigrelet, mais après qu'ec gorgeons, ça passe tel velours. Sylvestre, j't'apporte un autre cruchon d'sidre.

Les quatre ou cinq minutes nécessaires à la préparation de son repas défilèrent sans même qu'Igraine ne les remarque, tant elle luttait contre la voix qui tentait de s'immiscer dans

---

1. Ou « bourbier ». Rôti de sanglier nappé dans une sauce au vin épaisse, additionnée de vinaigre, de gingembre, de cannelle et de clou de girofle. Le gibier était réservé au seigneur. Ses chasseurs en vendaient parfois des morceaux aux villageois.

2. Contrairement à ce qu'affirme la légende, les Celtes ne consommaient que très peu de sanglier, animal noble et respecté. On le chassait parfois pour montrer son courage. Remarquables éleveurs, les Celtes consommaient principalement du porc.

3. Un important dieu panceltique. D'ailleurs, on retrouve sa trace dans le nom de certaines villes dont Lugdunum, Lyon.

son esprit, celle du beau jeune homme blond trépassé céans. Elle l'avait aimé tel un fils, l'avait pleuré tel un frère, mais il avait dû mourir pour que survivent les autres. Elle priait depuis chaque jour pour qu'il leur revienne sous une autre enveloppe charnelle, lorsque les dieux l'auraient décidé. Une toux masculine la ramena à l'instant présent, à cette salle à peine tiédie par le feu mourant dans l'âtre. Elle avait presque oublié l'homme installé contre le mur opposé tant il était silencieux.

Cécile reparut et déposa devant elle un tranchoir dont débordait une omelette mousseuse, généreusement parsemée de lardons. Igraine lui destina un chaleureux sourire et proposa :

— Maîtresse Borgne, l'heure est creuse, aussi, s'il vous chante, assoyez-vous et partagez mon vin.

— Ah ben, pas d'refus ! J'dis toujours qu'y a rien d'plus chrétien que d'se rincer l'gosier en aimable assemblée et d'partager l'pain et l'vin !

— Un discours qui me va droit au cœur, approuva la mage.

Elles bavardèrent de choses et d'autres, Igraine jonglant avec les menteries, se glissant en aisance dans son rôle de paysanne assez fortunée, mais qui ne l'aurait avoué pour rien au monde. Elle s'inventa cinq enfants dont trois défunts et une jeune servante qu'elle avait à l'œil tant la gourgandine[1] y allait de mines de chatte et d'œillades déplacées avec son époux bilieux.

— Ah, les hommes ! approuva maîtresse Borgne. L'mien a passé ben vite, mais c'est pas c'qui manque parmi mes habitués. Z'ont toujours pas compris que quand une jeunette leur faisait moue câline, c'était pas pour leur silhouette mais pour c'qui pendait à leur ceinture, et j'ai pas dit d'ssous, précisa-

---

1. Le terme, dans ce sens de « femme facile », est très ancien et vient peut-être de « goret ».

t-elle d'un air entendu. Et plus la bourse est ronde, plus la moue s'fait escrillarde[1] !

— Triste vérité ! Bah, on ne peut guère s'en passer et certains rachètent les autres, si m'en croyez. Ainsi, j'aurais passé à mon dernier enfantement sans l'aide d'un mire étonnant, qui n'hésita pas à plonger les mains en dedans de moi pour tirer la marmotte[2].

— Ben ça, une sacrée chance ! C'est que ceux autres mires veulent guère approcher une femme grosse et encore moins en délivrance. Y rappliquent aux relevailles, pour vendre leurs poudres et onguents et tirer qu'ec deniers. Z'oublient tous d'quel trou y sont sortis ! La matrone[3] du coin a bonne réputation. En plus, elle oint[4] en récitant les prières appropriées. Qu'ec fois un peu tard quand l'marmot survit pas, mais ça allège la peine des parents. À qu'ec secondes près, Dieu y trouvera pas à r'dire.

— Aucun mire dans les parages ? insista Igraine.

— Trop peu d'gens dans l'coin. Trop peu qui veulent ben sortir qu'ec pièces.

La mage hésita. Pourquoi Cécile mentait-elle puisqu'elle avait rémunéré Druon afin qu'il délivre sa belle-sœur qui, sans son intervention, aurait péri en couches ?

Soudain, une voix très grave résonna derrière elle :

— Bon, la bonne femme, ou tu craches la bribe, ou tu sors après avoir payé ton dû.

Sylvestre, telle une tour, se tenait droit, l'air peu amène.

— Mais, je...

---

1. A donné « égrillard ».

2. Féminin de « marmot ». Le terme ayant désigné un singe, il restait un peu péjoratif utilisé pour un enfant.

3. Femme qui s'improvisait sage-femme.

4. Certaines matrones avaient autorisation de l'Église pour oindre l'enfant dès sa naissance. Il n'était pas rare qu'elle déclare un enfant mort-né baptisé, en échange de quelques pièces, pour le soulagement des parents.

— Ferme ton vilain clapet, ma belle, siffla Cécile en se redressant. Tu m'tires les vers du nez, et j'aime point ça. Alors, tu me paies et tu remues tes escabelles. Du balai ! Ce bon Raymond, le vivandier, hein ? Çui qui m'vendra vessies[1] est pas né !

De fait, les pouvoirs d'Igraine s'étaient fort amenuisés. Elle était tombée dans la chauchetrepe vers laquelle Cécile l'avait attirée, puisqu'aucun vivandier du prénom de Raymond n'approvisionnait l'abbaye de la Sainte-Trinité. Elle n'avait pas même intercepté le regard qu'échangeaient la tenancière et le hongreur Sylvestre, qui avait tardé à sortir de l'auberge pour prêter main-forte à Cécile, le cas échéant.

— Allez, allez, s'énerva Sylvestre. J'm'en voudrais sans doute, mais la tourniée[2] m'démange la main. On n'aime pas trop les fouines par chez nous.

Igraine tenta le tout pour le tout. Elle était de taille à se défendre, même contre un représentant de la forte gent. Toutefois, la détermination qu'elle sentait en ces deux êtres l'impressionnait.

— Certes, j'avoue, j'ai menti. Je cherche, désespérément, un jeune mire du nom de Druon de Brévaux, escorté d'un petit Huguelin, pour leur sécurité. Je le jure devant Dieu.

— J'connais point d'mire, ni d'Druon, ni d'Huguelin, s'entêta Cécile.

Quelque chose en cette femme aux yeux jaunes lui déplaisait, la hérissait même, et Druon lui avait attendri le cœur. Elle le protégerait coûte que coûte.

— Allez, paie ton dû et disparais au plus preste, la femme ! M'échauffe plus la bile, parce que j'te sors par la peau du cul ! menaça, très sérieusement, Sylvestre.

Igraine s'exécuta, entre rage et abattement.

---

1. « Vendre vessie », a donné « faire prendre des vessies pour des lanternes », bref, raconter des fables pour en tirer un avantage.
2. Gifle. De « tournoyer ». A donné « torgnole ».

La mage dormit d'un œil dans une auberge de Trizay-Coutretôt-Saint-Serge, qui pouvait nourrir et abreuver son cheval. Allongée dans la « meilleure chambre » de l'établissement, ce qui inquiétait quant à l'état des autres, n'ayant pas quitté ses vêtements de paysanne tant un froid perçant régnait dans la petite pièce, elle avait surveillé le moindre craquement nocturne, la plus légère course de souris avant de sombrer dans un sommeil ponctué de périodes de semi-veille. Tout s'embrouillait dans son esprit, des mouches agonisantes lui piquaient le corps, tissant autour de leurs morsures rougeâtres de frêles toiles d'araignée. Elle les chassa d'un geste mou, s'éveillant assez pour comprendre qu'il ne s'agissait que d'un cauchemar. Negan, attablé en l'auberge du Chat borgne, hochait la tête à son entrée, un air infiniment triste peint sur le visage. Druon, épée en main, lui déclarait d'un ton très doux : « Madame, ma sœur, j'ai la charge de vous ôter la vie. De grâce, pardonnez-m'en. » Jehan Fauvel, qu'elle n'avait connu que de loin, pleurait contre son cou, bafouillant des paroles incompréhensibles. Elle se réveilla avec le chant du coq, épuisée. Elle avala son souper du matin sans même savoir ce qu'elle mangeait, n'ayant qu'une hâte, retrouver l'air frais, l'espace, la forêt.

Elle reprit la route à l'heure où une aube incertaine tentait de repousser la nuit, en direction de Saint-Agnan-sur-Erre, dernier lieu où la miresse et le petit Huguelin avaient résidé.

De nouveau, après avoir confié sa monture au loueur d'attelage et de chevaux à l'entrée de la ville, elle s'écarta et enfila son travestissement de paysanne aisée par-dessus le premier. Le marché battait son plein. Pour une fois, Igraine ne fut pas amusée par les éternelles chamailleries[1] devant l'étal

---

1. Le terme était plus fort à l'époque et presque synonyme « de vive querelle ».

du poissonnier que les clientes soupçonnaient, à l'habitude, des pires truanderies. Elle dépassa l'éventaire du saucissier, lui aussi accusé de vilenies, comme de couper ses saucisses de sang de porc avec celui d'un bœuf ou d'un mouton. La foule qui s'y pressait la décourageait. Elle ne tenait pas à ce que son étrange regard la fasse repérer au milieu des invectives, ou des éclats de rire de ceux qui se prenaient mutuellement à témoin, sans oublier dieu et leurs ancêtres, d'une scandaleuse hausse de prix. Elle cherchait un compère ou une commère avec qui prendre langue dans l'espoir d'apprendre quelque chose au sujet de la miresse.

Elle se rapprocha de l'étal du marchand de fanfelues[1] de dames. Deux clientes examinaient les aiguilles à coudre, de moins bonne qualité, mais moins onéreuses que celles du mercier, les troussoirs[2], et les rubans de cheveux ou les réticules[3], sous l'œil vigilant d'une robuste vendeuse qui guettait parfois les nuages bas afin de parer à une pluie ravageuse en rangeant prestement ses articles. L'une des femmes, une jeune bourgeoise, à sa mise, tenait par la main une fillette aux longs cheveux bruns et bouclés. Igraine feignit un vif intérêt pour différentes bourses de femmes à cordon coulisse, moins richement brodées que celles de dames de haut, mais plus larges et surtout bien plus solides, faites de cuir souple ou d'épais lin. Igraine en ouvrit une, prétendant évaluer si son volume accepterait quelques pièces, un chapelet, un mouchoir[4] et bien sûr un petit couteau et sa gaine. Elle en palpa le cuir violine, prêtant l'oreille à la conversation entre la jeune bourgeoise et sa fillette. L'autre femme, une moue de convoitise

---

1. Ou parfois « freluches », de petits ornements d'ameublement ou de vêtement. A donné « fanfreluches »

2. Sorte de grande agrafe qui permettait de relever la traîne des robes, par temps de pluie par exemple.

3. À cette époque, résille pour les cheveux. Sous le Directoire, le terme désignait les petits sacs à main de dames.

4. On trouve dès l'Antiquité ce précieux accessoire.

aux lèvres, reposa à contrecœur le bonnet de linon bordé de dentelle qu'elle admirait et partit.

S'adressant à sa fille qui cramponnait un ruban d'un rouge très vif entre les doigts, la jeune femme la tança :

— Allons, Mademoiselle, repose ceci à l'instant. Trêve de caprices ! Dois-je regretter d'avoir accepté ton accompagnement ? Que vas-tu bientôt exiger ? Des peignes de cheveux ?

— Non pas, maman, ne grondez pas, de grâce. Juste ce ruban rouge, pleurnicha la fillette sans beaucoup de conviction.

— Nous ne portons pas de rouge, voilà tout. Ce joli bleu pâle mettra tes cheveux en valeur.

— Toujours bleu pâle, ou foncé ou jaune ! gémit sa fille sans lâcher sa proie. Maman, pourquoi pas rouge qui est une couleur si gaie[1] ? S'il vous plaît ?

— Parce que... le rouge vif... Eh bien... s'embourba la mère.

Ardu pour elle d'expliquer à sa fille qui ne devait guère avoir plus de huit ans que la couleur flamboyante signalait les puterelles. Igraine vola à son secours :

— Les jolies femmes ou les ravissantes fillettes dédaignent le rouge vif, lui préférant le pourpre.

— Vraiment, Madame ?

— Si fait, Mademoiselle. Ce rouge criard est, de fait, devenu la couleur qu'apprécient les laideronnes. Ce serait injure faite à si gracieux minois que le vôtre. Igraine désigna un autre rouleau, poursuivant : Mais voyez ce vert, si soyeux que l'on croirait de l'émeraude. Quelle magnifique association avec vos cheveux. Ah ça, les têtes tourneront sur votre passage.

La fillette s'en saisit, de nouveau radieuse, et regarda sa mère avec espoir :

— Puis-je, maman ?

---

1. Rappelons que le Moyen Âge adorait les couleurs vives, qui faisaient d'ailleurs l'objet de constantes recherches pour en perfectionner la tenue ou la luminosité, qu'il s'agisse de peintures, de teintures ou de joyaux.

— Si fait. Splendide couleur, en vérité. Prenons-en deux aunes* afin de le mêler à tes nattes. Oh, j'ai hâte d'en voir le résultat sur ma jolie princesse.

Elle adressa un sourire de connivence et de gratitude à Igraine. Celle-ci examina encore la bourse, pendant que la jeune femme payait le ruban. La mage la retint au moment où elle partait :

— Si je puis, Madame... Je suis étrangère à votre accueillante bourgade, ayant fait ce tôt matin la route depuis Berd'huis. J'ai ouï dire par un coutelier ambulant que logeait céans un jeune mire de grand talent, un aesculapius. Une maladie de vieillerie fait souffrir martyre à mon oncle, tordu tel un cep de vigne.

— En effet, quel savant, quel esprit ! s'enthousiasma la jeune femme. Elle se signa et reprit : Il aida Anchier Vieil, le secrétaire du bailli, à élucider les effroyables meurtres de notre bon père Simmonet de Bonneuil et de son scribe. Ce... Druon de Brévaux, le nom me revient, logeait avec un garçonnet chez Gabrien et Blandine Leguet. Gabrien est notre apothicaire, un homme si vertueux et bon...

Igraine avait adopté un air de totale attention, alors même que l'impatience bouillonnait en elle. Elle savait tout cela.

— ... Oh, mais vous arrivez trop tard. J'ai rencontré Blandine avant-hier, ou peut-être encore la veille, qui m'a confié que le mire et son mignon apprenti étaient repartis, vers Alençon. Elle en était bien triste, ayant fort apprécié leur présence en sa demeure en dépit de la brutalité des événements.

— Ah, j'en suis fort marrie, murmura Igraine que la déception envahissait. Alençon, dites-vous ?

— Si fait.

— Fort loin. Eh bien... le merci pour ces renseignements.

— Le merci à vous pour le ruban rouge... des laideronnes, sourit la jeune femme avant de s'éloigner.

Diantre ! Elle allait de déconvenues en malchances ! Se fourvoyait-elle ? Les dieux tentaient-ils de lui faire entendre un message ? L'irritation remplaça peu à peu sa cuisante déception.

Inutile de pousser ses recherches jusqu'au château de la baronne Béatrice d'Antigny, sis à Saint-Ouen-en-Pail. La mage ne se sentait aucune envie de renouer avec son ancienne protectrice[1]. De plus, Druon n'était pas fol, et devait avoir compris que Béatrice manifestait courte reconnaissance, à l'instar de nombre de puissants. Druon l'avait tirée d'une mortelle affaire. La baronne l'avait généreusement rétribué. L'affaire cessait là, Druon n'ayant été qu'un temporaire serviteur à ses yeux.

D'abord, manger. Igraine ne pensait en efficacité que l'estomac plein. Elle acheta sur le marché une belle part de saucisse de sang et un quart de pain, sans oublier une boutille de sidre qu'elle fourra dans sa bougette. Elle récupéra sa monture et sortit à pied de la bourgade. Une femme à cheval, sur une selle d'homme, eût provoqué cris de reproches, injures à son passage, voire signalement aux gens d'armes. Dès qu'elle le put, elle s'enfonça dans un sous-bois. Elle se changea à nouveau, redevenant commerçant, et dévora à belles dents la saucisse de sang crue et le pain.

Où la miresse et l'enfant, recherchés par tant de forces implacables, pouvaient-ils se terrer ? Le nid, la tanière. Un lieu rendu rassurant par une présence, ou son souvenir. Le père ? Brévaux ? La miresse risquerait-elle une dénonciation à l'Inquisition en se montrant dans le village de son enfance ? La mage n'en était pas certaine, loin s'en fallait. Quant à Alençon, elle doutait qu'Héluise voyage si loin avec un jeune

---

1. *Les Mystères de Druon de Brévaux, Aesculapius*, Flammarion, 2010.

garçon attaché à ses braies. Et pour qu'y faire ? Se rapprocher de l'évêque scélérat qui avait trahi son père, le supplier de lui accorder protection ? Non, pas Druon.

Bah, pourquoi pas Brévaux ? Avec un peu de chance, elle y parviendrait juste après none* et pourrait y nuiter. L'idée de rentrer défaite, perdue auprès de Paderma, Laig et Aréva la terrorisait. Il lui fallait se recomposer, relever la tête.

Elle avait juré de les mener à la victoire. Elle avait tant juré sans en rien savoir, songeant que les dieux pourvoiraient, que le destin l'aiderait.

Mais les dieux semblaient se distraire du spectacle de ses déboires ; quant au destin, il faisait sourde oreille.

XXV

Ville fortifiée de Bellême, décembre 1306

Les gens d'armes transformés en éclaireurs qu'avait envoyé messire Louis d'Avre dans toute la région étaient rentrés berdouilles : aucun jeune mire de brune chevelure, portant petite tonsure et accompagné ou non d'enfant, n'avait été repéré.

À l'irritation, l'exaspération, avait succédé en Louis d'Avre l'abattement. Un abattement qui ne laissait plus place qu'à l'inquiétude grandissante. Il se retenait de sauter à cheval et de galoper à droite, à gauche dans l'espoir qu'un miracle lui ferait croiser la route de son aimée. Inepte ! Si dix hommes, fortement encouragés par la perspective d'une ronde bourse de récompense, avaient échoué, mieux valait rester dans ce bureau luxueux qui lui déplaisait de plus en plus, à attendre une faste nouvelle afin d'agir aussitôt.

Il sortit à nouveau l'anneau d'or serti de rubis rouge sang de sa bourse de velours carmin, et le caressa du pouce. Un minuscule rite confidentiel, comme si le joyau se transformait en talisman, en lien ténu mais indestructible avec Héluise.

Il repoussa à nouveau la hideuse pensée qui tentait de se frayer un chemin dans son esprit : non, elle ne pouvait être morte ! Foutre, non !

Héluise eût-elle pénétré en cet instant dans la salle d'études du grand bailli d'épée du Perche, qu'elle eût risqué deux réceptions bien différentes. Un aimable fauve, dompté en apparence par ses hautes fonctions sans oublier la patine des ans, se serait rué vers elle pour la serrer à l'étouffer et la couvrir de baisers. Ou le même monsieur d'Avre l'aurait agonie de reproches, de réprimandes, se retenant à grand-peine de crier. Plus probablement les deux. D'abord la verte semonce, puis les courtois mais passionnés mamours.

Un coup frappé contre sa porte. Son cœur s'emballa comme à chaque fois, tant il espérait découvrir le visage réjoui d'un de ses hommes lui annonçant que le jeune mire avait été retrouvé.

Au lieu de cela, maîtresse Oie pénétra, un lourd panier de repas à son bras. L'accorte[1] aubergiste du Jarse amoureux semblait mettre un point d'honneur à lui porter maintenant ses mangeries en place de la gentille Nicolette, sa servante. Certes, le charme viril de messire d'Avre en était grandement responsable, mais maîtresse Oie aimait aussi le beau lignage. Avoir le privilège d'échanger quelques mots avec un seigneur grand bailli d'épée la remplissait d'aise pour la journée. Elle pouvait ainsi parader au soir, entre les tables, précisant à ses habitués : « Comme me l'a conté le seigneur grand bailli… », « Je fis alors remarquer à messire d'Avre que… »

Certes, il n'était guère bavard, hormis quelques commentaires, toujours flatteurs, sur les mets qu'elle lui montait. Toutefois, elle glanait parfois quelques paroles sur la froideur du temps ou la rudesse des soldats, ou même la bonne ville de Nogent-le-Rotrou, son ancien bailliage, qu'elle pouvait enjoliver et ressasser à loisir. Ainsi, quel succès elle avait obtenu

---

1. À l'époque, le terme signifiait tout à la fois habile, vif et gracieux. Utilisé ensuite surtout au féminin, il n'a peu à peu conservé que les deux dernières significations.

en révélant que messire d'Avre lui avait confié que l'ancien bailli avait été remplacé sèchement pour avoir étalé son incurie lors que la ville était secouée par d'horribles meurtres d'enfants des rues. Autre nouvelle croustillante aux oreilles de ses clients : le seigneur grand bailli lui-même, en personne, avait éventré à coups de doloire des tonneaux de sidre d'une presse sise en son ancien bailliage. Des témoignages concordants lui avaient appris que le méchant presseur ajoutait des cadavres de chats et chiens crevés[1] au marc au remiage[2], pour accélérer la fermentation du peut-sidre[3]. Quelle infamie ! Ça, la destruction de ses cuves et tonneaux, sans oublier l'amende sévère infligée par l'alors sous-bailli de Nogent-le-Rotrou, avaient fait passer à l'odieux négociant le goût de la tromperie !

Puisqu'elle le connaissait de quelques jours et qu'il avait occupé, bien involontairement, les conversations de son auberge, elle se permit une légère familiarité :

— Seigneur grand bailli, vous semblez las, si je puis.

— Aimable à vous de vous préoccuper de ma santé, maîtresse Oie. Bah, rien que votre succulente cuisine ne sache ravauder !

Flattée, maîtresse Oie énuméra les douceurs de bouche qu'elle apportait.

— Pour vous plaire : en entrée, une omelette aux herbes[4]. À l'asperge du pauvre[5]. Souverain pour l'équilibre des quatre

---

1. Il était assez fréquent que l'on ajoute un morceau d'agneau ou de bœuf aux cuves. S'agissait-il de « nourrir » les bactéries présentes naturellement dans les pommes et qui concourent à la fermentation, notamment en permettant la digestion de la pulpe ? On retrouve aussi cette tradition dans certaines régions d'Angleterre, jusqu'au XXᵉ siècle.

2. Ou remuage. Après extraction du pur jus, on trempait le marc avec de l'eau pour obtenir un deuxième jus donnant un cidre moins alcoolisé et moins parfumé.

3. Deuxième jus de pressage, moins goûteux que le pur jus.

4. Légumes à feuilles. Il pouvait, notamment s'agir de cresson, laitue ou épinards, etc.

5. Poireau, boudé par la noblesse en raison de son odeur. En revanche, les asperges étaient très prisées quoique hors de prix.

humeurs. Puis, deux beaux poussins farcis de leur foie, mêlé de chair de porc et de noix, relevés de muscade, de gingembre et de sarriette. Tièdes encore. Il ne faut pas tarder à les déguster, messire. En issue, une belle part de tarte blanche au sirop de miel et sauge.

— Fichtre, quel festin ! Voilà qui devrait me rassasier et me réconforter le ventre jusqu'au demain, la complimenta M. d'Avre, en dépit de son goût austère qui se satisfaisait d'un bon morceau de pain, de fromage ou de lard.

Elle marqua sa satisfaction d'une révérence. Maîtresse Oie se savait dotée de moult qualités. Cependant, son extrême curiosité, qui frisait souvent l'indiscrétion, n'en faisait pas partie. Pis, elle ne pouvait y résister, malgré toutes ses admonestations à elle-même. Ah ça, il avait vraiment mine tendue et un brin pâlotte, et elle devait en avoir le cœur net. Un si beau représentant de la forte gent, avec tant de prestance, à vous serrer le cœur ! N'y tenant plus, elle osa :

— Voilà qui devrait vous défatiguer les traits et les épaules sur lesquelles on sent peser tant de lourdes charges.

— Ma bonne maîtresse Oie, le comté est si vaste. Tant de broutilles encombrent mes journées, qu'il ne me reste que peu de temps pour le principal. Ajoutez à cela les brigues[1] des uns et des autres afin d'obtenir un report de paiement d'amendes, d'impôts, ou l'extension d'un clos[2] ou une introduction pour un parent, que sais-je ! Je suis homme de terrain, pas de paperasse, en dépit de l'immense honneur qui me fut fait par nomination à cette charge.

Il était si charmant et attendrissant qu'elle l'aurait volontiers cajolé. Maîtresse Oie avait bien sûr laissé traîner ses longues oreilles à son sujet. Quelle pitié quand même qu'un tel homme, un si magnifique parti, ne soit pas encore remarié après un veuvage déjà lointain. Désireuse de prolonger de

---

1. Manœuvre afin d'obtenir un avantage. A donné « briguer ».
2. Terrain cultivé et fermé par des haies ou toutes autres barrières.

quelques instants cette entrevue maintenant quotidienne, elle déballa les plats du panier et hocha la tête d'un air entendu :

— Oh ça, tous doivent être accrochés à vos chausses dans l'espoir d'en tirer un petit rien ou un grand quelque chose ! En tout cas, seigneur grand bailli, si je puis vous aider... votre prédécesseur, messire d'Estrevers – qui n'était guère affable, paix à son âme – m'avait prise à mon sincère mot sans jamais avoir à le regretter. Certes, je suis bonne commère et m'adonne volontiers à la causerie. En revanche, en habile commerçante, je sais quand retenir ma langue.

Messire d'Avre n'en doutait pas. Il n'ignorait pas non plus que les aubergistes et gargotiers faisaient avec les rufians[1] les meilleurs informateurs. Tous avaient des fraudes vénielles, voire de vilains commerces, à se faire pardonner, même par anticipation, et recueillaient moult indiscrétions, en plus du fait que leurs professions les encourageaient à l'observation. Il n'hésita plus :

— Eh bien, acceptez que je vous prenne, moi aussi, à votre sincère mot, maîtresse Oie. Entendons-nous d'abord.

Elle se rapprocha vivement, l'œil pétillant, dissimulant mal sa soudaine excitation.

— Certes, messire, certes.

— Il s'agit d'une affaire politique... à tout le moins sérieuse, pour ne pas dire grave. Votre parole, sur votre foi, Madame, que rien de ce que je m'apprête à vous conter ne sortira de ce bureau ?

— Oh, juste ciel ! Mais vous l'avez, devant Dieu et la très sainte Vierge. Que je sois damnée si je m'en dédis... Cependant, ce qui précéda n'entre pas dans ce secret ? voulut-elle vérifier afin de ne pas commettre d'impair, tout en offrant des miettes savoureuses de conversation à ses clients du soir.

— Non pas. La confidence débute à cet instant.

---

1. Proxénètes à cette époque. Il prit ensuite le sens plus général de crapule.

— Bien, approuva-t-elle sur une inspiration si profonde que son chainse de jour se gonfla. Je suis tout ouïe et muette telle une carpe, répéta-t-elle en plaquant la main sur le crucifix d'opale qui pendait à son cou.

— Nous recherchons, pour sa protection, un jeune mire, très brun, aux yeux d'un bleu intense, voyageant peut-être en compagnie d'un garçon d'une douzaine d'années. Ils furent aperçus pour la dernière fois en Saint-Agnan-sur-Erre. Ils semblent depuis s'être volatilisés. Ce jeune mire d'à peine vingt ans n'a commis aucun forfait, mais notre conviction est que de terribles menaces pèsent sur lui.

Maîtresse Oie palpitait de curiosité et de fierté également. Fichtre, un grand bailli d'épée la prenait pour confidente et peut-être auxiliaire. Un mystérieux jeune homme, savant en l'art médical, et un garçonnet avaient disparu ! Pas une affaire de poules égarées ou de mouton volé. Quel embrouillement, mais quelle distinction ! Ah ça, voilà qui la changeait de la cuisine, des comptes, des réserves et de son époux, bon homme mais guère divertissant.

— Oh, doux Jésus ! Il serait donc en danger ?

— Si fait. Ce… jeune homme possède des appuis… disons puissants qu'il me déplairait de décevoir. Bref, il me faut le retrouver bien vif et sain, ainsi que le jeunet qui l'accompagne. Si donc vous entendiez, au hasard d'une conversation, un détail qui puisse évoquer mon affaire, je vous serais fort gré de m'en tenir informé, au plus preste, sans vous en ouvrir à quiconque autre que moi. Quiconque !

Yeux plissés de concentration, lèvres serrées, l'aubergiste avait bu chacun des mots de Louis d'Avre. Elle s'inclina en courte révérence et assura :

— Quiconque ! Oui-da, vous pouvez compter sur mon attention et ma célérité, sans oublier mon extrême circonspection, seigneur grand bailli. Si je puis insister, de grâce, ne tardez pas à déguster vos poussins farcis, qui doivent maintenant être froids.

Légère, comme sur un nuage de bonheur, elle se dirigea vers la porte, se répétant : quelle histoire, mais quelle histoire ! Chut, Suzelle ! Le grand bailli d'épée t'a offert sa confiance, alors chut, ma bonne ! Te voici presque espionne, agis en conséquence. Du doigté, de la finesse, un peu de madrerie, et tu n'en manques guère. Mais, quelle histoire !

Son muet monologue s'arrêta net, elle se retourna. Messire d'Avre déposait les tranchoirs soutenant les poussins sur une touaille étalée sur son bureau.

— Si je puis... me reviennent des bribes de conversation entre deux clients de passage... il y a quelques jours. Sans doute sans rapport... cependant... Ils évoquaient l'arrivée providentielle d'un jeune moine itinérant, un médecin, en un monastère du comté... Mais il s'agissait d'un moine, médecin, et non d'un mire laïc.

Messire d'Avre se précipita vers elle si vivement qu'elle cligna des yeux sous la charge.

— De grâce, répétez ?

Elle s'exécuta, sans pouvoir répondre à la vague de questions qui déferla ensuite.

— Je ne sais... jeune... ils ont bien dit jeune. Puis, que ses talents admirables encourageraient les moines à le retenir... Puis que... euh... il s'agissait d'un moine itinérant venant d'une lointaine contrée... Je ne me souviens plus de son ordre...

— Dans quel monastère aurait-il été accueilli ? débita d'Avre, la gorge soudain sèche.

— L'ont-ils seulement mentionné... En tout cas, je ne l'ai pas entendu.

— Et ces deux clients, les connaissez-vous de vue ? la pressa-t-il, certain qu'il y avait du Druon sous cette histoire.

— Non pas. L'un m'a semblé vivandier, sans certitude.

— Maîtresse Oie, vous me rendez un beau service et je suis homme de mémoire, pour le bon, comme le mauvais. Surtout...

— Pas mot à âme qui vive, sur mon honneur et ma foi, compléta-t-elle.

Il lui serra les deux mains en reconnaissance. Allègre, elle s'en alla réjouie, se félicitant avec outrance de sa perspicacité, de sa mémoire et de sa finesse d'observation.

Resté seul, messire d'Avre se rassit et dévora une énorme bouchée de poussin. L'appétit lui revenait, preuve que la vie dévalait à nouveau en lui. Il se laissa aller contre le haut dossier sculpté de son fauteuil, ferma les yeux et plaqua les deux mains sur son crâne. Soudain, il éclata de rire en marmonnant :

— Druon, Héluise et je ne sais qui, ma bien chérie, ma mie précieuse, mon aimée de toute âme... Qu'avez-vous encore inventé ? Quels implacables rouages se sont-ils mis en branle dans votre ravissante tête ? Dieu du ciel, dans quel guêpier vous êtes-vous cette fois fourrée ? Je vous aime tant, infiniment... que devrais-je faire afin que pénètre un peu de sagesse en vous ? Mais après tout, quelle outrecuidance me permet de supposer que je suis le sage et vous l'insensée ? Ma magnifique rebelle, Dieu vous garde jusqu'à ce que je vous rejoigne. Tudieu, je meurs de faim !

Il avalait sa mangerie, faisait seller son cheval et filait droit devant, quitte à frapper aux portes de tous les monastères du Perche, en nombre très conséquent.

XVI

Prieuré de Saint-Martin-du-Vieux-Bellême,
décembre 1306

'un de mes plus illustres prédécesseurs, Razès[1], a clairement démontré que les agitations, les convulsions et les maux de tête n'avaient aucune relation avec la possession démoniaque mais provenaient de dérangements d'un organe que nous méprisons fort : le cerveau, expliqua Druon à Agnan Letertre, frère infirmier qui semblait apprécier sa compagnie au point de le venir visiter presque chaque jour.

Le moine encore jeune s'interrogeait sur les fréquentes migraines dont se plaignait Thibaud Ducher, le cellérier qui faisait également office de boursier. Il couina, offusqué :

— Un Sarrasin[2] ?

— Non pas, un Perse, et un des scientifiques les plus prodigieux des siècles passés.

---

1. Médecin perse, 865-932, on lui doit également la première description de l'asthme allergique, et sa relation avec certaines fleurs et tant d'autres découvertes. Il est considéré comme le père de la médecine expérimentale, et réputé avoir opéré la cataracte avec succès.

2. Rappelons que tout ce qui était rapporté par les Arabes, infatigables voyageurs-commerçants, était tenu en grande suspicion à l'époque, comme le papier. Ceci explique que les remarquables découvertes des scientifiques-médecins perses ou syriens, rédigées en arabe, ne furent traduites qu'assez tardivement et traitées avec le plus grand mépris.

— Qu'avons-nous besoin de cette science d'impies ? Suffisent Galien* et Hippocrate*, si m'en croyez !

Druon ne releva pas. Les deux grands médecins étant portés au pinacle par l'Église, il ne faisait pas bon chanter autre. Au demeurant, même Razès avait été contraint à la fuite, par crainte pour sa vie, après qu'il eut déclaré que les maladies n'étaient pas envoyées par Dieu en punition. L'évidence : de quoi Dieu aurait-il voulu punir l'enfant nouveau-né qui trépassait dès après son premier souffle, ou des êtres d'absolue lumière tel saint François, son prétendu saint patron, décédé à quarante-quatre ans après des années de souffrances et de maladie[1] ? Jehan Fauvel le répétait : seule la science pourrait un jour libérer les hommes de leurs craintes, de leurs superstitions, donc de leurs chaînes, et leur permettre d'accéder à la réalité de Dieu. Aussi la muselait-on dès qu'elle contestait le moindre dogme. De fait, en la connaissance résidait le véritable pouvoir. Cependant, ceux qui le détenaient n'avaient nulle envie de le partager. L'Homme cherche toujours à expliquer l'inexplicable, adoptant les théories les moins crédibles pour apaiser sa terreur de l'inconnu, décimant si de besoin ceux qui tentent de le déciller.

— Quoi qu'il en soit, reprit-il, avant de chercher des explications divines… voire occultes à une maladie, efforçons-nous d'en découvrir des causes plus… physiques.

— Enfin, mon bon Hugues, niez-vous que Dieu puisse nous punir de nos méfaits, ou de notre… réserve à son égard, en nous éprouvant de la sorte ? s'affola le frère infirmier.

— Certes pas, biaisa le mire. Cependant… mes multiples voyages m'ont enseigné que moult phénomènes résultent de forces naturelles… dans lesquelles, d'ailleurs, on perçoit la main de Dieu.

— Ah, vous y venez donc !

---

1. Saint François d'Assise (1181 ou 1182-1226) ; il fut canonisé en 1228.

La conversation n'intéressait plus Druon, d'autant qu'il commençait d'y percevoir un danger. Après tout, il ne connaissait Agnan que de peu. En dépit de sa jovialité, de ses gentilles cancaneries et de son esprit vif, rien n'attestait qu'on puisse lui accorder entière confiance. Bien au contraire, ses bavardages et piques envers les uns et les autres avaient de quoi rendre circonspect.

— Oh, mais il s'agit de l'unique voie envisageable. Cela étant, Dieu nous a dotés d'intelligence afin que nous réfléchissions.

Une interruption bienvenue lui épargna de trouver un prétexte courtois afin de se débarrasser de l'infirmier. Masselin de Rocé, grand-prieur, jeta du pas de la porte :

— Je vous pensais seul.

Agnan se leva en rougissant, pris en flagrant délit de bavardage.

— Mon père, votre pardon, s'inclina-t-il.

— Auriez-vous déjà vaqué à toutes les tâches de votre jour ? interrogea le grand-prieur d'un ton calme. J'en doute. Aussi, allez en paix, mon fils.

L'infirmier fila tel un lapereau effarouché. Le grand-prieur s'installa sur la chaise libérée, examinant la pièce quelques secondes, et Druon perçut son encombre.

— Vous sentez-vous en aise, mon fils médecin ?

— Si fait, seigneur mon père.

— J'ai ouï dire que votre pièce de consultation ne désemplissait pas.

— En effet, j'ai examiné un certain nombre de vos fils. Selon moi, hormis les inévitables outrages du temps, la plupart cherchaient surtout à se rassurer sur leur bonne santé.

— C'est que... grande paix à son âme... Toutefois, Jacques de Salny... en dépit de ses multiples qualités d'âme... Disons que son talent de médecin n'était guère des plus prodigieux.

Druon se contenta de hocher la tête. Un court silence s'installa et le jeune mire, désireux d'aider cet homme dont il percevait la vaillance et la bienveillance, lâcha, comme bien souvent :

— Je suis médecin. À ce titre, tout ce qui s'échange entre nous et relève de l'art médical demeure absolue confidence, mon père.

— Vous êtes si jeunet, déplora le grand-prieur. Quant au reste, votre excellence a fait le tour du monastère en quelques jours.

— Jeunet, de fait, mais ma science est millénaire, le rassura Druon.

Soudain grave, Masselin de Rocé déclara d'un ton hésitant :

— Sachez, mon fils, que je ne redoute ni la mort, ni la souffrance. J'accepterai ce que Dieu juge opportun de m'attribuer ou de m'infliger. Cependant, je dois... m'attacher à la suite. Ce monastère est devenu une sorte de phare, certes modeste, mais qui éclaire les alentours, qui rassure les populations. De plus, je ne puis abandonner mes fils, bien que très confiant en Jocelyn Ledru qui prendra la relève. Un bon père souhaite éviter les bagarres, les haines et les vengeances entre ses enfants, et a responsabilité de préparer sa succession.

— Que me dites ?

— Jacques... peu avant son décès, diagnostiqua une tumeur de bien mauvais emplacement. Il n'a pas souhaité l'exciser, m'assurant que cette chirurgie aggravait souvent le mal, qu'elle risquait en quelque sorte d'éveiller et de hâter la maladie. La tumeur a grossi.

— Eh bien, il me faut l'examiner. Est-elle douloureuse ?

— Si fait, d'autant qu'elle se situe au pli de l'aine.

Druon déglutit. Dieu du ciel ! Messire d'Avre en hoquetterait d'outrage s'il apprenait que, pucelle de dix-neuf ans, elle avait examiné les *genitalia* d'un moine, grand-prieur de surcroît. Vif, pour achever de la décontenancer. De fait, les génitoires morts de Nicol Lachaume ne l'avaient pas perturbée, devenant un morceau d'anatomie à l'instar d'un autre. Héluise lutta contre la vague de sang qui lui enflammait le visage. Dans l'espoir de gagner quelques instants afin de se recomposer, elle se leva, indiquant :

— Je vais fermer la porte de mon logement, afin que nul ne nous dérange.

Au bord de l'affolement, elle supplia Jehan Fauvel en son for intérieur : mon père, de grâce, aidez-moi ! Je vous ferais injure, ainsi qu'à l'immense savoir que vous eûtes la bonté, la tendresse de m'enseigner, si je ne parvenais pas à dépasser ma condition féminine. Quelle ingratitude de ma part si la pruderie m'empêchait d'examiner un homme malade et d'alléger ses souffrances. De grâce, mon père, soutenez-moi.

Et soudain, le même petit miracle, celui déjà expérimenté lorsqu'elle avait accouché la belle-sœur de maîtresse Borgne. Héluise n'existait plus. Seul Druon pensait, agissait. Un calme parfait l'envahit.

— Passons à l'examen, si vous le voulez bien.

Masselin de Rocé dévisagea le mire, et énonça d'une voix trop ferme :

— Médecin, soyons clairs : j'exige la vérité. Épargnez-moi les atténuations dignes de donzelles ou de vieilles femmes. Votre déshonneur, si vous mentez afin de me ménager. Si la mort remonte en moi, j'ai tant à prévoir.

Et Druon sentit la peur et le courage de l'homme vieillissant. Une véritable claque à ses effarouchements de tant tôt[1].

— À votre ordre, seigneur mon père. Relevez votre robe et écartez les jambes.

---

1. Dans le sens « d'il y a quelques instants ».

Le jeune mire s'agenouilla devant lui. Il s'agissait du premier sexe d'homme adulte, en vie, qu'Héluise Fauvel détaillait, même si son père lui en avait fait une description précise, ainsi que de ses éventuelles transformations. Pourtant, Druon eut le sentiment d'une grande familiarité. Il repoussa les génitoires de la main gauche et découvrit la tumeur, d'une taille alarmante en effet, près d'un pouce de diamètre. Les enseignements de son père défilèrent dans son esprit. Le jeune mire saisit la boule de chair entre le pouce et l'index, commentant :

— Cela bouge sous les doigts.

— Euh… ce n'est pas… agréable, murmura le grand-prieur, dents serrées.

— À l'évidence, l'inflammation est visible. Depuis quand…

— Quatre ou cinq mois. Un peu plus peut-être, du moins lorsque je m'en suis rendu compte. Mais son volume a considérablement augmenté ces dernières semaines.

— Je distingue une petite macule plus foncée au centre. Bien ! Druon se redressa et conseilla : Vous pouvez rabattre votre robe pour l'instant. Un bon gobelet du vin que me fit porter le pitancier ce matin ?

— Je… n'en sens pas le besoin, commença le grand-prieur, interloqué.

— Avec tout mon respect, je me permets d'insister… pendant que je sors mon lancettier[1]. Une légère griserie facilitera la tâche du médecin qui se fait barbier[2].

— Une saignée ? s'enquit Masselin de Rocé.

— Certes pas, elle ne se justifierait aucunement ! Rassurez-vous, il ne s'agit que d'un kyste épidermoïde. Ils peuvent persister longtemps. Nous allons l'inciser et le vider. Le

---

1. Étui de cuir renfermant les lancettes destinées à la saignée ou autres opérations de chirurgie.

2. Étrangement, et alors même que la chirurgie était plus « avancée » que la médecine, elle était assez méprisée et laissée aux barbiers.

contenu devrait être nauséabond. Il se peut qu'il se reforme dans quelque temps, ici ou ailleurs. En conclusion, Dieu n'exige pas encore votre retour auprès de Lui, à moins que je sois fort mauvais médecin.

— Vous parlez vrai ? cria presque un Masselin de Rocé, stupéfait.

— Sur mon âme.

— Alors qu'elle est sa nature ?

— Nul ne le sait au juste[1]. Toutefois, ces kystes sont plus rares chez la douce gent. Ils peuvent cesser ou reparaître. Ils peuvent s'enflammer, voire s'infecter, mais je ne me souviens pas d'une seule mention de cas fatal.

— Mais quelle buse, quel nigaud que ce Jacques ! Et voilà que je m'imaginais souffrant, suant, geignant, à l'agonie. Ah, je comprends que mes fils l'aient fui ! Pardon… qu'il repose près de notre Seigneur.

— Le gobelet de vin ? demanda Druon.

Il avait presque le sentiment de cohabiter à deux dans son esprit. Il se sentait paisible, compétent et sûr de ses gestes.

— Je n'ai guère besoin de ce traitement pour supporter une entaille, précisa le grand-prieur d'un ton aimable.

— Je n'en doute pas. En revanche, j'ai besoin que vous ne bougiez pas d'appréhension. De gros vaisseaux charriant le sang passent juste en dessous. Si je les blesse, vous trépasserez.

— Alors, buvons en cordialité, suggéra le grand-prieur.

Un immense soulagement se lisait sur son visage.

— Plus tard, en récompense. Une sûre main m'est essentielle.

Un sourire amusé aux lèvres, Masselin de Rocé vida à grands traits deux gobelets de vin, claqua la langue et conclut :

_____

1. Dits aussi kystes sébacés, ils sont le plus souvent dûs à un poil qui ne parvient pas à percer l'épiderme.

— À votre convenance, fils médecin.

— Je me lave les mains.

— Déjà ?

— D'étrange manière, il semble qu'un lavage des mains préalable à une intervention de chirurgie réduit le risque d'infections[1]. Ainsi que cet esprit-de-vin dont je nettoierai la plaie, ajouta-t-il en désignant une fiole posée sur la petite table de travail.

Quelques secondes plus tard, Druon, muni d'une fine lancette à pointe triangulaire, s'agenouilla à nouveau et ordonna :

— Surtout, ne bougez plus, ne respirez même pas.

D'un geste ferme et rapide, il incisa tout le diamètre du kyste. De fait un liquide jaunâtre, fort malodorant et mêlé de sang, s'écoula.

— À Divin Agneau, je n'ai presque rien senti ! Dieu vous a octroyé un don rare et précieux, mon fils.

— Et je Lui en rends grâces chaque jour, seigneur mon père, admit Druon, avec le plus grand sérieux. Passons au court moment de désagrément. L'esprit-de-vin. Une cuisante sensation s'en suivra et le sang s'écoulera, charriant avec lui les derniers miasmes.

De fait, le grand prieur serra les lèvres lorsque l'alcool distillé coula sur la plaie.

— Bien, avec votre permission, je retourne me laver les mains.

— Comment l'emplâtre de boue fraîche tiendra-t-il en cet endroit ? cria le moine pour se faire entendre.

---

1. Il fallut attendre 1856 et les observations du Dr Semmelweis, médecin viennois, pour que cette simple précaution soit acceptée. On observa alors une chute très importante des décès périnataux ou post-opératoires.

Quelques instants plus tard, Druon reparut et le détrompa :

— Que nenni ! Ni boue fraîche, ni paille hachée. Contrairement à nombre de mes confrères d'art médical, je ne sais pas que les suppurations induites par les emplâtres favorisent la cicatrisation ou la guérison[1], bien au contraire, trancha le jeune mire en se remémorant les constatations de son père. En revanche, je vous donnerai un petit récipient contenant une embrocation de thym et de rhubarbe sauvage[2] dont vous nettoierez chaque jour la plaie. Peu plaisant, mais souverain, je vous l'affirme.

— Je m'en remets à vous avec complaisance et gratitude. Mon fils, votre fine lancette vient de m'ôter un poids considérable de l'esprit. Soyez-en à jamais remercié et considérez-moi, de grâce, votre obligé, observa le grand-prieur avant d'ajouter : N'usez-vous pas des préparations de notre apothicaire, Alexandre d'Aleman ?

— Eh bien, médecin itinérant, je transporte avec moi mes remèdes les plus précieux, dont cet esprit-de-vin, biaisa Druon en détournant le regard.

Un court silence, puis :

— Pourquoi ai-je le sentiment, mon fils, que vous taisez une information que je devrais connaître ? Et puis, fichtre, ne nous étions-nous pas promis un gobelet de bonne compagnie ? proposa Masselin de Rocé en le remplissant et en le tendant au mire.

— Le merci.

Gêné, Druon avala une lente gorgée.

— L'information, s'il vous plaît ?

— Seigneur mon père... je ne suis que de passage entre vos murs, preuve de belle hospitalité de votre part.

---

1. Une technique généralisée à l'époque, puisque l'on croyait que le pus « noble » favorisait la guérison. On comprend pourquoi tant de plaies se surinfectaient, causant gangrènes voire septicémies.
2. Deux désinfectants.

— Hospitalité qui nous rend grand service en ne nous coûtant pas grand-chose, contra le grand-prieur. Savez-vous le talent de jongleur qu'il convient de posséder afin de préserver et de mener un monastère tel le nôtre ? À la moindre brise inattendue, quilles et balles s'abattent au sol, couvrant de ridicule le pauvre bateleur. Auriez-vous embarras avec Alexandre ? Son caractère m'étant connu, je n'en serais guère étonné. Considérez, cher fils, qu'un apothicaire, tout comme un médecin, n'a pas loisir de laisser ses humeurs lui dicter ses attitudes, ses affections ou désaffections.

De fait, le grand-prieur avait juste raison. Mais l'idée d'une dénonciation rebutait Druon. Aussi dut-il se faire violence pour admettre :

— Il m'a jeté hors son apothicairerie d'un coup de socque.

M. de Rocé se leva d'un sec mouvement, lançant :

— Votre pardon ? Ai-je bien ouï ?

— Si fait… aussi n'ai-je point insisté à me rapprocher de lui, ainsi que la pratique l'eût exigé.

— Dieu du ciel ! À vous troubler l'entendement. Contez-moi l'affaire par le menu. Je l'exige maintenant, Monsieur mon fils !

Le jeune mire s'exécuta à contrecœur. Le grand-prieur demeura muet, cherchant à l'évidence une explication à la scandaleuse conduite de son fils apothicaire.

— Que dissimulait-il derrière le bandeau de l'almaire ?

— Je l'ignore puisque c'est devant mon insistance à le découvrir qu'il me jeta dehors. Un…

— Que retenez-vous ? Nous ne sommes plus garçonnets en bêtises, s'échangeant des serments de fidélité et de secret !

— C'est que… pesteries ou vérité, je n'en jurerais pas, justement. Un serviteur laïc m'a révélé qu'Alexandre d'Aleman faisait pousser pléthore de berce dans l'herbularius.

— Que traite cette simple ? s'enquit le grand-prieur.

— Eh bien… Elle est surtout fort utilisée pour… aviver les ardeurs viriles.

— Doux Jésus ! Ah, crénom ! se laissa aller le moine. Allons-nous de mal en pis ? Les ardeurs viriles… de… chair ? Céans ? Mais, mais… Enfin, à l'inverse, on récolte des simples qui les apaisent, me semble-t-il.

— Le bon sens le commande, en effet.

— Ah, cela ne se peut ! Je m'y rends de ce pas… Qu'il ne tente pas de me claquer le bec, je ne suis point d'humeur. M'accompagnez, médecin !

— Je doute que nous trouvions de la berce. Des fumées, très odorantes, ou plutôt malodorantes et blanches, se sont élevées de l'apothicairerie. Euh… seigneur mon père ? Je requiers de vous permission d'emprunter un cheval afin de rendre une visite de parentèle en Brévaux.

— Comment pourrais-je vous le refuser, après que vous m'avez rendu le goût de la vie en dissipant cette ombre malfaisante qui gâchait mes jours et mes nuits ? D'autant que franciscain itinérant, vous n'êtes soumis ni au silence, ni au cloître[1]. Cependant, allons exiger des éclaircissements d'Alexandre à l'instant. Vous partirez au jeune matin du demain. Je donnerai des ordres aux écuries et en cuisines.

---

1. Dans le sens figuré de « vie monastique ».

XXVI

Brévaux, ce même jour, décembre 1306

P eu après none, engoncée dans ses vêtements de paysanne de moyens, Igraine pénétra en l'auberge du Loup chaudé[1], située à l'entrée de la bourgade. En dépit du rassasiant en-cas de bouche qu'elle avait avalé en forêt, au sortir de Saint-Agnan-sur-Erre, la faim la tenaillait de nouveau. Igraine s'étonnait parfois de sa voracité, qui ne se traduisait par aucun gain de poids. Maigre[2] elle avait toujours été, maigre elle restait, à sa tristesse. Elle gravit les quelques marches et poussa la porte de l'établissement. Le brouhaha qui régnait dans la salle l'alerta aussitôt. Le souper de midi était passé et les habitués auraient déjà dû rejoindre leurs logements ou occupations. Immédiatement sur le qui-vive, elle avança de quelques pas. Les peaux huilées des rares fenêtres avaient été rabattues afin de protéger, piètrement, les clients du froid. Une semi-pénombre trouée par la lumière dansante des flambeaux fichés aux murs régnait dans la vaste salle. De lourds relents de sauce gâtée, de graille épaisse, de poisson de fin de marché, et de sueur humaine se mêlaient

---

1. Échaudé.
2. Le Moyen Âge était mince, principalement en raison du peu de disponibilité alimentaire et des rudes conditions de vie. En revanche, la maigreur était perçue d'un mauvais œil, puisqu'elle était synonyme de maladie.

à l'odeur de suie exhalée par les torches de résineux. Igraine songea qu'elle devrait sortir. Toutefois, un gros rire assorti d'un : « Alors la belle gueuse, on cherche un délassement d'sens ? » l'incita à avancer. Deux femmes en cheveux[1], despoitraillées, offrant à l'assistance pleine vue sur leurs mamelles, ponctuèrent le commentaire graveleux d'un rire suraigu et enivré. Igraine en déduisit qu'elle venait d'échouer dans un de ces bouges d'abords de ville, entre gargote et borde[2] à filles, où une faune disparate se relâchait. S'y réunissaient des commerçants ayant fait belle recette mais ne tenant pas à être vus, des joueurs cherchant le pigeon à plumer, de petits vauriens à l'affût d'une bourse à soustraire, et quelques femmes de légère cuisse, le plus souvent par obligation. Répondant à la voix qui provenait du fond de la salle, elle déclara haut et clair :

— Le bonjour, la compagnie ! S'il reste en cuisines un plat qui ne me fasse pas dégorger mes intérieurs, j'ai faim et soif.

— Euh là... on n'aime point trop les étrangers d'aigres clapets, par chez nous, grommela un homme gras, sale et court sur pattes en s'avançant vers la table devant laquelle elle s'était plantée. De longs cheveux épars, grisâtres, collés de crasse pendaient de son crâne.

— Maître Loup pelé, je suppose, le rembarra la mage.

— Loup chaudé, rectifia-t-il en tentant de se redresser puisqu'il arrivait à l'épaule de cette paysanne. D'ailleurs, c'est maît' Loup, tout court.

— En effet, « tout court » !

Des rires méchants saluèrent cette repartie.

— Eh bien, maître tout-court, que me proposez-vous ? exigea-t-elle de son exaspérante voix guillerette.

— La porte, et plus vite qu'ça ! tonna le bonhomme très énervé en brandissant l'index.

---

1. Sans bonnet, ni voile.
2. De l'ancien français signifiant « cabane de planches », bordel.

— Tss-tss, se moqua Igraine en le fixant de ses yeux jaunes.

Autant la glaciale détermination de maîtresse Borgne et du hongreur Sylvestre l'avait impressionnée, autant ce petit pourceau saucissonné dans un tablier qui gardait la trace de semaines d'infecte cuisine la distrayait.

Des sifflets, quolibets, rires s'élevèrent à nouveau dans la salle, et maître Loup eut la regrettable idée de vouloir sauver la face. Il agrippa Igraine par le coude, fermement décidé à la traîner vers la porte, éructant :

— Sauterelle, haridelle[1], harengère[2] ! Sors d'mon établissement, à coups pieds dans l'cul s'y faut ! Même pas assez d'nichons[3] pour s'faire pardonner son fiel !

D'un mouvement si rapide qu'un « oh » stupéfait sortit de la gorge de quelques clients attablés, la longue main maigre de la mage se plaqua sur son cou et serra.

— Voilà langage de restrait[4] qui outrage les oreilles d'une dame, susurra Igraine.

Un gargouillis monta de la gorge du tavernier qui avait blêmi. Il tenta de se débattre, la prise de la mage se raffermit. Maître Loup ouvrit grand la bouche, l'air lui faisant défaut.

Une voix calme, éduquée, indiqua dans le dos d'Igraine :

— Je pense la leçon suffisante. Après tout, il nous manquerait si vous deviez l'occire. Il accepte encore les ardoises des familiers.

---

1. Mauvais cheval efflanqué. Au figuré : femme maigre et désagréable.

2. À l'origine : vendeuse de harengs. Au figuré, très vite : femme grossière et criarde.

3. De « nicher », le terme n'était pas vulgaire à l'époque.

4. Lieu d'aisance.

Il sembla à Igraine qu'elle sortait brutalement d'une sorte de mauvais rêve, pis, d'un hideux sortilège. Sa main retomba. Maître Loup trébucha, partant vers l'arrière. Il la dévisagea d'un regard où se mêlaient l'effroi et l'incompréhension.

Elle se tourna, les yeux hagards. Un homme grand, d'une petite quarantaine d'années, aux cheveux d'un blond tirant sur le roux, la contemplait. Elle lut tant de choses dans son regard d'un clair noisette, qu'elle hocha la tête en signe d'acquiescement, comme en réponse à une question. Une pensée fulgurante lui traversa l'esprit :

« Rosmenta, j'allais tuer cet homme, sans aucune raison. Rosmenta, perdrais-je le sens ? »

Un frisson la parcourut. Un silence de sépulture régnait maintenant dans la salle, et elle sentit les regards braqués sur elle. D'une voix heurtée, elle proposa au gargotier :

— Allons, maître Loup, puisque nous voilà devenus bons amis, partageons un cruchon. Je vous renifle bon homme, et suis moi-même bonne commère, bien qu'ayant la tête près du bonnet[1], je le concède. Cependant, évitez à l'avenir d'offenser des représentantes de la douce gent, tenta-t-elle de plaisanter. Montrez-vous plus galant[2].

Quelques instants de flottement, puis maître Loup opina :

— On s'boit l'cruchon et j'vous sers le manger. Quoi ?

— Votre meilleur en cuisine.

— En c'jour maigre, une bonne part de tourte aux espinoches et limaçons[3] ? Des pâtes d'coing au miel et noix. Pain à volonté. Toute façon, j'as rin d'autre de bien chrétien à proposer.

---

1. Être prompte à l'emportement.

2. De l'ancien français « galer », se réjouir. Signifiant au début « complimenter, parfois abusivement, les dames », le terme n'a pris sa connotation séductrice, voire sexuelle, que plus tardivement.

3. Escargots. On les trouvait sur toutes les tables. L'Église ne s'étant jamais prononcée à leur sujet, ils pouvaient être consommés les jours maigres.

— Une perfection. Faisons maigre mais arrosé[1] !

La salle semblait avoir oublié l'incident et pouffa.

Maître Loup reparut très vite avec le vin et deux gobelets. Il descendit sa ration à une vitesse qui lui valut une œillade admirative de la part d'Igraine, et disparut à nouveau.

Elle tourna la tête. L'homme grand, blond roux, la fixait. Elle l'invita :

— Partagerez-vous un deuxième cruchon avec moi ? Me jugerez-vous d'assez aimable compagnie ? Sidonie Leblanc, fermière, veuve, se présenta-t-elle.

Il s'installa en face d'elle, un vague sourire aux lèvres.

— Gaston Lépeautre. Mouleur[2] à Brévaux. Veuf également. Pourquoi vous être tant ulcérée ? Maître Loup est benêt, épais de langue et d'esprit mais guère méchant.

— Je le déplore et me sens honteuse. Une bien mauvaise semaine... un embrouillement de nerfs.

— À part cela, jolie poigne ! taquina-t-il.

— Les vaches, cochons et valets de ferme m'ont affermi les muscles, plaisanta-t-elle. En vérité... je ne pensais pas me dégourdir les membres du bas dans... ce genre d'établissement. La surprise a concouru à l'aigreur de mon humeur.

— Il ne s'y passe guère de choses plus coupables qu'ailleurs. Certes, elles sont ici plus criardes et voyantes. Il ne s'agit toutefois pas d'un coupe-gorge, croyez m'en.

— Vous ne... vous dénotez céans, remarqua Igraine.

— Parce que mon langage est châtié et mon vêtement propre ? À l'évidence, vous ne connaissez pas l'autre auberge

---

1. L'alcool était, bien sûr, interdit, du moins en théorie.
2. Personne chargée de vérifier la mesure des bûches afin d'éviter les fraudes.

de Brévaux, la Flèche d'or, où l'on s'ennuie à périr depuis que la patronne est devenue dévote et vous transperce d'un regard accusateur dès que vous levez votre godet.

— Une tenancière dévote, fichtre ! Voilà qui doit gêner ses affaires, ironisa Igraine.

Un sourire étira les belles lèvres de Gaston Lépeautre, plissant ses paupières, et elle lui trouva du charme.

— Disons qu'elle ne s'était jamais montrée feignante[1] au creux de la couche, pas nécessairement celle de son époux, un cocu notoire. Ajoutez à cela moult... entourloupettes de commerçante peu scrupuleuse et vous obtenez un gros remords sur le tard.

— D'où sa pleine et entière ferveur, gloussa Igraine.

Maître Loup déposa devant eux un cruchon, sans changer les gobelets. Gaston les servit et remarqua :

— Le Loup chaudé, de gargote mal famée il y a encore deux ans, est devenu à peu près fréquentable tant la clientèle s'est lassée des neuvaines et remarques acerbes de maîtresse Flèche, qui n'en est pas une, hormis de nom. Nous avons donc transporté nos habitudes céans, dissuadant les gredins et gredines les moins recommandables. Il but quelques gorgées avant de poursuivre : Brévaux est si assoupi qu'on en viendrait à croire qu'une mauvaise fée l'a plongé dans un sommeil qui n'en finit pas.

Elle se fit la réflexion qu'elle aimait sa voix, grave, un peu lente, nuancée d'amusement.

— Et vous recherchez un peu de vie dans cet établissement ?

— De juste. On y est fort en gueule, on braille, et les injures, voire les beignes volent, mais du moins a-t-on la sensation de n'être pas encore tout à fait au cimetière. L'agitation de la bourgade se limite à l'ouverture des volets au jour échu et à leur fermeture au soir montant.

---

1. Issu de la contraction de « feindre » et « néant » ; dans le sens de « feindre de s'activer, de travailler ».

Une généreuse part de tourte aux espinoches et limaçons parut. Prudente, Igraine la fendit de la lame du couteau et en huma l'intérieur.

— Oh, vous ne devriez pas trépasser ce jour, plaisanta le mouleur. Maître Loup a la main si lourde en épices qu'on ne sait plus trop ce que l'on mange. Un atout en ce lieu.

Décidément, il lui plaisait, et un désir monta en elle. Un désir d'abandon, d'oubli transitoire. Désir d'un moment fugace, sans conséquences ni véritable cause, hormis le besoin d'une courte trêve.

Elle mangea, surprise du goût assez plaisant du mets. Gaston commanda un autre cruchon de vin. Igraine se sentait bien sans en créditer l'alcool, puisqu'elle était de résistance à saoûler une bande de rufians sans même avoir la tête chavirée. Elle se sentait en aise, grâce à la présence de cet homme. Un lancinant regret lui vint : tout eût pu être si simple. Assez avec cela. Elle n'avait pas choisi mais été choisie.

Pourtant, elle ne parvenait pas à lui tirer les vers du nez, unique raison de sa présence dans cette auberge. Trouver un habitué en manque de bavardages, lui rincer le gosier et apprendre si l'on avait aperçu un jeune mire brun, portant petite tonsure et accompagné d'un garçonnet blond.

— Brévaux serait-elle donc une bourgade si moribonde qu'il ne s'y passe jamais rien ? s'enquit Igraine.

Les dieux jugèrent-ils que leur mauvaise plaisanterie à son égard avait assez duré ? Rosmenta intervint-elle enfin en sa faveur, cette déesse-mère qui ouvrait grand les bras pour protéger les petits enfants, mais pouvait tuer dans un accès de fureur ? Toujours est-il que Gaston Lépeautre lâcha :

— Pensez… L'arrivée d'une fillette chez dame Sylvine, une agréable bourgeoise d'héritage, a secoué tout le monde d'étonnement !

L'attention de la mage se réveilla aussitôt. Elle feignit de se distraire de cette anecdote et s'enquit d'un ton d'ironie :

— Une fillette, diantre ! Il est vrai qu'on en croise fort peu. Et donc, cette enfante ?

— Quelle affaire ! renchérit-il. À la décharge des habitants, elle serait de santé fragile, expliquant qu'on la voie peu. Les langues allaient donc bon train, certains supputant que la pieuse et réservée dame Sylvine avait récupéré une sienne bâtarde, fruit d'un égarement de jeunesse, cachée jusque-là.

— Preuve de la vive imagination des commères ennuyées dans les bourgades endormies, se gaussa-t-elle.

— Dans le cas de Brévaux, la vérité sort de votre bouche ! L'histoire est bien moins affriolante[1], dame Sylvine ayant expliqué qu'il s'agissait de la fille d'une sienne mie décédée.

— Oh, je gage que d'aucuns et d'aucunes persisteront dans leur théorie d'une enfante bâtarde, conçue lors d'un coupable relâchement de sens et récupérée par sa mère.

— Certain que vous remporteriez la mise, je ne parierais pas contre vous ! s'esclaffa Gaston.

Elle termina la tourte et but une longue gorgée de vin. La main de Gaston Lépeautre se posa avec légèreté sur sa cuisse. Celle d'Igraine la rejoignit et leurs doigts s'entrelacèrent. Elle se délecta de ce contact à la fois doux et urgent. Quelques secondes. Ses doigts s'échappèrent de ceux de

---

1. De l'ancien français « frioler » (frire) puisque l'on aimait les fritures.

286

l'homme au regard maintenant grave. Elle se leva et le détailla, une implacable tristesse l'envahissant.

Elle hésita encore, tant il la séduisait. Tant un moment de peaux qui se rencontrent pour se séparer ensuite à jamais lui manquait. Tant cet abandon de chaque fibre de son corps l'eût apaisée. Elle se pencha vers lui et caressa sa joue du bout des doigts en murmurant :

— Trop tard ou trop tôt, et j'en suis désolée. À Dieu. Portez-vous bien toujours.

Il laissa échapper un long soupir, et sollicita d'un ton doux :

— À Dieu, Madame. Offrez-moi du moins le bonheur d'acquitter votre repas, afin de me laisser un plaisant souvenir pour accompagner mon soir.

Elle hocha la tête et sortit vivement, dans l'espoir de dissimuler les larmes qui lui montaient aux yeux.

Recompose-toi à l'instant ! se fustigea-t-elle sitôt dehors. Elle avala l'air glacial qui lui arracha une quinte de toux. Et quoi ? Tu aurais volontiers frotté ta peau à la sienne ? La belle affaire ! Cesse ces exaltations de donzelle ! Le futur d'un peuple spolié t'attend. Ton peuple exige sa revanche. Il te somme d'agir.

Courant presque, Igraine se dirigea vers le cœur de Brévaux. Elle aurait juré que la mystérieuse fillette n'était autre qu'Huguelin en travestissement, et se devait de le vérifier. Ainsi qu'elle l'avait supputé, la miresse avait protégé son petit en s'en séparant. Une habile stratégie, mais une stratégie à double tranchant. Le garçon devenait beaucoup plus vulnérable sans Héluise/Druon. Aimable conséquence, Druon se fragilisait en retour. Héluise et Huguelin étaient maintenant unis par un lien filial et maternel si puissant qu'ils méjugeraient les dangers auxquels ils s'exposaient chacun pour voler au secours de l'autre.

Ah, l'amour… Quel séduisant miracle mais quel admirable aveuglement !

L'amour quel qu'il fût.

XXVIII

Prieuré de Saint-Martin-du-Vieux-Bellême,
au même moment, décembre 1306

asselin de Rocé flanqua un coup de poing péremptoire contre la porte basse de l'apothicairerie, tonnant :

— Mon fils, je souhaite m'entretenir avec vous, à l'instant. Ouvrez !

Il fut aussitôt exaucé. Le visage déjà peu avenant d'Alexandre d'Aleman se rembrunit encore davantage lorsqu'il aperçut Druon/Hugues de Constantinople qui se tenait un peu en retrait.

— Seigneur mon père, quel honneur, quelle surprise et quel bonheur que votre visite.

— Nous en jugerons après nécessaire causerie, rétorqua le grand-prieur.

— Céans ?

— Où autre ? Allons, pénétrons ! Il fait un froid de gueux. Si nous en jugeons par les profuses fumées qui s'échappèrent par la mitre de votre cheminée, il doit régner une tiédeur appréciable en votre logement.

Druon admira le manque de diplomatie du grand-prieur. Du moins ne perdait-il pas de temps en tactiques d'approche ni en circonlocutions.

Les lèvres minces et pincées de l'apothicaire tentèrent de s'étirer en un sourire d'excuse.

— C'est qu'il faisait bien froid et que je redoutais une erreur lourde de fâcheuses conséquences en saisissant les faibles poids de mon trébuchet de mes doigts transis. D'ailleurs, voyez, ajouta-t-il en désignant la cheminée d'un mouvement de menton, un joli feu brille dans l'âtre.

Druon remarqua une marmite pendue à la crémaillère. Une vapeur douceâtre et plaisante s'en échappait. Une infusion de verveine et mauve.

— Hum... Assoyons-nous, décida Masselin de Rocé, à l'évidence peu convaincu.

Il tenta de croiser les jambes et renonça sur une fugace grimace de douleur, vestige de l'intervention de Druon.

— Je n'irai pas par quatre chemins, mon fils. De préoccupantes rumeurs me sont venues aux oreilles...

— C'est lui ! accusa sans vergogne l'apothicaire en pointant un index rageur vers le jeune mire.

— Lui qui m'aurait conté quoi ? Y aurait-il matière à clabauder sur votre compte ?

Alexandre d'Aleman baissa la tête sur un bougonnement inintelligible. Druon fut à nouveau frappé par ce visage de marbre, dont seuls les yeux semblaient animés d'une étincelle de vie.

— Or donc, ces rumeurs m'ont signalé que vous cultiviez abondance de berce à l'été, une plante dont l'effet principal est... inapproprié, pour ne pas dire inconvenant, en ce lieu de prière et de travail.

— Menterie ! rugit l'apothicaire. Vil coquin que celui qui propage de telles faussetés !

Visé par l'injure, Druon s'enquit d'une voix calme :

— Et que dissimulez-vous en bas de votre almaire, le protégeant avec une telle virulence que vous n'hésitâtes pas à me jeter dehors ?

— Je ne dissimule rien ! jeta l'autre, furieux, les mains faufilées dans ses manches. Vérifiez-le.

— Oh, je me doute que tout a disparu… ou presque, rétorqua Druon en se levant.

Il s'approcha de l'almaire et s'agenouilla devant elle, sous le regard curieux des deux autres. Glissant sa main, il tira d'un geste brusque sur le bandeau qui céda. Il passa le bras. Rien, ainsi qu'il s'y attendait. Il leva la tête assez vite pour surprendre le fin sourire vainqueur de l'apothicaire.

Jehan, mon bien-aimé père, il ne sera pas dit que ce paltoquet aura raison de nous ! fulmina le jeune mire en son for intérieur.

Il s'allongea sur le dos, en dépit de la bande de lin qui comprimait ses seins et lui sciait les aisselles, limitant ses mouvements. Il avança le visage autant qu'il le put dans l'espace ménagé entre le bas de l'almaire et le sol, poussant un « ah, ah ! » de satisfaction.

Masselin de Rocé fut aussitôt à ses côtés et l'aida à se relever.

— Quoi, mon fils ? La berce ?

— Que nenni. Le dessous du meuble fut balayé avec grand soin pour n'en point oublier une feuille.

— Ne vous l'avais-je point affirmé, mon père ? souligna l'apothicaire d'un ton arrogant.

— En revanche, cela pue l'urine de rat à dégorger, odeur bien connue et tenace de la berce, précisa Druon.

— Vos explications, mon fils ? exigea le grand-prieur en fixant Alexandre d'Aleman d'un air sévère.

Druon tourna le regard vers la cheminée et ajouta :

— En parlant d'éclaircissements, mon bon frère, et bien que lui aussi ait disparu depuis ma visite, pourquoi un moine a-t-il nécessité d'un baquet de bain personnel, plutôt que de se rendre à l'étuve du monastère ?

— Ces… insinuations sont… insupportables, murmura Alexandre d'Aleman. Me voir traité à la manière d'un brigand de chemins… le cœur m'en saigne.

— Piètre dérobade, contra Masselin de Rocé. Au fait, Monsieur !

— Quelle ingratitude ! Voilà tout le remerciement pour mes bons soins, geignit l'autre, immobile.

Druon sursauta de surprise lorsque la voix du grand-prieur tonna :

— Qu'ouïs-je ? Vous devrait-on un quelconque remerciement ? Vous vous acquittez d'une tâche et vos frères d'autres. Chacun œuvre pour tous en ce lieu !

— Oh, je ne l'ignore. Ce lieu m'est si cher, gémit l'homme toujours assis, les mains perdues dans ses manches.

Druon admira sa stratégie : se transformer en pauvre victime injustement accusée et incliner la discussion vers la voie des sentiments. Aussi intervint-il :

— Si je puis, et sauf votre respect, seigneur mon père… nous restons avec la berce et le mystère du baquet.

Il leva la tête et la désignant, ajouta :

— Et à quoi sert cette corde enroulée avec soin au-dessus d'une poutre. Je ne vois nul crochet, nulle charge à lever.

— La belle affaire ! Il s'agit d'une corde ! Posée là ou ailleurs, quelle différence ? s'insurgea l'apothicaire.

Il hocha la tête à plusieurs reprises, comme s'il niait ou se désolait de tant de bêtise.

Excédé, le grand-prieur exigea de nouveau :

— Monsieur mon fils, j'attends : la berce, le baquet ? Vous semblez en mal aise.

Druon détailla l'apothicaire. Le bas de son visage évoquait toujours un masque mortuaire de cire.

— Divin Agneau ! murmura le jeune mire. Puis-je voir vos mains, vos poignets, mon frère ? Ce que je pris pour des brûlures ?

— Allez au diable ! feula Alexandre d'Aleman.

Un silence s'abattit devant cette énormité proférée en ce lieu. Soudain Masselin de Rocé, démonté, rugit :

— Auriez-vous tout à fait perdu le sens ? Nommer le malin céans ?

— Ses mains, réitéra Druon d'un ton doux.

Le grand-prieur se précipita vers son fils apothicaire, qui se leva, tenta de résister, donnant des coups d'épaule et de genoux. Une violente poussée le rassit. À peine essoufflé en dépit de son âge et de la plaie qu'il portait à l'aine, M. de Rocé siffla entre ses dents :

— Il suffit, et je ne le redirai pas ! Je vous conseille vivement de tendre vos mains et d'offrir des excuses convaincantes à votre insolite comportement.

Alexandre d'Aleman jeta un regard désespéré à Druon et, après un lourd soupir, s'exécuta. Druon se pencha afin de les examiner. On eût cru que ses mains avaient été brûlées du milieu de leur dos au poignet. La peau avait pris l'allure d'un parchemin sec, rouge marron.

— Vos doigts deviennent blancs et glacés, tels ceux d'un cadavre, au moindre froid[1] ? Quant à vos lèvres, vous ne parvenez plus à les desserrer qu'à peine, ni à contraindre le bas de votre visage au mouvement, n'est-ce pas ?

Le regard d'Alexandre d'Aleman se liquéfia et les larmes dévalèrent de ses paupières. Pourtant, en dépit de sa détresse, son visage resta figé.

— Cette sorte de paralysie partielle gagne du terrain, murmura l'apothicaire, défait. Votre prédécesseur, Jacques de Salny, n'y comprenait goutte. Cela étant, il n'aurait pas

_____

1. Syndrome de Raynaud, qui n'est pas exclusivement lié à la maladie.

reconnu le cul d'une vache dans un champ de marguerites. Paix à son âme. Je souffre. Les bains très chauds, additionnés d'huile de mauve, m'apaisent. Je ne puis me dénuder devant les autres. Le bas de mon dos est couvert de plaques, à l'instar de mes mains. Est-ce… je ne sais… une sorte de malédiction… Pourquoi Dieu m'éprouverait-Il de la sorte ? Je le sers avec ferveur et amour depuis mon plus jeune âge. Mais pourquoi ?

— Veillons à ne pas rendre Dieu responsable de nos moindres malheurs, rectifia Druon. Sclérodermie. Une affection fort rare, que je n'ai jamais constatée dans toute ma pratique, mais qu'Hippocrate évoquait déjà, bien que la description qu'en fit Paulus Agineta[1] soit plus précise.

— Qu'est la sclérodermie ? demanda le grand-prieur, que la mention d'une maladie avait radouci.

— Il en existerait plusieurs, dont les causes sont bien mystérieuses, mais qui se caractérisent par des indurations de la peau, lui conférant cet aspect de cuir épais et rigide[2] et des raideurs douloureuses d'articulations. Et la corde, mon frère apothicaire ?

L'autre lui jeta un regard accablé et avoua :

— Afin de m'étirer dans l'espoir de décrisper mes articulations. Je la passe par-dessus la poutre et m'y suspends de toutes mes forces.

Il marqua une brève pause et ajouta :

— Je suis si fatigué, je ne cesse de dormir. En vain. Je m'éveille épuisé. J'ai l'effrayante sensation que mon corps devient une cage dont je ne puis plus sortir, dans laquelle je me tasse à l'étroit. Pourquoi ? Vais-je mourir sans jamais savoir la faute que j'expie ainsi ?

---

1. 625-690.

2. La maladie est auto-immune. Il existe une forme localisée à la sphère cutanée qui se manifeste à la suite d'une accumulation de collagène, provoquant une atteinte des vaisseaux qui deviennent fibreux. La forme généralisée se caractérise par des atteintes de nombreux autres organes, notamment le cœur et les poumons, et peut être mortelle.

— Encore une fois... Dieu n'est pas l'Auteur de nos maladies.

Un peu inquiété par cette déclaration dérangeante, Masselin de Rocé intervint :

— N'est-ce pas là réflexion impie, mon fils ?

— Certes pas. Le Divin Agneau a péri sur la Croix afin de racheter nos péchés. Il est tout amour. Tolérerait-Il donc que l'enfant nouveau-né décède d'une soudaine toux ? Tolérerait-il que la jeune femme sans souillure qui met au monde et Lui offre un nouvel agneau en perde la vie ? Tant d'exemples que je vous pourrais tenir éveillés toute la nuit. Non, je vous le dis : en vérité, tout cela n'est que billevesées et superstitions.

— Mais, alors... à quoi sont dues les maladies et infirmités[1] ? Au diable ?

— Balivernes encore. Il se ferait alors très mal aimer des ouailles qu'il tente de recruter dans les jardins du Seigneur. Je ne sais d'où viennent toutes les maladies, mais les savants le découvriront un jour.

Le grand-prieur, maintenant embarrassé, interrogea :

— Alexandre, pourquoi vous être tu ? Votre humeur acariâtre, qui offensa certains, ne peut guère vous être reprochée. Pourquoi ce mutisme ?

— Je ne veux pas de regards de commisération, d'affliction. Je refuse d'être traité à la manière d'un infirme ! s'emporta l'autre.

Percevant l'encombre de Masselin de Rocé, Druon revint au motif de leur visite :

---

1. Rappelons que les infirmités de naissance étaient objet de méfiance, voire de rejet, au Moyen Âge, puisqu'on y voyait la marque du diable.

— Mais, cher frère… la berce n'a aucune vertu apaisante, analgésique ou sédative. Stimulante, diurétique et détersive à l'instar de nombre d'autres, ses effets les plus prisés s'exercent sur la virilité. Pourquoi une culture si abondante ?

— Je souffre, vous dis-je ! Je dors et digère mal. Mes membres s'engourdissent.

— Et la berce ? répéta le jeune mire.

— Dormir… tout simplement dormir ! Pour que cessent ses épouvantables douleurs. Seriez-vous dépourvu de compassion ?

— À mes yeux la pire des infirmités, se défendit Druon, sincère. Cependant, la berce ne vous étant d'aucune utilité en la matière, d'autant qu'existent d'autres simples pour calmer et endormir, j'insiste : qu'en faites-vous ?

— Vous ne me laisserez pas en paix, n'est-ce pas ?

Druon hocha la tête en signe de dénégation.

— Fort bien… Alexandre d'Aleman se tourna vers le grand-prieur et avoua enfin : Mon père, je m'accuse d'un scandaleux commerce… La honte m'étouffe… mais je souffre tant… j'ai si peur de devenir un invalide qu'on tolère tout juste… J'échange les différentes préparations de berce, en plus d'autres, contre du suc de pavot somnifère[1] difficile à obtenir sous nos climats. L'argent tiré de ce négoce confidentiel et blâmable devrait revenir au prieuré plutôt que de me permettre de… dormir enfin, sans cauchemars, sans douleur. Je suis donc conscient d'avoir commis moult vols et dépossédé le prieuré de revenus. Mais Thibaud Ducher, notre cellérier-boursier, couve chaque piécette avec une telle avarice, une telle rapacité qu'il ne me laisserait rien afin d'obtenir l'unique principe qui allège ma condition.

---

1. Opium. Connu des Sumériens 3 000 ans av. J.-C., prescrit par Hippocrate, très utilisé par la Grèce antique et Rome, l'opium était strictement considéré comme un médicament à l'époque en Europe. Des médecins mirent en garde dès le XVIIe siècle contre la dépendance qu'il créait.

— Les circonstances sont telles que je ne puis vous en tenir rigueur, mon fils. Vols ? Peut-on ainsi qualifier le légitime souhait d'un malade de s'apaiser un peu ? J'en doute.

— Croyez, mon bon, que notre cœur se serre à la mention de votre état. Cela étant, pourquoi m'avoir éconduit si brutalement, pourquoi avoir tu la vérité à votre père d'ordre ? Vous ne méritez que la tendresse de vos frères, résuma le mire. Depuis quand avez-vous recours à l'opium ? Si je puis.

— Oh… des années. Au moins cinq, six peut-être. J'aggrave ainsi mon cas. Tout cet argent obtenu de la vente de berce, détourné à mon seul bénéfice. Lorsque vous vîntes me visiter… je dormais d'avoir mâché une boulette de résine… un très lourd et réparateur sommeil. Comment vous supplier de me pardonner mon geste stupide, et si peu fraternel ?

— Oh, nul besoin, en vérité. À l'inverse, mon obstination, mon manque de cœur à ce moment me font monter le rouge au front, s'excusa Hugues. De grâce, croyez à mes remords et à ma tendresse.

Un court silence de détente s'installa, un silence bienvenu après l'orage. Druon poursuivit :

— Vous avez grand raison de maintenir une agréable chaleur céans, afin d'éviter cette exsanguination temporaire des doigts qui peut, malheureusement, se conclure par une amputation. Allons, pourquoi ne pas célébrer la disparition de ce vilain nuage de suspicion par un gobelet d'infusion ? Une odeur bien réconfortante. Verveine et mauve, n'est-ce pas ?

— Si fait, approuva l'apothicaire, tentant de sourire en dépit de la maladie qui lui figeait le bas du visage. Je nous sers à l'instant.

Il se leva et se planta devant l'âtre. Il s'activa, remplissant les gobelets à l'aide d'une louche, puis les posa tour à tour sur la table de pesée.

XXIX

Brévaux, au même moment, décembre 1306

Igraine se fit indiquer la demeure de Sylvine Touille. Elle la détailla de l'autre bout de la rue : à deux soliers, au toit fraîchement recouvert d'ardoises de Loire, belle opulence sans tapage. Elle se souvint que Druon avait brièvement mentionné la jeune femme comme l'unique voisine ne lui ayant pas tourné le dos après l'arrestation de Jehan Fauvel par l'Inquisition.

La mage leva le visage. Le ciel virait, mais la pluie ou la neige restaient lointaines, et le soir ne s'installerait pas avant deux bonnes heures. Elle s'adossa au tronc d'un chêne imposant, puis, un peu lasse, se laissa glisser et s'assit au sol. Adoptant la posture d'une vieille femme fatiguée, le front baissé, quoique jetant de fréquents regards vers la porte principale de la demeure, elle attendit. Des galopins[1], gamins et saute-ruisseaux[2], comme il en existait dans tous les faubourgs des villes, passèrent et repassèrent devant elle, sautant par-dessus ses jambes, cognant parfois le bout de ses chaussures, puis s'égaillant telle une nuée d'oiseaux

---

1. Gamins effrontés et mal tenus qui couraient les rues.

2. « Ruisseaux » indiquant ici la rigole centrale des rues, permettant l'évacuation des eaux usées. D'abord « petits miséreux », puis enfants à qui l'on donnait la pièce pour faire des courses.

maigrelets pour revenir à la charge quelques secondes plus tard. Elle les guetta, consciente que ceux-là n'avaient plus de l'enfance que l'âge et la taille. Ils avaient appris à la dure la survie, le vol, la violence et toutes les ruses et méchancetés des adultes, qui le plus souvent les battaient comme plâtre s'ils ne ramenaient pas dans leur masure une pièce, un peu de nourriture, bref, n'importe quel butin. Ils mouraient bien vite, de famine, de maladie ou d'un mauvais coup reçu pour une peccadille. Qui s'en préoccupait ? Certes pas leurs parents. Un de plus, un de moins, Dieu l'avait ainsi voulu[1] !

Un gredin en herbe, qui ne devait guère avoir plus de douze ans, lui lança :

— Hé, la vieille ? Tu dors, t'es avinée ou t'as claqué ? C'pas des hardes de pauvresse c'que t'as su'l'cul !

Tête baissée, elle ne broncha[2] pas.

— J'te cause, la vieille ! s'énerva le petit poul[3] qui menait la bande de miséreux et tenait à étaler son courage.

Aucune réaction. Quelques rires, enfantins mais hargneux, fusèrent. Remonté, le chef de meute envoya un coup de pied senti dans le mollet d'Igraine. Rien.

— Bon, l'a claqué. On la dépouille d'ses nippes, toujours ça d'pris.

Il se baissa et faufila sa main sous le mantel de camelin[4]. Une beigne expédiée à toute violence le fit s'affaler sur le ventre. Son menton heurta le sol caillouteux, lui arrachant

---

1. Rappelons que la vision de l'enfant était très différente au Moyen Âge. Souvent considérés comme une bouche supplémentaire à nourrir jusqu'à ce qu'ils travaillent, ils devaient se débrouiller seuls très vite.

2. Du latin grossier de soldats, *bruncus* (souche). A d'abord signifié, au positif, « trébucher », puis, au négatif, « ne plus bouger, telle une souche ».

3. Masculin de poule : coq.

4. Tissu de laine de qualité moyenne.

une plainte. En deux mouvements, les genoux d'Igraine le plaquèrent sans ménagement.

— Non, la vieille n'a pas claqué. Je songe à t'embrocher telle la mauviette[1] que tu es. Un rôt de mauviette, fort goûteux. Alors le nabot, on attaque une vieille femme assoupie ? Serait-on bien poltron !

Des gloussements s'élevèrent de la dizaine de gamins qui s'étaient prudemment reculés de quelques pas. Humilié, furieux, l'autre se débattit et tenta de se défaire d'Igraine. La main de celle-ci s'abattit sur sa nuque et elle demanda de sa voix guillerette :

— Veux-tu que je te casse le col, mon petit lapin ?

Elle jeta aux autres gamins le grand regard jaune qu'elle destinait aux sacrifiés des Anciens Temps. Un regard de mort et de néant.

Le groupe se figea. Un lourd silence. Un petit blond crasseux se signa. Un autre cria d'une voix d'effroi :

— R'garde ses yeux ! C't'une Mauvaise Dame[2], pour sûr. Filons !

Igraine retint un rire et relâcha sa pression sur le cou et le dos du gredin en graine qu'elle maîtrisait. Elle murmura :

— Assois-toi. Lentement. Pas de viles tentatives, tu le regretterais. J'ai à te parler.

Il s'exécuta, oscillant encore entre la rage et la crainte. Le regard jaune se fixa au sien. La colère disparut. La peur la remplaça avidement.

— Z'êtes une Mauvaise Dame ? balbutia-t-il en se signant à son tour.

— Quoi d'autre ? Toutefois, inutile de te transformer en verrat, tu es déjà porcelet. L'âge fera le reste.

---

1. Autre nom de l'alouette des champs, lorsqu'elle est bien dodue après l'été. « Mauviette » eut très vite le sens figuré qu'on lui connaît, mais garda son sens propre.

2. Les méchantes fées. Le Moyen Âge croyait fermement aux fées, bonnes ou mauvaises.

À son visage terrorisé, elle comprit qu'il la croyait capable d'un tel maléfice. Bien. La raison pénétrerait plus en aise dans son esprit.

— Ton nom !

— Euh… René.

— J'ai un marché à te proposer, René. Gare, si tu me trahis, je te métamorphoserais en verrue sur le cul d'un verrat.

D'un geste vif, elle lui arracha quelques cheveux et les fourra dans la bourse pendue à sa ceinture, expliquant :

— Vois, j'ai maintenant quatre cheveux de toi. Mon horrible sort n'en sera que plus facile et efficace.

Le jeune garçon tremblait. Une grosse larme roula le long de sa joue.

Des images embrouillées défilèrent dans l'esprit de la mage. De laides images, si banales qu'elle haussa les épaules en un mouvement inconscient.

— Tss-tss, pas de ces mines de chattemite[1] avec moi. Quand as-tu bastonné pour la dernière fois un plus faible que toi ? Quand as-tu roué de coups un pauvre chien famélique ? Quand as-tu écrasé une portée de chatons à coups de talons, plutôt que de les noyer au preste ? N'oublie pas, je suis une Mauvaise Dame et lis en toi. Une très belle Dame, très puissante et parfois féroce, Rosmenta, a souhaité que ta route croise la mienne ce jour d'hui. On ne contrevient pas aux désirs de Rosmenta.

Les mâchoires du garnement[2] se serrèrent.

Enjouée, elle poursuivit :

— Or donc, le marché ! Il te faudra m'obéir en tout, ou cul de verrat tu décoreras. Si tu me satisfais, dix beaux deniers tournois te récompenseront…

---

1. Prendre de petits airs doux et inoffensifs pour tromper. De « chatte » et de l'ancien français « mite » qui signifiait « trompeur, manquant de sincérité ».

2. Le terme, faisant référence à l'équipement des soldats et des mercenaires, signifiait « vaurien ».

Aussitôt, le regard du gamin s'alluma de convoitise, d'espoir. Igraine se défendit d'une pensée plus tendre. Combien d'enfants tels que lui, dont l'unique tort originel avait été de mal naître ? Il rejoindrait les hordes de trucheurs[1], les bandes de brigands de chemins, à moins qu'il ne finisse en haut d'une corde, ou navré dans une ruelle. Son destin était écrit avant même qu'il ne voie le jour. Elle se ressaisit. Mais bah, il l'aurait volontiers plumée, ou pis, s'il l'avait pu !

Il tenta :

— Vingt deniers.

— Non pas, cher René. Tu ignores encore ce que je veux. Peut-être, si tu te montrais particulièrement habile, ma débonnaireté me pousserait-elle à ajouter deux autres beaux deniers aux dix promis.

Il plissa le front, soudain méfiant, et vérifia :

— Z'agirait pas de... enfin, z'êtes ben vieille quand même... et maigre... Pis... les amusements d'certains... à plusieurs... j'veux pas.

Un rire bas s'échappa de la gorge d'Igraine. La question ne la surprenait pas. Après tout, aux yeux de presque tous, ils n'étaient qu'offense faite aux passants, répugnant spectacle, voire viande corvéable.

— Que nenni ! J'aime la chair adulte, propre et... habile. Désignant d'un index maigre la demeure de Sylvine, elle poursuivit : Dans cette maison loge une fillette d'à peu près ton âge. Je gage qu'elle aura l'air d'une mignonne donzelle. Dès qu'elle sortira sans accompagnement, je veux que tu l'abordes gentiment, sans attitude déplacée ou propos graveleux. Approche-toi assez d'elle et hurle soudain qu'elle est mâle. Tempête et menace de prévenir le secrétaire du bailli, le prêtre, la populace. Bref, fais en sorte d'ameuter le village.

— C't'un gars ?

---

1. Qui mendie par paresse. Très péjoratif.

— Je ne te paie pas pour me poser des questions. Un détail, ne lui porte nul coup, ne lui fais aucun mal… ou je te tue. Braille[1], et les deniers sont tiens.

Il la scruta, et la dureté de son visage l'incita à la croire.

— Et comment qu'le gars qu'est une donzelle va sortir d'chez lui ?

— Je m'en charge… Grâce à toi, beau René.

Igraine se pencha à l'oreille du gamin qui se recula d'abord, effrayé par cette proximité. Elle se releva, lui tendit deux deniers d'acompte et exigea :

— Va ! Je te surveille. Fais un effort, montre-toi poli et convaincant. Souris. Gare, si tu me mécontentes !

Il fila vers la maison, hésita, monta les quelques marches du porche principal, les redescendit en jetant un regard à la mage presque complètement dissimulée par le large chêne.

Tudieu, dix deniers, une belle somme ! songeait René tout en s'inquiétant des possibles et fâcheux dénouements. Mais avec ça, il pourrait ramener à manger à la maison, et du bon, pour au moins un gros mois, tout en en dissimulant un peu pour lui, en prévision des jours de vaches maigres qui ne manquaient guère. Et puis, sa petite sœur toussait à la nuit et saignait du nez ; sûr qu'il aurait de quoi lui acheter un remède. Elle lui évoquait un chaton malingre. D'ailleurs, il n'avait jamais écrasé de chaton à coups de talons. D'accord, il tapait les plus faibles. Pas fol ! Ça valait mieux que de prendre un sale coup.

Cette vieille efflanquée avait perdu le sens, mais tant qu'elle payait, il n'en avait cure. De plus, si vraiment elle

---

1. Du latin grossier de soldats, *bragere* (braire). Rappelons qu'avant de désigner le cri de l'âne, « braire » s'appliquait aux personnes parlant trop fort.

faisait partie des Mauvaises Dames, il ne tenait pas à se la mettre à dos. De notoriété publique, ces vilaines fées pouvaient se montrer sournoises rosses.

Rassemblant tout son courage, il cogna à la porte de Sylvine Touille, prêt à prendre l'escampe à la vitesse de l'éclair, le cas échéant.

Une servante ouvrit, un sourire de composition aux lèvres, sourire qui se fana vite lorsqu'elle découvrit le petit miséreux.

— Ouste ! Pas de mendiants céans ! glapit-elle. Galapiat[1] aussi sale que tous les diables de l'enfer. Tu pues à dégorger. Ouste !

— J'mendie pas, la femme. J'le jure sur la bonne Mère de Dieu ! J'suis porteur d'un message pour la jeune donzelle qu'habite ici. Un message d'urgence d'son bon maître, messire Druon.

— La dame Sylvine est point céans, et j'avions point confiance en ceuzes autres de ta sorte, rétorqua la femme encore jeune. Donne le message. Exige rien pour sa remise puisqu'on t'a déjà payé, ajouta-t-elle, agressive.

— Mais j'as rin d'mandé, se défendit le garçonnet. L'message, j'sais les mots que j'dois y réciter... à la donzelle... et rin qu'à elle ! Manie-toi[2] avant qu'j'les oublie, la femme !

Elle tergiversa encore quelques instants puis lui claqua la porte au nez en criant :

— J'vas chercher la damoiselle Louise !

Huguelin cacha l'ouvrage d'art médical qu'il lisait avec avidité au coup frappé contre la porte. Peu seyant pour une fillette ! Son cœur s'emballa lorsque la servante mentionna

---

1. À l'époque « petit vaurien », injurieux.
2. A donné « se magner ».

un garnement porteur d'un message urgent de Druon. Il dévala les marches sans l'attendre et se précipita à sa rencontre.

René le détesta du premier coup d'œil, ce jeunet gringalet, bien habillé quoique en fille, propre du matin, vivant dans une belle demeure dont les pièces devaient être réchauffées au soir. Il imagina son lit de draps fins, bassiné[1] afin d'en dissiper l'humidité. Il eut la vision de ses repas raffinés, quand lui bâfrait ce qu'il trouvait dans les poubelles des auberges et qu'il devait protéger à coups de pied des autres ventres-creux. Il le détesta encore plus dès qu'il ouvrit la bouche, tant s'étalait le gouffre qui les séparait :

— Vous me demandez ? Druon vous a confié un message à mon intention ? De grâce, délivrez-le moi !

À la décharge de René, il n'avait jamais frayé qu'avec d'autres miséreux. À sa décharge, sans doute devait-il détester ce garçon vêtu en fille pour parvenir à le tromper, sans même savoir ce que cette affreuse femme maigre lui réservait ensuite.

— Ouais. Écartons-nous un peu. C'est secret.

Huguelin, rongé d'inquiétude, le suivit dans la rue.

René poursuivit :

— J'l'a rencontré en sortie d'village. Y m'a donné qu'ec pièces pour vous dire qu'y vous attend. L'est en danger et vous aussi, qu'y m'a affirmé. Y vous attend d'vant l'auberge du Loup chaudé et faut pas tarder, rapport à la nuit qui va tomber. V'là tout.

Au bord des larmes, Huguelin insista, sans même se rendre compte que l'autre reculait d'un pas, puis d'un autre, qu'il l'imitait, augmentant ainsi la distance d'avec la demeure de Sylvine.

---

1. À l'aide d'une bassinoire, sorte de grosse poêle fermée, à longue queue, remplie de braises, que l'on passait dans les lits avant le coucher pour les tiédir. Elles restèrent en usage très longtemps.

— Un instant… comment semblait-il ? En bonne santé ?

— M'a paru ben épuisé. Crotté des chemins. V'là tout, j'vous dis.

Un coup d'œil vers le chêne. La Mauvaise Dame les observait, aumusse rabattue sur le front.

René eut soudain envie de fuir. Cependant, l'idée de perdre les huit deniers et peut-être les dix restant dus lui crevait le cœur. Bah, un sale moment à passer, ni le premier, ni le dernier, s'admonesta-t-il.

Il arracha sans brutalité le bonnet de la prétendue fillette, découvrant ses courts cheveux, puis l'agrippa aux épaules, hurlant :

— Pouah ! C'te un gars, un gars déguisé en fille ! Chez m'dame Sylvine ! Et pourquoi, hein ? Pouah, à dégorger que c't'horreur là ! Mais v'nez donc, v'nez donc voir c'te répugnante chose ! Pouah, pouah ! J'vas rendre mes intérieurs !

Terrorisé, Huguelin tenta de se libérer. Mais la poigne de l'autre était ferme. René continua de vociférer. La servante qui l'avait presque éconduit sortit et plaqua la main sur sa bouche, les yeux ronds de stupéfaction. Bientôt, des voisins approchèrent. René s'époumonait. Huguelin, maintenant en larmes, tentait de fuir.

Prenant les autres à témoin, une jeune femme enceinte lâcha d'un ton atterré :

— Mais pourquoi Sylvine cache-t-elle un garçon déguisé en fille en son logement ?

— Pas bien chrétien, tout cela, pour sûr, répondit un homme âgé.

— Oh, moi j'dis qu'y faut appeler le prêtre. Y saura comment procéder, conseilla la matrone du village qui se préparait à un accouchement.

Huguelin s'écroula à terre, cachant ses cheveux courts de ses avant-bras repliés. Les voisins s'attroupèrent autour de lui.

René n'avait plus qu'une hâte : prendre l'escampe. Il tourna la tête vers le chêne. La femme maigre lui fit un signe. Il lâcha sa proie sanglotante et fila vers elle.

Dissimulée par l'énorme tronc, elle lui tendit les dix derniers deniers et murmura :

— Déguerpis, maintenant. Si tu bavardais au sujet de notre marché, souviens-toi que je conserve tes cheveux !

Avachi au sol, Huguelin avait tenté de remettre son bonnet comme il le pouvait. Des sanglots le secouaient et son nez coulait. Il les entendait à peine, tous ces gens qui supputaient, accusaient voire calomniaient.

Druon était en danger non loin, et il avait gravement failli à sa promesse. Il venait, par sa faute, son imprudence, de mettre la douce Sylvine en grave péril. Il se serait battu.

Une voix enfantine retentit alors :

— Allons, braves gens ! Billevesées que vos supputations. En vérité, je vous l'assure.

Tous se tournèrent vers Igraine, appuyée sur son haut bâton de marche.

— Dame Sylvine n'a fait qu'acte de charité en accueillant et dissimulant ce pauvre garçonnet… bien menacé par les siens, broda-t-elle sans savoir qu'il s'agissait de la fable retenue par Druon.

Huguelin se releva, certain d'être le récipiendaire d'un miracle. Il tituba vers elle et lui enserra la taille de ses bras.

— Dame Igraine… dame Igraine… murmura-t-il contre son ventre.

— Chut… là… tout est fini… Levant la voix, elle poursuivit à l'adresse des voisins au visage encore fermé, s'amusant fort de ses menteries et de sa rouerie : Si vous saviez, braves gens, ce que ce pauvre garçon a subi, ce qu'il endurerait si…

sa famille le retrouvait. Une partie de sa famille. Je gage que l'autre, le chenapan[1], est un de leurs acolytes. Allons, Huguelin, partons d'ici avant que ses commanditaires n'arrivent et ne t'emmènent Dieu sait où. Nous remercierons par message dame Sylvine de sa bonté. Quelle magnifique âme charitable que la sienne. Un honneur pour cette bourgade.

Un ou deux hésitèrent, mais l'implacable regard presque jaune les dissuada d'intervenir.

Lorsqu'ils se furent éloignés de quelques toises d'un pas rapide, Huguelin, tremblant toujours, expliqua :

— Mon bon maître m'attend non loin de l'auberge du Loup chaudé. Il est en danger. Mais... je ne comprends pas... comment ce jeune gredin a-t-il su... senti... Pourquoi... Enfin... Il m'a arraché mon bonnet... on eût cru qu'il savait que...

— Bien sûr qu'il le savait. Il n'y a jamais eu de message de Druon, j'en mettrais ma main au feu. En revanche, il ne m'étonnerait guère qu'il ait été rémunéré par vos ennemis. Qui sont également les miens. On t'arrêtait et te confiait à l'Inquisition. Tu te doutes de la suite.

— Non, bafouilla le garçonnet.

— Druon se livrait en échange de ta liberté. À ceci près que tu ne serais jamais sorti de leurs geôles.

Huguelin fondit à nouveau en larmes :

— Oh mon maître... mon magnifique maître... je vous aime tant. Quelle déception je vous cause... Quelle insignifiante vermine je fais, incapable de tenir une promesse ! Quelle honte. Je me hais !

---

1. Dérivé d'un mot de néerlandais signifiant « voleur de grand chemin », le terme était très fort.

— Hâtons le pas, tes larmes peuvent attendre et tu t'y livreras tout à ton aise lorsque nous serons rendus et bien saufs. La nuit tombe. De plus, en dépit de mes pouvoirs et de mes aptitudes de bretteuse, je doute de parvenir à me défaire de deux ou trois gens d'armes. Prie donc votre très bonne Vierge, qu'elle protège ton maître, et avançons. Il me faut te mettre en sécurité puis découvrir où se cache la miresse afin de l'avertir qu'ils sont sur vos talons.

— Peut-être prévenir dame Sylvine ? Messire Druon me viendra chercher en sa demeure.

— Sage idée. Je lui ferai porter une missive, sourit Igraine.

XXX

Citadelle du Louvre,
au même moment, décembre 1306

nnelette Meunier lui avait fait porter missive afin de le prévenir qu'elle avait pris gîte et couverts en l'auberge de la Hase guindée, sise rue des Poupardières en Nogent-le-Rotrou, établissement qu'elle qualifiait « de bonne tenue familiale à modeste débours ». Autre avantage à ses yeux, une abondante clientèle qui, en aise grâce à la modération sans faille de maîtresse Hase, se laissait volontiers aller à quelques indiscrétions.

Annelette se faisait passer pour veuve sans enfant d'un calamier[1] passé à l'an échu. Elle n'avait pas choisi ce métier sans raison. En effet, pour avoir jadis plumé – le jeu de mots la faisait sourire – un tendre mais peu prudent représentant de cette corporation, elle pouvait l'évoquer sans bévue. Annelette ayant exercé métier de charme, au singulier, puisque ne monnayant jamais ses atouts physiques, elle jaugeait fort bien ses interlocuteurs, qu'ils fussent masculins ou féminins. Elle avait donc vite perçu que maîtresse Hase, veuve sans enfant, elle aussi, lâcherait un peu de sa méfiance professionnelle face à une femme lui ressemblant. Cependant, les femmes étant de nature plus circonspecte que les

---

1. Fabricant de plumes à écrire. De « calame », petit roseau dont se servaient à l'origine les scribes pour écrire.

hommes, il convenait d'avancer à pas comptés pour ne pas les effaroucher.

L'agacement gagnait messire de Nogaret. En réalité, il ne s'agissait pas véritablement d'impatience, l'exercice du pouvoir lui ayant enseigné que la hâte est souvent exécrable conseillère, mais plutôt d'une sourde appréhension. Il aimait le roi, représentant de Dieu sur terre[1] afin de régner sur la France. En sincérité. Toutefois, Philippe était homme et ses emportements, lorsqu'il ne parvenait pas à ses fins, prenaient souvent allure redoutable. Si Rome obtenait un avantage politique, Nogaret en paierait les frais, surtout avec Enguerrand de Marigny en embuscade. En revanche, si le conseiller pouvait offrir sur un plateau au roi ce qu'il convoitait, son importance et son avenir n'en seraient que renforcés. Il lui fallait cette pierre rouge. De désagréables pensées le troublaient parfois : et s'il ne s'agissait que d'une chimère ? Si ce joyau n'avait aucun intérêt ? Bien vite, la déduction reprenait le dessus. Impossible, ainsi qu'en témoignaient l'implication d'un Hugues de Plisans, donc du Temple, et celle de l'Inquisition.

Guillaume de Nogaret balayait une miette de pain du tranchant de sa main, la poussant, la repoussant sans même en être conscient. Il humecta le bout de son index afin de la récupérer pour l'avaler.

Autre sujet de préoccupation, le gros Charles de Valois, bien calme en ce moment. Que mijotait-il ? Les deux hommes étaient parvenus à une sorte de trêve d'apparence qui ne rassurait guère le conseiller. Chacun faisait espionner l'autre et s'épiait tel le chat la souris. Aux yeux de messire de Nogaret, Charles devenait un mal nécessaire, une sorte de disgracieuse verrue, sans danger mortel toutefois. Choisir ses ennemis, protéger les moins néfastes d'entre eux, s'avérait

---

1. Cette notion de monarque de droit divin était très ancrée dans les esprits de l'époque.

souvent plus profitable que conforter[1] ses amis ou appuis, plus ou moins volages.

Un huissier pénétra à son invite. Embarrassé, l'homme âgé trottina vers sa table de travail et s'inclina, balbutiant :

— Oh, messire… je ne sais que faire…

— Quoi, encore ? Ne peut-on travailler en paix ?

— Une missive d'importance, m'a-t-on affirmé.

— Eh bien, donne ! ordonna le conseiller en tendant une main osseuse, blanchie par le froid qui régnait dans la salle.

S'agissait-il enfin de nouvelles favorables d'Annelette Mercier, avait-elle retrouvé Héluise Fauvel, la pierre ?

— C'est que, c'est que… s'embourba l'huissier, effrayé.

— Quoi ? cria Guillaume de Nogaret en se redressant.

— Le messager… il refuse de… en mains propres, exige-t-il.

— Un messager ? Exige ? Quelle est plaisante, celle-là ! Fais-le pénétrer que je le rabroue ainsi qu'il le mérite… escorté d'un garde !

Quelques secondes plus tard, un homme grand et lourd pénétra, les traits tirés de fatigue, les bottes et le bas de son mantel de belle laine crottés. Il s'inclina sans un mot. Le garde surveillait chacun de ses gestes, la main crispée sur sa pertuisane[2].

Nogaret lâcha :

— Pour qui te prends-tu, l'homme ? Serais-je à ta convenance ?

---

1. Le terme n'a alors pas la signification actuelle de « renforcer ». Du latin *confortare*, consoler, il signifiait réconforter, consoler.

2. Lance dont le fer découpé en crocs sur les côtés était terminé d'une longue pointe.

L'autre le détailla, le visage impavide, et lui tendit un rouleau, expliquant d'une voix plate mais ferme :

— Je me prends pour le dernier messager d'un défunt qui commande le respect. Je n'attends donc pas de réponse. Dieu vous garde, messire.

Droet Bobert ressortit aussitôt, sous les regards médusés du conseiller et du garde.

Fébrile, tant cette scène le sidérait, Guillaume de Nogaret congédia le garde d'un petit moulinet de main et décacheta la lettre, alarmé par le sceau de l'évêque. Il déchiffra la haute écriture élégante et ferme.

À messire le conseiller du roi, Guillaume de Nogaret.

Messire,

Si cette missive vous parvient, je serai défunt, ou bien pis. À Dieu plaise de m'épargner le second. Je dispose d'informations au sujet d'une très enchevêtrée et sanglante histoire qui remonte à l'aube de l'ordre du Temple. Vous n'en connaissez que quelques bribes. Il s'agit, vous l'aurez deviné, de la pierre rouge à moi confiée par mon admirable ami, l'aesculapius Jehan Fauvel. La pierre aura ajouté deux victimes à son lourd et terrible secret : Jehan et moi. Ne tolérez pas que sa fille, Héluise, nous rejoigne. Je pourrais certes en appeler à votre mansuétude, votre honneur, votre charité chrétienne, dont la notoriété dépasse les frontières de la capitale. Je solliciterai plutôt la redoutable finesse du politique que je vous sais. Au crépuscule de ma vie – l'Inquisition me fera cher payer mes mensonges et dérobades – alors que je ne requiers ni pardon, ni privilège de vous, je vous le conseille en vérité : ne lâchez pas la proie pour l'ombre[1]. Héluise ignore tout de la pierre, où elle se trouve, ce qu'elle signifie, hormis que son père la récupéra. Rome la convoitant plus que tout, je ne doute point qu'elle vous intéresse au plus vif.

Pardonnez, messire, ma brutalité de propos en la mettant au compte de la mort qui approche, me laissant fort peu de temps. J'ai le front de vous imposer sans ambages une transaction, par vous non discutable. Privilège de condamné à mort. Retrouvez au plus preste la damoiselle Héluise Fauvel qui court le Perche en habit de jeune mire, sous le nom de Druon de Brévaux, et portez-vous garant de sa sécurité. Vous lui offrirez, par écrit, pardon royal pour les prétendues fautes de son père Jehan, ainsi qu'une protection pour elle de notre grand souverain, jusqu'au terme de sa vie. Laissée orpheline et sans fortune, vous joindrez pour sa subsistance une dot de 500 livres[2]. Héluise est l'unique héritière de mes biens privés. J'ignore si elle les acceptera. Un fèvre du nom de Droet Bobert a déjà reçu une autre missive de ma main. Lorsque Héluise sera bien sauve, Bobert préviendra mon unique ami, qui vous fera porter une seconde missive où je relate ma connaissance de la pierre rouge.

Hâtez-vous, messire. L'Inquisition traque Héluise et l'occira, plutôt que de vous la livrer.

En cette âme vile[3] persiste un peu de lumière. En mon âme.

Dieu garde le roi, son conseiller, ainsi qu'Héluise.

Votre très respectueux, feu l'évêque d'Alençon,
Foulques de Sevrin.

---

1. Nous devons en réalité cette maxime à Esope (620-560 av. J.-C.). Elle fut reprise par Jean de La Fontaine.
2. Une somme rondelette, permettant une vie confortable.
3. *In anima vili.*

Nogaret relut la missive à plusieurs reprises, d'abord incrédule, puis méfiant et enfin atterré. Étrangement, la forme impérieuse de la lettre n'ulcéra pas le conseiller. Il savait que nul ne fait ployer un mort. Pas même un roi.

Par tous les saints ! Il courait depuis des mois après une donzelle alors qu'elle passait pour un jeune mire ! Plisans avait-il été au courant de cette supercherie, aggravant ainsi sa trahison ?

L'esprit en déroute, pris soudain d'une frénésie bien inhabituelle chez lui, il se rua vers la porte et hurla dans le couloir circulaire :

— Au service à l'instant, ou vous m'en répondrez !

Aussitôt, deux gardes se précipitèrent vers lui, l'air un peu assoupi, dans un raclement de semelles.

— Le messager ! Rattrapez-le sitôt !

Les deux gardes foncèrent, ils ne savaient trop dans quelle direction, d'autant qu'ils ignoraient à quoi ressemblait ledit messager.

Ni Nogaret, ni feu Foulques de Sevrin et pas même Igraine ne devaient jamais savoir que la voix, la vision avait énoncé la vérité.

La solution, celle qui livrerait les manuscrits druidiques de l'Ancien Peuple, serait apportée par un homme de robe, un des intermédiaires entre les chrétiens et leur dieu. Un homme dangereux, qu'il convenait de maîtriser avec habileté. Un homme de savoir, de pouvoir et de quête, en lutte sournoise contre sa propre Église.

À l'instar de toutes les visions, peu lui chalait d'être comprise.

XXXI

*Le prieuré, Saint-Martin-du-Vieux-Bellême,
le lendemain, décembre 1306*

Les aboiements hargneux d'un chien tirèrent Druon du sommeil. Il se redressa d'un mouvement sur son lit et tendit l'oreille. Rien. Au demeurant, il n'y avait pas de chiens dans le prieuré. Les deux serviteurs chargés de chasse dans les bois environnants utilisaient leurs liemiers[1]. Sans doute une de ses illusions auditives engendrée par une fin de rêve.

Pour la première fois depuis son arrivée au monastère, Druon avait dormi aussi profondément qu'un loir. Revigoré, il procéda à ses ablutions d'excellente humeur, sans même grimacer sous la morsure de l'eau glaciale. Était-ce la perspective de revoir enfin son cher Huguelin ? À l'évidence. Sottise que ce vilain rêve qui l'avait tant inquiété au point de le décider à se rendre à Brévaux. Le garçonnet, couvert de boue, les genoux et les paumes de mains écorchés, courant, la bouche ouverte dans un hurlement muet.

Assez avec ces balivernes de vieille femme ! Druon songea en souriant que le jeune garçon l'allait assommer de questions, de reproches, d'insistances à l'accompagner.

S'ajoutait le besoin de sortir de ce confinement, l'envie de parcourir en solitude la longue route jusqu'à Brévaux. De

---

1. Ancien français, de « lien » (laisse). Chien de chasse d'excellent flair. A donné « limier ».

respirer enfin en liberté, avec ivresse. Cette dernière pensée l'arrêta. De fait, régnait une étrange atmosphère en ce lieu, au point qu'on s'y sentait le souffle contraint et l'air mesuré. Au fond, force lui était d'admettre qu'une sorte de réserve instinctive le retenait d'éprouver une véritable cordialité envers tous ses prétendus frères d'hospitalité, hormis lorsqu'il se trouvait en présence du grand prieur. Tous les autres lui laissaient une curieuse impression, curieuse et peu flatteuse. L'origine de cette prudence, défiance peut-être, ne tenait pas à sa crainte d'être découvert, ou plutôt découverte. Si son secret venait à être éventé, il prendrait bien vite l'escampe.

Bah, il suffisait avec ces spéculations. Il rejoignait Huguelin !

Il trouva devant sa porte une bougette de vivres, prévue pour son périple. Masselin de Rocé avait tenu promesse.

Il se dirigea d'un pas vif vers les écuries, heureux du ciel d'un bleu délavé et du timide soleil qui ne laissaient pas présager de nouvelles chutes de neige.

Parvenu devant les hautes portes du long bâtiment de briques, il chercha du regard un serviteur laïc. Un peu étonné de n'en point trouver, il plongea la main dans sa bougette et arracha un morceau du pain pourvu. Brise se délecterait du cadeau. Il l'allait flatter chaque jour, amusé par la différence de taille au garrot et de poids entre sa jument de Perche et les roncins qui l'environnaient, pourtant belles bêtes. Dès qu'elle l'apercevait, Brise hennissait de plaisir. Il regretta de ne pas l'avoir faite seller pour se rendre à Brévaux, les longs périples paisibles lui convenant à merveille[1]. Cependant, pour

_____
1. Nombre des chevaux qui menèrent les croisés en Terre Sainte étaient des percherons, chevaux très résistants et faciles à vivre.

vaillante, fiable et rassurante qu'elle fût, elle ne pourrait parcourir la distance aussi vite qu'un hongre du prieuré.

Alors qu'il commençait à s'impatienter, une haute silhouette émergea de la petite porte des écuries, située à sa droite. Jocelyn Ledru, le sous-prieur, se porta vers lui.

— Cher Hugues, votre pardon, humblement. J'ai pris du retard... Mais vous trouverez à l'intérieur votre cheval sellé et prêt pour sa course.

Un peu interloqué, Druon/Hugues de Constantinople dévisagea l'homme d'à peine quarante ans, s'étonnant de nouveau de son intense regard d'un noir de jais. Un sous-prieur harnessiait[1] le cheval d'un invité de passage ?

— Le merci... je suis confus de vous avoir occasionné cette peine. Je songeais qu'un valet d'écuries...

— Non pas. J'apprécie le contact des chevaux. Allez-vous bien, Hugues ? Je n'ai guère eu le loisir de vous venir visiter et le déplore...

— Fort bien, en vérité. Point d'excuses requises, de grâce. Je me doute de la lourdeur de vos journées, rétorqua Druon, toujours intrigué.

À l'évidence préoccupé, la réponse de Jocelyn Ledru tomba étrangement :

— Bien, bien... je m'en réjouis. Je... Depuis qu'il vous est venu consulter, notre admirable père semble avoir rajeuni. Sa fougue nouvelle, son énergie recouvrée font bonheur à voir.

— J'en suis fort aise.

— Dieu du ciel ! s'exclama l'autre d'un ton qui sonnait faux, si vous déteniez des potions de vigueur, je n'hésiterais pas à les adopter.

— De fait, il en existe, répondit Druon d'un ton docte, certain maintenant que le sous-prieur cherchait à se renseigner

---

1. Ancien français. A donné « harnacher ». D'amusante façon, l'anglais pour « harnais » est toujours « harness ».

sur la santé de Masselin de Rocé. Dès mon retour, j'établirai la liste des simples que votre apothicaire mélangera.

Un évident déplaisir se peignit sur le visage de Jocelyn Ledru. Pourtant, il força bien vite un sourire et déclara :

— Le merci. Nul doute que votre préparation remédiera à ma passagère fatigue. Allons de ce pas quérir votre monture, voulez-vous ?

Dès qu'il découvrit le rouan clair[1] qu'on lui réservait, Druon regretta encore davantage de n'avoir pas requis sa jument. L'animal donnait de la tête et de la crinière, agacé, les oreilles rabattues vers l'arrière, signe de mauvais vouloir[2] ou d'agressivité.

— Il semble bien nerveux. Un mordeur, à ses oreilles ? remarqua Druon.

— Non pas. Il s'exalte à la perspective d'un long délassement de jambes depuis que la selle fut posée sur son dos. L'hiver n'est guère propice aux sorties montées. Il se nomme Comis[3].

Druon mit un pied dans l'étrier et Brise lança un long hennissement, le regardant.

— Ah, votre jument proteste de jalousie, observa Jocelyn Ledru. Je vous ouvre les portes. Bon voyage, frère médecin. À vous revoir bien vite.

Une fois passée la porterie majeure, Druon flatta le col de Comis qui mâchait son mors. Il le lança au petit trot, sur ses gardes. L'attitude du cheval ne lui semblait guère normale.

---

1. Cheval à robe tricolore blanche, rouge et noire, avec une dominance de blanc.

2. La locution « mauvais vouloir » s'utilise toujours dans ce cas.

3. Doux, gentil, affable. Rappelons que les chevaux, animaux nobles, étaient nommés.

Il inclinait la tête, cherchant le pied de son cavalier pour le repousser ou le mordre, tentait le galop, pour ralentir soudain, sans doute dans l'espoir de le désarçonner.

— Tu portes bien mal ton nom, mon bon Comis, remarqua Druon.

Ils progressèrent ainsi sur une trentaine de toises jusqu'à ce que Druon lui intime l'arrêt. Il démonta. Le rouan fit un brutal écart lorsqu'il se pencha pour vérifier les sangles. Le jeune mire faufila un doigt entre le gros chanvre et le ventre de l'animal, désireux de vérifier si les sangles n'étaient pas trop serrées, le blessant. Il retira prestement son index sur un cri surpris. Une grosse goutte de sang s'écoula. Il desserra la boucle de sangle. Une sorte de papillon d'un vert brunâtre tomba au sol. Aussitôt, le hongre s'apaisa, ses oreilles se redressant. Druon ramassa entre ses jambes le papillon : une feuille de houx séchée aux piquants acérés. La houssaie étant située assez loin des écuries, cette feuille, sèche, ne pouvait avoir atterri sous la sangle par accident, même en se berçant de fables ! D'autant qu'une feuille de houx pique tant qu'elle se repère très vite. Qu'espérait-on ? Qu'il lancerait sa monture au galop dès la porterie franchie ? Que le cheval, blessé, exaspéré par les piquants de la feuille se cabrerait, s'emballerait ? Une idée ahurissante, monstrueuse s'imposa à lui : fichtre, tentait-on de le tuer ? Ah, Divin Agneau ! La conclusion était si saisissante et incongrue qu'il demeura quelques instants interdit. Mais pourquoi ? Qu'avait-il fait ? Avait-il embarrassé, ulcéré, agacé quelqu'un ? À cette extrémité ? Cette feuille de houx avait-elle été placée sous le ventre du rouan pour provoquer la chute de son cavalier ? Cela ne se pouvait ! Et pourquoi pas ? À la fin, que se passait-il dans ce prieuré ? Perdait-il la mesure, faisant une montagne d'un incident ?

Druon caressa l'épaule de Comis, lui murmurant des mots de réconfort. L'animal se tranquillisa tout à fait. Le jeune mire passa sous son ventre et constata qu'hormis une zone un peu rouge, la feuille n'avait pas lacéré sa peau. Il appliqua son mouchoir contre l'irritation et sangla de nouveau, de sorte à ce que le frottement des robustes bandes de chanvre n'aggrave pas l'échauffement. Il remonta en selle, plus que troublé.

Un quart de lieue plus loin, après quelques trots et galops, Druon était parfaitement rasséréné au sujet de sa monture : un animal franc, sans vice de comportement, sans sournoiserie. Il abandonna donc son extrême vigilance qui lui avait fait surveiller le moindre mouvement d'oreilles ou frisson d'encolure, le plus léger grincement de dents sur le mors. Il se laissa vagabonder dans son esprit.

Observe, analyse, compare et déduis.

D'abord, observer en établissant une liste de faits.

Des fragments de conversations, de souvenirs défilèrent dans sa mémoire.

La cochette des Ledru que l'on avait tenté de faire incriminer de meurtre d'humain. De meurtre, vraiment ? Ou de possession démoniaque, puisque alors ses propriétaires étaient traînés devant les tribunaux de l'Inquisition ? À l'évidence, le déplaisant sieur Nicol Lachaume n'avait aucun intérêt dans l'histoire. Il n'avait servi qu'à incriminer la truye, donc les Ledru. Lui ou un autre, peu importait.

Un tueur, donc. Un tueur avec un objectif autre que l'unique plaisir du meurtre.

Un défilé de moines qui tous, sous couvert de confidences cancanières et prétendument enjouées, ébréchaient par petites touches la réputation des uns et des autres.

Une conversation hachée, surprise entre le sous-prieur et un autre moine, évoquant une mort, peut-être imminente.

Un sous-prieur qui soupirait après une vie de voyages qu'il ne connaîtrait jamais et qui sellait son cheval, sans se rendre compte qu'une feuille de houx possiblement meurtrière était pincée sous la sangle.

Un apothicaire atrabilaire et malade qui faisait commerce de berce en échange d'opium afin d'atténuer sa condition.

Un cellérier, connu pour son avarice et le soin scrupuleux avec lequel il tenait les comptes, qui affirmait que d'aucuns piochaient dans le Trésor du prieuré. Ou alors, qui souhaitait détourner les soupçons d'escroquerie de lui. Les rêves déplacés pour lesquels il était venu le consulter relevaient-ils du fallacieux prétexte ?

Un frère infirmier, d'allure plaisante et débonnaire, qui sans en avoir l'air, distillait un venin de médisances qui n'épargnait personne, hormis le grand-prieur.

Un pitancier qui semblait mal à l'aise en présence de Druon et brossait un affreux portrait de l'apothicaire.

Un grand-prieur qui se croyait mourant d'une tumeur, se révélant simple kyste d'épiderme.

Un frère médecin trépassant d'une mystérieuse fièvre de ventre, assommé de sédatifs. Une fièvre de ventre non contagieuse.

N'oubliait-il rien ? Non. Commençaient l'analyse et la comparaison. Mais avant, il allait profiter de quelques minutes de course en forêt. Seul, libre.

Vif et libre de ses mouvements.

Il lança Comis au galop, riant de bonheur. Le choc rythmé des fers sur la terre gelée, la puissance de l'animal qui filait sans effort apparent, une buée d'haleine environnant ses naseaux. Il le remit bien vite au pas afin de ne pas le trop fatiguer. Leur route était encore longue. Ils ne parviendraient pas à Brévaux avant sexte.

XXXII

Forêt de Bellême,
au même moment, décembre 1306

Dieu du ciel, quel encombre ! Il ne décolérait pas. Il détestait rejoindre la cabane de chasse au petit jour, de crainte qu'un paysan ou un bracon[1] ne le repère.

Quel imbécile ! Quelle vilaine verrue ! Coquin, scélérat ! Fallait-il être privé de sens pour s'accrocher ainsi à la vie, alors même qu'on mourait sans aucune chance de guérison. Un manque affligeant d'élégance et de courage. Un pleutre, voilà tout !

Lorsqu'il était passé à la nuit de l'avant-hier, quel n'avait pas été son contentement ! L'homme de la cage s'épuisait, ne respirant plus qu'avec les plus grandes difficultés, parfaitement inerte, allongé sur le sol. À l'évidence, le trépas s'approchait à grands pas. Il était donc reparti à la lune, satisfait, guilleret presque.

Quelle déception lorsqu'il était revenu hier, avec une monture, certain qu'il devrait transporter le cadavre quelque part au creux de la forêt, afin que carnivores et charognards en disposent à satiété. L'homme vivait toujours. Il inspirait rapidement, peu efficacement, un râle d'effort montant de sa gorge, la sueur de fièvre ruisselant de son visage. Il n'avait pas même levé les paupières.

_____

1. Ancien français pour « chien de chasse » puis « braconnier », a donné le nom de race « braque ».

Il avait tempêté, injurié, menacé. Il avait même trépigné d'exaspération. Comment se pouvait-il que son agonie fût si longue ? Furieux de s'être dérangé pour rien, il était rentré.

Aussi pénétra-t-il dans la grotte, fâché et la mine revêche. Il s'approcha à pas lents de la cage à chiens de chasse et tendit l'oreille.

Pas le moindre souffle, pas le plus modeste mouvement de diaphragme. Ah, Dieu du ciel ! L'homme était enfin mort.

Il tomba à genoux, remerciant Dieu. Il pria longuement, expliquant à nouveau que s'il avait fait souffrir, il méritait le pardon puisque son but ultime était pur. Puisque son seul objet était de servir la grandeur de Dieu. D'autant qu'il n'avait, jusque-là, occis que de viles créatures, de répugnants vagabonds dont chaque journée, chaque nuit était une offense faite au Seigneur. Enfin, presque.

Il se releva, époussetant ses genoux. Les larmes dévalaient de ses yeux, trempant ses joues et ses lèvres. Il en récupéra une du bout de la langue et s'émerveilla de son goût un peu salé, encore plus suave que celui de l'eau bénite.

Dieu serait tant satisfait de lui, qu'Il le bénirait, le distinguant de la masse de ses congénères.

Demain. Demain, il toucherait enfin au but. Demain, tous comprendraient l'ampleur de sa dévotion, la pureté de sa ferveur, la puissance de sa conviction. Et s'ils ne comprenaient pas, tant pis pour eux !

XXXIII

Route de Brévaux,
un peu plus tard, décembre 1306

D ruon s'était arrêté afin de se restaurer. La bougette fournie par le pitancier pour son périple, pour généreuse qu'elle fût, n'avait certes pas de quoi faire tomber en pâmoison de gourmandise. Du pain, bien peu, qu'il avait quand même partagé avec son cheval Comis ; une boutille de sidre aigrelet et âcre, ce que ne parvenait pas à dissimuler l'abondance de gingembre et de cannelle additionnés au liquide, qu'il avait vidée sur l'herbe après deux gorgées ; deux maigres filets de poisson fumé, hérissés d'arêtes ; un demi fromage de chèvre si sec, si salé, puant le bouc à dégorger, au point qu'il avait recraché la première bouchée. Ne restaient que des pâtes d'un fruit indiscernable tant elles étaient sucrées de miel et écrasées d'épices. Son estomac criait famine et il en avait dévoré trois, délaissant les autres, écœurantes.

Il avait repris sa route, songeant que dame Sylvine lui offrirait peut-être un repas digne de ce nom. Il se sentait bien, détendu, de bonne humeur. L'air d'hiver le vivifiait. Il imaginait déjà la palette enivrante des verts du printemps qui s'étalerait depuis le sol jusqu'à la cime des arbres, les fleurs sylvestres qui troueraient cet océan de vert de leurs bleus, rouges, jaunes, blancs. Des écureuils, chauve-souris, rapaces, tous les animaux allaient s'activer afin de mettre au monde, puis de nourrir leur progéniture tout en prévoyant pour certains leur longue hibernation. Druon souriait, aux anges. Comme la nature se montrait avenante, paisible et accueillante.

Soudain la voix, cet autre lui-même, résonna dans son esprit :

— Cesse avec tes métaphores bucoliques[1] et mièvres ! Ne sens-tu pas que tu divagues ! Reprends-toi à l'instant. Vois-toi, avachi sur le col du cheval. S'il s'emballait, ainsi qu'il a failli plus tôt, tu serais désarçonné. Si des malandrins surgissaient, tu serais incapable de te défendre. Reprends-toi à l'instant, je l'exige !

Druon se redressa sur sa selle. De fait, il n'était pas lui-même. Il se sentait anormalement léger, débarrassé de toute inquiétude, de toute préoccupation, ensommeillé. Une sorte de félicité, de béatitude bien artificielle et en tout cas bien incongrue si on la comparait à la réalité de sa situation, ou à ses sentiments d'avant son repas. Même la feuille de houx glissée sous la sangle lui semblait maintenant un détail de peu d'importance. Le cheval avait mangé la plus grosse part de son pain sans en paraître affecté. Druon avait versé la boutille de sidre au sol. Après deux bouchées d'arêtes entourées d'un peu de chair, il avait déclaré forfait et abandonné le reste du poisson, tout comme le fromage, immangeables. En lui offrant des mets qu'il dédaignerait, avait-on prévu que la faim le jetterait sur le reste : les pâtes de fruits trop sucrées, trop épicées. Dieu du ciel ! On avait assaisonné son issue[2] avec une substance qui annihilait sa vigilance et le rendait aussi heureux et vulnérable qu'un enfançon après la tétée. Non, on avait également intoxiqué le sidre. Une substance amère, vite reconnaissable, qu'il fallait adoucir d'épices et de

---

1. Pour l'anecdote, « bucolique » vient du grec « boukolos », signifiant « bouvier ».
2. Dessert.

miel. Il en existait pléthore, mais une seule émergea dans son esprit. L'opium que Galien évoquait déjà comme très ancien médicament. Le philonium[1] perse, du nom de son concepteur, Philon.

Qui ? L'apothicaire qui détenait ce genre de simples, dont l'opium qu'il avait avoué commercer ? L'infirmier qui y avait librement accès ? Le cellérier à qui il avait prescrit des préparations apaisantes et soporifiques ? Le pitancier qui préparait les pâtes de fruits et servait le sidre ? Ou alors le sousprieur qui pouvait exiger n'importe quoi dans le prieuré ? Et pourquoi pas le grand-prieur, encore plus à même de se fournir dans l'enceinte de son monastère ? Parce que Druon l'appréciait ? Mauvaise raison !

Druon se fustigea afin de reprendre le contrôle de lui-même. Il inspira bouche ouverte, récita des passages entiers d'ouvrages de médecine à haute voix afin de dissiper les vapeurs de la drogue, quelle qu'elle fût, qui lui embrumait l'esprit.

Incapable de se maîtriser, il éclata de rire. Bien, si on le voulait occire avec une telle constance, c'est qu'il approchait du but. Quel but ? Il n'en avait pas la moindre idée.

— Belle bécasse à plumer fais-tu, en vérité, Druon, siffla sa petite voix intérieure, exaspérée. Selon toi, le trépas du benêt incompétent Jacques de Salny, ton prédécesseur, est-il à mettre au compte d'une infortunée fièvre de ventre ou… d'un meurtre ? Fi de ton endormissement. On croirait une poupée d'étoupe ! Ah, j'espère que ton père a détourné le regard quelque temps ! Quelle pitié !

Druon bagarra pied à pied contre cette torpeur éveillée, cette mollesse euphorique, qui lui refusait le contrôle de lui-même.

---

1. Mélange d'opium, de miel, de muscade, de cannelle et de cardamome, afin d'atténuer le goût amer de l'opium.

XXXIV

Forêt de Trahant, non loin de l'Hermitière,
au même moment, décembre 1306

Un silence pesant, hostile, régnait dans la cabane de rondins, nichée au creux des bois.

Assis sur une paillasse bourrée de foin, les chevilles lâchement entravées par une corde, tout comme les poignets, Huguelin n'avait presque pas desserré les dents depuis son arrivée céans. Il n'avait compris que deux ou trois heures plus tard qu'Igraine lui avait odieusement menti et qu'il se retrouvait son captif. Le reste faisait peu de doute dans son esprit : il devenait monnaie d'échange pour faire ployer son jeune maître. Le garçon s'en voulait terriblement d'avoir maintes fois défendu la mage lorsque Druon avait commencé de s'en défier.

Oh, et cet espèce de volatile perché sur sa poutre, qui ne cessait de s'ébrouer, remuant des ailes en ouvrant le bec ! Si jamais il l'attrapait... non, il ne le tuerait pas. Arthur, en dépit de sa noirceur[1], ne lui avait fait aucun mal. Jusque-là.

---

1. Rappelons la méfiance, voire l'animosité, des gens de cette époque à l'égard des animaux noirs, surtout les chats, chauve-souris et oiseaux, les chevaux faisant exception.

Laig déposa devant lui un gros bol de soupe épaisse et fumante. Il ne leva pas les yeux vers elle. Soudain, pris de rage, il balança ses souliers de fille contre le récipient, l'envoyant promener sur le sol. La soupe se répandit.

D'une voix désolée, la femme aux cheveux blonds presque blancs commenta :

— Tu n'as rien mangé depuis ton arrivée. Il fait très froid. Tu vas dépérir.

Aréva intervint d'un ton autoritaire :

— Il suffit avec ces caprices. Mange !

— Va torcher le cul du diable ton maître, sorcière ! cria le garçonnet, mâchoires crispées de colère.

Aréva, stupéfaite, le détailla.

— Mais sorcières nous ne sommes pas ! tenta-t-elle de se justifier.

— Si ! D'ailleurs, seules les sorcières savent apprivoiser les freux.

Igraine poussa la porte à cet instant et pénétra, tenant trois lièvres morts qu'elle avait piégés en forêt. Sans doute avait-elle entendu les éructations d'Huguelin puisqu'elle déclara, guillerette à son habitude :

— Huguelin, de grâce, fais-moi plaisir, mange.

— Non !

— Nous nous aimions bien, jeune homme, n'est-il pas exact ?

— Non ! Vous m'avez induit en erreur avec vos mines affables. Oh, comme je m'en veux de vous avoir cherché atténuations ! Lorsque l'on ravit[1] quelqu'un, on ne l'aime pas bien !

— Si tu ne manges pas, tu vas périr, argumenta-t-elle.

— Fort bien. Ainsi, vous ne pourrez plus affaiblir mon maître, si je trépasse.

Paderma, qui n'avait pas proféré un mot, s'installa au côté d'Huguelin et murmura à son oreille :

------

1. Au sens premier d'« enlever de force ».

— Un calcul bien erroné, mon beau. Admettons : tu décèdes après une longue agonie, très pénible, d'inanition. Nous prétendrons quand même que tu es bien vif et Druon cédera à nos exigences afin que nous te libérions. Nous obtiendrons donc ce que nous voulions, à ceci près que tu seras mort. Imagine le chagrin que tu causerais alors à ton jeune maître. N'est-ce pas bien insensé ?

Il détailla la fillette qu'il aurait volontiers mordue au sang, ne pouvant la battre avec ses poignets ligotés. Tudieu, comme il la détestait. Cela étant, son raisonnement se révélait imparable.

— Dame Laig, pouvez-vous, je vous prie, me resservir un bol de soupe épaisse avec un bon morceau de pain ?

De plus, il devait conserver ses forces. Druon en aurait peut-être besoin.

XXXV

Brévaux, décembre 1306

Les dernières brumes de son vertige s'étaient dissipées lorsque Druon pénétra dans la bourgade au pas sûr de Comis. La colère qu'il avait éprouvée s'était atténuée. Dès qu'il avait recouvré la pleine puissance de son esprit, il avait hésité : repartir pour le prieuré, provoquer un esclandre en exigeant des explications, notamment du sous-prieur ? Le dernier doute qu'il avait entretenu sur l'origine accidentelle de la feuille de houx glissée sous la sangle s'était envolé.

Il songea que s'il avait bu la boutille de sidre, en plus de manger les quelques pâtes de fruits, il se serait endormi sur le dos de son cheval. Au moindre trot ou galop, il aurait chu de selle. Fichtre, un redoutable adversaire s'acharnait contre lui, un adversaire plein de ressources ! Cependant, un adversaire qui manquait de sens commun, ou alors qui prenait peur. En effet, hier encore, Druon s'était étonné de différents détails, d'étranges coïncidences, de comportements déroutants. Sans doute n'aurait-il pas cherché plus avant. Tel n'était plus le cas, et il était maintenant fermement décidé à tirer cette histoire au clair. Après tout, on avait tenté de le tuer ou, du moins, de le blesser gravement.

L'ignoble individu agissait de derrière la tenture, en sournoiserie. Bien, il le prendrait à son propre jeu.

335

Il démonta devant la demeure de Sylvine Touille peu après sexte. La jeune femme répondit elle-même à la cloche d'entrée, le visage livide, les yeux gonflés de larmes. Et Druon sut qu'une monstrueuse révélation l'attendait.

— Quoi ? murmura-t-il, le souffle court, pénible.

Sylvine lui tendit le rouleau d'une missive. D'une voix d'outre-tombe, elle bredouilla :

— Je... ma chèr... cher mire... Je ne me le pardonnerai jamais... J'étais sortie... Quelle idée lui a passé en tête... il fut ravi.

— Votre pardon ?

Hagarde, elle hocha la tête et suggéra :

— Montons en mes appartements. Je suis si bouleversée que la tête me tourne et que je crains de défaillir. Je n'en dors plus.

Druon la suivit, une sorte de douleur en étoile lui vrillant le flanc gauche. Il s'efforça de juguler la panique qui montait en lui. Huguelin... non, de grâce, non, très sainte et très bonne Vierge ! Non !

Ils s'installèrent devant le grand guéridon de son anti-chambre. Des vêtements de fillette étaient entassés dans un coin, à même le sol. Sans doute ceux destinés à Huguelin en déguisement. Un mauvais présage, ne put s'empêcher de penser Druon, interdisant à son regard de les détailler.

D'une voix blanche, enroulant autour de son index, sans en avoir conscience, le lien de cuir qui soutenait son crucifix, pour le dérouler aussitôt et l'enrouler encore, Sylvine lui conta la disparition du garçonnet, l'intervention du petit coquin qui avait hurlé à la supercherie de travestissement, l'attroupement des voisins, la panique d'Huguelin. Elle conclut par :

— Un coup monté, par une personne qui semble vous bien connaître, tous deux, ainsi que vous l'apprendra cette lettre. Elle m'était adressée. Un gamin me l'a portée dès le soir où... Un sanglot sec l'interrompit. Je... je vous attendais, ne sachant où vous trouver.

Le rêve, celui où Huguelin fuyait, couvert de boue. Ce rêve dans lequel il avait refusé de voir prémonition. Glacé d'inquiétude, les mains tremblantes, Druon lut :

Bien chère miresse,

Je vous espère en belle forme. Croyez que je suis affligée d'avoir eu recours à un tel stratagème. Ne doutez aucunement que notre mignon Huguelin sera traité avec soin et bonté. J'éprouve une sorte de tendresse pour lui. Toutefois, le temps me presse. Vous détenez des manuscrits qui appartiennent à mon peuple. J'exige leur restitution, en échange d'Huguelin.

Je reviendrai à la prochaine lunaison chez dame Sylvine, dans l'espoir d'y trouver votre réponse ainsi qu'un lieu de rendez-vous, non loin de Brévaux, où nous pourrons procéder à l'échange. Un conseil, gardez-vous de toutes ruses ou même finesseries[1], pour le salut d'Huguelin.

Votre dévouée et bienveillante,

Igraine

— Qui est cette femme ?

— Je ne sais au juste mais la crois redoutable, biaisa Druon.

D'une voix heurtée, son crucifix enroulé autour de ses doigts en réconfort, Sylvine s'enquit :

— Et ces manuscrits, ceux dont elle parle, de son peuple ?

---

1. Ancien français. A donné « finasserie ».

— Un prétexte. Un piètre prétexte, bien qu'elle les désire en vérité.

Pourquoi Igraine ne l'avait-elle pas occis en l'église de Brou-la-Noble afin de récupérer les manuscrits qu'elle convoitait depuis si longtemps ? La druidesse en avait l'opportunité, la force et la détermination. Craignait-elle véritablement que Druon les enflamme de son esconse ? Non pas.

Il reprit :

— Pourriez-vous, ma bonne mie, me permettre une réponse ? Cette femme, ou l'un de ses acolytes, la viendra prendre dans… deux jours, à la prochaine lunaison.

— Si fait, je cours chercher mon écritoire. Puis-je vous faire préparer une chambre, ma chère Hél… mon cher mire ? J'aurais grand besoin de compagnie… je m'en veux tant… Louise… enfin, Huguelin, mettait enfin un grand sourire dans cette maison… Je…

— Sylvine, nul tort de votre part, bien au contraire. Je dois, malheureusement, décliner votre charmante invitation. Partie remise, soyez-en assurée. Il me faut rentrer de crainte que mes… hôtes s'inquiètent. Cependant, apaisez-vous. Igraine ne fera aucun mal à Huguelin, ou alors, je la méconnais fort.

Il lut la déception sur son visage et s'en voulut. Cependant, quelqu'un avait souhaité l'occire, et il trouverait qui. Surtout, cette mortelle charade, cette chasse au tueur lui occuperait l'esprit durant les deux interminables journées qui devaient s'écouler avant qu'il ne retrouve Huguelin. Bien vif.

Igraine venait de lancer la partie finale d'un jeu. Un jeu dont elle seule connaissait les règles, et surtout la mise. Les manuscrits n'en constituaient que la partie visible, évidente. L'enjeu était autrement plus crucial aux yeux de la mage, il en aurait juré.

Qui avait tenté de le tuer, ou à tout le moins de lui occasionner un redoutable accident de selle ?

XXXVI

Saint-Martin-du-Vieux-Bellême,
décembre 1306

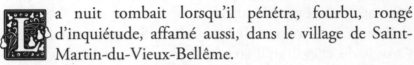a nuit tombait lorsqu'il pénétra, fourbu, rongé d'inquiétude, affamé aussi, dans le village de Saint-Martin-du-Vieux-Bellême.

Les habitants étaient déjà claquemurés, les peaux huilées rabattues, les volets fermés, afin de retenir à l'intérieur des maisons l'avare chaleur dispensée par les âtres.

Peuplé de trois cents âmes tout au plus, le village s'était taillé une réputation grâce au talent de ses sabotiers et de ses scieurs de long[1]. En plus du travail du bois, le prieuré avait donné ouvrage à bon nombre, notamment aux femmes. Saint-Martin-du-Vieux-Bellême était donc pimpant, ponctué de jolies maisonnettes bien entretenues. Sans être riche, et surtout sans le montrer, on y vivait en aise, comme en témoignaient les toits en bon état, les portes et volets repeints de frais, les maçonneries restaurées.

Druon poussa Comis, que la fatigue avait gagné, vers la placette centrale, dans l'espoir de rencontrer un habitant attardé au dehors. Il murmura à sa monture :

— Je te promets que je veillerai à ce que double ration d'avoine te soit offerte. Allez, compagnon, encore un effort.

---

1. On travaillait principalement le bois au lieu-dit du Hameau de la Bruyère, où se succédaient les ateliers. Les scieurs de long débitaient le bois en longues planches dans le sens du fil, une spécialité difficile.

Vois, moi aussi, je suis affamé et rêve de mon lit. Que ne donnerais-je pas pour une infusion bien chaude !

La placette était déserte, balayée par une méchante bise de nord-est qui glaçait le visage et les mains de Druon, en dépit de ses gants de rênes. Certes, ils étaient de piètre facture et déteignaient à la pluie, lui colorant les paumes en bleu. La fontaine, approvisionnant le village en eau, était silencieuse, piégée sous une épaisse chape de glace. L'eau gelée du trop plein évoquait un miroir.

Personne. Il soupira de lassitude et se laissa glisser contre l'épaule du cheval qu'il attacha à l'un des crochets de la fontaine.

De fait, il était épuisé et, surtout, en dépit de ses assurances à lui-même, l'idée qu'Huguelin puisse courir un risque en compagnie d'Igraine sapait ce qui lui restait de forces. De plus, il n'avait cessé de remâcher cette feuille de houx, ce soporifique que l'on avait ajouté à sa collation de route. Quelqu'un était terriblement décidé à se défaire de lui. En d'autres termes, quelqu'un avait pris peur. Aussi, fi des courtoisies et des retenues ! Mais pourquoi ce quelqu'un s'inquiétait-il soudain ? Qu'avait-il fait ou dit qui puisse affoler un meurtrier ? Jusque-là, des détails l'avaient troublé sans qu'il y attache une véritable importance. Il lui avait fallu la feuille de houx pour sentir qu'une ombre maléfique œuvrait dans le prieuré.

Il cogna sans ménagement à la première porte. Sans réponse, il recogna en salve.

— C'est qui t'est-ce à c'te heure ? lança une voix masculine, peu amène, de derrière le battant.

— Votre pardon ! Je cherche la veuve Crépin, Denyse Crépin.

— Ben, c'est point là !

— Et où est-ce, je vous prie ?

— D'l'aut' côté d'la place. Une maison au toit de bardeaux. La plus p'tite des deux jointives.

Un pas traînant s'éloigna à l'intérieur. Son interlocuteur en avait assez de discuter avec un inconnu.

Druon traversa la place, adressant un petit geste à Comis qui semblait s'endormir.

Il cogna avec force contre la porte de la maison qu'on lui avait décrite.

— Qui va là ? lança une voix de femme âgée.

— Hugues de Constantinople, frère médecin du prieuré, Madame. Je venais m'enquérir de vous, et vous supplie de me pardonner l'heure déjà tardive.

— Vous enquérir de moi ? Et pourquoi ça ? rétorqua la voix méfiante.

— Je vous l'assure, je suis le frère médecin Hugues de Constantinople.

— L'a péri, leur méd'cin !

— Si fait, Jacques de Salny. Je suis franciscain, moine itinérant, médecin et invité du prieuré. Je ne m'attarderai pas, mais souhaiterais m'entretenir avec vous, m'assurer que vous avez belle santé.

— Ma santé, hein ? vérifia-t-elle.

— En vérité.

Quelques secondes s'écoulèrent. Puis, le bruit d'une grosse clef qui tournait dans la serrure. Une femme très menue, aux cheveux gris entourés en natte autour de son crâne, s'encadra dans le chambranle, lâchant :

— Combien qu'vous voulez ? Y'a plus d'sous ici.

Un peu interdit par cette sortie, Druon se défendit :

— Non pas ! Il s'agit d'une simple consultation de cordialité.

Levant son esconse, elle le détailla. Il se fit la réflexion qu'elle avait le regard d'une femme à qui la vie n'a pas ménagé les désillusions ou les larmes. Elle haussa les sourcils et décida :

— Ah, ben dans'c'cas, ça peut point faire de mal.

La veuve Crépin ouvrit grand la porte. Elle portait des chaussons de laine bouillie, une robe trop ample, un tablier et un gros paletot d'un jaune passé. Il pénétra derrière elle dans la salle commune, meublée sans beaucoup de moyens, mais rangée avec soin, au point d'en devenir accueillante. Deux grands coffres de bois sombre, poussés contre les murs, se faisaient face et luisaient d'une chaude patine de cire. La veuve Crépin devait être très pieuse, s'il en jugeait par les hauts crucifix de bois qui ornaient tous les murs. Un agréable feu tiédissait l'atmosphère. Sur le manteau de la cheminée s'alignaient bols et cuillers. Plus haut, un autre crucifix. Une marmite posée sur des grilles laissait échapper une affamante vapeur de bonne soupe qui attira le regard de Druon. Denyse Crépin proposa :

— J'allions souper. J'puis partager avec un moine. Pas grand-chose, une soupe au lard, du pain, du fromage et d'l'a piquette.

— Un festin. J'ai chevauché toute la journée. J'accepte avec gratitude, grand merci à vous.

— Ça m'fera d'la compagnie, et l'Seigneur s'ra content que je nourrisse un de ses fidèles serviteurs, observa-t-elle sans l'ombre d'un sourire.

Il songea qu'elle n'était sans doute pas aussi âgée qu'il y paraissait, du moins s'il se fiait à l'état de ses dents. Ne lui manquait qu'une incisive à la mâchoire supérieure.

— Assoyez-vous, mon père.

— Frère médecin, la reprit-il tout bas.

Sans doute Denyse Crépin n'entendit-elle pas, puisqu'elle précisa d'un ton vif en désignant de l'index le bout le plus éloigné de la table :

— Pas là, mon père, c'tait la place de Claude.

Il remarqua qu'un crucifix de taille plus modeste pendait au dossier de la chaise en question.

— Y vous ont dit au prieuré, rapport à sa maladie… ?

— Si fait. Justement, je m'inquiétais de votre santé.

Denyse Crépin lui destina un regard étrange, insistant, sans rien répondre. Il s'installa à l'autre bout de la longue table dont le plateau était balafré de multiples entailles de lame à pain. Elle leur servit un vin clairet et déposa deux bols et deux cuillers de bois ainsi qu'une demi-miche. Lorsqu'elle se baissa vers lui, il remarqua sous son paletot le lourd crucifix de bois, soutenu par un lien de cuir.

— Oh, j'suis robuste. Fluette mais qui tient d'bout par grand vent. Pensez ! J'ai mis bas cinq gaillards. L'en reste que deux, mais des solides. Y vous ont dit quoi, au juste ?

En dépit de la fatigue de sa longue course, il sentit qu'elle se tenait sur ses gardes et que sa bonhomie n'était que de façade.

— Le sous-prieur et le frère infirmier ont évoqué une fièvre de ventre, qui ne s'est pas propagée à l'entourage.

— Hum, c'est ben ça, approuva-t-elle d'un ton sec, lèvres pincées.

— Et qu'avait-il mangé la veille ou l'avant-veille ? s'enquit-il, à peu près certain que cette prétendue fièvre non contagieuse ne pouvait provenir que de la consommation d'une denrée avariée.

— Hein ?

— De quoi s'était-il nourri ?

Elle leur versa la soupe avec une lenteur exagérée. Il comprit qu'elle n'avait pas la moindre idée d'où il voulait en venir, et s'inquiétait de ce qu'il use de phrases à double-entente.

— On est pieux. Enfin, mon défunt l'était aussi très proche de Dieu.

— J'en suis bien certain. Mais qu'avait-il mangé ?

— Ben… y servait aux cuisines du prieuré. L'repas était fourni pour l'souper du midi. Et l'soir… d'la soupe comme celle de c'soir, du pain, un peu d'sidre ou d'vin.

— Et ses symptômes… a-t-il eu des coliques, des dégorgements, de la fièvre ?

— Une p'tite colique, d'la fièvre, rien d'aut'.

Elle avala une cuiller de soupe, lui jetant de furtifs regards.

— Mais… que manifestait-il ? s'entêta Druon.

Elle posa soudain sa cuiller en bois et le fixa, mâchoires crispées.

— Bon, l'est mort et enterré béni ! Béni par l'grand-prieur, j'vous dis !

Et Druon comprit que l'histoire se nouait dans cette maisonnette.

— Si fait. Paix à son âme.

Il avala quelques gorgées de soupe épaisse, goûteuse grâce aux os à moelle qui y avaient longuement mijoté, termina son gobelet de piquette, âcre en effet, et décida d'en avoir le cœur net :

— Veuve Crépin, quelque chose ne me plaît pas dans cette affaire, et j'entends obtenir la lumière. Mon devoir en tant que médecin est d'abord de protéger les sains, ensuite de soigner les malades.

Elle se leva si brutalement, qu'il resta la cuiller suspendue entre sa bouche et le bol.

— Sortez d'chez moi ! J'as cru que… j'as cru… que rin. Sortez.

— Non pas. Rassoyez-vous et causons. Qu'avez-vous cru ? Pourquoi cette légion de crucifix céans ?

— Sortez : j'as rin à vous dire, menaça-t-elle, le bras tendu vers la porte.

D'un ton glacial et péremptoire, Druon lâcha :

— Veuve Crépin, ne m'échauffez pas la bile. J'exige une description des derniers jours de votre défunt. Sans quoi, je rapporterai vos réticences au seigneur grand-prieur. Agnan, le frère infirmier, vous vint visiter, m'a-t-on dit ?

— Hum, admit-elle.

— Et ?

— …

— Il me faut savoir, la poussa Druon.

— L'a juste r'gardé mon homme d'puis l'pas d'la porte. Y craignait pour sa peau, l'infirmier ! Une mauviette… et ça prétend soigner ! Pas comme…

Elle s'arrêta net, baissant le nez, à l'évidence mécontente d'avoir trop parlé dans un moment d'humeur contre la poltronnerie d'Agnan Letertre.

— Pas comme ? Qui ? Le pitancier, Benoît Carsasse ?

— Rin, j'ai rin à vous conter… sortez ! répéta-t-elle, dressée de toute sa courte taille.

— Bien, en ce cas, je vais de ce pas prévenir le grand-prieur… Nul doute qu'il reviendra alors sur sa bénédiction de cercueil, puisqu'on la lui aura arrachée en mentant, tenta-t-il, peu fier de sa lamentable ruse.

Cependant, un tueur calculateur, implacable courait.

— Nooon ! cria-t-elle affolée en se laissant choir sur le banc. Faites pas ça, j'vous en supplie… pa'ce que… pa'ce que…

— Qui ?

— L'apothicaire, Alexandre. L'a été bon, et pour peu. Faut dire que lui aussi souffre. Y sait c'que c'est.

— Pour peu ?

— Ben oui… y m'amenait des r'mèdes. Et pis… enfin, l'a été bon.

— Est-il venu souvent visiter votre époux durant sa maladie ?

— Qu'ec fois… deux ou trois… l'avait pas peur, lui… Y s'approchait du lit, parlait à mon homme qu'entendait pas…

Mais pourquoi l'apothicaire était-il venu administrer des remèdes en personne, alors même qu'il était soumis au cloître, a priori sans autorisation de sortie du prieuré ?

— Votre trépassé, ses derniers jours ? demanda-t-il alors.

Elle fourra la main dans l'encolure de son paletot jaune et serra son grand crucifix de bois.

— Une fièvre. Y transpirait comme en plein soleil… Y parlait plus… Y mangeait plus non plus.

Druon désigna de l'index le crucifix pendu au dossier de la chaise habituelle de Claude Crépin, et déclara d'un ton redevenu doux :

— Et vous avez cru à une possession démoniaque. Ou plutôt, on vous a encouragée à le croire. Or, toute la famille devient suspecte, pour ne pas dire coupable, en pareil cas.

Elle rugit, le visage livide :

— Il était pieux, z'entendez ! Jamais l'démon aurait pu pénétrer en d'dans ! J'y ai baigné l'visage à l'eau bénite. L'a pas sursauté, ni hurlé, ni dégueulé des injures ou des mots d'saloperie comme qu'aurait fait l'démon !

— Apaisez-vous, Denyse. Je suis convaincu qu'il n'était pas possédé.

— Vous mentez et m'tirez les vers du nez. J'avions plus d'argent, j'vous dis ! éructa-t-elle en se levant à nouveau.

Soudain, ses épaules tremblèrent et elle fondit en larmes, plaquant les mains sur son visage. Druon se leva et entoura la femme dévastée de ses bras, murmurant des mots de consolation.

— Chut, Denyse, chut ! Je ne veux pas d'argent, mais juste la vérité. La vérité, c'est que Claude a attrapé une maladie, et j'entends déterminer laquelle. Ni Dieu ni diable dans cette affaire, juste la malchance. Buvons un verre en cordialité et discutons.

Il l'aida à se réinstaller à sa place et remplit leurs gobelets. Elle vida le sien d'un trait. Il la resservit.

— Je vous écoute, Denyse. Toute la vérité.

Elle le considéra, les larmes traçant des sillons encore plus pâles sur ses joues ridées. Il posa la main sur les siennes et attendit. Enfin, elle commença :

— J'chais point comment qu'c'est v'nu. J'réfléchis, mais j'vois point. Y s'plaignait d'douleurs de membre, de cou... bah, rin d'étonnant. Et pis, cette sorte de grimace est v'nue sur son visage... pouvait à peine manger. Et pis, il a commencé à plus pouvoir respirer. Et pis, il avait sans cesse les bras repliés et les poings comme s'il voulait filer des coups... Et pis... sa tête partait par l'arrière. Y pouvait plus la t'nir droite... d'ailleurs, pouvait plus s'tenir debout du tout...

Les larmes de la femme coulaient, gouttaient sur la main de Druon, mais il fut presque certain qu'elle ne s'en rendait pas compte.

— ... J'y causais... j'y demandais s'il avait mal... faim, soif... mais y m'répondait pas... j'suis pas sûre qu'y m'entendait... J'voulais foncer à l'église... ou m'entretenir avec le grand-prieur... il est bon et juste, à c'qu'on raconte... Claude disait qu'il était homme d'honneur et honnête moine... rapport qu'y travaillait en cuisines et que les autres serviteurs laïcs clabaudaient...

— Et Alexandre d'Aleman, frère apothicaire, est passé le visiter.

Elle hocha la tête en signe d'assentiment, dégageant ses mains de la sienne pour essuyer ses larmes. Elle avala le godet qu'il venait de lui resservir. Ses doigts tremblaient.

— Il souffre, lui aussi. Lui aussi, on l'regarde de travers rapport à sa condition qui lui tire les traits du visage. Y sait ben. Y m'a tout d'suite mise en garde… comme quoi, peut-être, le démon avait pénétré en Claude, ou alors que ceux autres le croiraient. L'était pas sûr, mais jamais il avait vu pareille condition. Y m'a expliqué c'qui s'passerait si le village venait à penser qu'mon homme était possédé. Ils m'auraient foutue dehors de ma maison, avec un coup d'pied au cul pour la brûler ensuite. P'têt même qu'y s'en seraient pris à moi. Mon grand, l'aîné, m'a conseillé de rin dire. Surtout de pas permettre les visites, que nul voie son vieux, et d'attendre l'trépas. D'le faire ensuite mettre en bière ben vite.

Druon venait de comprendre le fin mot de l'histoire. Une infinie tristesse le disputa en lui à la rage froide. Pauvres gens. Pauvre femme victime d'un lamentable charognard exploitant ses superstitions. Oh, mon père, comme vous aviez vu clair et juste. Des ignorances, des superstitions, un ramassis de fables, de contes pour enfant qui transformaient ces êtres en bêtes de somme effrayées à la moindre manifestation inhabituelle.

— Et il vous a porté des remèdes.

— Si fait, et des bons. Y venaient d'loin, de l'Orient, là-bas où'c'que les gens ont pas la même couleur d'peau qu'nous. D'ailleurs, paraît qu'y sont même pas chrétiens.

— Ils étaient donc chers ?

— Pour sûr. Mais ça endormait mon Claude. J'suis certaine que ça y f'sait du bien. Et pis… j'me suis dis… enfin que…

— Que si vous le payiez, il oublierait cette présomption de possession ?

— V'là vrai, admit-elle.

Druon but quelques gorgées de sa piquette afin de recouvrer son calme. Il se retenait de foncer au monastère afin d'exiger des explications du triste sire Alexandre, de force si de besoin était.

— Denyse… je m'en veux d'insister, mais… me racontez la dernière journée de Claude, de grâce.

Elle leva le visage vers les poutres du plafond et ferma les paupières.

— J'chais point grand-chose, mais… j'm'demande parfois pourquoi… Enfin, j'veux dire… on étions point des saints. J'mentirais si j'affirmais le contraire… mais, ben… on avions jamais rin fait d'mal, j'le jure sur la sainte Vierge ! Bon, p'têt qu'on aurait pu faire mieux, davantage, mais… Enfin, pourquoi qu'ça nous a tombé d'ssus ? Je cherche, chaque nuit, rapport que j'dors presque plus. On avions rin fait qui mérite une telle punition. Rin, j'l'jure !

Druon la laissa vaguer dans ses souvenirs, ses regrets, ses espoirs déçus et ses douleurs. Ses larmes s'étaient taries. Elle contemplait son morceau de pain comme s'il s'agissait de la chose la plus importante du monde. Elle lui raconta leur petite vie, sans grand bouleversement, sans grand drame hormis le décès de trois de leurs enfants en bas âges, si banal. Ils n'avaient pas grand-chose mais vivaient honnêtement, et mangeaient chaque jour, en plus d'avoir un toit au-dessus de leurs têtes. À plusieurs reprises, il eut le net sentiment qu'elle se parlait à elle-même, revivant une existence bien monotone et démunie mais qui soudain lui apparaissait enviable, du moins jusqu'au décès de feu son époux. Enfin, elle lâcha :

— Mon Claude pouvait plus respirer. Et y protestait pas, y's'bagarrait point. Il était comme… un bloc de pierre. Sans mouvement, rin. Une horreur… ça a duré des jours et des nuits… un cauchemar. Le frère Alexandre est passé. J'avions point dormi d'la nuit à l'veiller. Y m'a dit d'aller prendre qu'ec heures de r'pos. Qu'y s'occupait d'tout. Il allait lui r'donner du remède d'Orient. J'vous dis, l'a été bon, même qu'y f'sait payer.

— Et Claude a rendu son dernier souffle durant votre sommeil.

— Oui. Affreux à admettre, mais...

— Il s'agissait d'un soulagement. Je m'en doute, et surtout pour lui d'ailleurs, compléta Druon. Combien le frère apothicaire s'est-il fait payer ?

— Trente-sept deniers, tout c'que j'avions.

Pas grand-chose, mais une fortune pour elle. Les économies d'une vie.

— Après vous avoir éveillée et prévenue du trépas, est-il reparti ?

— Ben oui. L'aide son cadet, rapport que tous ses agneaux d'décembre ont crevé. Y z'ont des bergeries à Aleman, non loin d'ici, d'l'aut' côté d'la forêt à c'qui m'a dit. Une rude perte. Les aut' moutons sont trop vieux pour être vendus à Pâques. Bons pour des ragoûts.

Une permission de sortie exceptionnelle, accordée par le grand-prieur pour motif familial, bien sûr !

— Hum...

— Mais l'grand-prieur a béni l'cercueil sans rin d'mander. Vous croyez que... z'êtes médecin et moine, vous croyez que...

— Je suis certain que Claude n'était pas possédé et prêt à le jurer sur mon âme.

Elle le regarda, pleine d'espoir, d'envie de le croire, sans tout à fait ajouter foi à ses dires, et murmura :

— Ben, alors, qu'ec c'était... c'te chose qui l'avait transformé en bout de bois ?

Le serviteur laïc à qui il avait offert une fiole de préparation de feuilles de saule pour sa maladie de vieillerie, évoquant feu le précédent frère médecin, Jacques de Salny : *Pas un bonjour, ni un merci. Sauf l'dernier jour qu'j'suis venu faire son ménage et son change d'eau. Y'm'a souri. Ça m'a fait chaud au cœur. Alors, j'y ai souri en r'tou'r et donné le bonjour et l'au-r'voir...*

— Le tétanos[1]. Un mal bien étrange, mais qui ne doit rien à une intervention diabolique.

---

1. De *tetanos*, « rigide » en grec. Les Égyptiens ont décrit la maladie 1 600 ans av. J.-C., Hippocrate au IIIe siècle av. J.-C. et Pline l'évoque (I^e siècle ap. J.-C.). Il faudra, en revanche, attendre le XIXe siècle pour isoler le germe, comprendre sa propagation et expérimenter des techniques d'immunisation. Dû au *Clostridium tetani*, ubiquitaire, présent notamment dans le sol et l'intestin de nombreux animaux, et particulièrement résistant puisque sporulé. La maladie était très souvent fatale avant l'injection de sérum et, bien sûr, la vaccination. Deux de ses symptômes classiques, le « rictus sardonique » (trismus, sorte de sourire en grimace provoqué par la contraction constante des muscles de la mâchoire) et l'opisthotonos (contracture généralisée qui incurve le corps en arrière), expliquent que nombre de cas furent mis au compte d'une possession démoniaque.

XXXVII

*Le prieuré, Saint-Martin-du-Vieux-Bellême,
décembre 1306*

omis s'était un peu requinqué[1], et le porta volontiers jusqu'au prieuré.

Dès qu'il démonta dans l'écurie, Druon héla au service. Un valet descendit avec précipitation l'échelle qui conduisait à son logement, situé au-dessus des stalles à chevaux.

— Il mérite double ration d'avoine et d'eau, précisa le jeune mire.

— Et vous un bon lit, si j'en juge à votre mine, avec tout mon respect, mon frère.

— Ou une bonne bagarre, ça revigore, croyez-m'en !

L'autre le suivit des yeux, stupéfait et bée-gueule, pendant qu'il allait flatter le nez duveteux de Brise, lui murmurant très bas à l'oreille :

— Bientôt, ma belle. Je gage que dès le demain, notre présence se fera encombre pour tous ou presque. Aussi, repose-toi bien. Un... étrange rendez-vous nous attend sous peu, non loin de Brévaux. Je compte sur toi qui n'as jamais failli et me rassures, ma preuse.

---

1. Le mot est très ancien. On pense qu'il est d'origine picarde, sans certitude.

Vêpres étaient passées et complies* ne tarderaient pas. Peu lui en chalait ! On lui avait assez vendu vessies pour lanternes depuis son arrivée. Il rejoignit au pas de charge le logis du grand-prieur. La modestie du bâtiment ne dénotait pas céans et il ne pouvait guère se prévaloir de l'appellation ronflante et souvent exagérée de « palais ». Des lueurs d'esconses vacillaient derrière les peaux huilées du petit bâtiment de plain-pied dans lequel cohabitaient Masselin de Rocé et Jocelyn Ledru.

Druon donna du poing contre la porte recouverte d'une fine pellicule de givre.

Le sous-prieur vint lui ouvrir :

— Frère médecin, que me vaut...

— Il suffit ! À tout dire, j'en ai soupé ! J'exige la vérité et je vous donne ma parole devant Dieu que je l'obtiendrai !

— Mais que... auriez-vous le sens troublé ? La fatigue ? Un embarras de digestion ? Une urgente préoccupation ?

— Me voyez-vous benêt, Jocelyn ? siffla Druon. Vous sellâtes donc Comis au tôt matin, pour me plaire ? J'en suis flatté. Fichtre, quel honneur ! Un sous-prieur s'occupe de mon bourrin avec l'empressement d'un valet d'écurie !

— Je... je ne comprends goutte... enfin, divaguez-vous ?

— Mais me voyez bien vif ! Le cheval ne m'a ni désarçonné, ni piétiné dans un mouvement d'exaspération.

Masselin de Rocé parut derrière son fils :

— Qu'est ceci ?

— Mon père bien-aimé, je ne comprends rien aux éructations d'Hugues de Constantinople, bafouilla le sous-prieur.

— Oyez, avant de feindre et de papilloter des paupières telle une donzelle.

— Une donzelle qui papillote ? Moi ? s'offusqua le sous-prieur. Quoi un valet d'écurie ? Mais que dites-vous, à la fin ?

— J'ai froid, faim, et mon discours durera ce que de nécessaire. Je vous conseille de me laisser entrer afin de l'entendre, si vous souhaitez vous épargner de bien fâcheuses retombées.

— Eh bien, mais… pénétrez… Venez vous réchauffer d'une infusion… proposa Masselin de Rocé, en pleine incompréhension.

Ils suivirent le grand homme mince dans ses appartements. Une petite antichambre lui servait de bureau, si l'on en jugeait par sa table de travail encombrée de rouleaux de missives ou de contrats et ponctuée d'esconses. Un agréable feu rougeoyait dans la cheminée, sans doute afin de préserver papier et encre.

Masselin de Rocé désigna un coffre et suggéra :

— Assoyez-vous, tous deux.

Jocelyn Ledru s'exécuta pendant que Druon hochait la tête en signe de dénégation, précisant :

— Certes pas !

Le sous-prieur jeta d'une voix vexée :

— Frère médecin, que se passe-t-il, à la fin ? Vous proférâtes allusions, menaces, que sais-je ? Je n'y comprends goutte.

— Vraiment ? Vous sellâtes Comis, avant l'aube !

— Si fait, la belle affaire ! Lorsque j'ai ouvert un œil, j'ai songé que j'avais oublié de donner des ordres aux écuries la veille. Je m'y suis précipité pour réparer mon impair, afin que votre monture soit prête. Et ?

— Et ? contre-attaqua Druon, cinglant. Comment une feuille de houx bien sèche et bien piquante s'est-elle glissée sous la sangle de ventre ?

— Votre pardon ? murmura Jocelyn en blêmissant.

— Vous m'avez entendu. Pour parfaire le plan diabolique qui consistait à utiliser un cheval pour m'occire, quelqu'un épiça avec libéralité ma collation de voyage d'opium.

Masselin de Rocé se leva de sa chaise de bureau, criant presque :

— Quoi ? Seriez-vous bien fol, mon fils ? Que sont ces accusations de dément ?

— Il suffit ! siffla Druon, que la colère faisait trembler. Ce simulacre de bonne tenue religieuse ne me convainc plus ! J'entends parvenir au fin mot de cette histoire, et rien ne m'en fera démordre, dussé-je en appeler à messire d'Avre !

— Je suis l'unique responsable de ce monastère ! tonna Masselin de Rocé. Peu nous chaut les agitations de l'extérieur. Faut-il vous rappeler que je ne réponds et n'obéis qu'à notre vénéré Saint-Père ?

— À l'évidence, seigneur mon père. Toutefois, nous demeurons avec au moins deux victimes laïques : le triste Nicol Lachaume et Claude Crépin, qui relèvent tous deux de la justice séculière, donc de messire Louis d'Avre, grand bailli d'épée du comté. Sauf votre respect, je ne saurais donc trop vous conseiller de vous apaiser et de chercher véritable remède au meurtrier désordre qui règne en votre prieuré.

Ahuri, le grand-prieur le considéra avant de s'enquérir d'une voix qui se teintait d'affolement :

— Comment cela... au moins deux victimes laïques ?

— Mais... mais que raconte-t-il ? bafouilla Jocelyn Ledru, perdu.

— Me manquent encore quelques détails pour que la mosaïque soit complétée. Frère Jocelyn, Alexandre d'Aleman s'est-il montré aux écuries, ce très tôt matin, avant que je ne vous y rejoigne ?

— Si fait, afin de s'assurer que son onguent avait atténué la fourbure d'un hongre.

— Comis était déjà sellé ?

— Je venais de terminer.

— Notre bon apothicaire ! L'attendrissant malade. Seigneur mon père, permettez-moi un autre conseil : faites sitôt arrêter votre fils d'Aleman par des serviteurs laïcs, et remettez-le au bras séculier de la justice, si vous souhaitez préserver votre monastère.

— Que me chantez-vous ? protesta Masselin de Rocé. Pourtant, son ton trahissait son émoi et sa peur.

— Voulez-vous que je vous conte une bien hideuse histoire que les aveux de cet ignoble scélérat rectifieront de peu ?

Les deux moines le dévisagèrent, sans proférer un son. Au fond, une pensée réconfortait un peu Druon : ainsi qu'il l'avait supputé, ni l'un ni l'autre n'avait péché, hormis par candeur. Extrême candeur.

— Le prieuré de Saint-Martin-du-Vieux-Bellême héberge tandem[1] un effroyable coquin de meurtrier. Selon moi, Alexandre d'Aleman est mené par une sorte de folie d'exaltation qui le convainc de son extrême supériorité sur les autres, dont vous, seigneur mon père. Tout dans son discours l'atteste. Il est rusé et prend plaisir à fourvoyer les autres.

— L'opium qu'il ingère pour alléger son mal ? tenta d'excuser Masselin de Rocé.

— Je doute qu'il en prenne, ou alors fort peu. En revanche, il en fait commerce en échange de berce. Un juteux négoce, l'opium se revendant fort cher puisque l'Église s'oppose à son utilisation.

— Votre pardon ? Mais à la fin, vous avez vu son visage, ces plaques aux poignets évoquant un cuir bouilli ? gémit presque le grand-prieur qui se sentait couler au fond d'un insondable gouffre.

— En lui suggérant de nous verser une infusion, lors de notre explication durant laquelle il nous révéla sa condition en l'exagérant grandement, j'ai vérifié l'état de ses mains.

---

1. Du latin signifiant « à la fin, en ce moment ». Le terme a pris sa signification actuelle de « binôme », qui est anglaise, relativement récemment.

Fiables, aucun de ces tremblements qui les agiteraient en permanence s'il avalait des préparations d'opium régulièrement et depuis des années, ainsi qu'il le prétend. De plus, il a affirmé émerger avec peine d'un sommeil induit par ses préparations à ma première visite. Cependant, il mentait tant il était alerte, et sur le qui-vive, d'autant que les couvertures de sa paillasse ne portaient la marque d'aucun dormeur récent.

— Mais… mais… enfin… pourquoi ?

— Votre prétendue tumeur, quoi d'autre ?

— Mais… quoi, ma tumeur ? Nul n'en était informé ! J'en gardais jalousement le secret afin de préparer au mieux mes fils et…

— Je connaissais son existence, comme d'autres, intervint le sous-prieur d'une voix blanche. Je vous avoue, mon père… ma terreur, une égoïste terreur. Je ne me sens guère prêt à assurer votre succession… Jacques de Salny, en plus de ses piètres qualités de médecin, se montrait parfois bien trop bavard, concourant au fait que plus personne ne l'allait consulter.

— Une fâcheuse tendance à l'indiscrétion qui signa son arrêt de mort, le premier cas de tétanos, compléta Druon, se décidant enfin à rejoindre le coffre pour s'asseoir à côté de Jocelyn Ledru.

— Tétanos ? s'enquit Masselin de Rocé.

Le jeune mire résuma à leur profit sa connaissance de l'affreuse maladie, narra ensuite sa houleuse discussion avec la veuve Crépin et termina par :

— Jacques de Salny devait mourir. Il avait trop parlé, arrangeant Alexandre qui avait ainsi appris le prochain trépas du grand-prieur. Toutefois, en dépit de la médiocrité de son art, Salny aurait fini par former des soupçons. De plus, en tant que médecin et dans l'éventualité où Jocelyn ne vous succédait pas, seigneur mon père, il arrivait en premier choix pour prendre la suite. Druon se tourna vers le sous-prieur, hagard. Cher Jocelyn, m'est avis que vous étiez la prochaine victime. Je gagerais que votre bon Alexandre rêve de ce prieuré depuis longtemps, et vendrait son âme pour présider à son destin, servir Dieu au plus proche, quitte à tuer pour cela. Tuer des créatures qui selon lui, usurpent leur rôle, servent mal Dieu et L'offensent. Peut-être s'est-il convaincu qu'un miracle, une reconnaissance divine le guérira alors de sa sclérodermie, qui ne lui aurait été envoyée qu'afin d'éprouver sa foi ?

— Insensé ! s'exclama l'intéressé. Comment cela se peut-il ?

— Permettez-moi de rabouter les éléments épars… éléments auxquels j'aurais dû porter plus d'attention. Un célèbre aesculapius se plaisait à répéter : « Observe, analyse, compare et déduis », à quoi il ajoutait souvent : « Ne cherche pas sexte à none. » De fait, les explications les plus simples et cohérentes sont souvent les plus véritables.

— Dieu du ciel, un verre d'hypocras serait le bienvenu, commenta le grand-prieur.

— Ah, fichtre ! souffla soudain Jocelyn Ledru. Ainsi, j'étais bien visé au travers de la cochette de mes parents ?

— Si fait. Ils étaient accusés de possession démoniaque. Outre l'opprobre, un épais doute rejaillissait sur vous. Qu'eussiez-vous fait alors ?

— À l'évidence, j'aurais quitté le prieuré afin que cette impardonnable flétrissure ne souille en rien sa réputation de sainteté. Je vous dois ma vie et mon honneur, mon frère, conclut Jocelyn en lui tendant la main.

Après l'avoir serrée, Druon observa :

— Quelle admirable cascade de conséquences. Une simple coïncidence, mon arrivée, ma demande d'hospitalité la veille du procès d'une truye accusée de meurtre d'humain, et l'attelage assassin s'embourbe !

— Pas une coïncidence. La main de Dieu, rectifia le grand-prieur.

— N'est-ce pas la même chose ? Le sieur Lachaume fut donc occis pour rien, la truye étant relaxée. Selon moi, après avoir contracté le tétanos, Jacques de Salny et Claude Crépin ont été gavés de préparation d'opium destinée à les assommer de torpeur et à amoindrir leurs symptômes[1], qui eussent pu rappeler un souvenir à quelqu'un. Ils ont sans doute été étouffés afin d'abréger leur trop longue agonie[2]. Alexandre d'Aleman fit croire à Denyse Crépin que son époux était possédé, ce que les symptômes très violents du tétanos pouvaient laisser supposer. Le meilleur moyen pour que la pauvre femme interdise les visites au malade, de peur d'être jetée hors de chez elle. Lors de sa dernière venue au village, il a profité du sommeil d'épuisement de la femme Crépin pour achever son époux. Quant à Jacques de Salny, nous interrogerons Thibaud Ducher pour obtenir confirmation, mais je suis presque certain qu'il était déjà trépassé lorsque le cellérier-boursier le veilla. Cette fois encore, l'apothicaire précipita sa fin. Sa présence, commune en l'infirmerie, n'était guère de nature à éveiller les soupçons.

— Une nausée me saisit, remarqua le grand-prieur sur une moue de dégoût.

— Je doute qu'elle disparaisse sitôt, observa Druon. En effet, vous deviez décéder de cette tumeur d'aine, seigneur grand-prieur. Ayant échappé à une suspicion de possession, par l'intermédiaire de ses parents, Jocelyn vous succédait, et la même mystérieuse fièvre l'aurait alors poussé vers la tombe. Aleman obtenait enfin ce qu'il convoitait : le prieuré.

— Une folie ? Une possession peut-être ?

— S'y mêle aussi la passion du lucre. Bref, le sieur Alexandre désespère d'obtenir absolu pouvoir sur les autres. Au point de faire main basse sur les économies de la veuve

---

1. On donna jusqu'à la fin du XIXe siècle de l'opium aux malades atteints de tétanos, remplacé ensuite par du diazépam.

2. Elle peut durer jusqu'à 3-4 semaines.

Crépin, alors que je parierais qu'il puise sans vergogne dans l'argent ou les biens du monastère. Joli butin si l'on ajoute les fruits de son négoce d'opium.

— Oh… et moi qui soupçonnais Thibaud Ducher d'aveugle obstination, d'avarice maladive, lorsqu'il me serinait qu'on nous pillait… Dieu du ciel, je m'en veux… j'avais même… enfin, j'en étais même venu à me demander si…

Druon interrompit Masselin de Rocé, un faible sourire aux lèvres :

— S'il ne volait pas lui-même en accusant autre ? Nul regret, mon père, j'ai soupçonné de même avant qu'il ne me vienne consulter et me confie son… ses perturbations de sommeil. C'est alors que j'ai commencé à comprendre. Les préparations que lui donnait l'apothicaire ne faisaient guère effet, m'a-t-il rapporté. Qu'elle est rusée, celle-là ! Alexandre d'Aleman lui concoctait des mélanges d'opium et de berce, lâcha-t-il, sans préciser que le cellérier s'épouvantait de ses rêves libidineux.

— La berce ? Ne m'avez-vous point révélé qu'elle favorisait les… ardeurs viriles ? s'étonna le grand-prieur.

— Avec tout mon respect, jamais je ne bafouerai le secret de mon art, contra Druon en s'inclinant légèrement. La concentration de Thibaud ainsi altérée – puisque de son aveu, il se perdait dans ses comptes et n'avait plus guère le sens des heures – Alexandre avait beau jeu de détourner ce qu'il souhaitait.

— Mais comment… enfin… ce tétanos ? Où Jacques et ce serviteur ont-ils contracté la maladie ? s'enquit Jocelyn Ledru, qui semblait perdu dans un monde d'angoissantes pensées.

— Les agneaux de décembre, ceux du cadet de l'apothicaire, et sans doute, avant eux, d'autres jeunes bêtes[1], mais le même châtreur, et surtout la même lame.

---

1. Les agneaux étaient castrés à quelques jours. Si l'on connaît bien le tétanos équin, on sait moins que des élevages entiers de jeunes ovins ont été décimés par le tétanos après la castration par une lame souillée de spores de *Clostridium tetani*.

— Votre pardon ? intervint Masselin de Rocé.

— Il semble que cette terrible maladie se contracte lors de plaies provoquées par un instrument rouillé, ayant traîné au sol. Je gage que l'apothicaire le sait aussi bien que moi, et qu'il a vite fait le lien avec le couteau du châtreur. Il l'a récupéré. Je suis certain que Jacques de Salny et Claude Crépin se sont blessés à cette lame peu avant de présenter les premiers symptômes. Si le décès de Jacques est à l'évidence un meurtre, je suis moins formel en ce qui concerne feu Crépin. Il aurait pu se couper d'accidentelle manière. Il conviendra de vérifier, avec grande prudence, si ce couteau à châtrer se trouve en l'apothicairerie. Nul ne doit s'y entailler les chairs. Pauvre Jacques de Salny... lui a dû comprendre ce qui l'affectait, sans pouvoir le révéler à quiconque, la gorge paralysée par la maladie. Lui devait savoir que son agonie durerait des semaines.

Les deux moines échangèrent un regard atterré. Un silence pénible s'installa.

Masselin de Rocé sortit le premier de son espèce de transe, et se redressa. Il semblait avoir vieilli de dix ans en quelques minutes. Il plaqua la main sur son front et déclara d'une voix plate mais sans appel :

— Pourquoi faut-il que je sois certain que vous avez vu juste, fils médecin ? Jocelyn, donnez immédiatement ordre à des serviteurs laïcs de mettre aux arrêts, en nos geôles, le maudit apothicaire. Justice sera rendue, de façon impitoyable étant entendu la qualité de moine du scélérat.

Le sous-prieur hocha la tête et se leva en imitation.

— Mon bien cher père... ma décision est enfin prise... je ne deviendrai pas votre successeur, n'en ayant ni l'étoffe, ni le désir. Je souhaite parcourir le monde, y porter la magni-

362

fique parole du Divin Agneau, m'émerveiller de toutes les créations de Son Père.

— Je m'en désole, mais ne puis vous y contraindre, pour le bien du monastère.

— Mais, Dieu, par le miracle de Son intervention, a mis sur notre chemin le parfait futur grand-prieur. Nul doute que vous obtiendrez de Rome une dispense afin qu'il rejoigne notre ordre. Oh, quel magnifique arrangement !

Paniqué, Druon comprit que Jocelyn Ledru le proposait comme successeur. Ah, Dieu du ciel ! Ah, que nenni ! Il se débattit :

— Quel attendrissant et flatteur honneur vous me faites, mon frère. Mais… je ne puis l'accepter. L'ordre franciscain me convient à merveille. Quant à l'art médical, impensable pour moi d'y renoncer. Au demeurant, les miracles sont par essence fugaces. Aussi, je comptais vous annoncer mon départ au demain.

— Mon cher fils, rien ne pourrait vous en dissuader ? De fait, la solution de Jocelyn est admirable.

— Non pas, seigneur mon père. Une petite voix m'encourage au voyage, à nouveau, mentit le jeune mire.

— Je le déplore du fond du cœur, mon frère, renchérit le sous-prieur. Cela étant, autres ont sans doute besoin de vous. Ne contraignons pas un miracle, nous serions grandement fautifs. Je vais de ce pas quérir les serviteurs laïcs.

— Qu'il en soit fait prestement ! J'écrirai dès le demain au seigneur Louis d'Avre afin de lui conter l'innommable, décida Masselin de Rocé. Quant à vous, mon jeune fils médecin, soyez béni. Dieu vous garde toujours puisque vous Le servez si bien.

— Qu'Il vous entende, murmura Druon en saluant bas.

☩

Druon ne devait jamais apprendre ce qui s'était déroulé après son départ du logis des prieurs.

Accompagné de cinq serviteurs laïcs armés de doloires et de fourches, Masselin de Rocé fit défoncer la porte de l'apothicairerie. En chainse de nuit, Alexandre d'Aleman se tenait, plaqué au mur, son regard perçant braqué sur les intrus.

— Monsieur vous êtes aux arrêts en attendant votre jugement par un tribunal séculier. Tendez-vous gentement vos poignets afin qu'ils soient entravés ou dois-je donner ordre que l'on vous traîne telle la bête enragée que vous êtes ? Ajouterez-vous le ridicule au déshonneur ? D'ailleurs, je m'égare. Seul un suppôt de Satan pouvait concevoir une telle ignominie. Je vous accuse du meurtre de Jacques de Salny, de celui de Claude Crépin, et de tentatives de meurtre sur les personnes de Jocelyn Ledru et d'Hugues de Constantinople. Je vous accuse de blasphème. Je vous accuse d'escroquerie.

— Voilà tout ? répondit l'autre, ses lèvres pincées par la maladie tentant de s'étirer en sourire. Pauvre petit homme, lamentable créature. Une larve ! Cela prétend discuter avec Dieu quand ça ne sait que fouiller les détritus de la pensée de son groin ! Mais que seriez-vous sans votre ancêtre qui fonda ce prieuré ? Rien.

— La folie sera peut-être retenue comme circonstance d'atténuation, lâcha Masselin de Rocé, abasourdi par la réaction de son fils.

— Je ne suis pas fou, minable ver de terre. J'ai vu, j'ai senti la toute-puissance de Dieu, en forêt, lors que je venais d'occire un malandrin. J'ai senti ce que Dieu exigeait de moi, pourquoi cette épouvantable maladie me rend infirme. Parce que je Le servais mal, à votre instar ! Que sont ces déchets qui sont morts ? Une dizaine. Dieu se voilait la face à les voir, à les subir. Je L'en ai débarrassé. Ce prieuré rayonnera ainsi qu'il le peut, le doit. Grâce à moi. Dieu s'y sentira en aise, si bienvenu, si adoré qu'Il ne le quittera plus. Une telle félicité s'annonce que les larmes me montent aux yeux.

Masselin de Rocé conçut la nette sensation qu'il ne devait pas discuter plus avant avec ce monstre, qui, sans doute, s'ignorait monstre. D'un ton très calme, il exigea :

— Vous divaguez. Tendez les poignets, Monsieur.

— Allez au diable !

— Non. En revanche, votre place s'y trouve. Vos poignets. Votre maître le diable vous attend. Selon mon expérience, il exècre ceux de ses serviteurs qui ont échoué.

— Jamais, pauvre fol ! Pauvre incompétent qui ne doit le privilège de mener ce monastère qu'à son nom, ses biens. Dieu m'a élu. Je le sais.

Les larmes dévalaient sur les joues d'Alexandre d'Aleman et un vertige déséquilibra le grand-prieur : l'apothicaire croyait aux énormités qu'il proférait. S'adressant aux serviteurs, il ordonna :

— Maîtrisez-le. En geôle. Je gage que la Question lui arrachera ses derniers secrets avant... le reste. Votre fin sera terrible, Monsieur.

Trois des hommes firent un pas en direction de l'apothicaire, les deux autres gardant la seule issue pour prévenir toute fuite.

La suite fut si rapide que nul ne put la prévenir. Alexandre d'Aleman fit un bond vers la cheminée, récupéra sur le manteau une longue et robuste lame rouillée et s'entailla profondément le bras.

Il tomba à genoux, murmurant :

— Me voilà, Seigneur. Je vous rejoins en grande paix.

— Non pas. L'agonie de tétanos dure parfois plusieurs semaines. La Question se tiendra, le détrompa Masselin de Rocé.

XXXVIII

Le prieuré, Saint-Martin-du-Vieux-Bellême,
le lendemain, décembre 1306

B rise soufflait de bonheur, d'impatience, depuis qu'il
l'avait sellée. Un urgent et touchant défilé l'avait
retenu tout le matin. S'étaient succédé dans sa salle
de consultation tous ses patients, dont certains qui affir-
maient avoir toujours perçu la faille en l'apothicaire. Agnan
Letertre, frère infirmier, jubilait ; n'avait-il pas été le premier
à mettre en garde Hugues de Constantinople ? Jocelyn Ledru
avait à nouveau tenté de le fléchir pour le convaincre de
rejoindre leur ordre, à quoi Druon avait rétorqué d'un ton
consolateur :

— Vous n'êtes point en faute, ayant eu le courage
d'admettre que la haute fonction de pasteur de ce monastère
ne vous convenait pas. Tranquillisez-vous, Masselin de Rocé
trouvera.

À l'évidence très ému, le grand-prieur avait ensuite pénétré
et l'avait serré entre ses bras tel un fils de sang, se contentant
de marmonner :

— Le merci, pour tout. Le merci également pour m'avoir
offert l'insigne et exceptionnel privilège de voir Dieu à
l'œuvre. Car vous fûtes Son messager, j'en suis certain. J'en
resterai à jamais bouleversé.

Druon n'avait plus qu'une hâte : partir, au plus preste.
S'ajoutait aux regards de tous, qui le couvaient, espérant son

changement de décision, le fait que le proche avenir de l'apo-thicaire incarcéré virerait sous peu au pire cauchemar, afin de lui extirper confession de toutes ses fautes. Nul ne résistait à une Question bien menée, et pour rien au monde le jeune mire ne souhaitait en être témoin.

Il mena Brise par la bride vers la porterie principale. Une cavalcade résonna derrière eux. Essoufflé et cramoisi, Thibaud Ducher faillit s'affaler sur lui. Il hoqueta :

— Ah, je me sens bien mieux grâce à vos bons soins… ces odieux rêves ont cessé, loué soit le Seigneur… et mon frère médecin. Mais quelle pitié, quel déchirement de vous voir repartir ! Tenez ! annonça-t-il en tendant un petit cylindre enveloppé d'une touaille à Druon. J'ai réfléchi, lon-guement, mais tenez et de bon cœur, c'est dire !

— Qu'est-ce ?

— Douze feuilles de beau papier de lin. Si utiles pour un médecin voyageur. Cela représente une belle somme, vous savez ?

— Voilà qui me touche vraiment. Preuve aussi que vous vous trouvez sur le chemin de la guérison. Justement, je vous propose un dernier remède. Restituer à la veuve Crépin les trente-sept deniers que lui soutira l'ignoble Alexandre d'Aleman.

— Oh, le fourbe, le coquin, le maudit ! trépigna Thibaud, poings fermés de colère. Qu'il rôtisse à jamais en enfer ! Voyez que je ne me leurrais pas, et qu'on nous plumait bien. Enfin… tout de même… trente-sept deniers, ce n'est pas rou-pie !

— Souvenez-vous, mon bon Thibaud : votre avarice vous ronge la vie et attriste fort notre Seigneur qui a tout donné, même sa vie. Allons, trente-sept deniers pour la veuve Crépin et pour Lui plaire.

Une grosse larme apparut au coin des paupières du cellérier, qui bafouilla :

— Trente-sept deniers ! Oh, fichtre… une somme[1] ! Cela me retourne les intérieurs ! Oh, le scélérat, renégat qui me coûte toutes ces belles pièces… maudit ! … Mais je suis heureux… Je vous les donne, vous lui remettrez, à cette veuve, de la part du prieuré… Patientez, de grâce patientez, avant que je change d'avis. Ah, fichtre, je ne m'en remettrai pas, cria presque le petit homme rond en filant vers le logis de l'abbé où se trouvait le coffre.

Druon lui jeta en riant :

— Je patiente ! Rassurez-vous : je gage qu'Alexandre cache un trésor malhonnête quelque part, dans lequel vous retrouverez vos fuites de deniers et bien d'autres surprises. Or, moine, il a abandonné tous ses biens au prieuré. M'est avis que ces trente-sept deniers vont faire belle et nombreuse portée !

— En vérité ? s'enquit Thibaud Ducher qui avait pilé à la mention de « trésor », un sourire extatique aux lèvres.

---

1. En réalité, assez modique, si l'on exclut l'avarice de Thibaud !

XXXIX

Brévaux, décembre 1306

e crépuscule s'installait. Dans moins d'une heure, la nuit engloutirait le dernier vestige de lumière diurne.

Monté sur Brise, Druon attendait, dans cette clairière, au lieu-dit des Amants, dans laquelle il avait donné rendez-vous à Igraine, réchauffant parfois ses mains au col de la vaillante jument de Perche qui soufflait, piétinant le sol gelé de ses larges sabots. Il avait peur, elle le sentait.

Il frôla de la main le pommeau de sa courte épée, pendue à sa ceinture. Aurait-il le courage de navrer Igraine ? Rien n'était moins sûr, sauf si elle menaçait la vie d'Huguelin ou la sienne.

À la nuit d'hier, il avait été récupérer les manuscrits en l'église de Brou-la-Noble.

Au fond, le destin, si tant était qu'il existât, évoquait des plis. À la manière d'un plié d'étoffe, le futur se retrouvait soudain sous le passé.

La menaçante charade qui l'avait tant dérouté allait trouver son explication.

Pourquoi Igraine ne l'avait-elle pas occis en l'église de Brou-la-Noble afin de récupérer les manuscrits que la mage convoitait depuis si longtemps ? La druidesse en avait l'opportunité, la force et la détermination. Craignait-elle véritablement que Druon les enflamme de son esconse ? Non pas. Quelle impérieuse mais secrète raison avait encouragé la mage à le laisser vif, en possession de ces textes pour lesquels elle avait tué, menti, trahi. Vif et libre de ses mouvements ?

Vif et libre de ses mouvements ?

Elle avait enlevé Huguelin qui devenait ainsi monnaie d'échange. Mais pourquoi, puisqu'elle avait eu les manuscrits à portée de main, cette nuit-là, en l'église ? L'autre voix, celle qui cohabitait dans son esprit, celle qu'elle savait inspirée par l'implacable pouvoir de déduction de son père, rétorqua :

— Mais elle n'avait pas alors Huguelin, resté chez le couple Leguet.

— Quoi, Huguelin ? En quoi le garçonnet devenait-il une pièce de ce jeu ?

— Parce qu'il est l'unique moyen de t'incliner, de te faire ployer, observa la voix.

— À quelles fins ?

— Nous ne tarderons pas à le découvrir. Je t'en conjure, méfie-toi d'elle…

— Est-elle si maudite, si néfaste ?

— Tout dépend. Elle se battra jusqu'à la mort pour un but contraire au tien. Tu es aussi néfaste pour elle qu'elle l'est pour toi. L'enjeu est millénaire et vous dépasse, humbles fourmis. Il est, en revanche, d'une confondante simplicité : ton siècle[1] ou le sien ! Le règne de l'Ancien Peuple, de ses druides et de ses dieux, ou celui du Divin Agneau.

— Je ne puis sacrifier Huguelin, cela m'est insupportable.

---

1. Au sens de « société ».

— Je sais. Tu demeures donc l'unique inconnue de l'équation[1]. Si tu meurs, Huguelin est sauf et le monde d'Igraine disparaît à tout jamais puisque, à l'évidence, elle n'obtiendra pas ce qu'elle convoite plus que tout. Seul toi peux le lui offrir.

— Et seule la mort serait donc l'issue ?

— En vérité.

— Bien.

Un long soupir, dont la buée rejoignit celle qui s'échappait de la bouche de la jument. Druon s'apaisa. De fait, l'ultime solution à l'équation existait. La mort, sa mort. Le cas échéant.

Héluise refoula le sanglot qui montait dans sa gorge : Louis, pardonnez-moi. Vous ne saurez jamais comme je vous aimais. Mais après tout, peut-être vaut-il mieux que vous ignoriez que je suis avant tout la fille de mon père, et que je poursuivrai son œuvre magnifique, quitte à périr. Je vous aime, Louis. Dieu vous garde toujours.

Un son étouffé sur sa droite. Druon tendit l'oreille. Le son se rapprocha, celui de sabots écrasant la neige et quelques brindilles rigidifiées de gel.

Igraine parut, montée sur un lourd cheval baillet, une frêle silhouette assise en croupe, à moitié dissimulée par le mantel doublé de fourrure de la mage. La monture s'arrêta à une bonne toise de Brise.

---

1. Les équations à une inconnue au moins (ainsi qualifiées) remontent à Babylone. On en trouve également sur certains papyrus égyptiens remontant à 2000 av. J.-C., même si les bases de calcul (base 10 de nos jours) étaient différentes.

La voix irritante s'éleva :

— Miresse, quel bonheur à vous revoir !

— Mon maître, mon maître, gémit la petite silhouette.

Druon fit mine de remettre Brise au pas pour avancer dans leur direction. En un éclair, la druidesse tira sa dague de ceinture et le retint d'un :

— Tss-tss, gardez-vous des imprudences, pour votre bien à tous deux ! Les manuscrits, Druon, mon bien cher ?

— Dans ma sacoche de selle.

— Tous ? Sur votre honneur ?

— Sur mon honneur. Votre part du marché, maintenant : l'enfant.

— Ne cédez pas, elle va nous tuer. Sauvez-vous ! hurla Huguelin.

— Mais non, mais non, pesta Igraine. Si j'avais souhaité vous occire, la chose serait expédiée depuis belle heurette. Ce ne sont guère les occasions qui me firent défaut !

— L'enfant ! répéta Druon d'une voix métallique.

— Démontez d'abord, suggéra la mage.

— Me prendriez-vous pour un benêt ? Huguelin sur la selle de Brise et je démonte. Pas avant.

— Craindriez-vous que je refuse de le libérer ? Fichtre, et pour qu'en faire ? Il ne cesse de parler, de protester, de m'invectiver, et se montre en tout très fatigant. Je vous l'offre bien volontiers, dès que j'obtiens ce que je cherche. Vous ne me facilitez pas la tâche, miresse, et m'êtes une grande contrariété ! reprocha-t-elle en hochant la tête en signe d'agacement.

Druon se demanda pour la centième fois si cette femme avait tout son sens. À l'entendre, on eût pu croire qu'elle lui reprochait un rôt trop cuit, ou un ruban de cheveux abîmé. Qui aurait pu songer un instant qu'elle menaçait d'égorger un enfant et de ravager cette terre, ce monde ?

— Nous n'allons pas demeurer ainsi toute la nuit, à nous surveiller du coin de l'œil, transigea la mage. Démontons tous, de concert.

— De concert, approuva Druon sans plus tenter de forcer les graves de sa voix.

Il passa sa jambe droite par-dessus le pommeau de la selle de Brise, surveillant les gestes de la grande femme maigre.

Les deux cavaliers se laissèrent glisser à terre. Druon exigea :

— L'enfant nous rejoint.

— Si fait, si fait, concéda Igraine en aidant Huguelin.

Ce n'est qu'alors que Druon constata qu'il avait les poignets ligotés.

— Posez maintenant la sacoche devant moi, sans vilain mouvement, exigea la mage.

Bien que se méfiant, Druon s'exécuta. Igraine la récupéra et la jeta en travers de la selle de son cheval.

— L'enfant, poussez-le vers moi.

— Non ! sourit la femme aux yeux presque jaunes. Je veux la pierre rouge et votre sagacité.

— Quoi, ma sagacité ? Quant à la pierre, elle ne faisait pas partie du marché ! tonna le jeune mire.

— Quelle importance ? Je dicte les règles, puisque j'ai l'avantage. La pierre, sitôt ! Vous me suivrez ensuite, placidement, sans quoi l'enfant rendra l'âme par votre faute, énonça-t-elle. Nous l'allons attacher à un arbre et lorsque vous m'aurez donné pleine satisfaction, vous le viendrez libérer.

— Vous m'avez abusé !

— Si fait. Seule la victoire importe, peu me chaut les moyens de l'obtenir, pouffa la druidesse en pointant sa dague vers Huguelin, qui dévisageait son jeune maître et cria à nouveau :

— Fuyez, de grâce ! Cette sorcière nous achèvera dès qu'elle aura ce qu'elle souhaite !

Une gifle sèche d'Igraine le déséquilibra et il chut lourdement sur le flanc.

La rage envahit Druon, et il tenta de s'élancer vers elle, aussitôt arrêté par un :

— Tss-tss, pas d'emportements, ou je tue l'enfant ! La pierre, vous dis-je.

— Elle ne vous sert plus de rien. Les manuscrits sont en votre possession, tous, même ceux de votre peuple, je le jure sur la mémoire de mon père.

— Le croyez-vous ?

— Votre pardon ? Je sais bien qu'il s'agit de tous les manuscrits que j'ai à nouveau serrés dans leur cachette d'origine, en l'église Saint-Lubin de Brou-la-Noble. Sur mon honneur et ma foi.

— Oh, je n'en doute pas. Votre honnêteté confine à la maladresse, pour ne pas dire à la faute, chère miresse. Bah, vous aimerait-on sans cela ?

— Alors, délivrez Huguelin ! Vous détenez tout ce que vous convoitiez, que j'avais juré sur mon âme de ne vous jamais remettre.

Soudain très grave, très triste, Igraine lança :

— La pierre, s'il vous plaît. De grâce, miresse, je détesterais vous occire afin de la récupérer. Cela étant… je n'ai pas le choix, ne l'ai jamais eu. Je vous en conjure, Héluise, tendez-moi la pierre rouge et menez-moi, murmura Igraine.

— Menez-moi où ?

— Chez vous, en la demeure de votre père, bien sûr.

Le regard presque jaune se liquéfia d'un chagrin insondable, et soudain Druon comprit. Il comprit qu'il s'était lourdement fourvoyé en se convainquant que la pierre avait livré tous ses secrets. Inacceptablement fourvoyé en pensant qu'Igraine respecterait les clauses du marché. De fait, il ne s'agissait pas d'honneur, de dignité, mais de victoire ou de défaite et toutes les armes devenaient bienvenues. De fait, elle n'usait pas de conditionnel. Elle allait sans doute détester les occire. Lui, puis Huguelin, dès qu'elle aurait la pierre, qu'il aurait obéi à son ordre de « la mener ». S'il refusait, elle les achèverait afin d'obtenir le joyau tant convoité. Igraine se battait pour la renaissance d'un temps ancien. Une lutte à mort. Plus aucune règle admise ne s'appliquait, pas même la tendresse qu'elle éprouvait pour eux deux. Que ne l'avait-il senti plus tôt ?

Druon inhala. Une brève seconde d'hésitation, puis il tira sa courte épée et hurla :

— Fuis, Huguelin, tu m'affaiblis, fuis !

Le garçonnet fit un grand bond sur le côté, le dévisagea, ouvrit la bouche. Druon hurla à nouveau :

— Fuis, pour l'amour de moi ! Cache-toi d'elle ! Sauve-toi pour me sauver.

Le garçonnet détala, bras tendus devant lui afin de maintenir son équilibre en dépit de ses entraves de poignet. Igraine tenta de le rattraper par le dos de son vêtement. Druon se rapprocha d'elle et se fendit, pointe de l'épée brandie vers son ventre. Igraine se recula vivement. Il lut l'affolement dans son regard. Pourtant, elle n'avait pas peur de lui.

— Miresse. Donnez-moi la pierre rouge. Menez-moi.

— Jamais ! Vous la trouverez entre mes seins, sous la bande de lin. Encore faut-il venir l'y chercher.

La longue lame empoisonnée du bâton de marche surgit dans un chuintement.

— Bien. Vous serez sans doute le seul véritable remords de ma vie. De grâce, offrez-moi le pardon, miresse.

— Le pardon ? Et de quoi, Madame ?

Les deux femmes se tournèrent vers la voix masculine, chaude et grave. Un homme très grand, d'une belle minceur musclée, aux cheveux mi-longs, bruns et ondulés, les dévisageait tour à tour, d'un inscrutable regard gris pâle. Les pans de son mantel doublé de zibeline étaient repoussés sur ses épaules, découvrant son caleçon ajusté de cuir noir dont les jambes plongeaient dans de hautes bottes, un pourpoint de cendal rouge sang et une longue épée. À sa mise et son arme, il s'agissait d'un seigneur.

Il avança de quelques pas vers la mage qui dirigea la pointe de son bâton vers sa gorge.

Une interminable seconde de silence, un silence si épais que Druon songea que le monde venait de disparaître à jamais. Seuls persistaient l'écho du sang qui cognait dans les artères de son cou, et le bourdonnement qui avait envahi ses oreilles.

L'homme inclina légèrement la tête sans lâcher Igraine du regard, et déclara du même ton plat et affable :

— En garde, Madame. Privilèges de femme ne sauraient s'exercer en votre faveur puisque vous menacez ma vie d'une arme redoutable, ainsi que celle de la damoiselle Fauvel.

Il tira son épée, et Druon fut stupéfait par la fine robustesse de sa lame, par le luisant de l'acier. Le jeune mire tenta de crier, de les arrêter, mais aucun son ne sortit de sa gorge. Une sorte de chape le figeait, annihilait sa volonté. Très loin dans son esprit, la voix de son père murmura : « Ainsi doivent se terminer les choses. »

Igraine écarta les jambes afin de garantir son équilibre, guettant son inattendu adversaire telle une proie, son bâton prêt à tuer.

Soudain, l'homme aux cheveux bruns, sourcils froncés, tourna la tête vivement sur la gauche, s'exclamant :

— Que… ?

Igraine imita d'instinct son mouvement. L'épée se leva et s'abattit en une fraction de seconde, un battement de cœur. La tête de la mage chut dans une bourrasque de sang, roulant sur le sol gelé dans le linceul de ses cheveux.

Druon hurla comme si sa vie s'enfuyait de lui et tomba à genoux en sanglotant, les mains plaquées sur ses yeux dans l'inepte espoir de nier le monstrueux spectacle. Le cheval de la mage partit au galop, affolé.

L'homme s'approcha du corps décapité et murmura en considérant sa lame d'un beau rouge :

— Enecatrix[1], ma preuse, merci. Sa mort fut surprenante et preste, sans que jamais elle ne la voie fondre sur elle, ni qu'elle souffre des coups que je lui aurais portés. Elle ne méritait pas d'expier longuement des fautes par autres commises. Une guerrière vient de périr ainsi qu'il sied à une guerrière. Au combat.

Il s'agenouilla à côté de l'affreuse et pathétique dépouille, récupéra par les cheveux la tête qui avait roulé non loin. D'un geste aussi doux qu'une caresse, il abaissa les paupières sur les yeux presque jaunes qui s'opacifiaient déjà. Il posa avec précaution la tête au-dessus du col sanglant de la mage, avant de rabattre les pans de son mantel sur elle.

Puis, il se releva et tira de sa manche un carré de soie rouge avec lequel il essuya sa lame jusqu'à voir resurgir l'inscription qu'elle portait gravée : *Eos diligit et suaviter multos interficit*[2].

Druon, tassé au sol tel un petit animal en peine n'avait pas bougé, sanglotait. L'homme lui tendit sa main.

— Damoiselle Héluise Fauvel, de grâce ?

Elle leva le regard vers lui et bafouilla :

— Qui êtes-vous ? D'où me connaissez-vous ? Que faites-vous céans, au plein de la nuit, en forêt ?

— Hardouin Venelle, pour vous servir, Madame. Je vous connais de votre père Jehan. Une longue et bien laide histoire.

---

1. Celle qui donne la mort.
2. Elle les aime et les tue en nombre, avec douceur.

Peu importe. En un autre temps, il y a une éternité, semble-t-il, votre père… m'évita le pire… le déshonneur. Il n'exigea rien en échange. Je ne suis pas homme de dettes, elles m'encombrent. Devenu son obligé et bien qu'il ait refusé cette reconnaissance de ma part, je le suppliai donc de m'indiquer comment lui exprimer ma profonde gratitude. Une seule phrase lui vint : « Protégez, de grâce, ma fille. Je doute de le pouvoir encore longtemps. » Que de tracas pour vous retrouver, damoiselle Héluise. Bah, histoire ancienne que cela, comme le reste.

— Mon père ? Vous connûtes mon père ?

— Oui-da, peu de temps avant son incarcération, à ce que j'en ai appris plus tard. Je suis d'étrange tempérament. Peu d'êtres me touchent ou m'étonnent. Votre père… comment dire… Votre père étincelait telle une puissante lumière. J'en ai fort peu rencontré.

— Devrais-je accorder foi à vos propos ? l'interrogea-t-elle sans hargne.

— Oh, certes pas. Cependant, voici une preuve tangible de nature à vous convaincre, Madame.

Il tira sa bourse de ceinture et en extirpa un anneau large, en or, serti d'une unique pierre, une améthyste ovale.

— Vous l'achetâtes ensemble, chez un orfèvre chartrain, lors d'un voyage. Vous aviez dix ans et manifestiez une telle envie de découvrir la cathédrale que votre père n'y résista pas. Il eût préféré une autre bague d'auriculaire, enrichie d'une belle opale, mais l'améthyste vous fascinait. Aussi l'acheta-t-il afin de vous satisfaire, ainsi qu'un mince crucifix d'argent et de grenats pour vous. Vous le perdîtes un jour dans les champs et en demeurâtes désespérée durant la semaine.

Elle le considéra, séchant ses larmes d'un revers de main, et admit :

— Seul mon père vous pouvait confier de tels détails. Et s'il l'a jugé bon, c'est que vous méritez ma confiance, Monsieur.

Elle passa l'anneau de son père à son pouce, l'embrassant. Il sourit, ses yeux très gris s'avivant d'une lueur tendre.

— Cherchons l'enfant, voulez-vous ? Il ne devrait pas être loin, et les bois sont peu sûrs.

Un sifflet péremptoire. Aussitôt, un grand étalon noir de nuit parut. Messire Venelle le salua d'un :

— Mon magnifique Fringant, t'es-tu reposé un peu ?

Ils n'eurent pas à chercher longtemps. Huguelin, le visage rougi de larmes, débaula et fonça vers Druon qui reprocha :

— Tu n'avais pas fui ?

Reniflant, le garçonnet bafouilla :

— Non, caché derrière un arbre, je tentais de défaire mes liens de poignets afin de vous secourir contre cette affreuse mage. Oh, quelle épouvante… sa tête décollée. Baissant la voix, il s'enquit : Qui est cet homme, mon maître ?

— Je ne sais au juste. Une cordialité de mon père. En tout cas, il nous a sauvés.

— Je suis le monsieur qui va trancher tes entraves. Tends les poignets, courageux, mais peu sensé, petit compagnon. Récupérons les manuscrits. Votre père les a tant cherchés ! En revanche, il possédait leur indissociable complément. Celui pour lequel il a péri, sans jamais rien en révéler.

— Quoi ?

— Je l'ignore. Mais si j'en juge par l'absolue confiance qu'il avait placée en vous, et la meurtrière détermination de la femme trépassée, vous allez trouver. Chez vous, en la maison paternelle. Elle a, bien sûr, été saisie par le seigneur inquisiteur[1] qui cherche à la vendre. Hâtons-nous, Damoiselle.

Vif et libre de ses mouvements !

---

1. Les inquisiteurs se rémunéraient très souvent sur les biens des condamnés.

XL

Brévaux, décembre 1306

Il ne fallut que quelques instants à messire Hardouin cadet-Venelle pour venir à bout de la serrure. Ils pénétrèrent dans la maison silencieuse, morte, plongée dans une dense obscurité.

— Fichtre, notre tâche ne sera pas aisée, remarqua M. de Mortagne, qu'elle ne connaîtrait jamais sous ce nom d'office, celui de bourreau[1]. Nous ne pouvons ouvrir les volets et remonter les peaux huilées de crainte d'alerter un voisin de notre présence. Dommage, car la lune bien dégagée nous eût aidés.

Le cœur d'Héluise battait à tout rompre. Huguelin, qui cramponnait le bas de sa tunique en laine bouillie, murmura d'un ton haché :

— Est-ce là que vous vécûtes, mon maître ?

Incapable de prononcer un mot, Héluise/Druon se contenta de hocher la tête. Les souvenirs déferlèrent à la manière d'une tempête trop longtemps contenue. Héluise se revit enfante, à califourchon sur un genou de son père qui lui caressait les cheveux, tout en lisant un texte, écrit si serré qu'il évoquait un sombre grimoire.

---

1. Série des *Enquêtes de M. de Mortagne, bourreau* : *Le Brasier de Justice* et *En ce sang versé*, Flammarion, 2011, 2012.

— Madame, de grâce, ne tardons pas.

La courtoise injonction d'Hardouin cadet-Venelle la fit sursauter.

— Votre pardon, messire. L'émotion m'étreint.

— Le contraire serait à déplorer. Toutefois, le temps n'est pas notre allié.

— Fallait-il… qu'Igraine périsse ainsi ?

Il la considéra dans l'obscurité, et demanda d'un ton très doux :

— Selon vous, qu'eût-elle préféré : la mort ou les ruines d'un rêve millénaire ?

— La mort, sans doute. S'ils n'ont pas disparu, un nécessaire d'allumage et une esconse à huile devraient se trouver sur le manteau de la cheminée, dans la salle commune, indiqua Héluise en désignant une porte ouvrant sur la gauche.

Hardouin s'exécuta. Elle entendit les claquements secs du foisil contre le morceau de silex.

Son regard fila vers le bout du couloir étroit, vers la salle d'études encombrée de son père, dans laquelle ils s'enfermaient afin d'étudier en discrétion. Elle se souvint de la fierté rayonnante qui s'était peinte sur le beau visage émacié lorsqu'elle avait lu d'un trait, sans faute ni hésitation, le texte grec des *Pensées pour moi-même* de Marcus Annius Verus[1], un texte dont la possession aurait valu à son père d'être jeté dans un cul-de-basse-fosse.

Il reparut, tenant l'esconse dont la lueur illuminait en vagues le rouge sang de son pourpoint.

— Où votre père aurait-il pu dissimuler un objet plus précieux que sa vie, en relation avec la pierre rouge pour laquelle Igraine périt ?

---

1. L'empereur romain et philosophe stoïcien Marc Aurèle (121-180) qui régna à partir de 161. Les persécutions de chrétiens durant son règne en firent un auteur « maudit » à cette époque. Pour l'anecdote, la fameuse statue équestre de l'empereur place du Capitole n'aurait pas été détruite comme symbole païen parce qu'on la prit pour celle de l'empereur Constantin. Elle fut ensuite restaurée par Michel Ange au milieu du XVIᵉ siècle.

— Plus précieux que sa vie ? Hormis moi, seul un texte essentiel aurait à ses yeux mérité tel sacrifice.

Étrangement, l'odeur déplaisante qui régnait dans la demeure abandonnée vint à son secours. Une odeur hostile, âcre de moisissures, d'humidité conquérante. La maison de Jehan Fauvel avait toujours embaumé l'oliban, et, au fil des jours et des saisons, le miel, les rôts, la poudre d'amande, les épices, les pâtés de viande, les gelées de fruits d'été.

Vidée de toutes ses présences, des odeurs qu'elles faisaient naître, de leurs habitudes et de leurs rires ou pleurs, la maison lui indiquait que le passé se refermait. Sans elle, ni son père.

— La salle d'études de mon père, lâcha-t-elle. Il en verrouillait la porte en son absence, redoutant des indiscrétions.

— Je vous suis.

— Est-ce bien raisonnable, la demeure est fort sombre et… ? bredouilla Huguelin en raffermissant sa prise sur le bas de la tunique d'Héluise.

— Préfères-tu demeurer dans la salle commune ? s'enquit-elle.

— Oh, non, non, non ! Je ne vous perds plus du regard. En plus… je préférerais suivre l'unique source lumineuse. Mais je n'ai pas peur, je vous l'assure, se contredit-il.

Lorsqu'ils pénétrèrent dans cette pièce où l'univers du savoir s'était peu à peu entrouvert pour elle, Héluise retint l'exclamation désolée, indignée qui lui monta aux lèvres. Dieu du ciel !

— Vandales[1] ! cracha-t-elle entre ses dents, sans trop savoir à qui s'adressait cette injure.

---

1. Du bas latin *Vandali*, nom du peuple germanique considéré comme particulièrement barbare et destructeur.

Les bibliothèques de son père avaient été vidées, certains ouvrages traînant au sol, ouverts, leurs reliures arrachées, leurs pages cornées ou maculées du gris verdâtre de l'humidité. D'autres avaient été rongées par les souris, comme en témoignait la multitude de petites crottes noires qui les semait. Le bureau aux pieds tournés, devant lequel son père et elle avaient passé tant d'heures, avait disparu.

Esconse levée, Hardouin cadet-Venelle commenta :

— À l'évidence, le seigneur inquisiteur aura « réquisitionné » les ouvrages les plus monnayables et dédaigné les autres. Sachez, Madame, que les plus beaux, les plus vivaces souvenirs sont ceux qui nous demeurent au cœur.

Elle hocha la tête en signe d'assentiment. Une petite voix incertaine lui fit baisser le visage :

— Mon maître… la pierre rouge désignait la cachette que vous découvrîtes en Saint-Lubin… p'têt… euh, peut-être bien qu'il en est ici au pareil ?

— De juste. Mais où, comment ? J'ai passé tant d'années dans cette demeure sans jamais rien suspecter, remarquer.

— Sans doute parce que vous ne vous doutiez pas qu'il convenait de remarquer quelque chose, rétorqua Huguelin.

— Tu me rends bien fière, mon jeune apprenti, le complimenta Héluise.

— Quant à moi, pour l'avoir un peu approché, je gagerais que votre père souhaitait que vous puissiez trouver la cache, le cas échéant. Ne se serait-il pas méfié d'une salle d'études que l'Inquisition fouillerait en premier lieu ? souligna cadet-Venelle.

— Dieu du ciel ! Vous avez juste raison, messire. Ma chambre ou la cuisine. J'y passais le plus clair de mon temps en attendant son retour.

Sans un mot de plus, elle fonça dans le couloir et gravit les marches de l'escalier, entraînant le jeune garçon qui ne lâchait pas sa tunique.

Elle s'interdit toute sensation lorsqu'elle poussa la porte de cette pièce dans laquelle elle avait grandi, espéré, boudé, pleuré, rêvé de sa mère Catherine. Allez au diable, Catherine ma mère ! Nul autre endroit n'existe pour recevoir votre âme souillée. Soliloquant, elle résuma :

— Pas un objet de prix, s'il en reste. Mon père aurait craint les voleurs, sans même évoquer la cupidité d'un seigneur inquisiteur. Un objet usuel, peu tentant. Ou alors, une cachette dans une poutre, un manteau de cheminée...

Elle pénétra, suivie de peu par M. de Mortagne. En dépit de son admonestation à elle-même, la colère lui serra la gorge. La table d'atours en bois de rose surmontée d'un miroir s'était envolée, tout comme le ravissant cabinet italien incrusté de nacre et de turquoise, offert par son père à sa majorité[1]. Le joli portrait sur bois de sainte Hélène[2], agenouillée devant les vestiges de la Croix, devait aujourd'hui décorer une autre chambre de dame. Son lit de noyer sculpté gisait sur trois pieds. Sans doute avait-on tenté de le traîner afin de l'emporter aussi, avant de renoncer en raison de son poids.

— Peu importe, se murmura-t-elle en avançant de quelques pas.

Une menue cavalcade lui fit tourner la tête vers la cheminée. Des souris dérangées par cette intrusion.

Huguelin abandonna enfin le pan de sa tunique et fila ausculter les murs, les examinant, le nez presque collé aux pierres pour tenter de distinguer le moindre détail révélateur. Redevenant Druon, elle indiqua :

_____

1. Douze ans pour les filles.
2. 249-329, mère de Constantin. Elle aurait découvert les vestiges de la Croix lors d'un pèlerinage.

— Ne te disperse pas. Observe, analyse, compare et déduis. Les murs sont présents depuis longtemps. Toute altération de leur état m'aurait intriguée. La même remarque vaut pour les pavés de sol. Il eût fallu en desceller un, creuser une cachette et sceller de nouveau ensuite. Je ne quittais guère ma chambre, hormis pour rejoindre mon père, ou pour une courte promenade lors de ses absences.

— D'autant qu'un joint humide entre des pavés ocre jaune se remarque, renchérit Hardouin cadet-Venelle.

D'un doux geste de main, Druon/Héluise leur commanda le silence.

Observe, analyse, compare et déduis. Réfléchis avec l'esprit de ton père. Il voulait que tu puisses trouver la cachette le jour où son existence te serait révélée. Réfléchis. Il a songé qu'un souvenir, par vous deux partagé, t'attirerait vers elle. Réfléchis, vos esprits se ressemblent tant, qu'ils pourraient être jumeaux. Elle ferma les yeux, laissant toute son existence aux côtés de ce père tant chéri l'envahir. Les souvenirs se succédèrent à la vitesse d'étoiles filantes. L'un, très précis, s'attarda. Elle avait seize ans. Un hiver particulièrement rigoureux clouait hommes et bêtes à l'intérieur. Un feu bien nourri brûlait tout le jour dans sa chambre et une partie de la nuit. Elle tentait depuis des semaines de dessiner au fusain un portrait de sa mère Catherine, se fiant aux descriptions courtoises mais distantes de son père. Elle ne devait comprendre que bien après, en l'église de Brou-la-Noble, les raisons de cette feinte réserve. Exaspérée, tant le portrait n'évoquait pas son rêve parfait, elle avait à nouveau gratté le papier afin de le reprendre. La feuille s'était déchirée. Hors d'elle, elle l'avait jetée dans l'âtre, sans prendre garde au chainse de nuit en soie plié sur le dossier d'un fauteuil trop proche des flammes. La feuille enflammée avait voleté, embrasant le bas du chainse. Affolée, Héluise avait lancé le vêtement dans l'âtre avant de se précipiter vers sa table de toilette et de jeter le contenu de son broc sur les flammes, redoutant qu'elles se propagent encore. Le gémissement de l'eau glaciale qui se vaporisait au contact des dalles surchauffées de l'âtre, puis un claquement aussi sec qu'un coup de fouet. Son père avait beaucoup ri de sa mésaventure et de son effroi, et promis de changer la brique dès le lendemain, tenant sa promesse alors même qu'un serviteur eût pu s'en occuper.

Druon/Héluise s'avança, un sourire aux lèvres. Des esprits jumeaux, en vérité, quelle aimable ressemblance. Elle s'agenouilla, gratta la suie et la poussière de cendres. La faible clarté dispensée par l'esconse tenue par Hardouin Venelle ne perçait pas l'obscurité du fond de l'âtre. Elle discerna une brique rouge sombre au centre, à l'évidence plus récente, et fit courir ses doigts dessus, en hochant la tête en signe de dénégation.

— Elle semble pourtant moins patinée que les autres, argumenta Hardouin. Je puis la desceller.

— Inutile, bien qu'elle fût changée assez récemment. Sa surface est lisse.

Héluise se redressa à moitié et se faufila plus avant, palpant à l'aveuglette toutes les briques qui montaient vers le conduit de cheminée. Bien sûr ! La gorge sèche au point de gêner son élocution, Héluise exigea :

— De grâce, tournez-vous, messieurs.

Un peu interloqués, ils s'exécutèrent. Héluise passa la main sous ses couches de vêtements et récupéra la petite bourse qui protégeait la pierre rouge, logée entre ses seins, sous la bande de lin. Tâtonnant, elle appliqua le joyau dans l'encoche d'une brique située à un bon pied au-dessus de l'ouverture du conduit. La pierre s'inséra parfaitement dans ce logement, découpé par Jehan Fauvel.

Oh, mon père, vous n'avez pas changé une brique, mais deux, dont celle-ci, invisible de la pièce.

— Votre dague, messire.

— De grâce, Madame, permettez que je me salisse à votre place.

Il se contorsionna et sa main rejoignit celle d'Héluise appliquée sur la brique. La jeune fille se recula afin de lui laisser plus de place pour œuvrer. Le joint de la brique céda en quelques minutes. M. de Mortagne retira le pouce de terre tassée en surface afin de protéger le reste de la chaleur, et extirpa de la petite cachette le rouleau enveloppé de cuir. Héluise entendit le souffle précipité d'Huguelin.

Elle déroula le cuir, se contraignant à retenir ses gestes fébriles.

Sur la feuille s'étalaient les lettres de l'alphabet grec, détournées de leurs concordances par les druides[1]. L'alpha devenait l'epsilon, l'epsilon, le gamma. L'unique moyen de parvenir à déchiffrer les manuscrits de l'Ancien Peuple avait été tracé sur cette feuille. Cette feuille, cette unique feuille avait été l'enjeu, le but crucial et ultime d'Igraine. Pour l'obtenir, elle avait laissé Druon libre de ses mouvements, espérant qu'il la mènerait à ce qu'elle convoitait plus que tout, le savoir antique qui, peut-être, permettrait à son peuple de reconquérir ce monde. Une houle d'émotions submergea Héluise/Druon. Son père avait percé le secret de la transcription. Au bas de la feuille avaient été griffonnées quelques lignes :

« Ma belle, parfaite, et tant aimée fille. Si tu trouves ceci, preuve sera faite que j'ai eu grand tort, vieux fol obstiné que je puis me montrer. Cette perspective me ronge

---

1. Il semble acquis que les Gaulois utilisèrent l'alphabet grec, preuve des interactions entre les deux peuples, dont nous avons des traces indiscutables.

à la suffocation. Les hommes ne seraient donc pas prêts à recevoir la connaissance ? Elle devait les libérer, les rendre sages et forts. Elle les rendra encore plus féroces. Tous voudront s'accaparer le pouvoir qu'elle sécrète et ne le jamais partager afin d'asservir les autres. Seuls les sots ont pu accorder des pouvoirs magiques à la pierre rouge. Elle n'a jamais été qu'un indice, menant à un vitrail de Saint-Lubin, dévoilant la cachette du savoir. Ma mie, n'existe qu'une magie : l'esprit humain ; n'existe qu'une malédiction : sa férocité. Héluise, je t'aime plus que ma vie. Garde-moi toujours une place en ton cœur.

À toi, ma bien chérie, mon plus pur joyau, ma plus parfaite réussite. »

Si elle avait été seule, Héluise se serait volontiers laissée choir au sol, pour attendre elle ne savait quoi. Mais le souffle tiède d'Huguelin balayait par instants ses mains. De fait, tant avaient péri ou tué pour la possession de cette connaissance prétendument libératrice. Elle se releva et pinça le rouleau d'alphabet dans la ceinture de ses braies. Nul ne devait entrer en sa possession. Jamais. Ou pas encore. Toutefois, cette feuille, preuve du génie de son père et clef vers de vertigineuses connaissances, devait persister toujours. Elle en deviendrait la farouche gardienne, jusqu'à son dernier souffle. Hardouin cadet-Venelle demanda :

— Votre souhait, vos ordres, Madame ?

— Ah messire, qui suis-je pour vous donner des ordres ? Celle que vous sauvâtes d'une mort certaine ? Avouez que la reconnaissance est plutôt mienne.

— Non pas. Vous êtes celle dont le père m'épargna le plus cuisant et mortel déshonneur. Vos ordres, Madame, avant que je disparaisse ?

— Partez-vous ?

— En royaume anglois. J'y avais… de bons clients, biaisa l'exécuteur des Hautes Œuvres.

— Les manuscrits, serrés dans la sacoche de Brise, ainsi que cette pierre rouge, commença-t-elle en lui tendant le joyau couleur de sang. Ils représentent un terrible danger pour qui les détient. De même, ils représentent un terrible danger pour ceux qui ne les détiendraient pas, s'ils venaient à tomber entre mauvaises mains. Ils doivent replonger dans l'oubli, jusqu'à ce que les hommes aient appris. S'ils apprennent un jour. Ils furent… je les ai dérobés aux Templiers.

— Nombre ont fui, avec raison, en Angleterre ou en Écosse, notamment à Kilwinning[1], acheva M. de Mortagne. Souhaitez-vous que je leur remette ?

— Encore une fois, Monsieur, cette pierre causa tant de trépas. Quant aux manuscrits, ils feront de vous l'animal le plus traqué de la chrétienté. N'est-ce pas là requérir l'impossible d'un homme que je ne connais que de peu ? Ne serais-je pas bien coupable de m'en décharger en vous mettant en grand péril ?

— Avec tout mon respect, permettez-moi, Madame, d'en juger, contre le maître de Haute Justice en s'inclinant. Confiez-les moi. Sur ma vie et mon âme, je les remettrai à qui de droit et de possession, les Templiers. Quant au « grand péril », apaisez-vous. Il serait bien fol et trépasserait vite, icelui qui tenterait de me navrer. Bah, cela me réveillera un peu et me fouettera le sang ! ajouta-t-il, amusé. Allons, quittons ce lieu. Je vous raccompagne tous deux où vous le souhaitez. Puis, je disparais à jamais.

_____

1. Une des abbayes filles de Tiron, l'abbaye de Kilwinning en Écosse, fondée en 1140 environ par Hugues de Morville, est, selon la tradition, le berceau de la franc-maçonnerie écossaise. La présence de Templiers en fuite du royaume de France y est attestée.

Héluise perçut l'infini désespoir de l'homme splendide. Elle caressa sa joue du bout des doigts et il ferma les yeux.

Un instant, un de ces rares instants où deux êtres se rejoignent pleinement pour se comprendre de l'âme. Il ouvrit les paupières et s'écarta d'un pas, réitérant :

— Madame, ne nous attardons pas céans.

Ils ressortirent et récupérèrent leurs montures. Héluise tira la sacoche de la selle de Brise et la tendit à cet homme étrange et beau qui lui avait sauvé la vie, qu'elle ne reverrait sans doute jamais. Le regard très gris s'attacha quelques instants à son visage et il déclara d'un ton las :

— Le temps doit suivre son cours.

Elle ne sut s'il parlait de lui, des manuscrits ou de l'ordre du Temple. Peut-être des trois.

— Je vous raccompagne. De grâce, en selle, indiqua-t-il en se baissant pour lui offrir ses doigts entrelacés en étrier.

— Inutile, messire. Sylvine, une mienne amie, nous offrira l'hospitalité en Brévaux.

— Alors à Dieu, Madame, et toi, jeune Huguelin. Je pars dès cette nuit rejoindre la côte.

— Dieu vous garde, messire, à jamais. Je…

— Chut, maintenant. Nul merci, nulle déclaration d'éternelle gratitude. Ma dette envers votre père est soldée, mon ardoise nette. De plus, vous m'avez offert un rare privilège : servir une dame qui mérite tous les sacrifices, toutes les dévotions courtoises. Bien qu'elle ne vous ressemblât pas, vous m'avez rappelé une défunte chérie, Marie de Salvin[1]. Peu importe. Dieu vous garde toujours.

---

1. Série des *Enquêtes de M. de Mortagne, bourreau* : *Le Brasier de Justice* et *En ce sang versé*, Flammarion, 2011, 2012.

Il s'inclina, baisa sa main et remonta d'un mouvement leste sur son étalon noir. Après un dernier salut, il lança sa monture au galop. Héluise/Druon regarda le magnifique centaure disparaître, happé par la nuit.

XLI

*Nogent-le-Rotrou, auberge de la Hase guindée,
décembre 1306*

— a bonne, ma bonne ! s'époumona la robuste maîtresse Hase de derrière la porte.

Annelette Mercier ouvrit avec peine les paupières,
surprise qu'une nuit d'encre s'infiltre encore par les volets de
sa chambre.

Elle avait bien volontiers aidé l'aubergiste pour le souper
de la veille en salle et en cuisine, n'ayant rien d'intéressant
à faire. Une ou deux heures de plus de sommeil n'eussent
pas été pour lui déplaire.

Annelette s'éclaircit la gorge et s'enquit :

— Que se passe-t-il, maîtresse Hase ?

— Un cavalier messager… de la capitale et au tôt de
l'aube, encore ! s'exclama l'autre, impressionnée.

Prétendument veuve d'un calamier, belle profession, mais
certes pas de bourgeoisie, il pouvait sembler étrange que missive lui soit portée à la presque nuit. Annelette s'éveilla tout
à fait, inquiète. Fichtre, messire de Nogaret s'impatientait-
il ? Pourtant, elle n'avait pas ménagé sa peine, fouinant un
peu partout à la recherche de cette donzelle déguisée en jeune
mire. Ah, Dieu du ciel, sa grâce était-elle compromise par
son manque d'avancées ? Ah non, elle préférait mourir que
retrouver les cachots de la citadelle du Louvre, les gardes avi-
nés du matin au soir, aussi lubriques que chiens en rut. La

peur, la faim, le froid, la crasse. Le dégoût de soi et de la vie, surtout.

Une soudaine nausée la poussa hors du lit. Elle ouvrit sa porte. Maîtresse Hase, qui n'avait pas eu le temps de relever sa natte, se tenait pieds nus, en chainse sur lequel elle avait lancé son manteau. Elle lui tendit un paquet, serré d'un ruban rouge scellé de cire, déclarant :

— Pour vous. Je vous abandonne et m'en vais raviver le feu de cheminée et préparer la soupe du matin.

Annelette fut gré à l'autre femme d'avoir retenu la curiosité peinte sur son visage. Le souffle court, les jambes incertaines, elle se laissa choir sur son lit, considérant le paquet enveloppé de toile comme s'il s'agissait d'une terrible menace. Rassemblant son courage, elle fit sauter le sceau, remarquant à peine qu'il ne s'agissait que d'un cachet de cire plat, sans distinction aucune. Un autre paquet, rond, lui aussi enveloppé de toile, se trouvait à l'intérieur, ainsi qu'une lettre pliée en quatre.

Le cœur battant à tout rompre, certaine de l'identité de l'expéditeur puisqu'elle ne connaissait plus personne et que nul ne savait où elle avait élu logis, Annelette Mercier en prit connaissance :

Madame,

Votre mission s'arrête avant d'avoir commencé. Un sentiment de nerfs m'incline à vous accorder ce qui ne devait vous revenir qu'une fois votre service à moi accompli. Voici donc la bourse qui vous devait récompenser. Sachez que tout souvenir de vous détenu en la citadelle du Louvre vient d'être, par mes soins, détruit.

Dieu vous garde et vous évite de nouvelles bévues.

Votre mécène.

Les larmes dévalèrent des yeux d'Annelette, sans même qu'elle s'en rende compte. Libre ! Elle était libre, les carnets de procès détruits. Un miracle, à l'évidence, et elle souhaita longue et belle vie à messire de Nogaret. Un homme bon, juste et digne, ému par sa condition de femme sans soutien, livrée aux tenaces aléas de l'existence.

Jamais Annelette ne devait se douter qu'elle n'existait pas aux yeux de Guillaume de Nogaret. En dépit de ses dénégations, de son emportement, seul le peu enviable sort de Céleste de Mirondan – sa vague cousine de distant rang, mais son sang, aussi lointain fût-il – avait troublé le conseiller du roi. Il réparait avec Annelette ce qu'il avait gâché avec Céleste.

Quelle importance, puisque la fausse veuve était libre et qu'une seconde chance s'offrait à elle ?

XLII

Brévaux, décembre 1306, le lendemain

Une volée de coups de poing péremptoires tira la maisonnée de Sylvine Touille du sommeil au tôt matin. Une bousculade résonna à l'étage des serviteurs. Puis, un messire d'Avre, les cheveux en bataille, le visage défait de fatigue et rongé par une barbe grise naissante, pénétra sans se donner la peine de répondre aux questions affolées d'une servante. Il rugit, planté devant l'escalier :

— Sitôt ! Ah morbleu, où est-elle ?

Héluise jeta son mantel sur son chainse de nuit, intima à Huguelin de demeurer dans la chambre d'hôtes et descendit quelques marches à la rencontre du grand bailli d'épée.

Les émotions se succédèrent à une folle vitesse en messire Louis d'Avre : infini soulagement, incompréhension, colère, stupéfaction, et débordant amour. Il demeura coi, incapable de résumer sa pensée simplement.

Enfin, il lâcha :

— Vous m'êtes un incessant tracas et une ineffable félicité, Madame.

— L'un existerait-il sans l'autre, messire ? se moqua-t-elle, coquette.

Il pouffa, la rejoignant à grandes enjambées :

— Votre main, Madame, que je la baise enfin. Je bats la campagne[1] depuis des jours à votre recherche. J'ai eu si peur que malheur vous arrive...

Il se saisit de sa main et la plaqua contre sa poitrine.

— Sentez-vous mon cœur, chère mie ?

— Certes, à l'unisson du mien.

— Ah... Eh bien, le mien chavire, Madame. Je vous aime tant, à en perdre le sens et la mesure. Ainsi, si nous ne nous trouvions pas céans je vous couvrirais de baisers et...

— Mais nous nous y trouvons, l'interrompit-elle en plaisantant.

— Je n'y comprends goutte, éclairez-moi, je vous en conjure... tant de choses... un certain Droet Bobert m'a porté une grâce vous concernant, écrite de la main de messire de Nogaret... Qui vous octroie une dot... Seriez-vous parents ?

— Non pas. Une dot ? répéta-t-elle, ahurie.

— Il y fait mention de Foulques de Sevrin, votre parrain trépassé.

— L'évêque est mort ?

— Si fait. Un vaurien renégat l'a navré en son hôtel particulier, pour ce que j'en ai appris.

— En son hôtel particulier, vraiment ? releva Héluise, redevenue grave.

— Votre père est lavé de tous soupçons et son honneur pleinement restitué.

— J'en suis fort aise. Quant à sa vie ? feula-t-elle, mauvaise.

---

1. À l'origine, l'expression était comprise au sens propre : parcourir de grandes étendues de campagne à la recherche de quelque chose, notamment d'une proie lors de la chasse. Elle a ensuite pris un sens figuré de « délire, folie ».

— Mais quel embrouillement, ma mie ! Messire de Rocé, grand-prieur de Saint-Martin-du-Vieux-Bellême, me supplie d'envoyer des gens d'armes pour mener en prison séculière un de ses fils impie, scélérat et meurtrier. Un franciscain, jeune frère médecin, l'aurait aidé à faire la lumière sur ses monstrueux agissements. Pour repartir ensuite. Vous, Madame ? Pourquoi y vois-je votre patte ?

— Eh bien… de fait, l'histoire est fort emmêlée… biaisa-t-elle, très gênée.

— Enfin, ma doulce, ne me dites pas que vous avez été accueillie en un monastère masculin afin d'y remplacer un défunt médecin ?

— Eh bien… admettez que les voies du Seigneur sont impénétrables.

En dépit de son émoi, Héluise supputait qu'une fois la trêve de soulagement passée, Louis d'Avre l'assommerait de questions, justifiées. Lui confierait-elle tous ses secrets ? Peut-être. Peut-être pas.

Évoquerait-elle un jour la traduction de l'alphabet druidique retrouvée dans la cheminée de sa chambre d'enfante ? Jamais.

Ainsi que l'avait si justement résumé cet homme aux yeux gris, qu'elle n'oublierait pas, jusqu'à son dernier souffle : le temps devait suivre son cours.

BRÈVE ANNEXE HISTORIQUE

ABBAYE DE LA SAINTE-TRINITÉ DE THIRON-GARDAIS : Elle fut édifiée au XIIe siècle (charte de fondation de 1114) par saint Bernard de Ponthieu, né près d'Abbeville en 1046, ancien abbé de Saint-Cyprien de Poitiers, une élection décidée presque contre sa volonté puisque les honneurs ne l'intéressaient guère. Bernard souhaitait revenir à la stricte observance de la règle de saint Benoît, grâce, entre autres, à la protection de l'évêque Yves de Chartres et de Rotrou III le Grand, comte du Perche. On évoque très souvent la grande austérité de la règle de saint Benoît. Toutefois, il convient de la mettre en perspective avec l'époque, très rude pour tous.

La réputation de sainteté de Bernard se propagea vite, et l'abbaye fut soutenue par de nombreux souverains, dont Henry Ier d'Angleterre. Elle connut très vite un grand rayonnement, au point que l'on parla de l'Ordre de Tiron, et une expansion très importante puisque vingt-deux abbayes et plus de cent prieurés lui furent rattachés, notamment en Angleterre, en Écosse et en Irlande. À la mort de saint Bernard en 1116, l'abbaye était déjà royale, privilège accordé par Louis VI le Gros, roi de France, en échange du fait qu'elle devait accueillir d'anciens soldats invalides comme frères laïcs.

Une des abbayes filles de Tiron, l'abbaye de Kilwinning en Écosse, fondée en 1140 environ par Hugues de Morville, est, selon la tradition, le berceau de la franc-maçonnerie écossaise.

L'extrême richesse de l'abbaye lui valut ensuite d'acerbes critiques dont on trouve la trace dans le *Roman de Renart*.

La guerre de Cent Ans, puis les guerres de religion, et leur inévitable cohorte d'incendies et de pillages, lui causèrent beaucoup de dommages. Elle connut un nouvel éclat au XVIIe siècle, avec l'arrivée de Henri de Bourbon comme abbé. D'autres bâtiments furent alors construits. Un siècle plus tard, le collège devint une école préparatoire à l'école militaire de Paris.

L'abbaye fut à nouveau incendiée et pillée durant la Révolution. Il n'en subsiste aujourd'hui qu'une magnifique église abbatiale.

ARTHUR II DE BRETAGNE : 1261-1312. Duc de Bretagne et comte de Richmond, fils de Jean II et de Béatrice d'Angleterre. Il succéda à son père en novembre 1305, après la mort accidentelle de celui-ci, écrasé par un mur à Lyon, alors qu'il menait la mule du pape Clément V. Il fut d'abord marié à Marie de Limoges, puis à Yolande de Dreux, reine douairière d'Écosse, deux unions dont naquirent neuf enfants. Ces alliances permirent à la couronne ducale de récupérer le vicomté de Limoges ainsi que le comté de Montfort-l'Amaury. Le règne d'Arthur II fut assez bref et paisible. Entre autres choses, la Bretagne lui dut de mettre un terme à l'interminable querelle dite du tierçage. Le clergé paroissial breton exigeait que lui soit remis un tiers des biens meubles de chaque paroissien à son décès. Après d'âpres négociations avec les émissaires de Clément V, Arthur II parvint à faire diminuer ce prélèvement à un neuvième, d'où son nom de neume, dont furent exemptés les plus pauvres. Son fils Jean (le futur Jean III) épousa Isabelle de Valois, fille de Charles de Valois, afin de sceller la paix entre la Bretagne et la France.

BONIFACE VIII (BENEDETTO CAETANI) : Vers 1235-1303. Cardinal et légat en France, il devint pape sous le nom de Boniface VIII. Il fut le virulent défenseur de la théocratie pontificale, laquelle s'oppose au droit moderne de l'État. Il fut également l'auteur de lois anti-femme et fut soupçonné, sans qu'il existe de preuve, de pratiquer la sorcellerie et l'alchimie afin de préserver son pouvoir. L'hostilité ouverte qui l'opposa à Philippe le Bel commença dès 1296. L'escalade ne faiblit pas, même après sa mort, la France tentant de faire ouvrir un procès contre sa mémoire.

CHARLES DE VALOIS : 1270-1325. Seul frère germain de Philippe le Bel. Le roi lui montra toute sa vie une affection un peu aveugle et lui confia des missions au-dessus des possibilités politiques et diplomatiques de cet excellent chef de guerre. Charles de Valois, père, fils, frère, beau-frère, oncle et gendre de rois et de reines, rêva toute sa vie d'une couronne qu'il n'obtint jamais. En 1303, il reçut de son frère les comtés d'Alençon et du Perche en apanage et devint donc Charles Ier d'Alençon. Bien que recevant énormément d'argent de seigneurs, du roi, de ses terres et s'endettant auprès de l'ordre du Temple, Charles de Valois courut toujours après l'argent, dépensant sans compter, jusqu'à se tailler une réputation de pilleur en Sicile. Lorsque l'ordre du Temple fut supprimé, il semble qu'il ait affirmé que ce dernier lui devait de l'argent et que Philippe le Bel lui ait concédé un neuvième des biens des Templiers, une somme colossale. Cependant, Charles de Valois fut sans doute celui qui parvint à convaincre le roi son frère d'abandonner son désir de procès posthume contre la mémoire du pape Boniface VIII.

CLÉMENT V (BERNARD DE GOT) : Vers 1270-1314. Il fut d'abord chanoine et conseiller du roi d'Angleterre. Ses réelles qualités de diplomate lui permirent de ne pas se fâcher avec

Philippe le Bel durant la guerre franco-anglaise. Il devint archevêque de Bordeaux en 1299 puis succéda à Benoît XI en 1305 en prenant le nom de Clément V. Il semble acquis que Philippe le Bel ait beaucoup œuvré pour l'élection de Clément au Saint-Siège. Redoutant d'être confronté à la situation italienne qu'il connaissait mal, Clément V s'installa en Avignon en 1309. Il temporisa avec Philippe le Bel dans les deux grandes affaires qui les opposaient : le procès contre la mémoire de Boniface VIII et la suppression de l'ordre du Temple. Il parvint à apaiser la hargne du souverain dans le premier cas et se débrouilla pour circonscrire le second. Clément V est connu pour sa prodigalité vis-à-vis de sa famille, même distante. Il dépensa sans compter les deniers de l'Église afin de faire construire en son lieu de naissance (Villandraut) un château somptueux qui fut achevé en six ans, un temps record à cette époque, preuve des moyens mis en œuvre.

GRANDS MÉDECINS, HIPPOCRATE ET GALIEN : HIPPOCRATE OU HIPPOKRATÈS : vers 460-377 av. J.-C. Médecin grec. Il fut le grand initiateur de l'observation clinique et de l'expérimentation. Sa théorie médicale reposait sur l'altération des quatre humeurs de l'organisme. Ainsi, selon lui, l'épilepsie n'atteignait que les sujets de tempérament flegmatique. Étrangement, et alors que ladite théorie n'a aucune base scientifique, il en déduisit une approche logique de la médecine, considérée comme un pilier durant plus de mille ans. Hippocrate fut le premier médecin à rejeter la superstition et l'idée que les maladies étaient occasionnées par des causes surnaturelles, voire divines. Ce précurseur de la diététique a été le premier à décrire les symptômes du cancer du poumon. Il fut également très ferme sur le devoir et l'éthique des médecins, d'où le fameux serment d'Hippocrate.

CLAUDE GALIEN OU CLAUDIUS GALENUS, médecin grec, né en Turquie (vers 131-vers 201 de notre ère) : Philosophe, mathématicien et biologiste, il fut le médecin de Marc Aurèle et de son fils Commode. Il fut très admiré des grands médecins perses et arabes qui prolongèrent son œuvre, notamment Avicenne et Avenzoar. Galien aborda la chirurgie du cerveau et des yeux, qui fut ensuite oubliée pour presque deux mille ans. Disciple d'Hippocrate, il fut tenant de l'observation clinique, du pragmatisme et de l'expérimentation et lui aussi défenseur de la théorie des quatre humeurs. En dépit d'erreurs, par exemple sur le rôle du cœur, bien compréhensibles avec les moyens de l'époque, il découvrit que les vaisseaux ne transportaient pas de l'air mais du sang et que celui des veines était différent de celui des artères. Il décrivit le parcours de l'influx nerveux depuis le cerveau et son rôle, notamment dans le contrôle de la voix. Il laissa également le souvenir d'un des grands vivisecteurs de l'histoire puisqu'il pratiqua sur des animaux, surtout des singes, mais aussi un éléphant, et, si l'on en croit la légende, sur des gladiateurs vaincus. Cette légende est à prendre avec prudence, puisque la vivisection sur humains et l'autopsie étaient interdites par le droit romain. Quant à la vivisection sur animaux, aussi ignoble soit-elle, elle fut admise jusqu'à assez récemment.

Galien régna sur la médecine occidentale jusqu'au XVIIᵉ siècle grâce, entre autres, à la caution de l'Église. Le fait qu'il était un ardent défenseur du monothéisme n'y est sans doute pas étranger. Il est considéré comme un des pères de la pharmacie. D'ailleurs le serment des apothicaires – équivalent au serment d'Hippocrate prêté par les médecins – qui vit le jour au début du XVIIᵉ siècle, fut rebaptisé « serment de Galien » au XXᵉ siècle.

Arnaud de Villeneuve (ou Arnoldus de Villanova) né à Valence, Espagne, d'où son surnom de « catalan », vers 1230-1311 ou 1312 à Gênes. Un des scientifiques les plus prestigieux des XIII-XIVᵉ siècles. Ce médecin, astrologue, alchimiste et juriste, au caractère très marqué, suscita des polémiques toute sa vie. Il lisait et écrivait le latin, le grec, le catalan, l'arabe ainsi que l'hébreu, ce qui lui permit d'avoir accès à de précieux traités de science ou de médecine. Il écrivit plusieurs ouvrages de théologie, fortement imprégnés de pensée franciscaine. Arnaud de Villeneuve milita en faveur d'une réforme de l'Église et du renouvellement continuel de l'exégèse des Écritures, librement et sans crainte de persécutions. Il guérit le pape Boniface VIII, qui lui pardonna ses « erreurs » théologiques, puis devint le médecin de Clément V et son conseiller en Avignon. Il fut également le médecin des rois Pierre III d'Aragon – auquel il servit d'ambassadeur auprès de Philippe le Bel –, de Jacques II d'Aragon, et du roi de Sicile, Frédéric III d'Aragon. Ayant écrit : « les œuvres de charité et les services que rend à l'humanité un bon et sage médecin sont préférables à tout ce que les prêtres appellent œuvres pies, aux prières et même au saint sacrifice de la messe », entre autres « blasphèmes », Arnaud de Villeneuve fut arrêté et incarcéré à Paris. Ses écrits philosophiques furent brûlés en public. Il échappa à l'Inquisition et se réfugia en Sicile. Pardonné par Clément V, il revint en France. Il semble qu'il ait péri lors d'un naufrage. Outre ses commentaires des œuvres d'Hippocrate, de Galien, et d'Avicenne, nous lui devons des traductions des grands médecins perses, sans oublier le secret de la distillation du vin en alcool et le « mutage », mariage entre la liqueur de raisin et son eau-de-vie. Avant tout considéré comme un scientifique, Arnaud de Villeneuve évita le célibat imposé aux médecins-clercs et eut une fille unique qui devint dominicaine.

DRUIDES[1] : Les druides fascinent depuis très longtemps, expliquant les multiples théories (ou fables) qui ont couru à leur sujet. Tour à tour décrits comme sanguinaires ou vieux

---

1. Les lecteurs intéressés pourront se référer au captivant *Nos ancêtres les Gaulois* de Jean-Louis Brunaux, 2008, Le Seuil, L'Univers Historique.

sages à barbe blanche cueillant le gui, nous manquons encore de bon nombre de certitudes à leur sujet.

On trouve déjà leur trace dans le monde grec du Vᵉ siècle avant J.-C., notamment chez les disciples de Pythagore, preuve de l'interpénétration entre les Celtes et les Grecs et de l'influence qu'eurent les « Barbares » sur la civilisation grecque. D'autres preuves plus récentes soulignent la révérence des philosophes grecs pour les « sages » celtes. On sait ainsi que Poseidonios d'Apamée, chef de l'école stoïcienne, rendit visite aux druides en Gaule, vers le Iᵉʳ siècle avant J.-C.

Il convient de prendre avec précaution les déclarations de César à leur sujet. En effet, les mobiles de Jules César étaient politiques et il lui fallait dresser un portrait des Gaulois et des druides qui « excusât » la colonisation de la Gaule. Il semble, au demeurant, que cette colonisation n'ait pas été aussi dure qu'on le croit, loin s'en faut. Las de se trouver sous la coupe austère et autoritaire des druides, les Gaulois furent attirés par l'aisance et le confort qui accompagnaient le commerce avec les Romains.

Les druides étaient tout à la fois administrateurs, enseignants, philosophes, détenteurs de la connaissance et de la justice ainsi que prêtres. Vénérant 400 à 500 dieux, dont beaucoup « locaux », les Gaulois croyaient en l'âme éternelle et en la réincarnation dans une autre enveloppe humaine, même si ce point est contredit par certains qui penchent pour une réincarnation « spirituelle » et non physique. Les druides veillaient aux sacrifices humains, lesquels concernaient le plus souvent des condamnés à mort, notamment de droit commun. Contrairement à ce que l'on a longtemps pensé, il semble que le Gaulois ait été également une langue écrite, peut-être à l'aide de l'alphabet grec, écriture dont les druides auraient soigneusement dissimulé le secret, sans doute afin de conserver leur pouvoir.

Quant aux femmes, s'il est très plausible qu'elles aient été devineresses et « auxiliaires » de la religion druidique, comme dans le monde grec, il est évident qu'elles n'eurent jamais le statut ou le pouvoir des druides, tous masculins.

Inquisition médiévale : Il convient de distinguer l'Inquisition médiévale de la Sainte Inquisition espagnole. Dans ce dernier cas, la répression et l'intolérance furent d'une violence qui n'a rien de comparable avec ce que connut la France. Ainsi, plus de deux mille morts sont recensés en Espagne durant le seul mandat de Tomas de Torquemada.

L'Inquisition médiévale fut d'abord exercée par l'évêque. Le pape Innocent III (1160-1216) posa les règles de la procédure inquisitoire par la bulle *Vergentis in senium* en 1199. Son projet n'était pas l'extermination d'individus. Pour preuve le concile de Latran IV, un an avant sa mort, soulignant l'interdiction d'appliquer l'ordalie[1] aux dissidents. Le souverain pontife visait l'éradication des hérésies qui menaçaient les fondements de l'Église en brandissant, entre autres, la pauvreté du Christ comme modèle de vie – modèle peu prisé si l'on en juge par l'extrême richesse foncière de la plupart des monastères. Elle devint ensuite une inquisition pontificale sous Grégoire IX, qui la confia en 1232 aux dominicains et, dans une moindre mesure, aux franciscains. Les mobiles de ce pape furent encore plus politiques lorsqu'il renforça les pouvoirs de l'institution pour la placer sous sa seule autorité. Il lui fallait éviter à tout prix que l'empereur Frédéric II ne s'engageât lui-même dans cette voie pour des motifs qui dépassaient largement le cadre spirituel. C'est Innocent IV qui franchit l'étape ultime en autorisant le recours à la torture dans sa bulle *ad Extirpanda*, le 15 mai 1252. La sorcellerie fut ensuite assimilée à la chasse contre les hérétiques.

---

1. Épreuve physique (fer rouge, immersion dans l'eau glacée, duel judiciaire, etc.), destinée à démontrer l'innocence ou la culpabilité. Il s'agit d'un jugement de Dieu qui sortit d'usage au XIe siècle et fut condamné par le concile de Latran IV en 1215.

Cela étant, on a exagéré l'impact réel de l'Inquisition qui, étant entendu le faible nombre d'inquisiteurs sur le territoire du royaume de France, n'aurait eu que peu de poids si elle n'avait reçu l'aide des puissants laïcs et bénéficié de nombreuses délations.

En mars 2000, soit environ huit siècles après les débuts de l'Inquisition, Jean-Paul II demanda pardon à Dieu pour les crimes et les horreurs qu'elle avait commis.

GUILLAUME DE NOGARET : Vers 1270-1313. Ce docteur en droit civil enseigna à Montpellier puis rejoignit le conseil de Philippe le Bel en 1295. Ses responsabilités prirent vite de l'ampleur. Il participa, d'abord de façon plus ou moins occulte, aux grandes affaires religieuses qui agitaient la France. Nogaret sortit ensuite de l'ombre et joua un rôle déterminant dans l'affaire des Templiers* et dans la lutte du roi contre Boniface VIII. Nogaret était un homme d'une vaste intelligence et d'une foi inébranlable. Son but consistait à sauver à la fois la France et l'Église. Il devint chancelier du roi pour être ensuite écarté au profit d'Enguerrand de Marigny, avant de reprendre le sceau en 1311. Il semble que M. de Nogaret ait été un homme austère et probe, bien que ses fonctions lui aient permis d'amasser une jolie fortune.

JUSTICES : Après avoir été surtout pénale jusqu'au XIIe siècle, la justice seigneuriale s'appliqua ensuite au civil quoique les justifiables aient longtemps eu le choix du juge dans ce dernier cas et aient le plus souvent préféré des juges royaux, plus au fait des subtilités du droit. Elle s'exerçait sur trois niveaux, étant entendu que les seigneurs ne pouvaient juger que des laïcs. Le droit de haute justice, qui remplaça au XIIIe siècle « la justice de sang », les autorisait à juger toute affaire et à prononcer toute peine, même capitale. Le droit de moyenne justice leur permettait de juger des délits importants mais non punis de mort, comme les rixes, les vols, les escroqueries graves, etc. Les condamnations prononcées dans ce deuxième cas allaient de peines de prison, au bannissement, à de fortes amendes ou à des châtiments corporels. Le droit de basse justice était réservé aux délits mineurs comme les conflits de voisinage, désordres causés par des ivrognes, ou les manquements aux droits du seigneur, etc. Les peines se limitaient alors à des amendes modestes.

Existait également une justice d'Église exercée dans les domaines relevant de la foi et de la morale ou visant à protéger l'Église et ses membres. L'Église jugeait ainsi les problèmes d'hérésie (tribunal inquisitoire) mais également tous les aspects découlant des sacrements comme la validité d'un mariage, donc des successions et des filiations.

La justice royale, quant à elle, s'intéressa bien sûr aux affaires relevant de la sphère politique même si certains souverains, dont Saint Louis, s'attachèrent à juger des affaires de droit commun, plus pour rappeler aux seigneurs que le jugement du roi l'emportait sur le leur, que par réel intérêt. C'est du reste sous le règne de Saint Louis que se développa la procédure d'appel à laquelle eurent de plus en plus recours des justiciables en désaccord avec la sentence rendue. Cette procédure eut un effet dissuasif qui permit d'assainir la justice puisque le juge de première instance était condamné si le tribunal royal donnait raison à l'appelant. Se mit également en place, une condamnation sévère pour « fol appel », qui frappait les justiciables de mauvaise foi, de sorte à les dissuader de faire systématiquement appel d'un jugement.

Rappelons également que la justice médiévale était basée sur le principe de la « loi du talion » (Exode 21, 23-25), où la peine doit être proportionnée au crime, du moins symboliquement, dans le sens où les actes étaient punis par « où » ils avaient été commis. Ainsi, on coupait la main du voleur. Ceci peut sembler féroce à notre regard moderne mais, dans l'esprit de l'époque, il s'agissait au contraire de ne pas punir un acte de façon abusive, comme punir de mort un voleur, par exemple.

MOYEN ÂGE, UNE PÉRIODE « DOUCE » ? Bien que les estimations puissent varier, il s'étend approximativement du VIe au XVe siècle.

L'« historien » amateur est souvent troublé par une affirmation qui revient, portée parfois par des spécialistes de la période : le Moyen Âge ne serait pas l'époque dure[1] qu'on en a fait. Certes, tout est affaire d'appréciation et de point de comparaison, peut-être aussi de « sous-période » du Moyen Âge (haut ou bas Moyen Âge). Toutefois, à l'époque où se situe ce roman (XIVe siècle), les caractéristiques politiques et sociales de la France n'encouragent pas le contemporain à considérer cette époque comme « douce », même si nombre de ses « vertus » fascinent à juste titre.

S'ajoutait au servage (état de non libre, une forme d'esclavage), aux multiples et lourds impôts qui pesaient sur le peuple, aux conditions de confort presque inexistantes, aux épidémies, aux famines qui ravageaient le pays assez souvent, à la torture[2], à l'Inquisition, à la justice souvent très dure et expéditive, à l'état presque permanent de dénutrition, à la faible longévité[3], à la mortalité des enfants[4], aux balbutiements de la médecine, à l'extrême pauvreté de la plupart, à

---

1. La remarquable historienne, grande spécialiste du Moyen Âge, Claude Gauvard (*Le Monde*, 7 mai 2010), évoque la « violence de la société médiévale ».

2. Le métier d'exécuteur des supplices et peines de mort, donc de bourreau, ne vit le jour que vers le XIIIe, peut-être un peu plus tôt dans certaines grandes villes, preuve qu'il y avait du « travail » !

3. Au Moyen Âge, 10 % des adultes parvenaient à 60 ans, contre 96 % en 2000. Il est vrai que le premier pourcentage est abaissé par le nombre considérable de femmes qui décédaient en période périnatale.

4. Au Moyen Âge, la moitié des enfants n'atteignaient pas 5 ans et seul un quart parvenait à l'âge de 15 ans.

la condition des femmes[1] très délabrée, le fait que la France fut encore plus lourdement éprouvée par la Grande Peste (1347-1352) qui décima 20-25 % de la population, puis par la guerre de Cent Ans, que subirent cinq générations, par épisodes. D'autres épidémies de peste eurent aussi lieu.

ORDRE HOSPITALIER DE SAINT-JEAN DE JÉRUSALEM :

Reconnu en 1113 par le pape Pascal II. Contrairement aux autres ordres soldats, la fonction initiale de l'ordre de l'Hôpital était charitable. Il n'assuma que plus tard une fonction militaire. Après la chute d'Acre, l'Hôpital se replia sur Chypre puis sur Rhodes, et enfin Malte. L'ordre était gouverné par le grand-maître, élu par le chapitre général constitué des dignitaires. Il était subdivisé en « langues » ou provinces gouvernées à leur tour par des grands-prieurs. Contrairement au Temple et en dépit de sa grande richesse, l'Hôpital jouit toujours d'une réputation très favorable, sans doute en raison du rôle charitable qu'il n'abandonna jamais et de l'humilité de ses membres.

Au moment de la chute de l'ordre du Temple, l'ordre hospitalier dont le grand-maître était à l'époque Foulques de Villaret (élu en 1305) bénéficia aussi de ses succès militaires contre les Turcs sur l'île de Chypre.

ORDRE DU TEMPLE : Créé à Jérusalem, vers 1118, par un chevalier, Hugues de Payns, et quelques chevaliers de Champagne et de Bourgogne. Il fut définitivement organisé par le concile de Troyes en 1128, sa règle étant inspirée – voire

---

1. Après avoir quitté la tutelle de son père, la femme mariée était frappée d'incapacité juridique. Son statut était, bien sûr, meilleur lorsqu'elle était personnellement fortunée, même si les maris géraient les biens de leurs épouses. Cependant, entre le Ve et Xe siècle, l'Église limita les cas d'annulation de mariage et interdit la simple répudiation (le mari étant le seul à avoir la capacité de rompre l'union), rendant un peu moins précaire la situation des femmes.

rédigée – par saint Bernard. L'ordre était dirigé par le grand-maître dont l'autorité était encadrée par les dignitaires. Les possessions de l'ordre étaient considérables (3 450 châteaux, forteresses et maisons en 1257). Avec son système de transfert d'argent jusqu'en Terre Sainte, l'ordre devint au XIIIe siècle l'un des principaux banquiers de la Chrétienté.

Après la chute d'Acre – qui, au fond, lui fut fatale – le Temple se replia surtout en Occident. L'opinion publique finit par considérer ses membres comme des profiteurs et des paresseux. Diverses expressions de l'époque en témoignent. Ainsi, « on allait au Temple », lorsqu'on se rendait au bordel. Jacques de Molay, grand-maître, ayant refusé la fusion de son ordre avec celui de l'Hôpital, les Templiers furent arrêtés le 13 octobre 1307. Suivirent des enquêtes, des aveux (dans le cas de Jacques de Molay, certains historiens pensent qu'ils n'ont pas été obtenus sous la torture), des rétractations. Les enquêteurs, versés dans l'art de la rhétorique, n'eurent guère de peine à obtenir des déclarations incriminantes de la part de Templiers dont bon nombre étaient des paysans ou de petits seigneurs. Par exemple, certains ne perçurent pas la différence religieuse cruciale entre « idolâtrer » et « vénérer » et furent, bien sûr, accusés d'idolâtrie.

Clément V, qui craignait Philippe le Bel pour d'autres motifs, dont le procès posthume qu'exigeait le souverain contre la mémoire de Boniface VIII, décréta la suppression de l'ordre le 22 mars 1312. Jacques de Molay revint à nouveau sur ses aveux et fut envoyé au bûcher, avec d'autres, le 18 mars 1314. Certains Templiers parvinrent à fuir à temps, notamment en Angleterre ou en Écosse.

Il semble acquis que les enquêtes sur les Templiers, la saisie de leurs biens et leur redistribution aux Hospitaliers coûtèrent davantage d'argent à Philippe le Bel qu'elles ne lui en rapportèrent, preuve que les mobiles du souverain étaient avant tout politiques, d'autant que l'ordre de l'Hôpital, aussi riche que celui du Temple, ne fut pas inquiété.

PHILIPPE IV LE BEL : 1268-1314, fils de Philippe III le Hardi et d'Isabelle d'Aragon. Il eut trois fils de Jeanne de Navarre, les futurs rois : Louis X le Hutin, Philippe V le Long et Charles IV le Bel, ainsi qu'une fille, Isabelle, mariée à Édouard II d'Angleterre. Philippe était courageux, excellent chef de guerre. Il était également connu pour être inflexible et dur, ne supportant pas la contradiction. Cela étant, il écoutait ses conseillers, parfois trop, notamment lorsqu'ils étaient recommandés par son épouse.

L'histoire retint surtout de lui son rôle majeur dans l'affaire des Templiers, mais Philippe le Bel fut avant tout un roi réformateur dont l'un des objectifs consistait à se débarrasser de l'ingérence pontificale dans la politique du royaume.

PROCÉDURE INQUISITOIRE : La conduite du procès, ainsi que les questions de doctrine posées à l'accusé, sont tirées et adaptées de Eymerich Nicolau & Pena Francisco, *Le Manuel des inquisiteurs* (introduction et traduction de Louis Sala-Molins), Albin Michel, 2001.

Les procès inquisitoires étaient truqués, bien sûr. Pour plusieurs raisons. Il ne fallait pas que l'Église soit soupçonnée d'avoir accusé un innocent. Les inquisiteurs pouvaient s'absoudre les uns les autres. En d'autres termes, nul, hormis eux-mêmes, ne les jugeait. De surcroît, les inquisiteurs étaient payés sur les biens des condamnés. Certains n'avaient donc aucun intérêt à ce que les prévenus soient innocentés. De plus, il y a eu dans leurs rangs, de toute évidence, des psychopathes. Au point qu'en dépit du peu de cas que l'on faisait à l'époque de la vie humaine, seule l'âme comptant, des évêques eurent le courage de s'élever contre les exactions effroyables de certains d'entre eux. Des émeutes populaires eurent lieu.

Parmi les multiples machinations, expliquées dans les manuels d'inquisition, citons-en quelques-unes. On questionnait de pauvres gens, ne sachant ni lire ni écrire, sur de délicats points de doctrine chrétienne. Leur ignorance devenait la preuve formelle de leur hérésie. S'ils se trompaient, n'était-ce pas la démonstration sans équivoque que le diable lui-même leur avait troublé l'esprit ? La deuxième ruse consistait à refuser à l'accusé le secours d'un avocat et à tenir secrète l'identité des témoins, ou plutôt des délateurs. L'ultime déloyauté se jouait en la salle d'interrogatoire. L'inquisiteur intervertissait noms et déclarations de témoins, le plus souvent inspirés par la vengeance, l'envie ou la crainte de représailles de la part des inquisiteurs. Cependant, le piège le plus sournois, donc le plus efficace, revenait à convaincre l'accusé que tout était tenté afin de le disculper. Ainsi, se connaissait-il des ennemis acharnés au point de se parjurer pour le noircir, auquel cas leurs dénonciations seraient traitées avec la plus grande circonspection par le tribunal inquisitoire ? S'il omettait les noms de ses détracteurs les plus zélés, l'inquisiteur avait beau jeu de prétendre ensuite que leurs témoignages étaient au-dessus de tous soupçons puisque l'accusé lui-même avait reconnu l'objectivité de ces gens à son égard.

Quant à un recours, mieux valait n'en rien espérer. Un appel au Pape n'avait une chance de parvenir à Rome – évitant qu'une main ne le fasse disparaître à tout jamais – que lorsqu'un puissant s'en faisait le messager. Requérir la récusation de l'inquisiteur en espérant que les arbitres nommés pour en débattre l'acceptent ? C'était illusoire. Nul ne tenait à se mettre à dos un inquisiteur ou l'évêque associé à la procédure.

Procès d'animaux[1] : Ils furent relativement fréquents au Moyen Âge et au cours des siècles suivants et persistèrent sous des formes « plus douces » jusqu'au XIXe siècle. Les

---

1. Certaines des informations contenues dans cette note sont tirées de la thèse vétérinaire de Benjamin Daboual, consacrée aux procès d'animaux, 2003.

animaux étaient jugés pour crimes contre les humains, les troupeaux et les récoltes, ou possession démoniaque, sorcellerie voire crimes contre nature. Les vols étaient également punis. Les procès devaient respecter les formes de la justice réservée aux humains. Les accusés furent surtout des loups, des ours, des rongeurs et bien sûr des chats, la plupart noirs, mais aussi des cochons. Les insectes furent également souvent jugés. Les peines appliquaient le principe du talion suivi de mort par noyade, étranglement, asphyxie, bûcher, beaucoup de ces sentences étant précédées par une excommunication. Peu de chiens ou de chevaux furent en revanche traînés devant les tribunaux et aucun âne, bœuf, brebis, colombe ne furent excommuniés, des animaux dont on affirmait qu'ils ne pouvaient pas être possédés par le diable, d'autant que certains avaient réchauffé la Crèche. Des juristes, mais également des hommes d'Église, s'élevèrent contre ces pratiques. Ainsi le jurisconsulte Philippe de Beaumanoir écrivit au XIIIe siècle qu'il était insensé de condamner des animaux puisque le coupable doit comprendre la peine qu'il encourt, donc posséder la notion du bien et du mal, notion qui ne pouvait guère être opposée à un animal volant pour se nourrir, par exemple. Des ecclésiastiques jugèrent l'excommunication « fautive et abusive » puisqu'elle ne pouvait être décidée que pour des humains baptisés, la qualifiant dans ce cas de « superstition et absurdité ». En 1651, le chanoine Jacques Evillon écrivit à ce sujet « … un échantillon de la fausse piété des peuples à laquelle des ecclésiastiques se sont laissés décevoir… ». Cependant, ces procès étaient importants pour les populations, certaines qu'une dévastation de récoltes par exemple ne pouvait être que la marque d'un mécontentement de Dieu et qu'il fallait au plus vite Lui désigner le véritable coupable. Il est clair que l'Église y voyait aussi un autre moyen de légitimer les impôts prélevés auprès des ouailles et pour certains monastères de réaliser des « miracles ». Les moines étant de bons naturalistes de terrain, ils prévoyaient parfois les procès d'insectes juste avant leur migration ou disparition annuelle. Leurs prières et leurs exhortations exigeant le départ des insectes étaient donc exaucées.

Pour l'anecdote, citons deux procès qui nous sont parvenus. Le premier se tint à Orléans en 1368. Les propriétaires de cochons ayant fait tomber un enfant, décédé quelques jours plus tard, firent venir de Paris un médecin qui examina le corps et témoigna que nul ne pouvait affirmer que la chute avait causé la mort. Les porcs obtinrent leur relaxe. L'autre eut lieu à Savigny en Bourgogne en 1457, celui d'une truie et de ses porcelets accusés d'avoir tué et mangé un garçonnet de 5 ans. L'acte d'accusation incluait : « Le mardy d'avant Noël, une truye et six cochons, ses suignens… ont été prins en flagrant délit et perpétré mesmement la dicte truye murtre et homicide en la personne de Jehan Martin, en aige de cinq ans. » La truie fut reconnue coupable et pendue par les pattes arrières, puis, sans doute, étranglée et ses propriétaires condamnés à une forte amende.

SERVAGE : Plusieurs statuts frappaient les serfs, c'est-à-dire les non libres, variables en fonction des régions. Outre l'absence de liberté, le travail et les corvées qui leur étaient imposés, ils étaient frappés par de lourds impôts. Le servage « personnel » était indépendant de la situation économique du serf. Il s'agissait d'une forme d'esclavage qui se transmettait de génération en génération, par la mère, dans de nombreuses régions. La recommandation de l'Église, qui voulait que les enfants de serfs soient considérés comme libres, n'était pas appliquée. Le servage « réel » était, quant à lui, lié à la terre. Un serf pouvait s'affranchir s'il abandonnait des terres et son héritage au seigneur. Au XIVe siècle, les règles s'adoucirent, les seigneurs tentant de retenir les paysans, donc la force de travail, sur leurs terres puisque ces derniers partaient vers les villes, nombre affranchissant automatiquement les nouveaux arrivants. Ce mouvement s'accéléra encore après la

Grande Peste qui prit fin en 1352, environ un quart de la population ayant été décimée.

Louis XVI abolit le servage sur les domaines royaux de France et la Révolution l'abolit définitivement en 1789. Cette suppression fut beaucoup plus précoce en Angleterre sous le règne d'Élisabeth Ire (1574) et beaucoup plus tardive en Russie (1861) et au Tibet (1959) par exemple.

GLOSSAIRE

Les offices liturgiques (il s'agit d'indications approximatives, l'heure des offices variant avec les saisons, donc le cycle jour/nuit) :

Outre la messe – et bien qu'elle n'en fasse pas partie au sens strict –, l'office divin, constitué au VIe siècle par la règle de saint Benoît, comprend plusieurs offices quotidiens. Ils réglaient le rythme de la journée. Ainsi, les moines/moniales ne pouvaient-ils souper avant que la nuit ne soit tombée, c'est-à-dire après vêpres.

Vigiles ou matines : vers 2 heures 30 et 3 heures.

Laudes : avant l'aube, entre 5 et 6 heures.

Prime : vers 7 heures 30, premier office de la journée, sitôt après le lever du soleil, juste avant la messe.

Tierce : vers 9 heures.

Sexte : vers midi.

None : entre 14 et 15 heures.

Vêpres : à la fin de l'après-midi, vers 16 heures 30- 17 heures, au couchant.

Complies : après vêpres, dernier office du soir, vers 18-20 heures.

S'y ajoutait une prière de nocturnes vers 22 heures.

Si l'office divin est largement célébré jusqu'au XIe siècle, il sera ensuite réduit afin de permettre aux moines/moniales de consacrer davantage de temps à la lecture et au travail manuel.

Les mesures de longueur :
La traduction en mesures actuelles est ardue. En effet, elles variaient avec les régions.

Lieu : équivaut environ à 4 kilomètres.
Toise : de longueur variable en fonction des régions, de 4,5 m à 7 m.
Aune : de longueur variable en fonction des régions, de 1,20 m à Paris à 0,70 m à Arras.
Pied : équivaut environ à 34-35 cm.
Pouce : environ 2,5-2,7 cm.

Les mesures de poids :
Calibrées d'abord pour évaluer le poids de l'or et de l'argent, donc celui des monnaies, elles varient également en fonction des époques, des régions mais également des denrées pesées. Ainsi une livre de poids de table est-elle différente d'une livre de poids de soie, une livre carnassière (de boucher) n'a pas non plus la même valeur qu'une livre d'apothicaire. La livre variait de 306 à 734 g. Nous avons pris comme référence le poids du marc de Troyes utilisé à Paris et au centre du royaume.

Livre, soit deux marcs : 489,5 g
Marc : 244,75 g
Once : 30,60 g
Gros : 3,82 g
Esterlin : 1,53 g
Maille : 0,764 g
Denier : 1,27 g
Scrupule : 1,30 g
Grain : 0,053 g

BIBLIOGRAPHIE

Monnaies :

Un véritable casse-tête ! Elles différaient en fonction des règnes et des régions. De plus, elles ont été – ou non – évaluées par rapport à leur poids réel en or ou en argent et surévaluées ou dévaluées.

Livre : unité de compte. Une livre valait 20 sous ou 240 deniers d'argent ou encore 2 petits royaux d'or (monnaie royale sous Philippe le Bel).

Petit-royal : équivalent à 120 deniers tournois.

Denier tournois (de Tour) : il devait progressivement remplacer le denier parisis de la capitale. 12 deniers tournois représentaient un sou.

BIBLIOGRAPHIE
DES OUVRAGES LE PLUS SOUVENT CONSULTÉS

BERTET Régis, *Petite Histoire de la médecine*, Paris, l'Harmattan, 2005.

BLOND Georges et Germaine, *Histoire pittoresque de notre alimentation*, Paris, Fayard, 1960.

BOOS Emmanuel (de), *La Généalogie : familles, je vous aime*, Découvertes Gallimard, 1998.

BRUNAUX Jean-Louis, *Nos ancêtres les Gaulois*, Seuil, L'univers Historique, 2008.

BRUNETON Jean, *Pharmacognosie, phytochimie et plantes médicinales*, TEC & DOC, Lavoisier, 1993.

BURGUIÈRE André, KLAPISCH-ZUBER Christiane, SEGALEN Martine, ZONABEND Françoise, *Histoire de la famille*, tome II, *Les Temps médiévaux, Orient et Occident*, Paris, Le Livre de Poche, 1994.

CAHEN Claude, *Orient et Occident au temps des croisades*, Paris, Aubier, 1983.

Cahiers Percherons, association des amis du vieux Nogent et du Perche, trimestriel N° 9, 1959, *Abbayes et prieurés du Perche*.

Cahiers Percherons, fédération des amis du Perche, trimestriel N° 2, juin 1957, *Le Château Saint-Jean de Nogent-le-Rotrou*.

Cahiers Percherons, association des amis du Perche, trimestriel n° 42, 2ᵉ trimestre 1974, *Chroniques du Perche, Bellavilliers*.

Cahiers Percherons, association des amis du vieux Nogent et du Perche, Trimestriel n° 11, 3ᵉ trimestre 1959, *Répertoire des principaux monuments et curiosités du Perche.*

DELORT Robert, *La Vie au Moyen Âge*, Paris, Seuil, 1982.

DEMURGER Alain, *Chevaliers du Christ, les Ordres religieux au Moyen Âge, XIᵉ - XVIᵉ siècle*, Paris, Seuil, 2002.

DEMURGER Alain, *Vie et mort de l'Ordre du Temple*, Paris, Seuil, 1989.

DUBY Georges, *Le Moyen Âge*, Paris, Hachette Littératures.

ECO Umberto, *Art et beauté dans l'esthétique médiévale*, Paris, Grasset, 1997.

Équipe de la commanderie d'Arville, *Le Jardin médiéval de la commanderie templière d'Arville*, 2003.

EYMERICH Nicolau & PEÑA Francisco, *Le Manuel des inquisiteurs* (introduction et traduction de Louis Sala-Molins), Albin Michel, 2001.

FALQUE DE BEZAURE Rollande, *Cuisine et potions des Templiers*, Cheminements, 1997.

FAVIER Jean, *Dictionnaire de la France médiévale*, Paris, Fayard, 1993.

FAVIER Jean, *Histoire de France*, tome II, *Le Temps des principautés*, Paris, Le Livre de Poche, 1992.

FERRIS Paul, *Les Remèdes de santé d'Hildegarde de Bingen*, Marabout, 2002.

FLORI Jean, *Les Croisades*, Paris, Jean-Paul Gisserot, 2001.

FOURNIER Sylvie, *Brève Histoire du parchemin et de l'enluminure*, Gavaudin, Fragile, 1995.

GAUVARD Claude, LIBERA (de) Alain, ZINK Michel (sous la direction de), *Dictionnaire du Moyen Âge*, Paris, PUF, 2002.

GAUVARD Claude, *La France au Moyen Âge du Vᵉ au XVᵉ siècle*, Paris, PUF, 2004.

HIPPOCRATE DE COS, *De l'art médical*, (textes présentés et commentés par Gourevitch D., Grmek M. et Pellegrin P.), Le Livre de Poche, 1994.

BIBLIOGRAPHIE DES OUVRAGES LE PLUS SOUVENT CONSULTÉS

JERPHAGNON Lucien, *Histoire de la pensée ; Antiquité et Moyen Âge*, Paris, Le Livre de Poche, 1993.

LIBERA (de) Alain, *Penser au Moyen Âge*, Paris, Seuil, 1991.

MÂLE Émile, *L'Art religieux du XIIIe siècle en France*, Le livre de Poche, Biblio essais, 1987.

MÂLE Émile, *Notre-Dame de Chartres*, Flammarion Champs, 1994.

MELOT Michel, *Fontevraud*, Patrimoine Culturel, Paris, Jean-Paul Gisserot, 2005.

MELOT Michel, *L'Abbaye de Fontevraud*, Petites monographies des grands édifices de la France, CLT, 1978.

PERNOUD Régine, *La Femme au temps des cathédrales*, Paris, Stock, 2001.

PERNOUD Régine, *Pour en finir avec le Moyen Âge*, Paris, Seuil, 1979.

PERNOUD Régine, GIMPEL Jean, DELATOUCHE Raymond, *Le Moyen Âge pour quoi faire ?*, Paris, Stock, 1986.

REDON Odile, SABBAN Françoise, SERVENTI Silvano, *La Gastronomie au Moyen Âge*, Paris, Stock, 1991.

RICHARD Jean, *Histoire des croisades*, Paris, Fayard, 1996.

SIGURET Philippe, *Histoire du Perche*, Céton, éd Fédération des amis du Perche, 2000.

SOURNIA Jean-Charles, *Histoire de la médecine*, La découverte Poche, 1997.

VERDON Jean, *La Femme au Moyen Âge*, Paris, Jean-Paul Gisserot, 2006.

VINCENT Catherine, *Introduction à l'histoire de l'Occident médiéval*, Paris, Le Livre de Poche, 1195.

TABLE DES MATIÈRES

Composition et mise en page

NORD COMPO
m u l t i m é d i a

Achevé d'imprimer en avril 2013
dans les ateliers de Normandie Roto Impression s.a.s.
61250 Lonrai
N° d'impression : 131561
N° d'édition : L.01ELIN000289.N001
Dépôt légal : mai 2013

Imprimé en France